Olivia Ford
Der späte Ruhm der Mrs. Quinn

»An diesem Punkt in Mrs. Quinns Leben war jeder Tag ein Geschenk. Einen Moment lang überlegte sie, Bernard von dem Backwettbewerb zu erzählen. Von ihrem Hunger nach mehr. Doch das schlechte Gewissen ließ sie schweigen. Warum konnte sie nicht wie Bernard mit dem einfachen, unaufgeregten Leben zufrieden sein? Sie dachte daran, was sie bereits oft zu anderen gesagt hatte. *Traue einfach deinem Instinkt. Er hat dich weit gebracht.* Es war ein Ratschlag, den sie selbst nie befolgt hatte. Sie ballte die Hände zu Fäusten und brachte die Stimme in ihr zum Schweigen. Die Zeit verrann, und sie spürte die Endgültigkeit in ihrer Brust und tief in den Knochen. Jetzt oder nie. Sie musste es versuchen.«

Olivia Ford hat lange im Unterhaltungsfernsehen gearbeitet, ehe sie sich dem Schreiben widmete. ›Der späte Ruhm der Mrs. Quinn‹ ist ihr Debütroman, der von der berührenden Liebesgeschichte ihrer Großeltern inspiriert wurde. Olivia Ford lebt mit ihrer Familie in London.

Olivia Ford

Der späte Ruhm der Mrs. Quinn

Roman

Aus dem Englischen
von Sonja Rebernik-Heidegger

dtv

MIX
Papier | Fördert gute Waldnutzung
FSC® C019821

Ungekürzte Ausgabe 2024

Titel der englischen Originalausgabe: Mrs. Quinn's Rise to Fame
2024 erschienen bei Michael Joseph.
An Imprint of Penguin Random House LLC
Umschlaggestaltung: dtv nach einem Entwurf von FAVORITBUERO, München
Umschlagmotive: Heidi Richter Photography/thesimplegreen.com und shutterstock.com
Redaktion: Kerstin Kubitz
Gesetzt aus der Stempel Garamond
Satz: Greiner & Reichel, Köln
Druck und Bindung: Druckerei C.H.Beck, Nördlingen
Printed in Germany · ISBN 978-3-423-22075-0

Für Granny und Grandpa,
deren Liebe diesen Roman inspiriert hat.
Und für Noll, für alles.

Der Körper altert, die Seele nicht.

Delia Smith,
britische Fernsehköchin und Autorin

Prolog

Es war ein Abend im Dezember und einer dieser Tage, an denen man sich im warmen Zimmer herrlich geborgen fühlte, aber heute war das anders. Die Bäume vor dem Fenster wirkten düster und morsch, und die fremdartigen Silhouetten erinnerten sie daran, dass sie weit fort von zu Hause war. Sie griff nach ihrem neuen Rezeptbuch, strich über den hellblauen Einband und öffnete es so weit, dass der Buchrücken widerwillig nachgab. Ihr Bleistift schwebte über den unberührten Seiten, während sie den Duft des frischen Papiers aufsaugte.

Das erste Rezept. Das sollte unbedingt ihre Lieblingsgeburtstagstorte sein, mit der sie sich in ihrer Familie bereits einen Namen gemacht hatte. Ganz oben schrieb sie Jennys Schwarzwälder Kirschtorte *in ihrer schönsten, mit zusätzlichen Schwüngen verzierten Handschrift hin und unterteilte die Seite in* Zutaten *und* Zubereitung. *Sie spürte den feuchten Stoff des mit Sahne gefüllten Spritzbeutels in ihrer Hand und sah, wie der Aufsatz auf magische Weise perfekte Röschen formte. Sie dachte an den bitteren Geruch des Kakaopulvers, das man unvermeidlich einatmete, wenn man es zu schwungvoll in den Teig gab, und daran, wie die Schokolade den zarten Geschmack der Kirschen abrundete.*

Sie blätterte weiter. Das zweite Rezept sollte etwas Alltäglicheres sein. Ein Regentag, der erst aufregend wurde, wenn man die Rührschüssel zur Hand nahm. Sie ging in Windeseile ihre Lieblingsfamilienrezepte durch und blieb schließlich bei Grandma Audreys Schoko-Cornflakes-Küchlein *hängen, deren Rezept von Generation zu Generation weitergewandert war, bis es schließlich bei ihr gelandet war. Cornflakes, Kakao und Zuckersirup, verschmolzen zu knusprigen Nestern reinster Wonne. Als kleines Kind hatte sie immer gebannt zugesehen, wie ihr Vater die reich in Gold und Grün verzierte Dose aus dem Schrank holte, den Deckel wie von einer Farbdose abhob und sich zähe Fäden der klebrig süßen Masse bildeten. Wenn sie ganz nah heranging, schien das Innere der Dose sie in einen bernsteinfarbenen Strudel zu ziehen, und das Ablecken des Löffels war stets purer Genuss gewesen.*

Das letzte Rezept sollte etwas Weihnachtliches sein. Nur was? Sie stellte sich vor, wie sie die Teigdeckel der Mince Pies mit der Gabel anstach und Unmengen an Trockenfrüchten für den Weihnachtskuchen abwog. Es machte nichts, dass alles Jahr für Jahr denselben Abläufen folgte, wie bei einem eingespielten Theaterstück, denn es fühlte sich jedes Mal aufs Neue magisch an.

Doch dieses Jahr war alles anders. Dieses Mal blickte sie dem, worauf sie sich sonst so freute, mit schwerem Herzen entgegen. Sie hoffte, dass sich ihr angespanntes Lächeln eines Tages wieder natürlich anfühlen würde.

Während sie den Bleistift zwischen ihren Handflächen rollte, dachte sie an den Schoko-Tiffin ihres Vaters. An das befriedigende Geräusch, wenn die dicken Butterplätzchen unter dem Nudelholz zerbröselten und daraus schließlich durch die Zugabe von kandierten Früchten, Kakao, Sirup und Rosinen eine feste, buttrige Masse und somit etwas vollkommen Neues entstand.

Sie stellte sich vor, wie ihr Kind eines Tages am Weihnachtsmorgen aufwachen und aufgeregt zu dem von Geschenken ausgebeulten Strumpf laufen würde. Würde sie am anderen Ende des Knallbonbons ziehen? Würde sie die Freude in dem kleinen Gesicht sehen, wenn es das sehnlich erhoffte Geschenk öffnete? Und am allerwichtigsten: Würde sie miterleben, wie es voller Vorfreude in Vaters Schoko-Tiffin biss, so wie sie selbst es früher getan hatte?

1
Englischer Teekuchen

Sechzig Jahre später

Jennifer Quinn hätte nicht gedacht, dass sie im Alter von siebenundsiebzig Jahren zu einer Berühmtheit werden würde.

Es war ein grauer Winternachmittag, und sie hatte sich die unbedeutende, aber befriedigende Aufgabe gestellt, englischen Teekuchen zu backen. Das dazugehörige Rezept war vermutlich älter als sie selbst. Es lag sicher verwahrt in der verblassten Ausgabe eines *Delia-Smith*-Kochbuches aus den späten 1970ern und war in der Handschrift ihrer Großmutter auf einem vergilbten Blatt Papier notiert, das, den zahlreichen goldbraunen Ringen in verschiedensten Größen nach zu schließen, schon vielen Teetassen als Untersetzer gedient hatte. *Majarine, wenn keine Butter vorrätig,* hatte ihre Großmutter in Klammern hinzugefügt – eine Erinnerung an deren lebenslangen Kampf mit der Rechtschreibung. Es ist schon seltsam, dachte Jennifer bei sich, wie Rezepte die Menschen überleben, die sie aufgeschrieben haben, und wie sie dabei diese Menschen in gewisser Weise wieder zum Leben erwecken, als würde ein winziges Stück ihrer Seele in den Anweisungen weiter bestehen.

Sie leerte die Rosinen in die Messingschale ihrer gusseisernen Küchenwaage, und die Gewichte hoben sich, bis sie zu einem fragilen Gleichgewicht fanden. Sie verzog das Gesicht, als sie an die digitale Alternative dachte, die Bernard ihr ständig aufschwatzen wollte, und sie fragte sich, warum die Gesellschaft andauernd das Bedürfnis hatte, Dinge besser zu machen, die bereits gut genug waren.

Als Nächstes riss sie die Tüte mit den Sultaninen auf und ließ sich von dem satten, zuckersüßen Geruch gefangen nehmen, der sie daran erinnerte, wie sie als Kind beim Backen des Weihnachtskuchens geholfen hatte. Sie sah vor sich, wie sie die in Brandy eingeweichten Trockenfrüchte in die dicke, klumpige Masse gerührt und immer wieder einen kleinen Happen stibitzt hatte, wenn ihre Tante nicht hingesehen hatte.

»Hallihallo!«, rief Bernard von der Eingangstür aus und schloss sie hinter sich.

Sie warf einen prüfenden Blick in die Teekanne. Der Earl Grey hatte so lange gezogen, dass er fast schon bitter schmeckte, und auf der Oberfläche hatte sich eine zarte Haut gebildet.

»Hallo, Darling«, sagte Bernard. »Ist dir etwas in den Tee gefallen?«

»Nein«, erwiderte sie, legte den Deckel zurück auf die Kanne und goss den Tee großzügig über die Früchte. Feuchter Dampf überzog ihre Wangen. »Ich mache Teekuchen. Wie ist es gelaufen?«

Er stellte eine Tüte auf die mit Zucker und Mehl bestäubte Arbeitsplatte.

»Sieht so aus, als hätte ich auf meine alten Tage auch noch Asthma bekommen.« Er öffnete das Küchenschränkchen über ihrem Kopf und fügte seiner Medikamentensammlung eine neue Schachtel hinzu. »Sie haben mir einen Inhalator verschrieben.«

Sie wandte sich um und sah ihn besorgt an. »Asthma?«

»Entweder das, oder es ist eine chronisch obstruktive Lungenerkrankung, du weißt schon, dieses COPD. Auf jeden Fall müssen wir es im Auge behalten.«

»Das klingt ziemlich ernst.« Ihr entging nicht, wie schwer er atmete und wie sich sein knochiger Rücken unter dem Wollpullover abzeichnete.

»Natürlich wäre es nicht gerade toll, wenn es sich tatsächlich als COPD entpuppt, aber ich hoffe, dass der Inhalator seinen Zweck erfüllt.«

»Und wie kommen die Ärzte zu dieser Diagnose?«

»Sie glauben, dass die jahrelange Arbeit als Tischler und der Staub meiner Lunge zugesetzt haben. Mir wurde geraten, es langsam anzugehen, und ich meinte, das wäre kein Problem. Schließlich planen wir in nächster Zeit keine großen Abenteuer, nicht wahr?« Er schloss das Küchenschränkchen. »Außerdem sind wir mittlerweile mehr als glücklich mit einer Zeitung in der Hand und Hausschuhen an den Füßen.«

Sie presste die Lippen aufeinander und nickte zögerlich.

»Es war und wird nie selbstverständlich für mich sein, mit dir zusammen alt werden zu dürfen«, erklärte er und drückte ihr einen Kuss auf den Scheitel.

»Niemals«, stimmte sie ihm zu und stellte die Schale mit den getränkten Früchten auf das Fensterbrett, wo sie bleiben würden, bis sie aussahen wie Fingerkuppen nach einem zu langen Bad. Normalerweise standen sie über Nacht dort, aber heute mussten ein paar Stunden genügen.

»Aber jetzt verabschiede ich mich zu meiner Nachmittagszeitung, wenn es dir nichts ausmacht.«

»Natürlich nicht«, erwiderte sie und wartete, bis seine Schritte verklungen waren, ehe sie in das Küchenschränkchen griff, um sich den Inhalator anzusehen, damit sie mit allen wichtigen Maßnahmen vertraut war, falls er einmal in Schwierigkeiten geriet.

»Deine Sendung beginnt gleich!«, rief Bernard aus dem Wohnzimmer. Der Fernseher hatte ihn einen Moment von seiner Zeitung abgelenkt.

»Komme schon!«, antwortete Jenny, während sie weiter in der Schublade neben dem Backofen wühlte. Sie enthielt eine Mischung der nützlichsten und nutzlosesten Dinge im Haus, je nachdem, wer gerade in ihr kramte. Ein Sammelsurium an Gegenständen, die sie in ihrem gemeinsamen Leben angehäuft hatten. Ein kleines Schraubenzieherset, das 1995 in einem Knallbonbon gesteckt hatte, eine Muschel mit Wackelaugen, die ihre Großnichte Poppy gebastelt hatte, und – am allerwichtigsten – das Backpapier, nach dem sie suchte. Sie legte in Windeseile die Backform damit aus, füllte den Teig ein und schob alles in den heißen Ofen, bevor sie sich zu Bernard ins Wohnzimmer gesellte.

Seine buschigen Augenbrauen lugten gerade noch über dem Rand der Zeitung hervor, und er wippte mit seinen abgetragenen Hausschlappen im Takt der Titelmelodie von *Das Backduell – Backen auf der Insel.* Er gab sich gleichmütig und blieb hinter der Zeitung verborgen, aber sie hatte schon oft beobachtet, wie sein Gesicht über der Zeitung aufgetaucht war, weil das Drama um ein in sich zusammengefallenes Schaumgebäck seine Aufmerksamkeit erregt hatte.

Diese Woche stand die Weihnachtsausgabe auf dem Programm, und eine Gruppe ehemaliger Kandidaten und Kandidatinnen hatte die Aufgabe bekommen, eine Festtagstorte zu backen. Jenny drehte sich die feinen silbernen Haare hoch und fixierte sie mit einer kleinen Klammer, während sie mit wachsendem Unbehagen zusah, wie die Jury die *Santa Claus im Kamin*-Torte von Graham, einem warmherzigen, sympathischen Lkw-Fahrer, als trocken bezeichnete. Jennys Eindruck nach hatte er sich zu sehr bemüht, etwas Ausgefallenes mit zu vielen verschiedenen Zutaten zu zaubern.

Normalerweise gewannen Kandidaten, die etwas Vertrautes mit einem zusätzlichen Twist in etwas Neues verwandelten. Am Ende bekam die Geschichtslehrerin Laura den goldenen Kochlöffel für ihre Neuinterpretation eines klassischen Weihnachtskuchens mit Schokolade, Kirschen und Mandeln. Die Juroren lobten den hervorragenden Geschmack, aber Jenny hätte wohl eher die altbewährte Mischung bevorzugt. Sie warf einen Blick auf Bernard, doch der schien ähnlich unbeeindruckt, denn die Zeitung bedeckte mittlerweile sein Gesicht und hob und senkte sich im Rhythmus seines zufriedenen Schnarchens.

Während des Abspanns dachte Jenny an das bevorstehende siebenundsiebzigste Weihnachtsfest ihres Lebens und an das näher rückende Ende eines weiteren Jahres. Sie sah Bernard beim Schlafen zu und lauschte seinem Atem, der langsam dieses typische, seltsame Pfeifen annahm. Der Sopran zum Tenor seines Schnarchens. Sie ließ zu, dass ihre Gedanken eine ernstere Richtung einschlugen, und fragte sich, wie viele Weihnachten sie wohl noch zusammen erleben würden. Sie konnte sich nicht vorstellen, dass er allein in seinem Sessel saß und ihn niemand weckte und ihm sagte, dass es Zeit fürs Bett war. Sie dachte an die andere Möglichkeit, nämlich, dass *sie* allein zurückblieb und auf seinen leeren Sessel starrte, in dessen dunklem Samt noch sein Abdruck zu sehen war. Der Abdruck eines Menschen, der diese Welt bereits verlassen hatte. Mit einem Mal war sie sich der Dringlichkeit ihrer schwindenden Existenz mehr als bewusst. Der bitteren Wahrheit ihres Alters und der Tatsache, dass sie einen Punkt erreicht hatte, an dem der größte Teil ihres Lebens bereits hinter ihr lag.

Sie nahm die Fernbedienung, die neben Bernards Sessel lag, und richtete sie auf den Fernseher, als könnte sie damit auch ihre Gedanken abstellen, aber als sie gerade den Knopf drücken wollte, wurde der Abspann von einer Ankündigung unterbrochen.

»Sie backen gern? Sie wollen im kommenden Jahr Teil unserer Show werden? Dann gehen Sie jetzt auf unsere Homepage und bewerben Sie sich!«

Mit einem Mal war sie hellwach, und ihre Angst trat in den Hintergrund, als sie die Schlagzeilen in der Regionalzeitung vor sich sah: *77-Jährige aus Kittlesham gewinnt* Das Backduell – Backen auf der Insel! und *Juroren begeistert von Jenny Quinns Teekuchen!*

»Ist es schon vorbei?«, fragte Bernard blinzelnd.

»Ja, ist es. Zeit fürs Bett!«, sagte sie und schob ihre Gedanken eilig beiseite. Peinlich berührt, als hätte er sie beim Lesen in einem fremden Tagebuch erwischt.

Am darauffolgenden Morgen wurde Jenny wie immer früh von Bernards Pfeifen geweckt, der unten in der Küche Tee für sie beide kochte. Das Geräusch hatte sich ihr ins Gedächtnis gebrannt, und sie fragte sich, ob sie es wohl auch noch hören würde, wenn er nicht mehr da war.

Während sie gemächlich den Schlaf hinter sich ließ, hörte sie das Klappern der Arzneifläschchen, gefolgt von mehreren keuchenden Atemzügen, als Bernard den neuen Inhalator benutzte. Dann kamen das Rumpeln des Wasserkochers, kurz bevor das Wasser aufwallte, das schmatzende Geräusch der Kühlschranktür, als er die Milch herausholte, und der dumpfe Aufschlag der Zeitung, die auf der Fußmatte landete. Pünktlich wie die Uhr trat er kurz darauf mit zwei Tassen Earl Grey und der Zeitung unter dem Arm ins Schlafzimmer, und die weißen Haare standen ihm nach einer erholsamen Nacht in liebenswerten Büscheln ab.

»Guten Morgen, Darling«, sagte er und öffnete die Vorhänge, sodass fahles Winterlicht auf die Steppdecke fiel. Die

Bäume vor dem Haus waren nur noch Schatten ihrer selbst, denn langsam fielen auch die letzten Blätter, und die Vögel plusterten sich auf vor Kälte.

»Ich habe da eine Idee«, verkündete er, und seine Augen funkelten. »Ich werde Poppy als Weihnachtsgeschenk ein Puppenhaus bauen, eines dieser traditionell viktorianischen. Es bleibt nicht mehr viel Zeit, schon klar, aber ich glaube, ich könnte es noch schaffen.«

»Das ist eine wunderbare Idee«, meinte Jenny und nippte an ihrem heißen Tee. »Aber bist du dir sicher, dass du das tun solltest? Es klingt nach jeder Menge Staub.«

»Ich glaube nicht, dass das jetzt noch einen Unterschied macht«, erwiderte er.

»Sie wird sich auf jeden Fall sehr darüber freuen«, erklärte Jenny, während sie bei sich dachte, was für ein wundervoller Vater er doch gewesen wäre.

Nachdem Bernard mit der Aussicht auf einen geschäftigen Vormittag in seiner Werkstatt verschwunden war, dachte Jenny an seine Feststellung, dass keine Abenteuer mehr vor ihnen lagen und sie mit ihrem beschaulichen Leben mehr als glücklich waren. Aus einem stillen Protest heraus beschloss sie, einen Abstecher ins Büro zu machen. Es war ein kastenförmiger Raum, in dem sich alle möglichen unwichtigen Briefe mit durchsichtigem Fenster und gedruckter Adresse stapelten. Den Mittelpunkt bildeten ein Computer und ein Drucker. Ihr Herz schlug ein wenig schneller, als sie sich vor den Bildschirm setzte. Sie war sich sicher, dass der Computer genau beobachtete, wie sie sich beim Bedienen anstellte.

Sie bewegte die Maus, und er sprang unter dem lauten Getöse zahlreicher Gebläse an. Das Leben eines Computers schien Schwerstarbeit. Im Drucker lagen einige vergessene

Seiten mit der Überschrift *DIY Puppenhaus*, und sie lächelte, als sie sich vorstellte, wie Bernard eifrig für sein nächstes Projekt recherchiert hatte. Sie tippte mit dem Zeigefinger *Das Backduell – Backen auf der Insel* in die Suchmaschine und klickte auf *Jetzt bewerben*.

Sie überflog das Bewerbungsformular. Die Anzahl der Fragen war überwältigend, und sie musste Fotos von ihr und ihren schönsten Kreationen hochladen oder einschicken. Ihr Blick blieb an der Frage *Warum und für wen backen Sie?*, hängen. Sie überlegte. Darüber hatte sie noch nie richtig nachgedacht. Wenn das Leben sie zu sehr forderte, bot ihr die Einfachheit des Backens Zuflucht, und es gab eine Zeit lang bloß Eier, Zucker, Butter und Mehl. Backen war ihre stärkste Verbindung zur Vergangenheit, und die Rezepte gehörten zu ihren wertvollsten und liebsten Erinnerungen. Sie dachte an die selbst gemachten Reiswaffeln ihrer Schwiegermutter, die genauso schlicht und bodenständig waren, wie die Köchin es gewesen war. Backen machte die Menschen, die Jenny am meisten geliebt hatte, wieder lebendig.

Die nächste Frage lautete: *Was war Ihre beeindruckendste Kreation?* Sie dachte an die Geburtstagstorten, die sie in all den Jahren für Bernard gebacken hatte und die jedes Mal seine gerade aktuellen Interessen widerspiegelten. Ein besonderer Hit war der Sportwagen aus Lebkuchen gewesen, den sie gebacken hatte, weil sie sich im echten Leben keinen leisten konnten. Und ihre Hochzeitstorte! Die war bis heute ihr ganzer Stolz. Auf dem obersten Stockwerk der Etagere hatte sie eine Torte aus klassischem Rührkuchenteig mit Früchten platziert, die sie mit Zuckerguss überzogen hatte, darunter folgten zwei Ebenen mit Fondantpralinen. Obwohl es mittlerweile sechzig Jahre her war, wusste sie noch, wie aufgeregt sie gewesen war, als sie den Rand mit weißem

Zuckerguss verziert, jede Praline mit einem Q versehen und dabei in einem fort in Gedanken ihren neuen Namen wiederholt hatte. *Mrs. Jennifer Quinn.* Die *All-Saints*-Kirche, in der sie geheiratet hatten, stand auf einem Hügel, inmitten von Feldern, und es roch nach Kerzenwachs, Weihrauch und Eichenholz. Ihr Vater führte sie zum Altar, wo ihr Bernie auf sie wartete. Ein hochgewachsener Mann, der die Hände nervös hinter dem Rücken umklammerte und dessen braune Augen sie zu verschlingen schienen. Er hatte die dunklen, widerspenstigen Haare penibel zur Seite frisiert, was seine großen Ohren betonte, derentwegen er oft Demütigungen einstecken musste, für die Jenny allerdings mittlerweile eine große Schwäche zeigte.

Mit den Gedanken wieder zurück im Büro, wanderte ihr Blick weiter zu einem Teil des Formulars, in dem sie ihre Fähigkeiten in bestimmten Bereichen benoten sollte. Plätzchen, Tartes, gefüllte Kuchen, süße Desserts, Torten und … *Brot.* Sie hatte noch nie einen Laib Brot gebacken, auf den sie stolz gewesen wäre. Bei ihrem letzten Versuch war das Brot derart versalzen gewesen, dass nicht einmal die Vögel es fressen wollten, trotzdem glaubte sie, ins Rennen um den Titel »größter Backchampion Großbritanniens« gehen zu können. Sie erkannte ernüchtert, wie albern der Gedanke war, sie wäre mehr als eine alte Lady, die gern den Backlöffel schwang. Genau wie Millionen andere auch.

Sie scrollte nach unten und spürte, wie sie langsam der Mut verließ. Im stolzen Alter von siebenundsiebzig sollte sie glücklich sein mit dem, was sie hatte, trotzdem fragte sie sich unwillkürlich, was sie in all den Jahren erreicht hatte. Was hatte sie ohne Bernard? Das schlechte Gewissen stieg wie dunkler Nebel in ihr hoch, als sie sich vorstellte, er könnte ihre Gedanken hören, und ihre eigene Undankbarkeit ließ sie erschaudern.

Sie wollte das Formular gerade schließen, als sich ihre Brust zusammenzog. Ganz unten stand der Einsendeschluss: 11. Januar, unterstrichen und fett hervorgehoben, wie um sie zu verhöhnen. Drei Wochen. Sie schloss die Website, machte den Computer aus und verließ das Zimmer. War es ein Zeichen oder bloß ein schmerzhafter Zufall?

2
Sandwichbrot

Es war immer der Traum der beiden Quinns gewesen, sich in Kittlesham zur Ruhe zu setzen, nachdem sie während eines Urlaubs an der Küste in den Anfangsjahren ihrer Ehe zufällig auf das Dorf gestoßen waren. Es lag am River Huckmere, und bei ihrem ersten Besuch war es, als hätten sie etwas lange Verborgenes entdeckt, als wären sie in einen verwunschenen Garten oder durch die Rückseite eines Kleiderschrankes getreten. Schon nach kurzer Zeit waren sie sich einig, dass sie hier ihren Lebensabend verbringen wollten. Es war der Inbegriff eines kleinen, englischen Dorfes mit reizenden, alles andere als makellosen Häuschen und mittelalterlichen Pubs, deren Türen so niedrig waren, dass Bernard sich bücken musste, um hindurchzukommen – allerdings jedes Jahr ein bisschen weniger. Der Dorfladen sah aus wie die Vorratskammer eines Wohnhauses, und obwohl sich die Kunden über die Jahrzehnte veränderten, blieb der Laden selbst gleich.

Es war ein kalter, klarer Morgen, und Jenny und Bernard gingen die Hauptstraße entlang in Richtung Kirche, die unter der Frostschicht aussah, als hätte sie jemand mit Zuckerguss überzogen.

»Gib Acht, dass du nicht ausrutschst«, warnte Jenny Bernard und umfasste seine Hand ein wenig fester. Ihre Hand lag in seiner, und sie wärmten einander. Zwei Hände, die zusammen alt geworden waren, mit geschwollenen Fingerknöcheln und Altersflecken, die aber immer noch perfekt ineinander passten.

»Sind das dort mit dem Kinderwagen etwa Ann und Fred?«, fragte Bernard, und sein warmer Atem bildete Wolken, die sich in der eisigen Luft auflösten.

Jenny sah lediglich zwei miteinander verschmolzene Mäntel und die dazugehörigen Hüte, die immer deutlicher wurden, je näher sie kamen.

»Ja, ich glaube schon«, erwiderte sie.

Ann war eine gepflegte Frau mit dem Gebaren eines Terriers und durchdringendem Blick, der genauso kalt war wie ihr Auftreten. Sie gehörte zu den bedauernswerten Menschen, die schon vom ersten Eindruck an unsympathisch waren, aber Jenny hatte sie über die vielen Jahre lieb gewonnen und mochte sie vielleicht sogar gerade deswegen. Sie war unerschütterlich loyal, und man wusste immer, woran man bei ihr war. Ihr Mann Fred traf niemals eine Entscheidung allein und schien durchaus glücklich mit dieser Dynamik.

»Hallo!«, rief Ann und schob den Kinderwagen so schwungvoll über die Pflastersteine, dass er kräftig ins Wanken geriet, während Fred und ihre beiden Enkelkinder hinterherhasteten. Es schien, als wäre der Kinderwagen ein Einkaufswagen und Jenny und Bernard zwei weitere Punkte auf ihrer Einkaufsliste.

»Toby, Isabelle, das sind unsere Freunde Jenny und Bernard«, erklärte sie.

Isabelle versteckte sich prompt hinter Freds Beinen, während Toby zu ihnen aufsah, die Nase rot vor Kälte.

»Schön, euch kennenzulernen«, sagte Jenny und beobachtete Bernard, der sich über den Kinderwagen beugte.

»Das ist meine Schwester Ellie«, erklärte Toby mit stolzgeschwellter Brust. »Sie ist neu.«

»Gratulation«, sagte Bernard. »Sie ist wunderhübsch.«

»Wie ihr seht, haben wir dieses Wochenende alle Hände voll zu tun. Großelternpflichten!«, verkündete Ann.

»Wie schön«, meinte Jenny. »Was macht ihr denn so?«

»Wir waren im Süßigkeitenladen!«, tat Freds Bein kund, das Isabelle fast vollständig verbarg.

Ann verdrehte die Augen und schloss Tobys obersten Mantelknopf, sodass es aussah, als würde der Mantel den Jungen tragen und nicht umgekehrt. »Fred war mit ihnen im Süßigkeitenladen, da ist der Besuch im Museum natürlich schnell vergessen.«

»Wie geht es euch?«, fragte Fred etwas lauter als nötig, denn er hörte schon ein wenig schlecht.

»Gut, danke«, antwortete Jenny. »Bernard war die ganze Woche in der Werkstatt mit Poppys Puppenhaus beschäftigt, und ich backe für Weihnachten.«

»Der Luxus uneingeschränkter Freizeit«, meinte Ann, zog ein Taschentuch aus dem Ärmel und wischte Isabelles Nase mit einer einzigen geübten Bewegung sauber. »Mit fünf Enkelkindern ist man rund um die Uhr beschäftigt, nicht wahr, Fred?«

Fred lächelte abwesend, ein Gesichtsausdruck, der zu jeder Situation passte und den er über die Jahre perfektioniert hatte.

»Dann halten wir euch am besten nicht länger auf.« Jenny betrachtete eingehend Bernards Schuhspitzen, um Anns Blick zu entgehen.

»Wir sehen uns!«, verabschiedete sich Ann und fuhr im Zickzack mit dem Kinderwagen davon. »Komm, Isabelle!«

Sie gingen weiter, und es wurde immer eisiger.

»Was für nette Kinder«, sagte Bernard, dessen Ohren bereits rot vor Kälte waren. »Und alle haben rote Haare, sogar das Baby.«

»Gehen wir doch schnell mal in den Laden«, schlug Jenny vor und steuerte Bernard Richtung Tür. »Ich brauche Brotmehl und Hefe.«

Die Küche war seit dem Tag ihres Einzugs unverändert geblieben, und obwohl klein und altmodisch, war sie ihr wunderbar vertraut. Alles hatte seinen Platz, und Jenny betrieb sie wie ein Auto, das nur sie allein fahren konnte. Die einst modischen und neuen Schranktüren hingen schwer in den Angeln und klemmten, und sie wusste genau, wie sie die Schubladen öffnen und schließen musste, damit sie nicht aus den Schienen gerieten.

Sie hatte sich für ein Rezept ihrer Mutter entschieden, weil es den Titel *Einfaches Sandwichbrot* trug, und folgte den Buchstaben mit dem Finger. Die Handschrift war kritzelig und übereilt, und sie erinnerte Jenny an den ständigen Kampf ihrer Mutter gegen die Uhr, was gleichzeitig ihre liebenswerteste und auch ihre frustrierendste Eigenschaft gewesen war. Sie erinnerte sich, dass ihre Schuhe kaum den Boden berührt hatten, wenn ihre Mutter sie als kleines Kind die Straße hinuntergezerrt hatte, um sie zehn Sekunden nach dem Klingeln der Glocke durch das Schultor zu schieben. Und an die unzähligen Gottesdienste, bei denen ihre Mutter unauffällig in die letzte Reihe gehuscht war und versucht hatte, nicht zu laut zu atmen, damit niemand bemerkte, dass sie den ganzen Weg gelaufen und trotzdem fünf Minuten zu spät gekommen war. Vielleicht war Jenny gerade deshalb so stolz auf ihr Zeitmanagement, weil ihre Mutter ständig und überall zu spät gekommen war.

Sie schlug die Luft mit den Fäusten aus dem Teig und wurde wieder einmal an ihr Alter erinnert, als sie die Knöchel in die elastische Masse drückte. Sie breitete sich vor ihren Augen aus wie ein lebendiger Organismus.

»Nachdem ich die Luft herausgedrückt habe, braucht der Teig einige Zeit, um zu gehen«, erklärte sie und sah lächelnd ins Fenster, als wäre es eine Kamera und sie eine der Jurorinnen von *Das Backduell,* deren weiße Zähne aus dem Fernseher blitzten.

»Nach einer Stunde ist er so weit, dass er in den ...«

»Darling? Ist alles in Ordnung?«

Bernard sah besorgt zur Tür herein, woraufhin sie vor Schreck den Teig über ihre Schulter und auf den kalten Fliesenboden schleuderte, wo er mit einem unangenehmen Klatschen aufkam.

»Großer Gott!«, rief sie und hob den Teig so schnell es ging hoch, um ihn vielleicht doch noch zu retten. »Ich habe nur das Rezept laut vorgelesen. Das hilft mir manchmal, mich daran zu erinnern.«

»Es sah aus, als würdest du durch das Fenster mit jemandem reden«, sagte er und warf prüfend einen Blick hinaus, während sie den Teig in eine Brotbackform legte.

»Du willst ihn backen, obwohl er auf dem Boden gelandet ist?«, fragte er verwirrt.

»Bernard, was sollen die vielen Fragen?« Sie fächerte sich mit dem fadenscheinigen Ofenhandschuh Luft zu. »Ich will einfach sehen, ob er noch aufgeht. Ich brauchte mal eine Herausforderung, wir müssen das Brot ja nicht essen.«

Er nickte und verzog sich wieder in seine Werkstatt.

Es dauerte weitere zwei Stunden, bis ihr Brot fertig war, was bedeutete, dass sie insgesamt fünf Stunden damit beschäftigt gewesen war, und das ohne den Genuss, die Rührschüssel bis auf den letzten Klecks auszuschlecken, wie es bei einer Torte der Fall war. Als sie das Brot anschnitt, fiel die Scheibe mit einem dumpfen Rums auf den Teller. Der Teig war zu fest und trocken, und nach einem Bissen war sie sich sicher, dass sie nicht noch einen probieren wollte.

»*Einfaches* Sandwichbrot?!«, schnaubte sie verächtlich, dann ging sie mit dem Brot unter dem Arm in den Garten, riss es achtlos in Stücke und legte sie ins Vogelhaus.

Jenny spülte die Rührschüssel, und heißes Wasser schwappte über ihre Handgelenke, während sie zusah, wie die Sonne hinter den Bäumen verschwand. Eine Amsel landete im Vogelhaus und pickte hektisch auf den Brotstücken herum.

»Na also, zumindest einem scheint es zu schmecken«, sagte Bernard und schob ein gedrehtes Geschirrtuch in ein Wasserglas, während er Jenny beobachtete. »Diesmal gehen die Vögel dran, das ist doch ein Anfang!«

Die Amsel schleuderte die Rinde in die Luft, sodass sie auf dem Boden landete, dann hüpfte der Vogel über den Rasen davon.

»Zu früh gefreut«, seufzte Jenny, und ihr Lächeln wurde von Schuldgefühlen getrübt.

Wenn sie sich wirklich bewerben wollte, hatte sie noch jede Menge Arbeit vor sich. Sie würde es vorerst für sich behalten und Bernard erst davon erzählen, wenn es ernst wurde. Es war besser so.

In den neunundfünfzig Jahren ihrer Ehe war das erst das zweite Geheimnis, das sie vor ihm hatte. Das erste lag sicher verwahrt, tief in ihrem Inneren. Es gehörte zu einem anderen Leben, und sie würde es für alle Ewigkeit fest verschlossen halten.

3
Weihnachtsbaumstamm

Heiligabend war die perfekte Gelegenheit, um Torten und Kuchen für das Bewerbungsverfahren zu backen, ohne dass jemand fragte, weshalb sie süße Köstlichkeiten für eine ganze Kompanie zubereitete. Der Weihnachtsbaumstamm nach dem hochgeschätzten Familienrezept von Bernards verstorbener Schwester war beinahe fertig. Margot hatte das Leben geliebt und sowohl das Schicksal als auch die Menschen mit solcher Freude in die Arme geschlossen, dass in ihrer Gegenwart stets die Sonne aufgegangen war. Ihr Leben war von Freigiebigkeit erfüllt gewesen, als hätte sie schon immer gewusst, dass ihre Zeit begrenzt war. Jenny folgte Margots Tradition seit deren Tod jedes Jahr, weil es Bernard eine Menge bedeutete und Margot auf diese Weise immer noch ein Teil ihrer Weihnachtsfeierlichkeiten war.

Jenny stach vorsichtig mit der Gabel in die Mitte des Schokobiskuits und lobte sich im Stillen selbst, als nichts daran haften blieb. Sie stellte das Kuchenblech zum Auskühlen zur Seite und breitete ein Geschirrtuch darüber, das mit Selbstporträts von Poppys Freunden aus der Vorschule bedruckt war. Poppy hatte keinen Körper, sondern nur ein großes, vor Freude grinsendes Gesicht, aus dem Arme und Beine ragten und das von einem Bob aus wenigen Strichen umrahmt wurde. Der Junge neben ihr hieß Oliver und wirkte wie ein Wesen von einem anderen Stern, ungewöhnlich klein, mit kleeförmigen Händen und allen wichtigen Körperteilen.

Es war faszinierend, wie viel Persönlichkeit in den Zeichnungen lag. Der kleine Oliver etwa war mit Sicherheit besonnen und aufmerksam. Poppy hingegen war eine Quasselstrippe und trat damit direkt in die Fußstapfen ihrer Großmutter Margot. Das große, grinsende Gesicht auf zwei Beinen zeigte ein kleines, unbeschwertes und selbstbewusstes Mädchen.

Sobald der Biskuit abgekühlt war, griff sie nach dem Spachtelmesser und trug Schokoladenganache und flaumige Schlagsahne auf, während sie sich vorstellte, das köstlichste Sandwich der Welt zuzubereiten. Danach rollte sie den Teig Zentimeter um Zentimeter ein und hielt den Atem an, während sie ihn mit größter Sorgfalt in die richtige Richtung drückte. Ein Riss im Teig wäre eine Katastrophe gewesen, auch wenn es Margot nichts ausgemacht hätte. Sie hätte Jenny vielmehr erklärt, dass der Geschmack doch trotzdem gleich blieb und es unter dem darüber gestreuten Puderzucker ohnehin niemandem auffiel.

»Du liebe Zeit, wie sollen wir denn das alles ins Auto bekommen? Wir haben ja auch noch das Puppenhaus …«

Bernard war in die Küche gekommen, wo auf sämtlichen Oberflächen Süßspeisen thronten und die warme Luft nach Schokobiskuit duftete. Auf den Kuchengittern reihten sich lieb gewonnene alte Familientraditionen aneinander: Mince Pies, Tiffin und die knusprigen Reiswaffeln, die Bernards Mutter immer gebacken hatte und die jedes Weihnachten einen besonderen Auftritt hatten. Dazu kamen jedoch auch einige neue und recht extravagante Kreationen, darunter ein Napfkuchen, der mit glasierten Beeren garniert war und aussah wie vom Cover eines Backmagazins.

»Das wird schon klappen, ich nehme einfach einen Teil

auf den Schoß«, sagte Jenny und genoss den befriedigenden Anblick, wie der Puderzucker aus dem Sieb auf den Weihnachtsbaumstamm fiel. Nur echter Schnee war schöner.

»Margots Weihnachtsbaumstamm«, freute sich Bernard, als würde er einen alten Freund willkommen heißen.

»Er war noch jedes Weihnachten dabei«, meinte Jenny. »Also, wo ist Ernie?«

Sie öffnete die Schublade neben dem Backofen, kramte darin herum und holte schließlich eine etwas derangierte Rotkehlchenfigur heraus, die sie auf den Baumstamm setzte. Der Schnabel hing nur noch an einem dünnen Draht.

»Wenigstens einer, dem das Alter noch mehr zugesetzt hat als mir«, bemerkte Bernard und schloss die ersten Behälter mit den Leckereien.

»Warte«, sagte Jenny und klang dabei, als wäre ihr der Gedanke gerade erst gekommen. »Würdest du ein Foto von den Sachen machen? Jetzt, wo alles so hübsch hier steht?«

Bernard nickte und ging nach oben, um die Kamera zu holen. Als er zurückkam, hatte Jenny ihr bestes rotes Karotischtuch ausgebreitet und dekorierte ihre Kreationen gerade mit Stechpalmenblättern aus dem Garten.

»Ein wahres Festmahl«, schwärmte Bernard. Seine Brille saß auf der Nasenspitze, während er versuchte, auf dem Display etwas zu erkennen. »Ich mache auch eines mit dir.«

Sie steckte sich die feinen silbernen Haare hinters Ohr, trug eine frische Schicht rosafarbenen Lippenstift auf und lächelte unnatürlich in die Kamera.

»Wie sehe ich aus?«

»Umwerfend«, antwortete Bernard, dann warf er einen Blick auf die Uhr. »Aber jetzt sollten wir lieber los. Bei dem Verkehr dauert es womöglich Stunden, bis wir angekommen sind.«

Es war Tradition, dass sie Weihnachten mit Bernards Nichte Rose, ihrem Mann Jeremy und den Kindern Poppy und Max verbrachten. Poppy war mittlerweile acht und Max vierzehn, und die Ankunft der Quinns läutete jedes Jahr den Beginn des Weihnachtsfestes ein.

Bernard packte den Kofferraum mehrmals um und klappte die Sitze nach vorn, um das Puppenhaus zwischen den Taschen zu verstauen. Als er es endlich geschafft hatte, warf er schwer atmend den Kofferraumdeckel zu.

»Hast du deinen Inhalator eingepackt?«, fragte Jenny, die unter den vielen Behältern mit ihren Kreationen kaum zu sehen war.

»In meinem Koffer«, antwortete er und startete den Wagen. »Wir können nur hoffen, dass wir keinen Unfall bauen, Jenny. Die denken sonst, ein lebendiger Kuchen wäre mit dem Auto gefahren!«

Sie fuhren von Weihnachtsmusik aus dem Radio begleitet die Fernstraße entlang, und Jenny sah aus dem Fenster und beobachtete die anderen Fahrer und Mitfahrer, die auf dem Weg zu ihren Weihnachtsfeierlichkeiten waren. Da war ein besorgt wirkender Mann, der – wie sie vermutete – von seiner panischen Frau losgeschickt worden war, um die vergessene Brandybutter zu besorgen. Er wusste wohl nicht, dass man sie ganz einfach selbst herstellen konnte und sie dann sogar noch besser schmeckte. Auf dem Rücksitz eines Familienvans saßen zwei kleine Jungen und hatten den Blick in den dunkler werdenden Himmel gerichtet. Offenbar hofften sie, einen frühen Blick auf den Weihnachtsmann zu erhaschen. Einer der kleinen Jungen wandte sich um, deutete auf ihr Auto und drückte sich seine Nase an der Fensterscheibe platt. Einen Moment lang dachte Jenny, er hätte sie mit jemandem verwechselt, aber dann wurde ihr klar, dass der Junge Interesse an Maurice, dem kleinen, müde aussehenden Bären auf dem Armaturenbrett, gefunden hatte.

Maurice hatte zwei Glasaugen, von denen eines nur noch an einem dünnen Faden hing und in eine andere Richtung blickte. Außerdem hatte er mittlerweile mehrere kahle Stellen. Er hatte in jedem ihrer Autos gewohnt, und er war nach ihrem allerersten Wagen, einem Morris Minor 1000, benannt worden. Jenny erinnerte sich noch gut an den Tag, an dem sie ihn gekauft hatten. Es war Bernards fünfundzwanzigster Geburtstag gewesen, und er hatte strahlend die gewölbte, graublaue Motorhaube gestreichelt. Jenny war anfangs nicht wohl dabei gewesen, so viel Geld auszugeben, aber Bernard hatte monatelang einen Teil seines Lohns für das Auto gespart und war nicht davon abzubringen. *Denk doch nur an all die Abenteuer, die wir damit erleben werden*, hatte er gesagt, und er hatte recht behalten.

Sie sah von Maurice zu Bernard, der sich auf die Straße konzentrierte. Die Falten um die Augen und um den Mund wiesen ihn als gutmütigen Mann aus, der gern lachte. Sie bewunderte seine ungewöhnlich dichten Wimpern, um die sie ihn seit mehr als einem halben Jahrhundert beneidete, und dachte an die vielen Stunden, die sie neben ihm auf dem Beifahrersitz verbracht hatte. Manchmal unterhielten sie sich, dann wieder genossen sie einfach schweigend die Gesellschaft des anderen. Ein Leben ohne ihn konnte sie sich nicht vorstellen.

4
Ein Mince Pie, eine Karotte und ein Schlückchen Sherry

Jenny stand auf einem Stuhl, die mehrmals übergeschlagene Schürze ihrer Mutter um die Mitte gewickelt, und sah zu, wie Schmalz und Margarine in kleine Würfel geschnitten wurden, die schließlich lautlos ins Mehl fielen.

»Du musst die Mischung zerreiben«, erklärte ihre Mutter, während sie ihre Ringe von den Fingern zog und aufs Fensterbrett legte.

»So.« Sie stellte sich hinter Jenny und summte vor sich hin, während sie das Fett und das Mehl zwischen ihre Handflächen nahm und diese aneinander rieb, als müsste sie ihre Hände warm rubbeln. Das Gemisch rieselte wie Schnee zurück in die Schüssel.

Jenny nickte und spürte den weichen Faltenrock ihrer Mutter an der Hinterseite ihrer Beine, als sie versuchte, es ihr nachzumachen, wobei ihre kleinen Hände es nicht ganz hinbekamen.

»Genau so«, lobte ihre Mutter, strich ihr die Haare hinter die Ohren und drückte ihr einen Kuss auf den Scheitel. »Du musst nur Geduld haben. Irgendwann sieht es aus wie Brotkrumen.«

Das Fett klebte zwischen ihren Finger, und sie musste immer wieder aufhören, um es abzulösen und in die Schüssel zurück fallen zu lassen, und noch einmal von vorn zu be-

ginnen. Es hatte etwas Befriedigendes, die eigenen Hände zu benutzen und das kitzelnde Mehl zwischen den Fingern zu spüren.

Plötzlich schnappte ihre Mutter nach Luft.

»Es ist schon zwei Uhr nachmittags!«, rief sie und beugte sich über Jenny, um in rasendem Tempo den Rest zu erledigen, bevor sie etwas kaltes Wasser hinzufügte. »Wir sollten längst bei Großmama sein. Wo ist die Zeit nur hin?«

Sie vermengte alles mit dem Messer, und ihr ganzer Körper bewegte sich dabei, sodass der Anhänger ihrer Kette gegen ihre Brust schlug. Schließlich formte sie den Teig mit ihren zarten Händen zu einer Kugel, bestäubte das Nudelbrett mit Mehl und legte die Kugel in die Mitte.

»Jetzt musst du den Teig etwa einen halben Zentimeter dick ausrollen«, erklärte sie und zeigte Jenny mit den Fingern die ungefähre Dicke, bevor sie ihr das Nudelholz reichte.

Jenny legte die Hände auf die Griffe und drückte das Nudelholz in den Teig, um es mit ganzer Kraft vor und zurück zu rollen, doch es entstand lediglich eine große Mulde.

»Deshalb nehme ich eine Hälfte Schmalz«, erklärte ihre Mutter und legte die Hände sanft auf Jennys, um ihr behilflich zu sein. »So geht es einfacher.«

Am Ende lag der Teig wie ein kaltes, glattes Blatt Papier vor ihnen, und Jenny konnte nicht anders, als die Hand über die Oberfläche gleiten zu lassen. Mehl bestäubte ihre Fingerspitzen.

»Jetzt kommt das Beste«, verkündete ihre Mutter und legte einen Ausstecher auf den Teig, der einen zarten Abdruck hinterließ. »Versuche, so viele wie möglich auszustechen. Schön genau und nahe beieinander.«

Jenny drückte den Ausstecher fest in den Teig, und er sank hindurch, bis er auf dem Nudelbrett auftraf. Sie drückte den ausgestochenen Teig mit dem Finger heraus und bewunderte die symmetrische Form auf ihrer Handfläche.

»Wunderschön«, lobte ihre Mutter.

Irgendwann blieb lediglich ein durchlöcherter Teigrest übrig. Ihre Mutter formte ihn eilig erneut zu einer Kugel, und sie wiederholten die einzelnen Schritte, bis nur noch ein würfelgroßes Stück Teig vor ihnen lag.

»Darf ich das essen?«, fragte Jenny.

Ihre Mutter nickte, und auf ihrer rechten Wange erschien ein Grübchen. »Er ist nicht sonderlich süß, oder?«

»Nein«, antwortete Jenny und drückte den faden Teigklumpen mit der Zunge an den Gaumen. »Aber ich mag ihn trotzdem.«

Sie legten die ausgestochenen Kreise in die Formen, drückten die Ränder fest und gaben jeweils einen Teelöffel der Fruchtfüllung hinein.

»Soll ich dir ein Geheimnis verraten?«, fragte ihre Mutter und beugte sich so nahe heran, dass Jenny ihr Parfüm riechen konnte. »Wenn ich noch etwas Mandelpaste übrig habe, verstreiche ich eine dünne Schicht auf der Füllung, bevor ich den Deckel aufsetze. Deshalb mag dein Vater meine Mince Pies am liebsten.«

Jenny bestrich den Teigrand mit Wasser und drückte den Deckel am Rand fest, sodass in der Mitte eine kleine Wölbung entstand, die ihre Mutter mit der Gabel anstach.

Enttäuschung stieg in ihr hoch, weil nun schon alles vorbei war, doch dann fiel ihr Blick auf ein übrig gebliebenes rundes Teigstück.

»Wenn du dich beeilst, kannst du daraus noch ein Marmeladentörtchen machen«, schlug ihre Mutter vor und holte ein Glas Konfitüre aus der Vorratskammer.

»Ich glaube, das Törtchen bekommt der Weihnachtsmann«, beschloss Jenny. »Falls er schon zu viele Mince Pies hatte.«

Ihre Mutter schob alles in den heißen Ofen, und Jenny setzte sich davor und lehnte sich mit dem Rücken dagegen. Ihre Wangen glühten, während ein süßer Duft das Haus erfüllte.

»Mummy«, fragte Jenny und runzelte besorgt die Stirn. »Wird es dieses Jahr eine Weihnachtsansprache geben? Jetzt, wo wir keinen König mehr haben?«

»Ich schätze, das wird Elizabeth übernehmen, immerhin ist sie jetzt unsere Königin«, erwiderte ihre Mutter. »Du ulkiges kleines Ding. Möchtest du ein Marmeladenlöffelchen?«

Jennys Gesicht hellte sich auf, als ihre Mutter ihr den Teelöffel wie einen Lolli überreichte.

Sie drückte das kalte, gewölbte Metall auf ihre Zunge, während sie in der erdbeerigen Süße schwelgte. Es gab keinen Ort, an dem sie glücklicher gewesen wäre.

Der Mond leuchtete vom Nachthimmel, und sie saßen vor dem Kamin, aßen in Scheiben geschnittenen Schinken, Scotch Eggs und Waldorfsalat und nippten an ihrem Glühwein, während sie lachten und sich unterhielten und dabei strahlten, wie es nur an Heiligabend möglich war.

Der erdige Geruch von Tannennadeln erfüllte den Raum, und der Weihnachtsbaum stand stolz im Fenster und trug die Erinnerungen an unzählige Weihnachten im Kreise der Familie. Es gab alten Baumschmuck aus den Vierzigern, der Margot gehört hatte, und ausgebleichte bunte Reflexkugeln mit einem goldenen Innenleben. Einen Stern aus Salzteig an einem roten Band, den Poppy ausgiebig mit Metalliclack bepinselt hatte und auf dessen Rückseite ihre Initialen eingeritzt waren. Und einen Schneemann, der etwas zerzaust, aber immer noch hoch geschätzt auf einem der unteren Äste saß und aus Krepppapier und denselben Wattebäuschen bestand, die Rose vermutlich zum Abschminken verwendete.

Jeremy erzählte Bernard von seinen Abenteuern auf dem Fahrrad. Er war ein drahtiger Mann, der die Woche über als Anwalt sein Geld verdiente und die Wochenenden in enger Sportkleidung verbrachte, während ihn seine gut trainierten Beine kurvenreiche Landstraßen entlang und auf Hügel trugen. Poppy platzte beinahe vor Aufregung und versuchte immer wieder, Bernards Aufmerksamkeit mit Unterbrechungen wie »Onkel Bernie, willst du mitkommen und dir mein Zimmer ansehen?« von ihrem Vater wegzulenken.

Jenny verstand, warum Poppy Bernard so abgöttisch liebte. Er hatte eine wundervolle Art, mit Kindern umzugehen, denn er sprach mit ihnen, als wären sie ihm ebenbürtig. Er klang nie herablassend, täuschte nie Begeisterung vor oder gab Kommentare zu ihrem Auftreten ab, sondern hörte ihnen mit derselben Aufmerksamkeit zu wie den Erwachsenen.

Während Poppy Bernard durchs Haus führte wie einen gutmütigen, aber müden Labrador, versuchte Rose, Max wenigstens ein paar Worte zu entlocken. Der Junge war seit dem letzten Weihnachtsfest offenbar zu einem Teenager herangewachsen.

»Erzähl Tante Jenny doch von dem Preis, den du in der Schule gewonnen hast«, schlug Rose vor und strich sich die dicken blonden Haare hinter die Ohren, von wo sie unweigerlich sofort wieder nach vorn sprangen, wie es Haare in der Familie Quinn so an sich hatten.

Max wippte mit den Knien und vermied jeden Blickkontakt. »Ich habe den Mathepreis für die höchste Jahresbewertung gewonnen«, erklärte er, als stünde darauf die Todesstrafe. Seine Stimme klang seltsam, wie eine falsch gestimmte Trompete.

»Das ist ja wunderbar, Max«, sagte Jenny und erinnerte sich, wie er als kleiner Junge in der Küche auf einem Stuhl neben ihr gestanden hatte, während sie Marmeladentörtchen zubereitete, und wie er aus dem restlichen Teig Roboter gebastelt hatte.

»Dann gefällt es dir also in der Schule?«

Max ließ die Haare noch weiter ins Gesicht fallen und zog unauffällig sein Handy aus der Hosentasche.

»Ja, schon«, antwortete er, grinste über etwas auf dem Display und antwortete in atemberaubendem Tempo auf eine Nachricht.

»Er muss jetzt bald die Fächer für die Mittlere Reife wählen«, fügte Rose hinzu, um seine Aufmerksamkeit wieder auf das Gespräch zu lenken. »Nicht wahr, Max?«

Er nickte. »Geschichte, Tontechnik, Spanisch und Fotografie.«

»Fotografie?« Rose richtete sich auf. »Seit wann?«

»Seit meine Freunde sich dazu entschieden haben …«

»Du solltest deine Zukunft aber nicht auf den Entscheidungen deiner Freunde aufbauen …«

»Spanisch«, meinte Jenny eilig, während Max an seinen ohnehin kurzen Fingernägeln zupfte. »Das ist eine tolle Sprache. Es ist sicher gut, so unterschiedliche Fächer zu wählen.«

»Genau«, erwiderte Max und warf seiner Mutter unter den Haaren hervor einen bösen Blick zu. Auf seiner Oberlippe zeichnete sich bereits der Schatten eines ersten Bartes ab.

Jenny hatte miterlebt, wie Rose in die Mutterrolle geschlüpft war, als wäre es das Natürlichste auf der Welt. Es hatte Weihnachten gegeben, an denen Max sich an ihr Bein geklammert hatte, während sie das Weihnachtsessen vorbereitet hatte, obwohl sie sich nebenbei noch ein winziges Baby vor den Bauch gebunden hatte. Jenny hatte gesehen, wie Rose eine Salzstange wie einen Zauberstab aus ihrer Tasche zog, wenn Max kurz davor stand, in Tränen auszubrechen, oder wie sie wie aus dem Nichts ein Malbuch hervorzauberte, um ihn zu bestechen, damit sie in Ruhe essen konnten. Jenny fragte sich, ob alle Mütter diese Fähigkeiten derart mühelos entwickelten und ob Jeremy Rose deshalb vielleicht noch mehr zu lieben gelernt hatte.

Nach dem Abendessen kam der Moment, auf den alle gewartet hatten: die Enthüllung von Jennys Weihnachtsleckereien. Poppys Augen leuchteten auf, und als sie den Tiffin sah, klatschte sie in die Hände wie ein aufgeregter Seehund. Jenny sah glücklich und zufrieden zu, wie Poppy zuerst den Boden wegknabberte, bis nur noch die oberste Schokoschicht übrig war, von der sie offensichtlich jeden Bissen genoss.

»Du hast ja dieses Jahr noch mehr gebacken als sonst, das reicht für Wochen!«, erklärte Jeremy und konnte gar nicht genug bekommen vom Anblick all der Köstlichkeiten.

»Oh, seht nur!« Rose deutete begeistert auf den Weihnachtsbaumstamm. »Poppy, Max – das hier war Granny Margots Lieblingskuchen.«

»Schön«, meinte Max, schnitt sich eine großzügige Scheibe ab und machte sich darüber her, als hätte er noch nie etwas Süßes gegessen. Er schien nicht einmal Luft zu holen.

»Du bist die beste Bäckerin der Welt, Tante Jenny«, erklärte Poppy, den Mund voller Schokolade.

»Das ist ihre Superkraft«, erwiderte Bernard.

Jenny starrte in den riesigen amerikanischen Kühlschrank. Die Küche war das genaue Gegenteil ihrer eigenen. Gerade Linien, Halogenspots in der Decke und nichts, das schief in den Angeln hing oder aus den Führungsschienen sprang.

»Brauchen wir Milch?«, fragte Poppy und holte eine Karotte aus dem Gemüsefach. »Vielleicht ist der Weihnachtsmann durstig.«

»Ich glaube, er trinkt lieber Sherry«, meinte Bernard, der unbehaglich auf einem Barhocker an der Kücheninsel balancierte. »Was meinst du, Darling?«

»Ja, das glaube ich auch«, erwiderte Jenny. »Milch bekommt er überall.«

Sie begleitete Poppy zum Kamin. Der Glaube des Mädchens war unerschütterlich, und sie spürte, wie etwas von der Magie auch auf sie übergriff, als sie den Deckel von dem Behälter mit den selbst gemachten Mince Pies hob und eine Zuckerwolke aufstieg. Sie beobachtete, wie Poppys Hand über den Törtchen schwebte, während sie überlegte, welches sie nehmen wollte.

»In den Mince Pies befindet sich eine Geheimzutat. Sie schmecken ihm sicher.«

»Was denn?«, fragte Poppy, während Bernard mit dem Sherryglas ins Wohnzimmer trat.

»Eine dünne Schicht Mandelpaste unter dem Deckel, das macht den entscheidenden Unterschied.«

»Seid ihr wach?« Poppys Stimme drang durch den Türspalt, und auch wenn sie flüsterte, war es klar, dass sie sie wecken wollte.

»Gerade mal so, Pops«, murmelte Jenny und sah benommen auf die Uhr. Dreiviertel sechs. Das war früh, sogar für sie.

»Frohe Weihnachten, Darling«, sagte Bernard mit tiefer, rauchiger Stimme und griff nach seiner Brille. »Ich glaube, wir stehen besser auf.«

Jenny zog sich ihren Morgenmantel über und folgte Poppy die Treppe hinunter, im Schlepptau Bernard, Rose und Jeremy, wie bei einer etwas aus dem Tritt geratenen, schlaftrunkenen Polonaise. Max war inzwischen offenbar in einem Alter, in dem das Verlangen, im Bett zu bleiben, größer war, als der Wunsch, sich im Morgengrauen einen Strumpf vom Kamin zu holen. Draußen war es noch dunkel, und eisiger, im Licht der Straßenlaternen glitzernder Nebel hing über dem Boden. Jenny war siebenundsiebzig, doch selbst sie spürte das Kribbeln und die Magie, als läge am Weihnachtsmorgen ein Zauber über allem.

Poppy hielt vor der Wohnzimmertür inne und wandte sich mit vor Aufregung geweiteten Augen um. »Soll ich reingehen?«, fragte sie.

Die Erwachsenen nickten, und sie öffnete die Tür. Es roch heimelig nach Tannennadeln, und der Raum wurde lediglich von den Lichtern des Weihnachtsbaums erhellt, unter dem sich bunte Geschenke in verheißungsvollen Formen stapelten. Vor dem Kamin war ein großes Etwas zu erkennen, verborgen unter einem Tuch im Schottenmuster und viel zu groß für den prall gefüllten Strumpf, der daneben hing.

»Er war da!«, rief Poppy und huschte auf den geheimnisvollen Gegenstand zu.

Jenny beobachtete Bernard, als Poppy das Tuch herunterzog. Die Augen hinter den Brillengläsern glänzten im Schein der unzähligen Lichter.

»Ein Puppenhaus!« Poppy schnappte nach Luft und blickte in die kleinen Zimmer, in denen es nach frischer Farbe und gehobeltem Holz roch. Es war ein viktorianisches Puppenhaus mit Sprossenfenstern und einem Dach, das sich nach hinten klappen ließ, um den Blick auf die Schlafzimmer darunter freizugeben.

Bernard drückte den Lichtschalter, und die zierlichen Deckenleuchter flammten auf und erweckten das Haus zum Leben. Poppy zappelte vor Freude über ihre kleine Welt. Bald würde sie sie mit Bewohnern füllen, die für sie genauso real waren wie der Weihnachtsmann.

»Schloss Margot«, las sie und deutete auf das handgemalte Schild über der Eingangstür.

Rose und Jeremy traten näher und bückten sich, um es zu begutachten.

»Danke, Weihnachtsmann«, sagte Rose, warf einen Blick auf Bernard und legte sich ergriffen eine Hand aufs Herz. Der Raum schien in diesem Moment vor Liebe überzugehen.

5
Weihnachtskuchen

Der sechsundzwanzigste Dezember begann mit einem Durcheinander aus Wanderstiefeln und Wintermänteln, nachdem Jeremy beschlossen hatte, die Familie für ihren alljährlichen Weihnachtsspaziergang nach draußen zu befördern. An jedem anderen Tag des Jahres geschah dies ohne viel Aufregung, doch heute war es ein Ereignis. Rose wickelte vorgeschnittene Stücke des Weihnachtskuchens in Alufolie und füllte Tee in eine Thermoskanne, während Max halbherzig seine langen Strümpfe suchte, die auf geheimnisvolle Weise verschwunden waren.

»Ich weiß nicht, ob ich mitkommen kann«, erklärte er und strich sich die Haare aus der Stirn, sodass man einen seltenen Blick auf seine vor Müdigkeit verquollenen Augen erhaschen konnte. »Ich kann meine Strümpfe nicht finden.«

»Sei nicht albern, du kannst welche von mir haben«, meinte Jeremy und warf ihm ein Paar zusammengerollte Strümpfe zu, die daraufhin den Flur entlangrollten, sodass Max ihnen mürrisch hinterherschlurfen musste.

Irgendwann hatten sie es alle geschafft, und das gefrorene Gras knirschte unter ihren Schuhen, während ihre Nasen nach den ersten Atemzügen in der eisigen Morgenluft bereits blau gefroren waren. Jenny drehte sich zu Bernard um, der Poppys Hand hielt und ihr gerade von den Geheimkräften der Ampferblätter erzählte, die hervorragend gegen das Jucken von Brennnesseln halfen. Im Kreise der Familie wurde ihr wieder einmal klar, dass er als Mitglied einer Meute geradezu aufblühte, sein Leben allerdings nur als Teil eines Paares verbracht hatte.

»Ich weiß noch, wie Onkel Bernard mir genau dasselbe erklärt hat, als ich noch ein kleines Mädchen war«, sagte Rose. »Auf einem unserer Campingurlaube in Devon.«

»Daran erinnerst du dich?«, fragte Jenny.

»Natürlich.« Rose klatschte in die behandschuhten Hände. »Es sind einige meiner schönsten Erinnerungen. Eiscreme, Kricket am Strand, Fish and Chips …«

Jenny dachte an die Jahre zurück, in denen sie Rose im Sommer mit zum Campen genommen hatten. Vordergründig, um Margot und John zu entlasten, aber vor allem, weil es ihnen unheimlich Spaß gemacht hatte. Jenny hatte das Auto mit Dosen voller Plätzchen, Feldflaschen voller Suppe, Brot und gebackenen Bohnen gefüllt, und Bernard hatte jedes Mal liebevoll gescherzt, dass sie doch *nur sechs Tage und nicht sechs Wochen* unterwegs sein würden. Sie erinnerte sich, wie sie zu dritt nachts im Zelt dem Rufen der Eulen und dem Rascheln der Bäume gelauscht hatten, wie Bernard Rose von der Meeresfee erzählt hatte, die er angeblich gesehen hatte, und wie aufgeregt Rose gewesen war. Am Morgen hatte das Mädchen dann oft eine kleine Muschel im Zelt gefunden, die von der Meeresfee zurückgelassen worden war.

»Erinnerst du dich an das Jahr, in dem es so viel geregnet hat?«, fragte Rose und schlug sich immer noch entsetzt eine Hand vor den Mund. »Und dann hatten wir auch noch ein Loch im Zelt!«

»Ja!«, meinte Jenny. »Wir haben im Auto geschlafen, nicht wahr?«

Rose nickte. »Außer Onkel Bernie. Der ist im Zelt geblieben, damit wir mehr Platz hatten.«

Sie gingen einen Moment schweigend weiter, beide in Gedanken versunken, während ihre Schritte sich einander anpassten.

»Also, was hält das nächste Jahr für euch bereit?«, fragte Rose.

Jenny dachte an den Einsendeschluss für die Bewerbung, und die in ihr aufsteigende Begeisterung wurde sofort von der Erinnerung an das Datum erstickt. *Der 11. Januar.*

»Keine Ahnung, ehrlich gesagt«, antwortete sie und war froh, dass sie spazieren gingen und Rose ihr Gesicht nicht sehen konnte. »Obwohl es auf jeden Fall ein großes Jahr für Bernard und mich wird. Im Oktober sind wir sechzig Jahre verheiratet.«

»Aber natürlich!«, erwiderte Rose, deren Arme beim Gehen vor und zurück schwangen. »Werdet ihr groß feiern?«

»Ich glaube schon, aber zuerst müssen wir es bis dahin schaffen.«

Rose lachte. »Du hast es neunundfünfzig Jahre ausgehalten, da schaffst du doch sicher noch ein paar Monate mit ihm, oder?«

Jenny beschloss, das Missverständnis nicht aufzuklären. Sie wollte nicht trübsinnig klingen.

»Was ist mit euch? Habt ihr Pläne?«

»Ich werde mich wohl hauptsächlich auf die Arbeit konzentrieren«, antwortete Rose, deren Gummistiefel bereits feucht glänzten. »Ich hoffe, ich werde dieses Jahr zur Partnerin ernannt.«

»Das ist toll«, sagte Jenny, zog ein zerknülltes Taschentuch aus dem Ärmel und schnäuzte sich. »Ich drücke dir die Daumen, obwohl ich sicher bin, dass du das gar nicht brauchst.«

»Danke.« Rose senkte die Stimme. »Meine größte Sorge ist, dass ich keine Balance zwischen der beruflichen Herausforderung und Poppy und Max finde.«

Jenny nickte, als würde sie es verstehen.

»Poppy ist noch so klein, und Max braucht mich mehr, als er zugeben will, vor allem jetzt, vor der Mittleren Reife.«

Jenny suchte nach ein paar weisen Worten oder Erfahrungen, die sie Rose mitgeben konnte, aber stattdessen spürte sie, wie sie immer weiter und weiter in sich zusammenschrumpfte und sich der Schmerz über ihre Unzulänglichkeit wie ein Messer in ihre Brust bohrte.

»Ich habe alles, was du tust und leistest, nie selbst erlebt«, erklärte sie, denn sie hatte das Gefühl, etwas sagen zu müssen, »also ist meine Meinung wohl nicht von Belang, aber du hast zwei wundervolle Kinder und eine herausragende Karriere, also trau einfach deinem Instinkt. Er hat dich weit gebracht.«

Sie warf einen Blick zurück auf Bernard und Poppy, die sich gerade über einen Zaun beugten und einen Maulwurfshügel begutachteten.

»Danke, dass du uns an deiner Familie teilhaben lässt, Rose.«

»Ach, Tante Jenny«, erwiderte Rose und streichelte mit der behandschuhten Hand ihren Arm. »Du weißt, dass wir uns glücklich schätzen, euch beide zu haben.«

»Wartet mal, ihr zwei!«, rief Jeremy ihnen nach und schloss winkend zu ihnen auf. »Machen wir lieber etwas langsamer. Bernard kommt sonst nicht hinterher.«

»Es ist mir schon aufgefallen, dass er etwas unsicherer auf den Beinen ist als beim letzten Mal«, meinte Rose, legte die Stirn in Falten und senkte die Stimme. »Er ist zweiundachtzig, Jeremy. Ich glaube, wir hätten den kürzeren Weg nehmen sollen.«

Jenny spürte einen Stich. Roses Worte waren nur allzu wahr.

»Warum halten wir an?«, fragte Max, der nach vorn gebeugt, die Hände tief in den Taschen, auf sie zuschlurfte.

»Wir warten auf Onkel Bernie«, antwortete Rose. »Damit wir zusammen weitergehen können.«

Als Bernard schließlich kam, klang sein Atem angestrengt.

»Ist alles in Ordnung, Darling?«, fragte Jenny und bemerkte, wie er die Hand nach einem Baumstumpf ausstreckte, um sich erschöpft daran abzustützen.

»Sicher«, antwortete Bernard und wandte den Blick ab, damit ihn nicht alle anstarrten. Er holte seinen Inhalator aus der Tasche, nahm ihn zwischen die Lippen und atmete keuchend ein, wobei er klang wie eine menschliche Ziehharmonika.

»Onkel Bernie hat einen Inhalator!«, rief Poppy beinahe genauso aufgeregt wie am Weihnachtsmorgen. »Ich möchte auch so gerne einen haben. Wie meine Freundin Jessica.«

»Wie wäre es mit einer Teepause?«, fragte Rose, womit die anderen sofort einverstanden waren. Sie bildeten einen Kreis um den Baumstumpf und blickten gemeinsam auf die Felder hinaus.

»Wer möchte ein Stück Weihnachtskuchen?« Rose bemühte sich, die Alufolienpäckchen mit den dicken Handschuhen an den Fingern auszupacken.

»Tante Jenny!«, flüsterte Poppy plötzlich aufgeregt, zog Jenny am Arm und deutete in Richtung der Bäume.

Jenny ließ den Blick wandern und entdeckte einen Hirsch, der sein Geweih wie eine Krone auf dem Haupt trug. Er trat aus dem Nebel wie ein Wesen aus einer magischen Welt, und mehrere Spaziergänger hielten inne. Die Gruppe der Zuschauer wuchs, und die Hirschherde wurde ebenfalls größer. Die Eleganz der Tiere unterstrich die Plumpheit der menschlichen Beobachter, die ihnen dümmlich aus ihren Mänteln und Schals entgegenstarrten. Zwei Spezies aus unterschiedlichen Welten, die sich staunend gegenseitig beäugten.

Jenny entdeckte einen kleinen Jungen. Er war nicht älter als zwei, und seine feinen Haare kringelten sich in seinem Nacken.

Rose hatte es endlich geschafft, den Kuchen auszupacken, und verteilte die Stücke. Sie reichte die Thermoskanne mit dem dampfenden Tee herum, doch Jenny lehnte höflich ab. Getränke aus der Thermoskanne schmeckten immer ein wenig salzig, als hätte die Suppe, die sie irgendwann enthalten hatte, einen bleibenden Geschmack hinterlassen.

Der Junge schob sich durch die umstehenden Erwachsenen und wurde immer schneller. Jenny beobachtete die Körpersprache der Leute ringsum, um herauszufinden, zu wem er gehörte.

»Der schmeckt köstlich, Rose«, bemerkte Bernard und ermunterte Jenny, doch auch zu probieren.

Schon beim ersten Bissen war ihr klar, dass er nur höflich sein wollte. Der Kuchen war zu lange im Ofen gewesen. Der Rand war zu dunkel, und das Ganze fiel auseinander wie Sand. Die Trockenheit war aber nicht das Schlimmste. Es waren vielmehr die unerwartet harten Rosinen, die sich wie Kieselsteine zwischen ihren Zähnen anfühlten.

»Danke, Onkel Bernie, das war Mums Rezept, es gelingt praktisch immer«, sagte Rose, und Jenny hatte sofort ein schlechtes Gewissen. Gott sei Dank konnte hier niemand Gedanken lesen.

»Ich esse nur den oberen Teil«, erklärte Poppy, löste die Eiweißglasur und biss hinein wie in ein Stück Kreide.

»Das ist aber nicht nett, Poppy. Mummy hat sich solche Mühe gegeben«, meinte Rose mit hochgezogenen Augenbrauen.

Der kleine Junge hatte sich inzwischen von der Gruppe gelöst und lief direkt auf die Hirsche zu, die bedrohlich die Köpfe hoben. Jenny spürte ihr Herz in der Brust pochen, während sie zusah, wie die kleinen Beine schneller und schneller wurden, als hätte die Gefahr den Jungen vollkommen in den Bann gezogen.

»Ich esse dein Stück, Pops«, erklärte Max, der seinen eigenen Kuchen hinuntergeschlungen hatte, und streckte die Hand aus.

In diesem Moment sprang Jenny ohne Vorwarnung auf und stürzte hinter dem kleinen Jungen her. Ihre Beine bewegten sich wie von selbst. Als sie nahe genug war, griff sie nach seiner Kapuze und zog ihn zurück, sodass er mit einem Rumms nach hinten fiel.

Es folgte eine dreisekündige Stille, dann stieß er einen gellenden Schrei aus.

»Tut mir leid«, flüsterte Jenny, als der Junge zu ihr aufsah. Ein kleiner Fremder mit ungewohnt grünen Augen und gelb verkrusteter Nase. Er atmete keuchend, während sie einander schweigend anstarrten, beide geschockt von dem, was gerade passiert war.

»Wie kommen Sie dazu, ihn an der Kapuze zu ziehen? Sie hätten ihn erwürgen können!«, fauchte die Mutter des Jungen und schwang ihn auf ihre Hüfte, wo er erneut zu weinen begann.

»Es tut mir leid. Es sah von hier aus sehr knapp aus«, murmelte Jenny und trat den Rückzug an, den Blick starr zu Boden gerichtet, in der Hoffnung, unsichtbar zu werden. Als sie zu den anderen zurückkehrte, brannten ihre Wangen.

»Wahnsinn, Jenny, ich habe dich noch nie so schnell laufen sehen«, meinte Bernard grinsend.

»Na, wenigstens *du* fandest es lustig«, fauchte sie, und ein betretenes Schweigen senkte sich über die Gruppe.

Kurz darauf machten sie sich in höfliches Geplänkel vertieft über die Felder auf den Heimweg, und Jenny wünschte sich nichts sehnlicher, als nach Hause zu fahren und den

Teil, den die anderen gerade von ihr zu Gesicht bekommen hatten, erneut tief in ihrem Inneren zu vergraben.

Der Himmel war tiefschwarz, und die Rückstrahler der Autos vor ihnen schlängelten sich wie Schuppen einer Schlange die Straße entlang, als sie zurück nach Kittlesham fuhren. Ein weiteres Weihnachtsfest lag hinter ihnen.

Jennys Gedanken vervielfältigten sich in der Stille des Autos, und Erinnerungen an den vergangenen Tag stiegen in ihr hoch. Das Entsetzen in den Augen des kleinen Jungen, die Wut in den Augen seiner Mutter. Sie sah, wie Bernard immer weiter zurückgefallen war, und ihr Herz zog sich zusammen, als sie erneut Roses Worte hörte, die ihre Ängste bestätigt hatten. An diesem Punkt in ihrem Leben war jeder Tag ein Geschenk.

Einen Moment lang überlegte sie, ihm von dem Backwettbewerb zu erzählen. Von ihrem Hunger nach mehr. Doch das schlechte Gewissen ließ sie schweigen. Warum konnte sie nicht wie Bernard mit dem einfachen, unaufgeregten Leben zufrieden sein? Sie dachte daran, was sie zu Rose gesagt hatte. *Traue einfach deinem Instinkt. Er hat dich weit gebracht.* Es war ein Ratschlag, den sie selbst nie befolgt hatte. Sie ballte die Hände zu Fäusten und brachte die Stimme in ihr zum Schweigen. Die Zeit verrann, und sie spürte die Endgültigkeit in ihrer Brust und tief in den Knochen.

Jetzt oder nie. Sie musste es versuchen.

6
Zitronen-Meringue-Kuchen

Der Januar war für Jenny normalerweise der schlimmste Monat im Jahr. Der Zauber der Weihnachtszeit war verflogen, während der Frühling noch in weiter Ferne lag. Dieses Jahr jedoch war alles anders. Es gab einen Einsendeschluss, den sie einhalten musste.

Ihr lief das Wasser im Mund zusammen, als sie an die säuerliche, puddingartige Zitronenfüllung dachte, der die luftig leichte, in hübschen Kringeln aufgetupfte Baisermasse eine angenehme Süße verlieh. Gepaart mit dem buttrigen Teig, bot die Spezialität ihres Vaters ein perfektes Zusammenspiel aus Textur und Geschmack. Nichts war jemals mit dem Duft vergleichbar gewesen, wenn er seinen Zitronen-Meringue-Kuchen in den Ofen geschoben und der heiße, zitronige Dampf das Haus erfüllt hatte.

Sie hob den ausgerollten Teig an, legte ihn über die geriffelte Kuchenform und drückte ihn mit den Fingerspitzen in die Rillen, sodass die ausgefransten Enden über den Rand hingen. Dann fuhr sie mit einem Messer die Kante entlang, sodass der überschüssige Teig auf die Arbeitsplatte fiel. Es war ein befriedigender Anblick. Sie stach den Boden mit einer Gabel an und stellte die Form in den Kühlschrank, was ihr ein kurzes Zeitfenster verschaffte, um in den Laden zu gehen und eine weitere Packung Eier zu besorgen.

Sie kramte in ihrer Handtasche und zog ihre rote Ledergeldbörse hervor, die so prall gefüllt war, dass die Nähte beinahe platzten. Sie bewahrte alles Mögliche darin auf, nur Geld war kaum zu finden. Da waren Poppys erstes Passbild, ein altes Schulfoto von Max und Bernie auf dem Ausschnitt eines Urlaubsfotos, das kurz nach dem Verkauf seiner Tischlerei und zu Beginn seiner Rente entstanden war. Sie betrachtete sein fröhliches, haselnussbraunes Gesicht, das im starken Gegensatz zu seiner derzeitigen fahlen Hautfarbe stand. Hinter den Fotos steckten Einkaufslisten und Briefmarken, doch das Geldfach war leer. Sie hatte ihr wöchentliches Haushaltsgeld bereits aufgebraucht, dabei war gerade erst Mittwoch.

»Bernie!«, rief sie.

Er trat mit verwundertem Gesicht in die Küche. Er war in Geldangelegenheiten durchaus großzügig, aber deshalb nicht weniger vernünftig, und sie hatten nie Schulden gehabt.

»Ich muss noch mal schnell in den Laden, Eier besorgen, aber ich habe kein Geld mehr. Früher war Backen nicht so teuer …«

»Das ist vielleicht, weil du drei Torten am Tag backst, Darling. Nicht, dass ich mich beschwere, aber könnte es sein, dass du … es ein wenig übertreibst?«

Sie dachte einen Moment darüber nach und tat sich schwer, es abzustreiten. Es wurde immer schwieriger, die schiere Anzahl der Backwaren zu erklären, die sie in letzter Zeit aus dem Ofen gezaubert hatte. Sie produzierte wesentlich mehr, als sie beide essen konnten, die Kühltruhe war voll bis an den Rand, und fast alle Nachbarn waren bereits mit in Fettpapier verpackten Geschenken versorgt worden.

»Es war mein Neujahrsvorsatz, diesen Januar alle glücklich zu machen«, sagte sie und kramte noch immer in ihrer Handtasche. »Und ich habe dem Pflegeheim versprochen, ihnen einen Zitronen-Meringue-Kuchen vorbeizubringen. Den mögen die Männer dort am liebsten.«

»Das ist sehr großzügig von dir«, sagte Bernard und fächerte sein Rentengeld wie Spielkarten auf. »Ich habe diese Woche noch nicht viel verbraucht, du kannst meinen Anteil haben.«

Die Scham traf sie wie ein Stich ins Herz, als sie sein Geld in ihrer Brieftasche verstaute und sich auf den Weg machte. Doch *Das Backduell* hatte sich still und heimlich zu ihrem Lebensmittelpunkt entwickelt und beherrschte langsam sämtliche Gedanken. Wenn sie nachts im Bett lag, schrieb sie im Kopf Einkaufslisten, und wenn sie morgens aufwachte, überlegte sie, ob sie Madeleines oder Fondantpralinen machen sollte.

Jenny wurde von dem beruhigenden Geräusch der Zeitungsseiten geweckt, die über die Bettdecke raschelten, während Bernard versuchte, sie zu einer annehmbaren Größe zu falten. Sie atmete den satten Geruch ihrer schlafwarmen Körper ein und griff nach ihrer Teetasse, wobei ihr Blick auf das Datum auf der Titelseite der Zeitung fiel. Es war der 9. Januar. Übermorgen war der Tag, an dem sie jedes Jahr in stillem Schmerz versank, und dieses Jahr kam noch etwas anderes dazu. Normalerweise bemühte sie sich, den Tag zu überstehen, während sie schweigend in ihrem ganz persönlichen, qualvollen Kummer versank, der selbst nach all der Zeit nicht verflogen war, auch wenn man ihr das damals versprochen hatte. Sie strich sich mit der weichen Baumwolldecke über die Oberlippe, als der Schmerz sie tief im Inneren traf und nichts als Leere hinterließ.

Sie nahm einen Schluck Tee. Heute war die letzte Chance, ihre Bewerbung abzuschicken, wenn sie die Frist nicht versäumen wollte.

»Ich treffe mich nachher mit Ann und Fred zu einem Bowls-Match, Darling«, verkündete Bernard. »Möchtest du mitkommen? Wir könnten danach essen gehen.«

Sie überlegte. »Ich würde ja gern, aber ich habe viel zu erledigen. Dankeskarten verschicken und sonst noch alles Mögliche …«

»Kann das nicht warten?«, fragte er hoffnungsvoll.

Sie stieg aus dem Bett, als hätte sie ihn nicht gehört.

Als Bernard sich auf den Weg zum Bowls-Match machte, trug er einen weißen Pullover und eine Hose, die ständig knisterte. Er sah gar nicht aus wie er selbst, wenn er einmal etwas anderes als eine Cordhose, ein Hemd und einen Wollpullover trug.

Jenny öffnete den Kleiderschrank, um ihr halb fertiges Bewerbungsformular hervorzuholen, das sie in einer Hutschachtel auf dem obersten Regalbrett versteckt hatte. Sie holte den Stuhl von ihrem Schminktisch, stieg hinauf und streckte sich, so gut es ging, als ihr Blick auf einen von Bernards Anzügen fiel. Er hatte ihn vor vielen Jahren zu Roses und Jeremys Hochzeit getragen, der Stoff in edlem Creme und der Hosenbund deutlich enger. Der Anzug erinnerte sie an Bernard, als er Anfang sechzig war. Mittlerweile trug er ihn nicht mehr. Jenny hielt sich den Ärmel an die Nase und atmete den leicht muffigen Geruch des Stoffes ein, unter dem immer noch der holzige Duft seines Aftershaves zu erkennen war. Kleidungsstücke hatten die Fähigkeit, Momente zu konservieren, während ihre Besitzer sich weiterentwickelten und veränderten.

Sie stellte sich vor, wie sie den Schrank ausräumte, nachdem er gegangen war, und wie jedes Hemd eine Erinnerung wachrufen würde. Die Vorstellung, sein Leben in Säcken für die Wohlfahrt zu verstauen, war unerträglich.

Sie griff nach der Hutschachtel und öffnete den Deckel. Das Bewerbungsformular, das sie vor ein paar Wochen ausgedruckt hatte, lag auf ihrem besten schwarzen Hut. Es hatte in der Kiste weitergelebt, genauso wie in ihren Gedanken, ein Samenkorn der Hoffnung, das stetig gewachsen war, bis es nicht mehr zu übersehen war.

Sie beschloss, es in der Küche auszufüllen, dem Ort ihrer besten Kreationen. Die Resopalarbeitsplatte war gesprenkelt wie ein Wachtelei, und sie verband die Punkte mit der Fingerspitze, während sie sich die Antworten überlegte und auf kleinen Zetteln notierte, um sie später mit grüner Tinte in das Formular zu übertragen.

Wie gut würden Sie sich selbst als Bäcker*in einschätzen? Was sagt Ihre Familie / Ihr Freundeskreis zu Ihren Backkünsten?

Dieses Weihnachten hat mein Mann Backen als meine Superkraft bezeichnet. Natürlich ist er befangen, aber ich halte es tatsächlich für die einzige Sache in meinem Leben, die ich wirklich gut kann. Ich komme aus einer Familie, in der das Backen bei jedem Anlass im Mittelpunkt stand. Vor einem Geburtstag wurde die Zubereitung der Torte bis ins Detail besprochen, sodass sie mit der Zeit wichtiger wurde als der Geburtstag selbst. Ich entstamme einer langen Linie von Menschen, für die Backen die größte Freude im Leben darstellte. Es ist etwas, das man teilen sollte, und – das habe ich erst jetzt erkannt – auch etwas, durch das man sich an Menschen erinnert. Ich weiß, dass ich gut backen kann, und ich weiß, dass ich der Herausforderung gewachsen bin.

Es fiel Jenny nicht leicht, ihre eigenen Fähigkeiten zu bewerten, und es fühlte sich unnatürlich an. Was, wenn sie arrogant klang – oder noch schlimmer: wahnhaft? Wenn sie sich hingegen zu bescheiden gab, hatte sie womöglich keine

Chance. Also zählte sie ihre erfolgreichsten Werke in jeder Kategorie auf und bewertete sie anhand der Reaktionen ihrer Freunde und der Familie.

Gefüllte Kuchen:

Onkel Stanleys Kirsch-Whiskey-Kuchen – benannt nach meinem Onkel, der damals so entzückt davon war, dass er sich ein Stück nach dem anderen nahm und nach dem vierten zusammengekrümmt vor Schmerz vom Tisch wankte. Seine Maßlosigkeit sorgte damals für Entrüstung, aber im Nachhinein war es ein großes Kompliment.

Jenny lächelte, als sie an die verschiedenen Anlässe und ihre dazugehörigen Kreationen zurückdachte, doch irgendwann hatten die Fragen nichts mehr mit Backen zu tun. Als sie zum nächsten Punkt kam, hielt sie mit dem Stift auf dem Papier inne und hinterließ prompt einen Tintenfleck.

Was ist Ihr größtes Ziel im Leben?

In siebenundsiebzig Jahren hatte ihr noch nie jemand diese Frage gestellt. Sie war keine besonders ehrgeizige Person und hatte keine schulischen Erfolge, keine besondere Karriere und keine eigene Familie vorzuweisen. Bis jetzt hatte sie sich keine Gedanken darüber gemacht, ob sie in ihrem Leben ebenfalls Ziele haben konnte.

Sie beschloss, ehrlich zu sein.

In meinem Leben ging es bisher nicht um große Ziele, sondern eher um kleine Siege. Eine perfekt gedrehte Biskuitrolle; ein fachkundig gestürzter, samtig roter Summer Pudding; die Freude, wenn ich beim Anschneiden eines Omelette surprise feststelle, dass die

Eiscreme kalt geblieben ist. Ich würde sagen, mein größter Erfolg ist die Ehe mit meinem Mann Bernard, mit dem ich dieses Jahr den sechzigsten Hochzeitstag feiere und den ich innig liebe. Doch während er es sich huldreich im Winter seines Lebens gemütlich macht, frage ich mich rückblickend, was ich mit meinem eigenen Leben angestellt habe. Wenn ich einmal gehen muss, werde ich der Welt nichts hinterlassen, außer vielleicht ein paar Rezepte in meinem Küchenschrank. Das Backduell – Backen auf der Insel ist das erste große Ziel, das ich mir in meinem Leben gesetzt habe, und ich bin siebenundsiebzig. Langer Rede kurzer Sinn: Mir ist einfach klar geworden, dass ich es jetzt versuchen muss, sonst ist es zu spät.

Sie quetschte die Antworten in die dafür vorgesehenen Felder und bemühte sich um ihre schönste Handschrift, auch wenn diese in den letzten Jahren ein wenig zittrig geworden war. Dann sah sie auf die Uhr. Viertel nach vier. Sie hatte völlig die Zeit vergessen, die Post schloss um fünf, und Bernard würde bald zurück sein.

Sie faltete die Blätter sorgfältig und steckte sie zusammen mit mehreren Fotos in den Umschlag. Es waren neue und alte Aufnahmen, wie etwa ein Schwarz-Weiß-Bild vom vierzigsten Geburtstag ihres Vaters, der begeistert vor einem Cricket-Feld aus Biskuit mit bunter Glasur stand. Außerdem hatte sie das Foto ausgewählt, das Bernard an Heiligabend gemacht hatte und das sie inmitten ihrer Festtagsleckereien zeigte, wie eine stolze Lehrerin im Kreise ihrer Schulklasse. Sie schloss den Umschlag und öffnete ihn noch einmal, um zu sehen, was den Leuten vom Sender als Erstes ins Auge springen würde, doch dann beschloss sie, sich besser zu beeilen.

Mit der Zunge fuhr sie über den süßlich schmeckenden Klebestreifen, drückte ihn kraftvoll an, schrieb die Adresse auf den Umschlag und klebte eine Briefmarke darauf. Als sie an der Haustür gerade in ihren Mantel schlüpfte und den Hut aufsetzte, sah sie einen Umriss durch das Glas, der wie Bernard aussah, und gleich darauf hörte sie Stimmen.

Sie warf einen weiteren Blick auf die Uhr. Halb fünf.

»Guten Tag, Jenny«, begrüßte Ann sie mit einem verkniffenen Lächeln, während Fred abwesend daneben stand, als wäre er eine Puppe und sie seine Puppenspielerin.

»Ich habe Ann und Fred zur Feier des Tages zu einer Tasse Tee und einem Stück Torte eingeladen, nachdem wir ja mehr als genug haben«, erklärte Bernard und rieb sich die Hände. »Wir haben gewonnen!«

»Oh. Gratuliere!«, rief Jenny begeistert, doch ihre Augen verrieten sie.

»Wolltest du gerade los?«, fragte Ann und musterte sie von oben bis unten.

»Ich muss ein paar Dankeskarten zur Post bringen, aber kommt doch rein, es dauert nicht lange.«

Anns Blick folgte Jennys Arm bis zu dem großen, braunen Umschlag in ihrer Hand. »Das ist aber nur ein Brief.«

Jennys Beine kribbelten, so dringend wollte sie los.

»Ich ... ich habe sie in einem großen Umschlag gesammelt«, erwiderte sie, schob ihn hinter ihren Rücken und trat zur Seite.

Zu ihrer großen Erleichterung machte sich Ann auf den Weg in die Küche, und Fred folgte ihr gehorsam. Bernard lehnte sich mit gerunzelter Stirn an den Türrahmen.

»Du musst die Briefe doch nicht jetzt sofort zur Post bringen, oder? Ich erledige das später für dich.«

Normalerweise hätte sie ihm die Post gegeben, wäre in die Küche geeilt und hätte Tee gekocht, doch heute hatte sie keine Zeit für so etwas.

Bernard streckte die Hand aus. »Gib sie mir, dann stecke ich sie in meine Manteltasche, damit ich es nicht vergesse.«

Sie drückte den Umschlag an ihre Brust.

»Ich will das erledigen, bevor die Post abgeholt wird. Ich bin in zehn Minuten wieder da, Bernie. Geh du inzwischen in die Küche und setze schon mal Wasser auf«, sagte sie, tauchte unter seinem ausgestreckten Arm hindurch, mit dem er die Tür aufhielt, und eilte in Richtung Dorf davon.

Fünf Minuten vor fünf. Ihre Schultern spannten sich, als hätte sie den Kleiderbügel im Mantel vergessen. Sie hastete durch den eisigen Januarabend und versuchte, nicht auszurutschen. Als sie am Schulgebäude vorbeikam, hörte sie aufgeregte Kinderstimmen, und kurz darauf strömten Schüler und Schülerinnen mit Brotdosen und Büchertaschen in den Händen durchs Tor. Sie warf einen Blick auf die Eltern und fragte sich, ob deren größter Wunsch gerade neben ihnen ging.

Als sie um die Ecke bog, hinter der sich der Briefkasten befand, sah sie die Postbotin davor knien.

»Warten Sie!«, rief Jenny im Laufen, und ihr Schal wehte hinter ihr her. Die Postbotin blickte über die Schulter, die Nase blau gefroren.

»Keine Sorge, meine Liebe, lassen Sie sich ruhig Zeit!«, rief sie.

Jenny zog den schweren Umschlag hervor und warf ihn in den Postsack, wo er auf den Hunderten anderen Postsendungen landete. Rechnungen, Einladungen, Beileidskarten. Aufregung packte sie, als ihr klar wurde, dass die Postbotin keine Ahnung hatte, was sich in dem Umschlag befand. Was würde sie denken, wenn Jenny es ihr erzählte? Vielleicht hatte sie auch andere Bewerbungen in ihrem Beutel. Von jüngeren, abenteuerlustigeren Bewerbern und Bewerberinnen, die besser Brot backen konnten als Jenny.

Nachdem sie sich bei der Postbotin bedankt hatte, machte sie sich auf den Heimweg, und ihr fiel wieder ein, wie unvermittelt sie Bernard hatte stehen lassen. Vermutlich suchte er gerade nach der Torte und hatte keine frische Milch in das Kännchen gefüllt. Es war zu seinem Besten, dass sie ihm noch nichts von ihrem Vorhaben erzählt hatte. Wahrscheinlich würde sie ohnehin nichts vom Sender hören, und es gab keinen Grund, ihn zu belasten und womöglich auf den Gedanken zu bringen, sie wäre unzufrieden mit ihrem Leben und wollte etwas nur für sich haben.

7
Shortbread

Jenny kniete unter der Treppe und streckte die Hand in Richtung der kalten Steinplatte aus, auf der die Butter lagerte. Sie wog das Stück in den Händen, während sie das Pergamentpapier zurückklappte, und ihr Blick fiel auf mehrere Fingerabdrücke, die vom letzten Mal zurückgeblieben waren. Sie betrachtete die zierliche, ovale Form, und ihre Kehle zog sich zusammen, als ihr klar wurde, wessen Fingerabdrücke es waren. Schreckliche Sehnsucht packte sie, und sie fragte sich, wie es sein konnte, dass sich hier, direkt vor ihren Augen, die Abdrücke jener Hände befanden, die sie so sehr vermisste. Hände, die ihr Sicherheit gegeben hatten, wenn sie sich um ihre Finger schlossen. Hände, die ihr sonntagabends die Haare gewaschen und sie zu adretten Zöpfen geflochten hatten. Hände, die zuletzt die Lenkstange eines Fahrrades umklammert hatten, das kurz darauf von einem Auto erfasst wurde.

Sie starrte auf diesen wertvollen Teil ihrer Mutter hinunter, den sie entdeckt hatte.

»Jennifer, wir haben nicht den ganzen Tag Zeit! Dein Vater hat sich Shortbread gewünscht, wir brauchen also sechs Unzen Butter. Ist noch genug da?«, rief Tante Ethel und leerte den gemahlenen Reis in einer einzigen fahrigen Bewegung in die Rührschüssel.

»Nein«, erwiderte Jenny und biss sich auf die Lippe, um die Tränen zu unterdrücken. Sie konnte diese Butter nicht verwenden, denn dann hätte sie noch ein Stück mehr von

ihrer Mutter verloren. Es war alles, was sie noch hatte. »Es ist keine mehr da.«

Jenny spürte, wie Tante Ethel näher kam, und ihr saurer Geruch stieg ihr in die Nase, als die Tante sich über sie beugte.

»Was erzählst du denn für Lügen?«, keifte sie, streckte die groben Hände nach der Butter aus und umfasste sie mit ihren Wurstfingern.

Wie gern hätte Jenny ihren Arm gepackt und zurückgerissen, doch stattdessen sah sie entsetzt zu, wie Tante Ethel in die Küche zurückkehrte, die Butter in Stücke schnitt und in die Rührschüssel schleuderte.

»Stehst du nur rum, oder hast du vor, zu helfen?«, fragte sie und schob mit dem Stiefel einen Stuhl über die Fliesen zur Arbeitsplatte.

»Ich helfe«, sagte Jenny leise und stieg auf den Stuhl.

»Du musst den Teig mit den Händen kneten«, erklärte Tante Ethel und nahm Jenny zwischen ihren dicken Armen gefangen, während sie die Butter mit ihren Fäusten in die trockene Mischung einarbeitete.

Jenny hielt den Atem an, bis ihre Tante zurückgetreten war.

Dann senkte sie die Hände in die Schüssel und zerrieb die Zutaten zwischen den Fingern. Sie stellte sich vor, wie ihre Mutter hinter ihr stand, spürte ihre Wärme, roch ihr Parfüm, sah ihre funkelnden Ringe auf dem Fensterbrett. Eine schwere Stille hatte sich über das Haus gesenkt, seit sie fort war. Statt ihrem Gesang war nur noch das Ticken der Uhren zu hören.

Tante Ethel war die Schwester ihres Vaters und das komplette Gegenteil von ihm. Tatsächlich hatten sie nur den Nachnamen und die Vorliebe für Süßes gemeinsam. Nach dem Tod von Jennys Mutter hatte es sich Tante Ethel zur

Aufgabe gemacht, ihren Bruder zu unterstützen, und sehr zu Jennys Entsetzen die Mutterrolle in der Familie übernommen. Jenny verbrachte den Tag mit Tante Ethel in einem permanenten Zustand des Wartens. Darauf, dass ihr Vater von der Arbeit nach Hause kam. Darauf, dass ihre Großeltern sie besuchten. Darauf, dass ihre Mutter durch die Tür trat und sie das Gesicht an ihrem weichen Hals vergraben konnte.

Der Teig war mittlerweile fest und golden, und sie formte ihn mit den vom Fett glänzenden Händen zu einer Kugel, brach ein Stück ab, steckte es sich heimlich in den Mund und strich die Stelle eilig glatt. Köstlich. Sie nahm einen weiteren Bissen, und die Butter zerging auf ihrer Zunge. Nur noch einen, dachte sie und brach ein großzügiges Stück ab.

»Was machst du da?«, fragte Tante Ethel und trat energisch neben sie. Sie trug die blaue Strickjacke ihrer Mutter, die hässlich und schrecklich falsch an ihr aussah, als hätte sie jemand mit Stroh ausgestopft. Jenny erinnerte sich, wie ihre Mutter sie gestrickt hatte, und ihr Magen zog sich vor Wut zusammen.

»Ich … koste nur, ob er gut ist«, sagte sie, während ihre Tante ihr die Schüssel aus der Hand riss.

»Wenn du alles aufisst, haben wir nicht genug für die Plätzchen«, zischte sie.

Jennys Augen wurden schmal, und ihre Kehle brannte vor Wut.

»Bei Mummy durfte ich immer vom Teig kosten«, sagte sie.

»Wirklich?« Tante Ethels Gesicht wurde hart. »Bei mir darfst du das nicht.«

Es waren zwei Wochen und fünf Tage vergangen, seit sie die Bewerbung zur Post gebracht hatte, und das wusste Jenny so genau, weil sie mitzählte. Sie drückte den Teig mit den

Händen in die Form und strich ihn mit einem Esslöffel glatt. Sie spitzte die Lippen und konzentrierte sich, bis er sogar für Bernards Wasserwaage eben genug gewesen wäre, dann stach sie mit der Gabel Muster in den Boden und dekorierte den Rand mit Zackenabdrücken. Dabei drehte sie die Form und arbeitete sich wie ein Minutenzeiger voran, bis sie schließlich vom Klingeln des Telefons aus ihrer Trance gerissen wurde.

»Bernie, gehst du ran?«, rief sie, und das darauffolgende Schweigen erinnerte sie daran, dass er im Garten war. Sie schob das Shortbread in den Ofen, während ihre Brille beschlug, dann machte sie sich eilig auf den Weg.

»Hallo, Jennifer Quinn am Apparat«, meldete sie sich, nachdem sie in letzter Sekunde abgehoben hatte.

»Ach, du meine Güte!«

Sie senkte die Stimme.

»Ja, ich habe die Bewerbung selbst ausgefüllt … ich hätte nur nicht erwartet, von Ihnen zu hören.«

Sie warf einen Blick in den Spiegel. Ihre von Falten durchzogene Haut erinnerte sie an Seidenpapier, das immer und immer wieder verwendet worden war. *Passiert das gerade wirklich?*, dachte sie, während sie in den Sessel neben dem Telefontischchen sank und ihre linke Hand zwischen die Knie klemmte.

»Ja, ich habe Zeit. Ich habe gerade Shortbread im Ofen.«

Sie schwieg einen Moment. Die Begeisterung der jungen Dame am anderen Ende beruhigte sie.

»Ja, ich backe jeden Tag. Das tue ich, solange ich zurückdenken kann. Torten sind meine Spezialität, aber ich habe mir vorgenommen, in Zukunft meine Brotbackkenntnisse zu vertiefen.«

»Ich wohne mit meinem Mann Bernard zusammen«, erzählte sie und lauschte, falls er überraschend ins Haus kam.

»Seit fast sechzig Jahren. Dieses Jahr feiern wir diamantene Hochzeit.«

»Nein, Hunger leiden muss er nicht.«

Sie lachte, verstummte aber schlagartig, als sie sich der Lautstärke bewusst wurde.

»Ich war noch nie gut bei Tests, aber ich versuche es mal.«

Sie saß kerzengerade im Sessel und nahm eine Haarsträhne zwischen die Lippen.

»Nun, ich glaube, dafür kann es zwei Gründe geben. Wenn man den Backofen öffnet, bevor der Teig fertig ist, und die Hitze entweichen lässt, oder wenn man zu viel Natron erwischt hat … es kann aber auch passieren, wenn man den Teig zu lange ruhen lässt, bevor man ihn in den Ofen gibt.«

»Ich glaube, man kann sich sicher sein, wenn er die Größe verdoppelt hat und sofort wieder zur alten Form zurückkehrt, wenn man den Finger hineindrückt.«

Sie klemmte das Telefon zwischen Ohr und Schulter und drehte die Haare zu einem strengen Knoten. Der Schmerz war eine willkommene Ablenkung.

»*Genueser* … das ist ein traditioneller Biskuitteig mit aufgeschlagenen Eiern und so weiter. *Joconde* … es tut mir leid, aber mein Kopf ist wie leer gefegt.«

Sie spürte, wie ihre Wangen zu glühen begannen, und lockerte den Kragen ihrer Bluse.

»Es sind gemahlene Nüsse! Nein, Mandeln. Joconde wird mit gemahlenen Mandeln hergestellt.«

Sie zwang sich zu einem tiefen Atemzug, während sie sich die nächste Frage anhörte, und biss sich auf die Wange.

»Dabei wird Butter zwischen die einzelnen Schichten aufgetragen, der Fachbegriff ist mir entfallen.«

Es war, als würde sie in ihrem Schrank mit den Backutensilien nach etwas Bestimmtem suchen, von dem sie wusste, dass sie es hatte, das sie aber trotzdem nicht finden konnte.

»Laminieren!«

Sie lehnte sich zurück und seufzte erleichtert.

»Croissants werden mit Hefe hergestellt, Blätterteig nicht. Ich glaube, weil Croissants besser aufgehen müssen als Blätterteig.«

Die Hintertür fiel ins Schloss.

Sie hörte, wie Bernard die Druckknöpfe seines Mantels öffnete, ihn an den Haken hängte und die Stiefel gegen seine Hausschlappen tauschte. Dann schlurfte er in die Küche.

Sie erhob sich eilig und zupfte ihre Kleider zurecht, wie eine Schauspielerin, die ihre Rolle getauscht hatte.

»Darling, ich glaube, da ist etwas angebrannt.«

Sie nahm einen bitteren Geruch wahr, der langsam den Flur entlangzog.

»Ich telefoniere gerade, Bernie. Es dauert nur noch zwei Minuten. Kannst du das Shortbread aus dem Ofen holen?«

»Tut mir leid«, hauchte sie leise. »Mir ist gerade das Shortbread verbrannt. Was ich Ihnen vermutlich nicht erzählen sollte …«

»Ja, Mittwoch habe ich Zeit.«

Ihr Magen zog sich vor Aufregung zusammen, und das Kribbeln breitete sich wie ein Lauffeuer in ihrem ganzen Körper aus. Sie tastete in ihrer Handtasche nach einer alten Einkaufsliste und schrieb die Adresse auf die Rückseite.

Die Ofentür wurde mit einem Knall geschlossen, und Jenny senkte die Stimme, als Bernard durch den Flur und die Treppe nach oben ging.

»Ich habe mir alles notiert. Was soll ich mitbringen?«

»Sie schicken eine E-Mail … wunderbar. Ja, an die Adresse auf dem Bewerbungsformular. Danke. Auf Wiederhören.«

Sie legte den Hörer zurück auf die Gabel, als wäre er einen Zentner schwer, lehnte sich gegen die Wand und stieß ein tiefes, erleichtertes Seufzen aus.

Einen Moment lang war die Zukunft kein Furcht einflößender Ort mehr, der nur Alter und Verlust bereithielt, sondern voller Hoffnung und Möglichkeiten. Ein Ort, an den sie reisen wollte.

»Ist alles in Ordnung, Darling?«, rief Bernard, der mittlerweile im Büro war, und die Freude verflog augenblicklich, als ihr klar wurde, dass er in wenigen Sekunden eine E-Mail von den Produzenten von *Das Backduell* bekommen würde.

Sie hastete die Treppe hoch und stürzte durch die Tür.

»Ja, alles in Ordnung«, antwortete sie eilig, und ihr Blick huschte zum Bildschirm. »Was machst du gerade?«

»Rose hat mir geschrieben und gefragt, ob wir am Mittwoch auf Poppy aufpassen können. Der Unterricht fällt wegen einer Lehrerfortbildung aus, und sie müssen beide ins Büro. Ich dachte, wir könnten über Nacht bleiben und uns mit Poppy die Dinosaurier im Naturhistorischen Museum und danach vielleicht die Wachablöse vor dem Buckingham Palace ansehen?«

»Das wäre schön ...« Sie wurde blass, als ihr bewusst wurde, dass sich die Termine überschnitten. »Diesen Mittwoch?«

»Genau.« Er holte ein paar Seiten aus dem Drucker und klopfte sie heiter zu einem ordentlichen Stapel. »Das passt doch, oder?«

»Ja, das klingt toll«, erwiderte sie nervös. »Würde es dir etwas ausmachen, wenn ich auch noch schnell an den Computer gehe, Darling? Ich müsste ein Rezept nachlesen.«

Ein Klingeln verkündete den Eingang einer neuen E-Mail, und sie umklammerte die Lehne seines Bürosessels, während sie hilflos zusah, wie er sich dem Bildschirm zuwandte.

»Spam.« Die E-Mail kam von einem Energieversorger, und er löschte sie sofort.

Sie lockerte den Griff um den Stuhl, der knarzte, als Bernard sich erhob.

Er verließ das Büro, und sie schloss die Tür. Angesichts seiner Freude bekam sie ein schlechtes Gewissen. Wenn sie wirklich davon überzeugt war, dass es eine gute Idee war, warum weihte sie ihn dann nicht einfach ein?

Das Klingeln einer weiteren E-Mail. Sie öffnete sie hastig.

Liebe Mrs. Quinn,
wir danken Ihnen für Ihre Bewerbung bei Das Backduell – Backen auf der Insel *und freuen uns, Sie zu unserem Casting in London am Mittwoch, den 2. Februar, einladen zu dürfen. Die genaue Adresse und den Zeitplan entnehmen Sie bitte dem Anhang.*
Bitte bringen Sie folgende Backwaren mit:

- *12 Stück einer Backware Ihrer Wahl*
- *eine Torte Ihrer Wahl*
- *einen Laib Brot (Rezept im Anhang)*

*Ausgewählte Kandidat*innen werden am Nachmittag in einer Überraschungschallenge gegeneinander antreten, wobei eine vorgegebene Kreation ohne Rezept nachgebacken werden soll. Informationen erhalten Sie nach erfolgreichem Absolvieren des ersten Castings vor Ort.*
Für weitere Fragen stehen wir gerne zur Verfügung.
Wir freuen uns auf ein persönliches Kennenlernen am Mittwoch.

Jenny las den Text noch einmal, und die Worte tanzten vor ihren Augen. Sie ging auf »drucken«, dann löschte sie die Mail, faltete die ausgedruckte Seite und versteckte ihr Geheimnis tief in der Tasche. Sie war noch nicht bereit, es loszulassen.

8
Brotpudding

Zum ersten Mal in der Geschichte ihrer Ehe war Jenny vor Bernard aufgestanden.

Es war fünf Uhr morgens, und sie hatte das Gefühl, als hätte sie unerlaubtes Terrain betreten, als gehörte ihr das Haus erst ab acht Uhr, und davor war es sein Revier. Sie stand im Morgenmantel in der Küche, die Lesebrille auf der Nasenspitze und die Augen trüb vor Müdigkeit. Die letzte Woche schien wie ein einziger, unendlich langer Tag, und sie hatte nur noch drei Stunden, um das Brot für das Casting in London zu backen.

Aber immer schön eines nach dem anderen, dachte sie, nahm einen großen Schluck Tee und stellte einen Klassiksender im Radio ein, um ihre Nerven zu beruhigen. Sie hatte beschlossen, beim Altbekannten und Wohlerprobten zu bleiben, und so hatte sie gestern Abend eine Schwarzwälder Kirschtorte und eine mit Lincolnshire-Würstchen und karamellisierten Zwiebeln gefüllte Blätterteigrolle gebacken, die sie in zwölf gleich große Stücke geschnitten hatte.

Sie öffnete den Kühlschrank und griff nach der Teigschüssel mit der geblümten Duschhaube. Das war eine Idee ihrer Mutter gewesen, und Jenny fand es schön, dass die Kopfbedeckung einem unbeseelten Gegenstand eine Persönlichkeit verlieh.

Sie zog die Haube von der Schüssel, atmete den Geruch der Hefe ein und stellte zufrieden fest, dass der Teig über

Nacht auf die doppelte Größe angewachsen war. Sie warf einen Blick auf das Rezept, das ihr der Fernsehsender geschickt hatte. Es war kurz, mit einer Liste an Zutaten, aber kaum Anweisungen oder einem Anhaltspunkt, wie das Brot am Ende aussehen sollte. Ein runder Laib? Ein Baguette? Ein geflochtener Zopf?

Sie blätterte auf der Suche nach Inspiration in ihrem Rezeptbuch. Ihr Blick fiel auf ein Rezept, das so ausgebleicht war, dass man es kaum noch lesen konnte. *Nachkriegsbrot.* Es wurde mit Vollkornmehl und Melasse zubereitet, eine ernüchternde Erinnerung daran, dass Weißmehl nach dem Krieg Mangelware gewesen war. Sie dachte an die zum Bersten gefüllten Supermarktregale der heutigen Zeit und fragte sich, was ihre Eltern wohl davon gehalten hätten. Rechts daneben befand sich ein in Druckschrift notiertes Rezept für irische Kartoffelfladen, das ihr Vater aufgeschrieben hatte. Es war einzigartig gewesen, wie er übrig gebliebenen Kartoffelbrei zu einem köstlichen Fladenbrot verarbeitet hatte, das sie am nächsten Tag zum Frühstück genießen konnten. Irische Kartoffelfladen waren fest und weich zugleich und schmeckten irgendwie tröstlich, und nichts auf dieser Welt brachte Jenny ihrem Vater so nahe wie dieser Geschmack.

Sie blätterte weiter. *Königin Elizabeths Krönungsbrötchen.*

Das Rezept war mit Bleistift geschrieben, und wegen der Rechtschreibfehler und der kleinen Kronen, mit denen der Titel verziert war, ging Jenny davon aus, dass es von ihrer Großmutter stammte. Zwischen den Seiten lag ein verblasstes Foto. Sie kniff die Augen zusammen und hielt es ins Licht des frühen Morgens, und ihr Gesicht wurde weich, als sie erkannte, worum es sich handelte. Es zeigte mehrere Familien, die sich auf der Straße zu den Krönungsfeierlichkeiten getroffen hatten und in ihren besten Kleidern um einen

Tisch versammelt waren. Sie entdeckte sich selbst als kleines Mädchen, das sich hinter den Beinen seines Vaters versteckt hatte. Das Bild war kurz nach dem Tod ihrer Mutter aufgenommen worden, und das Lächeln von Vater und Tochter wirkte leer, durchzogen von Traurigkeit. In der Mitte des Tisches stand Großmutters Brotring. Das war die Inspiration, nach der sie gesucht hatte. Der Familienstammbaum mochte mit ihr enden, aber durch sie würden diese wertvollen Familienrezepte im nationalen Fernsehen möglicherweise in ungeahnte Höhen aufsteigen.

Jenny drückte die Faust in den Teig und beobachtete, wie er in sich zusammensank. Sie zog und knetete ihn, bis die Luft aus dem weichen Gemisch gewichen war, dann teilte sie ihn nach der Skizze ihrer Großmutter in fünf Teile, rollte sie zu Ovalen und legte sie kreisförmig auf dem Backblech aus. Sie sollte um elf Uhr dreißig beim Casting sein, und sie hatte Bernard noch immer nicht gesagt, dass sie den Tag nicht mit Poppy und ihm verbringen konnte.

Ein paar Stunden später war das Brot endlich fertig, und sie konnte ihr Werk auf dem Abkühlgitter begutachten. Das Brot auf dem Foto war wohlgeformt und beeindruckend, ihres wirkte im Vergleich flach und wenig überzeugend. Ihr Herz begann zu pochen, und sie glaubte, es sogar durch ihre Bluse hindurch sehen zu können. Es blieb nicht genug Zeit, um noch ein Brot zu backen, aber hiermit konnte sie auf keinen Fall beim Bewerbungsverfahren antreten. *Was macht man mit Brot, das nichts taugt?*, fragte sie sich und schnippte mit den Fingern, während ihr Gehirn auf Hochtouren arbeitete … *Brotpudding.*

Sie schaltete den Ofen wieder ein, und die Lichter flammten auf wie Scheinwerfer, dann stellte sie Sahne, Korinthen, Eier und Muskatnuss bereit. Sie schnitt das Brot achtlos in Stücke, bestrich diese, so schnell sie konnte, mit Butter und legte eine Kuchenform damit aus. Es war zwar nicht das, was verlangt wurde, aber wer freute sich nicht über die flaumige Süße von mit Vanillesoße getränktem Brot samt bissfester, gebräunter Kruste?

»Guten Morgen, Darling.« Bernard trat in die Küche. Seine Nase war nach der heißen Dusche ganz rot, und er fuhr sich mit dem Handtuch ins Ohr. »Wir sollten uns lieber beeilen, damit wir nicht zu spät zu Pops kommen. Glaubst du, du schaffst es in dreißig Minuten?«

Ihr Magen zog sich zusammen.

»Bernie …«, sagte sie und sah überallhin, nur nicht in seine Augen. »Ich habe schreckliche Kopfschmerzen.«

»Ach, du meine Güte.« Er hielt mit dem Handtuch inne. »Hast du schon etwas genommen?«

»Ja, vorhin. Hör mal, warum fährst du nicht schon vor, damit wir nicht zu spät kommen?«

Er überlegte.

»Vielleicht fühle ich mich besser, wenn ich noch ein paar Stunden schlafe, und dann steige ich einfach in den Zug und komme nach.«

Er legte ihr eine Hand auf die Stirn, als könnte er fühlen, wie sich die Rädchen darin drehten.

»Ich weiß nicht, ob das so eine gute Idee ist. Du ganz allein. Die Strecke ist nicht einfach. Du müsstest einmal umsteigen …«

»Ich weiß.«

Er sah sie einigermaßen erstaunt an.

»Jenny.« Er seufzte und hielt einen Moment inne, um nach den richtigen Worten zu suchen. »Ich habe Angst, dass du es übertreibst und dich überanstrengst. Du warst gestern unglaublich lange wach und hast gefüllten Blätterteig gebacken. Er ist natürlich köstlich wie immer, aber Poppy wird auch so einen schönen Tag …«

»Woher weißt du, dass er köstlich ist?«, fragte sie und schien wie erstarrt.

»Ich hatte unglaublichen Hunger, nachdem du zu Bett gegangen bist – wahrscheinlich wegen der herrlichen Gerüche, die mich beim Einschlafen eingehüllt haben –, also habe ich mir ein Stück als Mitternachtssnack gegönnt. Wie auch immer, was ich eigentlich sagen will, ist, dass du dich so unter Druck setzt und ich nicht weiß, ob das gut für dich ist. Und notwendig.«

Ihr Kopf begann zu pochen. Sie hatte die Blätterteigrolle in zwölf gleich große Stücke geschnitten, wie es in der Mail stand. Es war eine Katastrophe.

»Du hättest fragen sollen!«

Er sah sie an wie eine Fremde.

»Es tut mir leid, Bernard. Ich muss einfach wieder zurück ins Bett. Wir treffen uns am Abend bei Rose … wenn es mir bis dahin wieder besser geht.«

»Ich sollte absagen«, überlegte er laut und schüttelte den Kopf. »Ich will dich nicht allein lassen, wenn es dir schlecht geht. Das ist nicht in Ordnung.«

»Auf keinen Fall, Rose und Jeremy rechnen fest mit uns, und es sind doch nur Kopfschmerzen. Es war wohl zu viel für mich. Ich lege mich wieder hin, aber du musst jetzt zu Poppy.«

»Okay«, sagte er ernüchtert. »Wenn du darauf bestehst.«

Sie machte rasch den Brotpudding fertig, dann ging sie zurück ins Bett und ließ die Uhr nicht aus den Augen, während sie dem Klopfen und Poltern lauschte, das Bernard mit Schubladen und Schranktüren veranstaltete. Das vertraute Pfeifen hatte er verloren.

Jenny ließ sich tiefer in den Sitz des Taxis sinken, das sich durch die Straßen Londons schlängelte, und hielt in den

Menschenmengen Ausschau nach Bernard und Poppy. Sie sah auf die Uhr. Wahrscheinlich waren sie mittlerweile auf dem Weg ins Naturhistorische Museum. Sie schlug die Beine übereinander, um irgendwie die innere Unruhe zu bezwingen, doch das Durcheinander aus Nervosität und schlechtem Gewissen wollte nicht enden.

Als sie an einer Ampel langsamer wurden, erregte ein alter Gentleman ihre Aufmerksamkeit, der allein im Fenster eines Cafés saß. Sein Gesicht war ausdruckslos, die Haut grau. Sein Gehstock lehnte an einem Barhocker, und er wirkte fehl am Platz zwischen den frei hängenden Glühbirnen und den Kaffeekreationen mit den komplizierten Namen. Die anderen Gäste unterhielten sich und lachten, und es tat ihr in der Seele weh, an all die Dinge zu denken, die er vielleicht gern gesagt hätte. An den Schmerz, dass die Worte in ihm bleiben mussten, weil er sie mit niemandem teilen konnte. Sie dachte an Bernard und hatte Angst davor, dass er auch einmal alleine im Fenster eines Cafés sitzen würde.

»Sind Sie zu Besuch in der Stadt?«, fragte der Fahrer.

Aus irgendeinem Grund fühlte sie sich hinter der Plastiktrennwand wie in einem Beichtstuhl.

»Ja«, antwortete sie seinem Hinterkopf und drückte die Behälter mit ihren Werken fest an sich. »Ich bin unterwegs zu einem Casting.«

Sie war weit von zu Hause fort und vollkommen anonym, weshalb die Worte gesagt waren, ehe sie sie aufhalten konnte.

»Sind Sie Schauspielerin? Kenne ich vielleicht etwas von Ihnen?«, fragte er und betrachtete sie im Rückspiegel.

»Ich fahre zum Casting für *Das Backduell*«, antwortete sie und beobachtete seine Reaktion.

»Ich gratuliere, Madam. Meine Frau liebt die Sendung. Dann sehe ich Sie also bald im Fernsehen?«

»Nein, nein, ich stehe noch ganz am Anfang, und vielleicht komme ich nicht mal in die Endauswahl. Aber die Gelegenheit hat sich ergeben, und so dachte ich: Du bist siebenundsiebzig, warum nicht?«

»Ja, warum nicht, was? Ich glaube fest daran, dass das Alter nur eine Zahl ist. Meine Frau wird sehr aufgeregt sein, wenn ich ihr davon erzähle.«

Er hielt vor einem Gebäude, das aussah wie eine alte Schule. Die Straße wurde von jungen, professionell wirkenden Menschen bevölkert, die ihre Coffee-to-Go-Becher wie Accessoires vor sich hertrugen. Sie hatten sicher alle tolle Jobs, und die Zuversicht, mit der sie in die Zukunft blickten, ließ sie von innen strahlen.

»Bitte schön, es ist gleich hier«, sagte der Taxifahrer, sprang aus dem Wagen und öffnete Jenny die Tür, als hätte sie sich bereits eine VIP-Behandlung verdient. »Alles Gute, Madam.«

Sie stieg aus und hängte sich die zahlreichen Taschen über die Schulter. Während sie den Schildern zum Empfang folgte, erkannte sie, dass das Karma zugeschlagen hatte und sich nun tatsächlich Kopfschmerzen ankündigten.

»Kommen Sie zum Casting?«, fragte eine junge Frau mit einem Walkie-Talkie am Hosenbund und warf über die Brille mit dem dicken Rahmen hinweg einen Blick auf ihr Klemmbrett. »Jennifer Quinn?«

Sie war erstaunt, dass diese Fremde ihren Namen kannte, vor allem so weit fort von zu Hause.

»Ja. Zum Backduell um elf Uhr dreißig.«

»Prima, pünktlich wie die Uhr! Wenn Sie mir bitte folgen?«, sagte die junge Frau und schritt einen von Eisengittern gesäumten Gang entlang. »Ich bin übrigens Carys. Wir haben telefoniert.«

»Oh. Ja, genau.« Sie folgte Carys und fragte sich, ob Studenten an ihrem ersten Tag an der Uni dieselbe Übelkeit erregende Mischung aus Stolz und Angst verspürten.

»Also, helfen Sie mir noch mal schnell: Von wo sind Sie heute angereist, Jenny?«

»Aus einem kleinen Ort namens Kittlesham.«

»Kopiere das.«

»Wie bitte?«

»Tut mir leid, da kam gerade eine Frage über Funk«, antwortete Carys und deutete auf das Walkie-Talkie. »Wie war die Fahrt?«

»Ganz gut, danke. Was genau machen Sie hier, Carys?«

»Ich bin Producerin.«

Jenny nickte, obwohl sie nicht genau wusste, welche Aufgaben dieser Beruf umfasste. Zumindest kannte sie den Ausdruck vom Abspann.

»Ich war diejenige, die Ihre Bewerbung als Erste in den Händen gehalten hat. Ihr Mann muss unglaublich stolz sein. Sie haben ja geschrieben, dass er ein großer Fan Ihrer Backkünste ist.«

Jenny hatte sich bis jetzt noch keine Gedanken darüber gemacht, ob Bernard stolz wäre, wenn sie es in die Show schaffen würde. Sie war eher damit beschäftigt gewesen, ihr Geheimnis zu wahren, bis sie wusste, was dabei herauskam.

Sie folgte Carys eine breite Treppe nach oben, und ein typischer Schulgeruch stieg ihr in die Nase. Es war eine unverwechselbare Mischung aus Acrylfarbe, Reinigungsmitteln und Holz. Sie bogen um eine Ecke und traten in ein ehemaliges, zu einem Warteraum umfunktioniertes Klassenzimmer, wo ein ungeheuer einschüchternder Tisch stand, auf dem Backkreationen in allen Formen und Größen auf ihre Präsentation warteten. Torten mit kunstvoll geformten Zuckerblumen, beeindruckende Brotzöpfe und auch der eine oder andere beruhigende Ausrutscher wie etwa eine aufgesprungene Biskuitrolle.

Am Rand, mit direktem Blick auf den Tisch, saßen in einer Reihe die nervösen Kandidatinnen und Kandidaten und unterhielten sich leise. Jenny versuchte, die Männer und Frauen den Kreationen zuzuordnen, und war überrascht, als ein stämmiger Mann, dem sie am ehesten einen der Brotzöpfe zugetraut hätte, zwölf makellose Macarons in Regenbogenfarben vom Tisch mitnahm und sich auf den Weg in den Castingraum machte.

»Ich muss Ihnen etwas gestehen«, erklärte sie Carys und hielt den Blick auf den Boden gerichtet. »Mein Brot war ein Reinfall, deshalb habe ich im letzten Moment noch schnell Brotpudding daraus gemacht. Und ich habe leider nur elf Stücke von der Blätterteigrolle dabei. Ich hatte zwölf, aber mein Mann wusste nicht, wofür sie gedacht sind, und hat heute Nacht ein Stück gegessen.«

Zu ihrer großen Erleichterung kicherte Carys.

»Erklären Sie das einfach später bei Ihrem Gespräch«, sagte sie, warf einen Blick auf ihr Telefon und steckte es dann eilig wieder weg. »Dass Ihr Mann davon genascht hat, spricht doch eigentlich für Sie?«

»Vielleicht«, murmelte Jenny, wenig überzeugt davon, damit durchzukommen.

Sie trat auf den Tisch in der Mitte zu und war sich mehr als bewusst, wie fehl am Platz sie wirkte. Was hatte sie sich dabei gedacht, sich für eine Fernsehshow zu bewerben? Sie spürte die Blicke der Fremden auf sich, die alle genau beobachteten, was die alte Dame auf den Tisch stellte.

Sie lugte in den ersten Behälter, um nachzusehen, ob es ihren Backwerken gut ging, und es war beinahe so, als hätte sie nach ihren in der Wiege schlafenden Kindern gesehen. Die mit Würstchen gefüllte und in Stücke geschnittene Blätterteigrolle wirkte ein wenig mitgenommen, aber die Stücke waren halbwegs gleichmäßig geraten, und der Duft von Blätterteig und Salbei stieg aus der Dose auf. Sie arrangierte die Stücke auf einem Teller und stellte sie auf den Tisch. Es gab ganz offensichtlich eine Hierarchie unter den Backwaren, und sie fragte sich, ob sie sich womöglich für zu einfache Rezepte entschieden hatte. Ihre Blätterteigrolle konnte kaum mit dem makellosen Napfkuchen zu ihrer Rechten mithalten, der beinahe wie ein Schmuckstück aussah, aber sie war zumindest ein wenig raffinierter als die grellblauen Cupcakes zu ihrer Linken. Etwas Essbares sollte niemals blau sein.

Sie öffnete den zweiten Behälter, und ihr Herz setzte aus. Die oberste Schicht der Schwarzwälder Kirschtorte war zur Seite gerutscht, und ihre perfekten Schlagsahneröschen waren verschmiert und hatten sich mit der Kirschfüllung vermischt, die an den Wänden des Behälters nach oben gewandert war. Es sah aus wie ein Schlachtfeld.

»Ist alles in Ordnung?«

Sie hob den Blick und sah sich einem jungen Mann mit freundlichen, kastanienbraunen Augen und einem auffällig gemusterten Hemd im Stil der 80er gegenüber. Die Ohren schienen sein Gesicht genauso zu umrahmen wie Bernards und lugten unter seinen glänzend schwarzen Haaren hervor.

»Nein, eigentlich nicht«, antwortete sie kopfschüttelnd. »Das hier war heute Morgen noch eine Schwarzwälder Kirschtorte, und jetzt ist es … ein Fiasko. Die Zugfahrt hat ihr nicht gut getan.«

Sie spürte, wie ihre Mundwinkel nach unten wanderten.

»Ich sollte wohl besser nach Hause fahren.« Enttäuscht ließ sie die Schultern hängen. »Ich wäre am besten gar nicht hergekommen.«

»Nein, ich glaube, wir können noch etwas retten«, meinte der Mann und blickte in den Behälter wie ein Arzt, der gerade eine zweite Meinung zu einem Patienten abgab. »Ich habe ein Plastikmesser und Papiertücher in meiner Tasche. Was meinen Sie?«

Jenny und der junge Mann mit den gütigen Augen verbrachten die nächsten fünfzehn Minuten kniend auf dem Boden des Warteraumes, und es sah aus, als würden sie eine Operation am offenen Herzen durchführen.

»Ich bin übrigens Azeez«, sagte er, auf die Torte konzentriert, während er die Schlagsahne mit dem Messer in Form brachte.

»Schön, Sie kennenzulernen, Azeez. Ich bin Jenny. Und ich danke Ihnen vielmals.«

»Keine Ursache«, erwiderte er und kramte in seinen Hosentaschen. »Das hätte jedem passieren können.«

Er streckte ihr einen Schokoriegel entgegen, der bekannt für seine krümelige Konsistenz war. »Meinen Sie, es hilft, wenn Sie den hier zerreiben und auf der Torte verstreuen?«

»Einen Versuch ist es wert. Wenn es Ihnen nichts ausmacht?«

Jenny zerbröselte die Schokolade zwischen den Fingern und bedeckte damit das Fiasko, für das sie sich vor wenigen Stunden so viel Mühe gegeben hatte.

»Ich glaube, mehr können wir im Moment nicht tun«, erklärte sie schließlich und stellte das Ergebnis ihrer Rettungsmission auf den Tisch.

»Jetzt haben Sie wenigstens eine lustige Anekdote, die Sie später beim Gespräch erzählen können«, meinte Azeez. »Sie arbeiten gut unter Druck.«

»Ich weiß nicht so recht.« Sie zuckte mit den Schultern. »Aber Sie auf alle Fälle.«

»Wie sieht denn Ihr Brot aus?«, fragte er.

Sie schüttelte den Kopf. »Um ehrlich zu sein, habe ich es aufgeschnitten und mit Butter bestrichen …«

Azeez lachte.

»Nein, wirklich. Genau das habe ich getan«, erklärte sie, und ihre Brust zog sich zusammen. »Brot ist nicht gerade meine Stärke, und es sah schrecklich hart aus. Ich hatte keine Zeit, es noch einmal zu versuchen, also habe ich Brotpudding daraus gemacht.«

Bevor sie die Gelegenheit hatten, sich weiter zu unterhalten, wurde ihr Name aufgerufen, und sie holte ihre Kreationen. Azeez reckte beide Daumen in die Höhe, als sie sich auf den Weg machte.

Es war, als hätte man sie ins Büro der Schulleiterin gerufen. Ihr Herz raste, als sie zwei ernst dreinblickenden Mitarbeiterinnen gegenübertrat.

Die Frau auf der linken Seite hatte aufgemalte Augenbrauen und wirkte damit dauerhaft überrascht, was allerdings ihrem mürrischen Blick widersprach; die Frau rechts hatte die Haare pink gefärbt, was Jenny ständig von ihrem Gesicht ablenkte. Die beiden stellten sich als Hauswirtschafterinnen vor.

»Also, was haben wir denn hier?«, wollte die linke Mitarbeiterin wissen.

»Bevor wir anfangen, möchte ich noch anmerken, dass auf der Fahrt hierher ein Unglück passiert ist – und zwei weitere, bevor ich das Haus verlassen habe. Ich habe ein Rezept gewählt, das mich schon lange treu begleitet – eine Schwarzwälder Kirschtorte –, aber es hat sich herausgestellt, dass sie Zugfahrten nicht verträgt. Ich verziere sie normalerweise mit Schlagsahneröschen und Kirschen«, erläuterte Jenny und präsentierte die Torte. »Ich habe vorhin auf dem Boden des Warteraumes noch schnell versucht, etwas zu retten.«

Die beiden Frauen blinzelten, gaben aber nichts von ihren Gedanken preis.

»Und was ist damit?«, fragte die Mitarbeiterin mit den pinkfarbenen Haaren und deutete auf den Brotpudding.

»Mir ist natürlich klar, dass es nicht der Aufgabenstellung entspricht«, antwortete Jenny und faltete die Hände. »Aber ich arbeite noch daran, das perfekte Brot hinzubekommen. In diesem Fall hatte ich nicht das Gefühl, dass es gut genug war, um es hierher mitzubringen, und meine Zeit war begrenzt, also habe ich Brotpudding daraus gemacht.«

»Okay«, meinte die Mitarbeiterin und kritzelte etwas auf ihr Klemmbrett. »Und was haben Sie Ihres Erachtens falsch gemacht?«

»Es war zu fest, ich habe nicht genug Luft in den Teig bekommen.« Überzeugt, dass sie ohnehin nichts mehr zu verlieren hatte, fuhr sie fort: »Ehrlich gesagt, stand mir vor allem meine Vorliebe für Süßes im Weg. Ich kann das Backen nur genießen, wenn ich zwischendurch kosten kann, und deshalb habe ich viel zu wenig Übung im Brotbacken …«

Die Frau mit den pinkfarbenen Haaren presste die Lippen aufeinander, was wohl bedeutete, dass sie sich eine andere Antwort erhofft hatte.

»Und die Blätterteigrolle? Warum sind es nur elf Stücke?«

Sie fühlte sich, als hätte sie ihre Hausaufgaben vergessen und nur mitleiderregende Ausreden parat.

»Na ja, ursprünglich waren es zwölf, das kann ich Ihnen versichern. Aber mein Mann hat bereits eines gegessen. Ihm war nicht bewusst, wofür ich sie gebacken hatte …«

Die beiden Frauen nickten, dann nahmen sie die Teller mit zur Verkostung. Jenny sah ihren Werken nach. Sie hatte nun keinen Einfluss mehr darauf, was noch geschah. Das war das Problem beim Backen, wie sie sehr wohl wusste. Wenn man beispielsweise ein Abendessen kochte, konnte man zwischendurch immer wieder kosten, aber bei einer

Torte war das unmöglich. Bis schließlich der Moment der Wahrheit kam.

Nach zehn qualvollen Minuten kamen die beiden Frauen wieder. Jenny suchte in ihren Gesichtern nach Anzeichen, dass es geschmeckt hatte, aber es war nichts zu erkennen. Die einzige Bestätigung, die sie erhielt, war die säuberliche, dreieckige Lücke in der Torte, wo das erste Stück herausgeschnitten worden war. Zumindest war sie nicht in sich zusammengefallen. Jennys Blick fiel auf die verbliebene Blätterteigrolle. Die goldenen Flocken, wo der Teig beim Schneiden abgeblättert war, beruhigten sie. Vom Brotpudding fehlte ein großes Stück. Wenigstens ein kleiner Erfolg.

»Gut, dann erzählen Sie uns jetzt mal, wie Sie das alles zubereitet haben«, bat die Dame mit den überrascht hochgezogenen Augenbrauen.

Jenny entspannte sich, denn nun hatte sie wieder festen Boden unter den Füßen und konnte in die Sicherheit ihrer Küche zurückkehren. Sie beschrieb den Backvorgang, als ob sie mit dem Auto durch Straßen fuhr, die sie wie ihre Westentasche kannte, und kurz darauf steckten die beiden Frauen und sie in einer ausführlichen Diskussion über die Tücken gekühlter Eier.

»Die Kälte härtet das Fett, deshalb steht der Karton bei mir immer auf der Arbeitsplatte«, erklärte sie, und die Hauswirtschafterinnen nickten zustimmend. Jenny meinte sogar, eine von ihnen lächeln gesehen zu haben.

»Vielen Dank, Jenny. Wenn Sie bitte weiter zum Casting Director gehen? Den Gang hinunter, Zimmer sechs auf der rechten Seite.«

Sie folgte den Hinweisschildern bis zu einem Raum im neueren Teil des Gebäudes und spielte dabei nervös mit ihrem Ehering. Es roch nach frischem Teppichboden und Kaffee, alles war in glänzendem Weiß oder Grau eingerichtet, und die Tür war eine einzige große Glasscheibe, was bedeutete, dass jeder, der vorbeikam, einen kurzen Blick in das Büro werfen konnte.

»Wie schön, Sie kennenzulernen, Jenny. Ich bin der Casting Director«, sagte ein Mann mit Yorkshire-Akzent, einem perfekt geschnittenen Bart und einem Kugelschreiber hinter dem Ohr. »Danke, dass Sie heute gekommen sind.«

Er drückte einige Knöpfe an einer Kamera, dann trat er dahinter und betrachtete Jenny durch die Linse. »Ich lasse nur die hier laufen, wenn es Ihnen nichts ausmacht.«

Sie steckte sich die Haare hinter die Ohren und rückte ihre Perlenkette zurecht.

»Hat die Torte, die Sie uns heute mitgebracht haben, eine besondere Bedeutung für Sie?«

Sie dachte an das Rezeptbuch mit dem blauen Einband, das sie vor langer Zeit beschrieben hatte.

»Backen ist ein Ausdruck der Liebe, denke ich. Rezepte vermitteln Gefühle, und die Schwarzwälder Kirschtorte ist die ideale Geburtstagstorte. Meine Familie liebt sie ... und wenn ich aus irgendeinem Grund selbst keine Geburtstagsstimmung verbreiten kann, dann sorge ich dafür, dass es wenigstens meine Schwarzwälder Kirschtorte tut.«

»Wie oft backen Sie in einer durchschnittlichen Woche?«

»Ach, jeden Tag. Es gehört zu meinem Tagesablauf dazu. Dieses Gefühl, etwas erschaffen zu haben. Ich schätze, ich gehöre noch zu der Generation, die vieles selbst gemacht hat. Das haben wir von unseren Eltern gelernt. Es war billiger, als alles zu kaufen.«

Sie setzte sich ein bisschen aufrechter hin und räusperte sich, als ihr die Kamera wieder in den Sinn kam.

»Sie haben in Ihrer Bewerbung sehr oft Ihre Familie erwähnt. Haben Ihre Verwandten denn starken Einfluss auf

Ihre Backkunst?«, fragte er und warf einen Blick auf sein Telefon.

»Ja, unbedingt. Ich habe eine Sammlung von Familienrezepten, die wie Schulbücher für mich sind. Sie haben mich alles gelehrt, was ich kann. Viele der Rezepte haben die geliebten Menschen überlebt, die sie niedergeschrieben haben, und wenn ich ihren Anweisungen folge, ist es auch eine Gelegenheit, mich zu erinnern.«

Er verzog die Lippen zu einem Lächeln und legte das Telefon zurück auf den Tisch.

»Haben Sie Enkelkinder, mit denen Sie backen?«

Sie hielt inne und nahm einen Schluck Wasser aus dem bereitstehenden Plastikbecher, den sie so fest umklammerte, dass sie ihn beinahe zerdrückte.

»Nein«, sagte sie und betrachtete die Altersflecken auf ihrem Handrücken. »Es gibt nur mich und meinen Mann Bernard. Wir haben allerdings eine Großnichte und einen Großneffen, Poppy und Max. Ich backe manchmal mit ihnen – also vor allem mit Poppy, Max ist ja schon ein Teenager.«

Der Mann rutschte verlegen hin und her und schlug die Beine übereinander.

»Wenn man so alt ist wie ich, wird einem irgendwann klar, dass man einen Punkt im Leben erreicht hat, an dem jeder Tag der letzte sein könnte. Wie schon gesagt, haben Bernard und ich keine eigene Familie, und mir ist neulich bewusst geworden, dass ich nichts zurücklassen werde, wenn es einmal so weit ist. Ich habe nichts Bemerkenswertes erreicht im Leben … aber ich hoffe, dass zumindest meine Rezepte weiterleben werden.«

An dem besorgten Gesichtsausdruck des Mannes erkannte sie, dass sie zu viel gesagt hatte.

»Tut mir leid, das war nicht Ihre Frage.«

»Nein, alles in Ordnung«, erwiderte er. »Erzählen Sie mir von Ihrem Mann Bernard.«

»Ich habe Bernie bei einer Tanzveranstaltung kennengelernt. Damals, als die Leute noch Tanzveranstaltungen besuchten. Wir sind dieses Jahr sechzig Jahre miteinander verheiratet. Unsere diamantene Hochzeit. Er hatte sein ganzes Leben lang immer genug Kuchen«, sagte sie, und das schlechte Gewissen vertrieb das Lächeln aus ihrem Gesicht.

»Und was können Sie Ihrer Meinung nach zu unserer Show beitragen?«

»Nun, ich bin keine moderne Bäckerin. Ich habe noch nie eine Regenbogentorte oder eine Red Velvet gebacken, und Brot bereitet mir immer noch Schwierigkeiten«, antwortete sie, ehe ihr klar wurde, dass es genau das Gegenteil von dem war, was er gefragt hatte. »Aber was die Klassiker angeht, verfüge ich über sehr viel Wissen und Erfahrung, und ich würde auf jeden Fall einige alte Lieblingsrezepte aus der Familie mitbringen. Außerdem liebe ich die Herausforderung und würde in jeder Runde mein Bestes geben.«

Er holte den Kugelschreiber hinterm Ohr hervor und drehte ihn zwischen den Handflächen. »Wollen Sie sonst noch etwas loswerden?«

Da war tatsächlich noch eine Sache.

»In meinem Alter fühlt man sich manchmal ausgeschlossen, als blicke die Welt in eine Zukunft, in der man selbst keinen Platz mehr hat … aber ich hoffe, dass es auch mit über siebzig möglich ist, einen Sinn im Leben zu finden und Abenteuer zu erleben.«

Stille senkte sich über das Zimmer, während er etwas niederschrieb und Jenny mit ihren Worten alleine zurückblieb. Sie fühlte sich mit jeder Sekunde unwohler.

»Danke, Jenny.« Er legte den Stift beiseite, sprang auf und machte die Kamera aus. »Danke, dass Sie die Reise hier auf sich genommen und Ihre Zeit geopfert haben, um unsere Fragen zu beantworten und für uns zu backen.«

Sie nickte und griff nach ihrem Mantel.

»Ich hoffe, Sie haben heute Nachmittag noch nichts vor. Ich hätte Sie gerne bei der Überraschungschallenge dabei.«

Jenny erstarrte, und der Arm, den sie bereits in den Ärmel gesteckt hatte, stand in einem seltsamen Winkel ab.

»Wirklich?«, fragte sie fassungslos.

»Wirklich«, antwortete er.

»Wow, das war ganz schön heftig«, meinte eine junge Frau, während sie den Raum verließen, in dem das Casting stattgefunden hatte. Sie sah mit aufgerissenen Augen blinzelnd in ihre Handykamera und hatte den Kopf leicht zur Seite geneigt.

»Es tut mir leid«, meinte Carys und hob Einhalt gebietend die Hand. »Sie dürfen nicht …«

»Keine Panik, ich poste es ja noch nicht«, erwiderte die junge Frau abwehrend. »Ich dokumentiere es nur für später.«

»Das Filmen während der Castings ist leider trotzdem verboten«, erklärte Carys.

Die junge Frau verdrehte die Augen und steckte ihr Handy zurück in ihre Tasche.

»Was dokumentieren Sie denn?«, fragte Jenny.

»Meine Reise. Für meine Follower.«

Jenny sah sie verwirrt an und beschloss, nicht nachzufragen. »Ich bin übrigens Jenny.«

»Und ich bin Sorcha«, erwiderte die junge Frau und drehte ihren Pferdeschwanz zu einem dicken, glänzenden Seil. »Wie ist es gelaufen? Was meinen Sie?«

»Besser als heute Morgen«, antwortete Jenny. »Ich arbeite sonst nie mit einer digitalen Waage, aber glücklicherweise habe ich in meinem Leben schon viele Biskuitkuchen gebacken und kenne die nötigen Mengen.«

Sorcha neigte den Kopf. »Wie wiegen Sie denn dann Ihre Zutaten aus?«

»Mit einer gusseisernen Waage«, erklärte Jenny und streckte erklärend die Handflächen nach oben. »Die Gewichte kommen auf die eine Seite, die Zutaten auf die andere.«

»Echt? Und was machen Sie, falls Sie es tatsächlich in die Show schaffen? Ich dachte, solche Dinger hätte man zur Zeit von Queen Victoria zum letzten Mal verwendet.«

»Ja, das weiß ich noch nicht genau. Aber ich wäre damit sicher in der Minderheit«, erwiderte Jenny, die sich als greise Betrügerin enttarnt fühlte. »Aber genug von mir. Wie ist es Ihnen ergangen?«

»Am Ende des Tages ist es bloß eine Fernsehshow«, antwortete Sorcha. »Das Backen ist gut gelaufen, aber es geht vor allem um das Gesamtpaket.«

»Gut, das war's für heute, Leute«, erklärte Carys, die mit dem Klemmbrett in der Hand und ihrem Enthusiasmus im Gepäck wieder zu ihnen stieß. »Vergessen Sie die Tupperdosen und die Behälter nicht, sie stehen auf dem Tisch im Warteraum. Folgen Sie mir, dann können wir das gleich erledigen.«

Jenny war erleichtert, sich von Sorcha verabschieden zu können, und folgte Carys den Flur entlang. Die Neonbeleuchtung bildete einen starken Kontrast zu dem dunklen Himmel vor den Fenstern. Es war später, als sie angenommen hatte, und Bernard war vermutlich schon bei Rose und fragte sich, wo Jenny blieb. Was, wenn er zu Hause angerufen und sich niemand gemeldet hatte? Sie hatte nur das Casting im Kopf gehabt und gar nicht daran gedacht.

»Sie wissen schon, dass es nur zweiunddreißig Bewerber und Bewerberinnen in das zweite Casting am Nachmittag geschafft haben, oder?«, fragte Carys.

»Nein, das wusste ich nicht«, erwiderte Jenny und senkte den Blick auf ihre Quastenslipper, die unter dem Saum ihres Wollmantels hervorlugten. Sie fragte sich, wie, um alles in der Welt, sie es mit siebenundsiebzig überhaupt unter die ersten vierzig geschafft hatte – schließlich ging es nicht um die Warteliste für eine Hüft-OP.

»Carys, Sie haben nicht zufällig ein Telefon, das ich mir leihen könnte, oder? Damit ich meinem Mann sagen kann, dass ich jetzt fertig bin.«

»Aber natürlich.« Carys zog ihr Handy aus der Hosentasche.

Es hatte keine Tasten.

»Ich fürchte, Sie müssen für mich wählen.«

Sie nannte Carys Roses Festnetznummer, und die junge Frau tippte so schnell, dass Jenny kaum sah, wie sich ihre Finger bewegten. Die Anspannung wuchs mit jedem Klingeln, und Jenny überlegte fieberhaft, was sie sagen sollte, wenn Bernard abhob. Es hatte keinen Sinn, ihm die Wahrheit zu sagen, solange sie nicht sicher wusste, wie es ausgegangen war.

Es hörte auf zu klingeln, und der Anrufbeantworter sprang an.

»Hallo, Bernard, hier ist Jenny … ich wollte nur sagen, dass ich unterwegs bin … ich bin in etwa einer Stunde bei euch … ich hoffe, du und Poppy hattet einen schönen Tag. Bis später.«

Sie gab Carys das Handy wieder, die sie anschließend aus dem Gebäude begleitete und ihr mitteilte, dass sie im Laufe des nächsten Monats Bescheid bekommen würde, ob sie an der Show teilnehmen durfte.

»Danke«, antwortete Jenny, doch sie hatte das Gefühl, dass das eigentlich zu wenig war.

»Danke, dass Sie mir diesen Tag hier ermöglicht haben, Carys. Ich hätte mir nie träumen lassen, dass ich einmal so etwas tun würde wie heute, und ich werde es nie vergessen.«

Carys legte sich eine Hand aufs Herz.

»Es war mir eine große Freude. Ich drücke Ihnen alle Daumen.«

Als Jenny auf die dunkle Londoner Straße trat, wehte ihr der eisige Wind feine Schneeflocken ins Gesicht, die auf ihren Wangen landeten und sofort schmolzen. Es war, als wäre heute ein kleiner Funke in ihr aufgeflammt, eine schwache Sehnsucht in ihr erwacht. Dabei war ihr klar, dass der Wunsch nach einer Sache einen Menschen verletzlich machte, weil er auch immer die Gefahr mit sich brachte, das Gewünschte wieder zu verlieren.

9
Omelett

Danke, die Damen«, sagte Jenny, bevor sie die frischen Eier aus den Nestern holte und jedes noch ein paar Sekunden in der Hand hielt, um die sanfte Wärme zu genießen. Nach dem Ende der Rationierung hatten die meisten Nachbarn die Hühnerhaltung wieder aufgegeben, aber Jenny und ihr Vater konnten sich nicht von ihren »Damen« trennen, die ihnen regelmäßig frische Eier schenkten. Sie waren zu einem Teil der Familie geworden.

Zurück in der Küche, schlug sie zwei Eier in eine Pfanne, gab einen weiteren Löffel Fett dazu und betrachtete die Haut, die sich über den Dottern bildete. Sie tanzte vor der Herdplatte, und summte dabei ein Lied von Victor Silvester. Jenny hatte den ganzen Vormittag im Klassenzimmer zu seiner Musik auf der Schreibmaschine geschrieben, um im Rhythmus zu bleiben, und nun dudelte die Melodie in einer Endlosschleife in ihrem Kopf weiter.

Sie hörte die beschwingten Schritte ihres Vaters, der auf die Haustür zukam, und kurz darauf klopfte er leise, bevor er eintrat, obwohl es doch sein Haus war.

Was ihm an Körpergröße fehlte, machte er durch seinen Charakter wett, und jeder Raum schien sofort wärmer, wenn er ihn betrat.

»Du kommst genau richtig«, sagte sie und hob die Eier auf die Brotscheiben, wobei sie eine dünne Fettspur hinter sich herzogen.

Ihr Vater hängte seinen Mantel auf, legte den Filzhut darüber ab und setzte sich an den Küchentisch, wo bereits eine dampfende Tasse Tee auf ihn wartete.

»Danke, Jen. Das riecht köstlich«, sagte er und rieb sich die Hände, als sie das Brot mit dem Spiegelei vor ihn hin stellte. Er führte den ersten Bissen zum Mund, doch dann hielt er inne und beobachtete, wie sie zurück zum Herd hüpfte.

»Du bist ja heute bester Laune«, sagte er mit verschmitztem Unterton. »Daran ist doch hoffentlich kein junger Mann schuld?«

Sie warf einen Blick über die Schulter und schüttelte den Kopf. Ihre Augen funkelten.

»Ich habe gute Neuigkeiten.«

Er nahm einen Bissen Brot, und der Dotter tropfte auf den Teller. »Raus mit der Sprache.«

Sie setzte sich zu ihm an den Tisch und wrang die Hände. »Mir wurde eine Stelle bei Lady Jane's *angeboten. Das ist das Bekleidungsgeschäft in der Innenstadt.«*

»Aber du brichst deinen Sekretärinnenlehrgang doch nicht ab, oder?« Er lehnte sich zurück. »Ich weiß, du hast Schwierigkeiten beim Stenografieren, aber du schaffst das. Irgendwann macht es klick, und dann hast du auf ewig einen sicheren Arbeitsplatz. Ich glaube wirklich …«

»Keine Sorge, Daddy«, sagte sie. »Es wäre nur samstags.«

»Ahh.« Er nahm einen Schluck heißen Tee. »Na, wenn das so ist: Gut gemacht!«

»Es bedeutet aber, dass ich mir ein paar zusätzliche Einheiten in Stenografie leisten kann, sodass ich auf einhundertzwanzig Wörter in der Minute komme. Denk doch nur, wenn ich das schaffe, werde ich als Schreibkraft gelistet, werde irgendwann Sekretärin und kann meinem eigenen Beruf nachgehen.«

Sie schlug die Beine übereinander, und das obere Bein wippte vor Aufregung, sodass sie versehentlich gegen den Tisch trat und der Tee sich kräuselte.

»Einige Mädchen aus meinem Lehrgang gehen einmal die Woche zu einer Frau, die ihnen hilft. Sie haben große Fortschritte gemacht, also werde ich etwas Geld sparen und mich ihnen bald anschließen.«

»Das ist eine wunderbare Idee«, sagte er und wischte den Teller mit der Kruste sauber.

»Es gibt da ein Mädchen, das unseren Lehrgang besucht hat, und sie hat jetzt eine Stelle als Sekretärin eines Geschäftsführers bekommen«, fuhr Jenny fort und senkte die Stimme, als würde sie ihm ein Geheimnis verraten. »Ich habe gehört, dass sie fünf Pfund die Woche verdient!«

»Das ist doch ein prima Lohn für ein junges Fräulein«, meinte ihr Vater, und gutmütige Fältchen tanzten um seine Augen. »Also, wann fängst du an?«

»Diesen Samstag.«

Er warf einen Blick auf die Uhr, dann sprang er auf, schlüpfte in seinen Mantel und stürzte den restlichen Tee hinunter.

»Ich muss wieder zur Arbeit«, sagte er und klopfte sich auf die Taschen. »Wir sehen uns heute Abend.«

An der Tür hielt er noch einmal inne, als hätte er etwas vergessen.

»Jen …«

»Ja?«

»Ich bin sehr stolz auf dich, weißt du? Und deine Mutter wäre es auch. Unser Goldmädchen.«

Jenny nutzte den Messingtürklopfer an Roses Haustür als Spiegel, um frischen Lippenstift aufzutragen. Sie atmete tief durch, um sich zu beruhigen, während sie in Gedanken immer wieder die Rettungsmission der Schwarzwälder Kirschtorte und den Moment durchlebte, als sie erfahren hatte, dass sie auch beim zweiten Casting am Nachmittag dabei sein würde. Die Erleichterung, dass es sich bei der Überraschungschallenge um einen Biskuitkuchen handelte.

Während sie klopfte, versuchte sie, sich daran zu erinnern, wie die Kuchen der anderen Kandidaten und Kandidatinnen ausgesehen hatten, aber es gelang ihr nicht. Freude überkam sie, als Bernards Silhouette hinter dem Glas erschien.

»Wo, um alles in der Welt, warst du bloß so lange?«, fragte er mit bestürzt aufgerissenen Augen. »Ich habe angefangen, mir Sorgen zu machen.«

»Bitte entschuldige, dass es so spät geworden ist. Ich war fast den ganzen Tag im Bett … ich hätte beinahe verschlafen«, erklärte sie, und ihr Kopf pochte protestierend, als sie die Taschen mit den Behältern auf dem Boden abstellte. »Hast du meine Nachricht bekommen?«

»Ja.« Er massierte sich den Nacken, dann legte er die Hand wieder auf die Hüfte. »Vor ein paar Stunden.«

»Wo sind Poppy und Max? Sind Rose und Jeremy noch immer im Büro?«, fragte sie, um das Thema zu wechseln.

»Sie sind essen gegangen. Ich habe ihnen angeboten, dass sie sich den Abend freinehmen, wenn wir schon mal hier sind. Max ist bei einem Freund, und Poppy hast du leider verpasst. Die schläft bereits tief und fest.«

Er brach ab und verschränkte besorgt die Arme. »Bist du sicher, dass alles in Ordnung ist?«

»Ja, natürlich. Ich bin bloß müde.«

Er bückte sich, um ihre Taschen hochzuheben, und hängte ihren Mantel an den Haken.

Sie rümpfte die Nase, als sie in die Küche trat. Es roch nach Schwefel. Auf dem Herd stand eine große Pfanne, und sie marschierte direkt darauf zu und berührte den gelblichen Inhalt mit dem Pfannenwender. Es sah aus wie eine Mischung aus Rührei und Omelett, verfeinert mit ein paar Eierschalen. Außerdem war es gleichzeitig schlabberig und angebrannt.

»Ist *das* dein Abendessen?«, fragte sie.

Eine tiefe Falte bildete sich zwischen seinen Augenbrauen, und er kratzte sich am Kopf.

»Ja«, antwortete er. »Ich wollte mir ein Omelett machen.«

»Ach, Bernie.« Sie seufzte und entsorgte die Masse im Mülleimer. »Erstens ist die Pfanne viel zu groß ...«

Sie brach ab. Dafür war jetzt nicht der richtige Zeitpunkt.

Bernard stellte die Taschen auf den Küchentisch und warf schweigend einen Blick in die Behälter.

Jenny sah auf, als sie das Schnappen einer Tupperdose hörte.

»Da fehlt ein großes Stück vom Brotpudding ... und von der Torte. Und die Hälfte der Blätterteigrolle.«

Ihre Gedanken rasten, während sie etwas Butter in eine kleine Pfanne gab und zusah, wie sie auf der heißen Fläche zerging.

»Ich habe im Zug plötzlich Hunger bekommen«, sagte sie. »Ich hatte bis dahin noch nichts gegessen.«

Sie spürte, wie er jede ihrer Bewegungen beobachtete, als sie die Eier gegen den Rand einer Schüssel schlug und die Schalen aufklappte, bevor sie alles mit einem Hauch Pfeffer verquirlte. Erst, als die Pfanne glühend heiß war, ließ sie die Eiermasse mit einem Zischen hineingleiten und beobachtete, wie sie sich zusammenzog und eintrübte. Winzige Buttertröpfchen sprühten in die Luft.

»Erzähl mir von eurem Tag in London. Wie geht es Poppy? Hatte sie Spaß?«

»Es war wunderbar, Darling, es hätte dir sicher auch gefallen.« Er schob die Finger unter die Brillengläser und rieb sich die Augen. »Die riesigen Dinosaurier haben es ihr besonders angetan. Und dann ist ihr auch noch ein Milchzahn ausgefallen.«

»Du meine Güte, was für ein aufregender Tag! Hat sie ihn noch?«

»Ja, er steht neben ihrem Bett. Sie hofft, dass die Zahnfee heute noch vorbeikommt.«

Sie holte eine Handvoll Schnittlauch vom Fensterbrett und schnitt ihn auf das Omelett, das nun mit grünen Sprenkeln übersät war, dann klappte sie es in der Mitte zusammen und drückte es mit dem Pfannenwender nieder.

Als sie sich endlich zum Essen an den Tisch setzten, konnte sie den Blick nicht von Bernard wenden, der konzentriert und hungrig auf das Omelett hinunterstarrte und eine Gabel nach der anderen mit zitternder Hand zum Mund führte. Er hatte etwas Verletzliches an sich, die Lippen schlaff, der Rücken seltsam gebeugt. Als hätte sie einen Blick auf sein Leben geworfen, wenn sie nicht mehr da war.

Bevor sie zu Bett ging, brachte sie gerade noch genug Energie auf, um eine letzte Sache zu erledigen. Sie holte eine Ein-Pfund-Münze aus ihrer Geldbörse und polierte sie mit Essig, bis sie glänzte. Dann schlich sie auf Zehenspitzen die Treppe nach oben und drückte leise Poppys Zimmertür auf. Es roch nach frisch gewaschener Wäsche und Olbas-Öl, vielleicht von einer nachklingenden Erkältung. Jede verfügbare Oberfläche war voller Krimskrams – Armbänder aus Tütchen, die die Kinder nach einer Geburtstagsparty mit nach Hause bekamen, Haarspangen und eine ganze Kollektion an Teddys, von denen einer seltsam eingezwängt in der Küche des Puppenhauses steckte. Jenny betrachtete die schlafende Poppy im Dämmerlicht und war sich sicher, noch nie einen friedlicheren Menschen gesehen zu haben. Ihre halbmondförmigen Augenlider schimmerten zartlila, und sie schien angenehm zu träumen, denn sie seufzte immer wieder zufrieden.

Auf dem Nachttisch stand ein zierliches, silbernes Gefäß. Jenny hielt den Atem an, öffnete den Deckel und kippte einen kleinen, spitzen Zahn auf ihre Handfläche. Er war ausgefranst und uneben mit einem kleinen braunen Fleck, wo sich die Wurzel befunden hatte. Als sie ihn betrachtete, wurde ihr klar, dass sie noch nie die Zahnfee gewesen war.

Sie erinnerte sich, wie aufregend es gewesen war, das weiche Zahnfleisch in der Zahnlücke zu befühlen und metallisches Blut zu schmecken, wenn ein Milchzahn nur noch an einer letzten Ecke festhing. Sie hatte nie die Zähne ihres Kindes in den Händen gehalten oder morgens aufgeregte Schritte gehört, wenn es zu ihr ins Schlafzimmer gelaufen kam, um ihr zu zeigen, was es unter seinem Kopfkissen gefunden hatte.

Es waren nicht nur die großen Momente im Leben einer Mutter, die sie nie erlebt hatte, sondern auch die alltäglichen Dinge. Den Schulweg, auf dem die kleine Hand des Kindes in der Hand seiner Mutter lag. Das Kind, das seiner Mutter abends beim Baden von seinem Tag erzählte, bevor sie es zu Bett brachte und die Decke über ihm ausbreitete.

Sie schob die Münze unter Poppys Kopfkissen und schlich auf Zehenspitzen aus dem Zimmer.

»Träum schön, meine Kleine«, flüsterte sie, dann schloss sie die Tür hinter sich.

10
Toast und Marmelade

Jenny erwachte in Roses und Jeremys Gästezimmer. Die Decke über ihr war genauso fremd wie die Jalousien, und die Bettwäsche roch anders als zu Hause. Einen Moment lang hatte sie keine Ahnung, wo sie war, dann kamen die Erinnerungen an den vergangenen Tag wieder. Die heißen Scheinwerfer, die neugierigen Kameras, das Scheppern des Kochgeschirrs.

Hätte ihr ganzer Körper nicht immer noch vor Erschöpfung geschmerzt, hätte sie sich gefragt, ob sie alles nur geträumt hatte.

Poppy polterte die Treppe hinunter, dann erklang Bernards gedämpfte Stimme als Antwort auf ihre aufgeregte Geschichte über die Zahnfee. Jenny schlüpfte in ihre Hausschuhe und den Morgenmantel und machte sich auf den Weg nach unten, um sich zu ihnen zu gesellen.

»Geht es Tante Jenny heute besser?«, hörte sie Rose fragen, als sie sich der Küchentür näherte.

Sie hielt inne, als sie ihren Namen hörte.

»Ich … ich weiß es nicht«, antwortete Bernard.

Jenny erstarrte und bemühte sich, dem Gespräch über das Klappern des Geschirrs hinweg zu folgen.

»Wie meinst du das? Stimmt etwas nicht?«

»Ja, irgendetwas stimmt nicht, Rose«, sagte er und senkte die Stimme. »Und ich haben keine Ahnung, was es ist und wie ich es aus der Welt schaffen kann.«

Jenny war mit einem Mal hellwach. Ihr war klar, dass sie nicht lauschen sollte, doch sie konnte nicht anders.

»Was ist denn los?«

»Na ja, im Prinzip sind es nur alberne Kleinigkeiten, aber wenn man jemanden so gut kennt wie ich Jenny, dann weiß man einfach, dass etwas nicht stimmt.«

»Was sind das für Kleinigkeiten?«

Die Kühlschranktür ging auf und wieder zu, und ein Glas Saft wurde eingeschenkt.

»Sie ist müder als sonst, und sie hat noch nie so viel Zeit vor dem Computer verbracht … als würde sie etwas recherchieren … und sie backt, als gäbe es kein Morgen, oft schon in aller Frühe.«

Ein Messer kratzte über eine Scheibe Toast.

»Sie steht sonst nie vor mir auf.«

Jennys Magen knurrte vor Hunger, und sie schlang die Arme um die Mitte, um das Geräusch zu dämpfen.

»Aber sie hat doch schon immer viel gebacken, oder?«, fragte Rose in einem besorgten Flüstern.

Der Deckel des Marmeladenglases ploppte, als er geöffnet wurde.

»Ja, aber jetzt ist es anders. Sie hat immer für *uns* gebacken, aber im Augenblick backt sie genug für eine kleine Armee, und als ich neulich Nacht ein Stück von der Blätterteigrolle gegessen habe, hat sie mich ausgeschimpft. Es klingt belanglos, aber das macht sie sonst nie. Außerdem war noch genug da.«

Jennys Herz zog sich vor schlechtem Gewissen zusammen. Sie musste lediglich in die Küche gehen, und das Gespräch würde sofort enden, doch ihre Neugier lähmte sie.

Jemand nahm einen Bissen von dem knusprigen Toast.

»Und gestern!«, fuhr Bernard mit vollem Mund fort. »Sie lag den ganzen Tag mit Kopfschmerzen im Bett. Und als sie dann anrief, dass es später werden würde, kam der Anruf von einer fremden Nummer.«

Jenny kniff die Augen zusammen. Warum hatte sie daran nicht gedacht?

»Außerdem habe ich neulich ein Telefonat mitgehört …«

Sie lauschte erneut und atmete möglichst flach.

»Mit wem?«

»Das weiß ich nicht. Sie meinte, sie wäre noch nie gut bei Tests gewesen. Ich habe nur Bruchstücke mitbekommen. Sie hat noch andere Dinge gesagt. Sie sprach von *laminieren* und dass ihr Kopf in letzter Zeit öfter wie leer gefegt ist …«

»Laminieren? Was bedeutet das?«

»Na ja«, sagte er, und die Sorge war ihm deutlich anzuhören. »Ich habe es nachgeschlagen. In der Fachsprache gibt es da offenbar einen Zusammenhang mit Thrombosen und Blutgerinnseln.«

Jenny wurde blass.

»Du glaubst …?«

»Ja.« Er hielt inne. »Das befürchte ich …«

»Du glaubst, dass sie krank ist?«, wiederholte Rose.

Jenny biss sich auf die Lippe, und ihr Brustkorb zog sich zusammen, eingeschnürt im Netz ihrer Lügen.

»Ach, Onkel Bernard! Aber ihr seid doch so ein wunderbares Team, und ihr teilt alles miteinander. Warum sollte sie so etwas vor dir geheim halten?«

»Das ist es ja. Ich kann mir nur vorstellen, dass sie mich nicht beunruhigen will.«

»Und du meinst, dass sie ohne dich beim Arzt war? Es ist eine große Sache, solche Dinge vor jemandem geheim zu halten, den man liebt. Ich kann es mir einfach nicht vorstellen. Ihr macht doch alles zusammen.«

Jenny hätte sich gern in Luft aufgelöst, so sehr unterschied sich ihr wahres Ich von dem, wie die beiden sie sahen.

»Nein, ich glaube, das würde sie nicht tun. Andererseits würde es die Zeit am Computer erklären. Vielleicht hat sie nach Symptomen gesucht. Der seltsame Anruf kam möglicherweise von einem Arzt, und gestern hatte sie einen Untersuchungstermin.«

»Das wäre möglich«, sagte Rose, und ein Teelöffel kratzte über die Innenseite einer Tasse. »Aber das erklärt nicht, warum sie so viel und auch noch frühmorgens backt.«

»Vielleicht konnte sie nicht schlafen und ist aufgestanden, um zu backen. Es war immer schon wie ein Ventil für sie, eine Ablenkung.«

Schweigen senkte sich über die beiden.

»Ich finde, du solltest sie fragen. Wir gehen gerade vom Schlimmsten aus.«

»Ich weiß. Du hast recht. Es kommt mir nur albern vor, sie zu fragen, ob sie krank ist, wo wir den anderen doch besser kennen als uns selbst. Es ist, als würde ich ihr unterstellen, dass sie nicht ehrlich …«

»Tante Jenny!«, rief Poppy und kam hinter Jenny zum Stehen.

Sie zuckte zusammen und fuhr herum, während das Gespräch in der Küche abrupt endete.

»Sieh nur!«, meinte die Kleine, streckte die Hand aus und zeigte Jenny die glänzende Münze.

»Ist die von der Zahnfee?«

Poppy nickte und betrachtete das Geldstück voller Bewunderung.

»Die funkelt ja richtig, sie war wohl sehr zufrieden mit deinem Zahn«, sagte Jenny zu Poppy und war dankbar, dass sie nun nicht allein in die Küche treten musste.

»Guten Morgen.«

»Morgen«, erwiderten Rose und Bernard unisono.

»Hast du gut geschlafen, Darling?«, fragte Bernard.

»Ja, danke«, antwortete sie und ging zum Teekessel.

Sie sah zu, wie Jeremy in die Küche marschierte und einen einigermaßen kompliziert aussehenden Porridge zubereitete, wofür er hektisch Blaubeeren und alle möglichen Samen und Körner aus den Küchenschränken kramte.

»Hier sind Toast und Marmelade für dich«, sagte Rose, die die nassen Haare mit einem Handtuch hochgedreht hatte.

»Danke. Wie war euer Abend? Wart ihr fein essen?«

»Es war sehr schön! Wir waren beim Italiener um die Ecke. Es ist schon ewig her, seit wir dort waren. Nur wir beide«, antwortete Rose. Ihre blauen Augen wirkten ohne Make-up seltsam klein, außerdem blinzelte sie immer wieder.

»Das freut mich«, sagte Jenny und steckte eine Scheibe Brot in den Toaster, wobei ihr natürlich bewusst war, dass sie beobachtet wurde. Sie drückte die Taste nach unten, und ihr Blick fiel auf Bernard, der mit den Fingern die Krümel auf seinem Teller von einer Seite zur anderen schob. Sie wünschte, sie hätte sich niemals entschlossen, ein zweites Geheimnis vor ihm zu haben. Es war schon schwer genug, mit dem ersten zu leben.

»Fünf mal fünf?«, fragte Bernard, während sie Poppy zur Schule begleiteten. Sie hatten sie in die Mitte genommen und schwangen alle drei die Arme.

Poppys Augen wurden schmal, und sie dachte angestrengt nach.

»FÜNFUNDFÜNFZIG!«

»Nicht ganz«, erwiderte er. »Zählen wir zusammen. Fünf, zehn, fünfzehn, zwanzig …«

»FÜNFUNDZWANZIG!«

»Gut gemacht.«

Jenny war dankbar für die Ablenkung, die Poppy bot und die keinen Platz für schwierige Gespräche ließ.

»Drei mal vier?«

»Vier, acht, ZWÖLF!«

»Ja. Prima«, meinte Bernard.

Jenny spürte, wie er versuchte, ihren Blick aufzufangen, doch sie hielt ihn starr auf den Bürgersteig gerichtet.

Sie bogen um die Ecke, und mit einem Mal sah man überall rote Uniformen aus allen Richtungen auf das Schultor zuströmen und hörte Verabschiedungen. Dutzende Erwachsene hatten sich versammelt, winkten und trafen hektisch letzte Vorkehrungen für den Schultag, bis sie von der Glocke unterbrochen wurden, die dem Chaos ein Ende setzte und die Kinder dazu veranlasste, sich scheinbar einer geheimen Choreografie folgend in mehreren Reihen zu formieren, um das Schulgebäude zu betreten.

»Auf Wiedersehen, Darling«, sagte Bernard und drückte Poppy fest an sich. »Bis bald.«

»Wie bald?«

»Sehr bald«, versicherte Jenny und gab ihr einen Kuss.

Sie sahen ihr winkend nach, wie sie zu ihrer Reihe lief. Der Rucksack wippte im selben Takt wie ihre Haare, und der Mantel flatterte wie ein Cape hinter ihr her. Einen Moment lang war es, als würden sie ein Leben leben, das niemals existiert hatte.

Nachdem sie sich abgewandt hatten, wurde das Schweigen zwischen ihnen immer lauter und unangenehmer.

»Darling …«, meinte Bernard schließlich.

Jenny spürte, wie sie eilig Mauern um sich errichtete.

»Ja?«

»Ich weiß nicht, wie ich es formulieren soll«, begann er langsam und bedacht, »aber gibt es etwas, das du mir verschweigst?«

»Wie meinst du das?«, fragte sie und hielt den Blick geradeaus gerichtet, damit er nichts daran ablesen konnte.

»Ich weiß, dass ich gestern meinte, du würdest es übertreiben, aber ich wollte damit eigentlich nur sagen, dass du … irgendwie nicht du selbst bist.«

Sie schwieg und ließ ihn weiterreden.

»Du hältst doch nichts vor mir geheim, oder? Etwas … was deine Gesundheit betrifft?«

»Meine Gesundheit?«, wiederholte sie und war erleichtert, dass sie ihn im Grunde nicht anlog. »Nein, Darling, soweit ich weiß, bin ich gesund wie ein Fisch im Wasser.«

Er nickte, hatte die Lippen aber immer noch besorgt aufeinandergepresst.

»Dann ist's ja gut«, sagte er.

Sie nahm sich vor, es ihm bald zu sagen. Aber nur, wenn sie tatsächlich genommen wurde. Warum sollte sie ihm von ihrem albernen Traum erzählen, wenn am Ende doch nichts dabei herauskam? In der Zwischenzeit würde sie sich betont schwungvoll geben und damit seine Sorgen zerstreuen, ohne ein Wort sagen zu müssen.

11
Yorkshire-Kuchen mit Trockenfrüchten

Jenny wollte sich nicht in Ray verlieben. Sie war erst sechzehn und er beinahe dreißig, aber irgendetwas geschah mit ihr, wenn er in der Nähe war. Es war wie eine chemische Reaktion. Die Zuneigung wuchs still und leise, und ehe sie sichs versah, kam sie nicht mehr los.

Es war fünf Minuten vor fünf. Ihre Hände schwitzten, während sie die Tageseinnahmen zählte und sie mit dem Kassenprotokoll verglich. Sie war sich jedes Zentimeters ihres Körpers mehr als bewusst. Die Position ihrer Füße, ihre Haare – als stünde sie auf einer Bühne und nicht im Hinterzimmer von Lady Jane's. *Als das Glöckchen über der Tür klingelte, schoss sämtliches Blut in ihre Wangen.*

»Haben Sie noch geöffnet?«

Ihre Schultern sackten nach unten. Es war eine späte Kundin. »Tut mir leid, Madam. Wir haben schon geschlossen. Montag ab acht sind wir wieder für Sie da.«

Die Tür fiel zu. Sie zählte weiter die Pfund, Shilling und Pence, und ein metallischer Film überzog ihre Finger. Es war fünf Uhr, und normalerweise sollte er bereits da sein.

Das Glöckchen klingelte erneut. Sie drückte den Rücken durch und senkte den Blick, um beschäftigt auszusehen.

»Hallo, meine Liebe, ist Mrs. Smith hier?«

Es war der Schuster von gegenüber.

»Nein, tut mir leid. Soll ich ihr etwas ausrichten? Ich komme auf dem Heimweg bei ihr vorbei.«

»Schon gut, meine Liebe, es kann bis Montag warten«, sagte er, und ihre Hoffnungen für den Samstagabend schwanden, als die Tür ein weiteres Mal ins Schloss fiel.

Sie legte die letzten Zehn-Shilling-Noten auf einen Stapel, notierte die Endsumme von fünfunddreißig Pfund und unterstrich sie zwei Mal. Sie hatten ein paar Etuikleider und eine unförmige Wolljacke aus dem Schaufenster verkauft, Mrs. Smith würde zufrieden sein. Sie gab das Geld und die Abrechnung in einen braunen Umschlag, faltete ihn und steckte ihn in ihre Handtasche, wo sie auf eine zerquetschte, in Fettpapier gewickelte Scheibe Yorkshire-Kuchen mit Trockenfrüchten stieß, die vom Mittagessen übrig geblieben war. Wenn sie sie jetzt aß, konnte sie noch ein wenig hierbleiben, bloß für den unwahrscheinlichen Fall, dass er doch noch auftauchte, und so wickelte sie den Kuchen aus und biss in den weichen, von prallen Korinthen durchsetzten Teig. Es war ein einfaches Rezept, aber köstlich, und sie genoss jeden Bissen.

Als sie fertig war, wischte sie sich die Krümel vom Rock und machte das Licht aus. Der Laden wirkte im Dunkeln vollkommen anders. Aus einem hellen, geschäftigen Ort war ein lebloser Raum voller Kleiderständer geworden.

Das Glöckchen klingelte. Ihr Herz machte einen Sprung.

»Na, hast du dich mal wieder an der Kasse bedient, Jen?«

Sie drehte sich um und sah Rays Silhouette in der Tür. Im nächsten Moment schien ihr Körper in Flammen zu stehen. Er war adrett, mit breiten Schultern und dichten, dunklen Haaren, die bei genauerem Hinsehen an den Schläfen bereits grau wurden.

»Natürlich nicht«, erwiderte sie und suchte nach ein paar passenden, klugen Worten, doch sie schien die Fähigkeit dazu verloren zu haben.

»Guten Tag gehabt?«, fragte er, schloss die Tür hinter sich

und lehnte sich mit der Selbstsicherheit eines Mannes dagegen, der um seine Vorzüge wusste.

»Geschäftig, danke«, erwiderte sie und war sich seiner körperlichen Nähe so bewusst, als wären sie durch Fäden miteinander verbunden.

Mit lässigem Schlenderschritt kam er näher.

»Armes Ding. Wie wäre es, wenn ich dich auf dem Heimweg noch auf ein Gläschen einlade?«

Auch wenn sie es unterdrücken wollte, stahl sich ein kaum merkliches Lächeln auf ihre Lippen, und sie gab eilig vor, etwas in ihrer Handtasche zu suchen.

»Ich muss die Einnahmen auf dem Heimweg bei deiner Mutter abgeben, und sie wird sich fragen, wo ich abgeblieben bin.«

»Mach dir darüber mal keine Sorgen«, sagte er und legte eine Hand auf den Ladentisch. Sie war äußerst wohlgeformt, und Jenny wurde rot, als sie sich vorstellte, von ihr berührt zu werden. »Wir können sie auf dem Weg ins Pub vorbeibringen.«

Sie fuhr sich mit den Fingern durch die Haare und mied seinen Blick. »Was ist mit ...?« Sie senkte die Stimme. »Margaret?«

Seine Mundwinkel wanderten nach oben, und er schenkte ihr ein Lächeln, das man sonst für Kinder erübrigt. Ein hübsches Grübchen erschien auf seiner linken Wange.

»Miss Eaton, meine Frau soll nicht deine Sorge sein. Außerdem besucht sie übers Wochenende ihre Eltern.«

Meine Frau. *Die Worte dämpften ihre Begeisterung und ließen Scham in ihr hochsteigen. Ihr Glück war in letzter Zeit untrennbar an seine Anwesenheit geknüpft, und seine Besuche wurden immer häufiger. Schon bei ihrer ersten Begegnung waren ihr seine Augen wie Scheinwerfer überallhin gefolgt, während sie durch den Laden gehuscht war. Mitt-*

lerweile sehnte sie sich so sehr nach seiner Aufmerksamkeit, dass es in seiner Abwesenheit war, als würde sie in finsterer Nacht existieren.

»Also gut«, sagte sie und griff nach ihrem Mantel. »Aber nur ein Gläschen.«

Er hielt ihr den Mantel, während sie hineinschlüpfte, und ihre Haut prickelte, als sie seinen Körper so nahe spürte und sein Aftershave roch.

»Jen«, sagte er, und das Grübchen war wieder da, »versuche bitte, nicht nach meiner Hand zu greifen, solange wir nicht im Pub sind.«

»Ray, ich würde doch nie …«

Er legte ihr grinsend einen Finger auf die Lippen, und schaler Tabakgeruch stieg ihr in die Nase. Er löste eine Welle widerstreitender Empfindungen in ihr aus. Mit ihm fühlte sie sich lebendig und dennoch verhalten. Sie sehnte sich nach seiner Berührung, war aber gleichzeitig schrecklich scheu.

Nachdem sie den Laden abgeschlossen hatte, machten sie sich auf den Weg zu seiner Mutter, und Jenny stellte sich vor, wie es wäre, neben ihm zu gehen und seine Hand zu halten, ohne zu versuchen, unsichtbar zu sein.

Nach dem Casting kehrte wieder Normalität in ihr Leben ein. Der Februar verging in einem Nebel aus kalten Vormittagen, dunklen Nachmittagen und herzhaften Abendessen. Es gab keine weiteren überraschenden Anrufe oder geheimen Vorsprechen, und Jenny begrub die Erinnerungen unter den Zerstreuungen des täglichen Lebens. Allerdings fanden sie etwas zu oft den Weg zurück an die Oberfläche und schwirrten ihr vor allem in den ruhigen Momenten im Kopf herum.

Es kehrte wieder Normalität in ihr Leben ein. Zumindest beinahe.

Sie öffnete ihr Rezeptbuch und machte sich auf die Suche nach einem Kuchen für Ann und Fred, die später zum Valentinstags-Tee kommen würden. Sie hatte keine ausgefallenen Zutaten zu Hause, also entschied sie sich für ein Rezept, das auch ihre Mutter in einem solchen Fall gewählt hätte. Einen Yorkshire-Kuchen mit Trockenfrüchten, dem nachgesagt wurde, dass jeder, der ihn kostete, nach dem ersten Stück gleich noch einmal wiederkam, um sich ein weiteres zu holen.

Sie blätterte in ihrem Buch, bis sie den losen, vergilbten Kartonabschnitt mit dem Rezept gefunden hatte. Es war mit zahlreichen Anmerkungen versehen, denn sie hatte die ursprünglichen Mengenangaben ihrer Mutter ihren eigenen Vorstellungen angepasst.

Sie siebte das Mehl, das Salz und die Gewürze in eine Schüssel, und das Nelkenpulver kitzelte sie in der Nase. Während sie die Butter untermischte, warf sie einen neuerlichen Blick auf das Rezept und sah, dass ihre Mutter neben das Wort *Milch* »Sahne für den Trifle abschöpfen« geschrieben hatte. Jenny hörte heute noch ihre Stimme und erinnerte sich, wie sie die Sahne aufgefangen und geschlagen hatte, um am Sonntagnachmittag den Trifle damit zu verzieren und auf keinen Fall etwas zu verschwenden.

Jenny schlug ein Ei auf und ließ das Eiweiß in eine Schale gleiten.

»Heute backe ich einen einfachen, aber dennoch raffiniert schmeckenden Rührteigkuchen mit Trockenfrüchten. Meine Mutter hat ihn oft gemacht, wenn wir nachmittags Gäste zum Tee erwartet haben«, erklärte sie mit einem schnellen Blick zum Fenster. »Wenn die Butter knapp war, haben wir sie am Ende auf dem Teig verteilt, anstatt sie einzuarbeiten.« Das Leben konnte einem Möglichkeiten nehmen, aber niemals den Einfallsreichtum.

Nachdem sie die Trockenfrüchte in die Schüssel geleert hatte, griff sie zu einer weiteren Zutat, die definitiv dazu beitrug, dass sich die meisten Leute ein zweites Stück von dem Kuchen holten. Kandierte Kirschen. Zum Glück hatte sie immer einen Vorrat davon in ihrem Schrank mit den Backzutaten. Sie schnitt die in Sirup getränkten Früchte in zwei Teile und bewunderte die fröhliche rote Farbe. Es gab im Leben kaum Schöneres, als eine Scheibe Yorkshire-Kuchen abzuschneiden und festzustellen, dass man die Kirsch-Lotterie gewonnen hatte und einem durch Zufall eines der besten Stücke zugefallen war. Als kleines Mädchen hatte sie die Kirschen mit den Fingern aus dem Teig gepult, sodass bloß rote Krater übrig geblieben waren, und die Früchte bis ganz zuletzt aufgespart.

Sie musste sich strecken und recken, um in den hintersten Winkel des Schrankes zu gelangen, wo die selten gebrauchte herzförmige Kuchenform ihr Zuhause gefunden hatte. Sie füllte die Form mit dem gesprenkelten Teig, strich ihn mit dem Spatel bis an die Ränder und bestreute alles mit braunem Zucker, der für eine knusprige Note sorgen würde.

»Komm doch mal her und sieh dir das an, Darling«, rief Bernard aus dem Garten, als sie den Kuchen gerade in den Backofen schob.

Sie schlüpfte in ihren Mantel und ging zu ihm. Er hatte die Hände in die Hüften gestemmt, und warme Luft stieg in kleinen Wölkchen aus seinem Kragen auf, während er verschnaufte.

»Ist das nicht herrlich?«, fragte er stolz und zeigte auf ein Fleckchen, wo grüne Triebe mit weißen Mützchen aus der Erde ragten. Sie schienen sich vor ihren Augen immer weiter auszubreiten.

»Sogar mit zweiundachtzig ist es jedes Jahr aufs Neue eine schöne Überraschung«, sagte Bernard.

Jenny wusste nur zu gut, was er meinte.

»Der Frühling muss schon vor der Tür stehen«, sagte sie, dann klatschte sie in die Hände. »Der Kuchen ist im Ofen, und Ann und Fred werden bald hier sein. Du weißt ja, wie sie sind.«

»Immer überpünktlich«, erklärte er und wischte sich die Erde von den Knien.

»Ich gehe besser wieder hinein und mache mich frisch«, meinte sie, denn ihr war klar, dass sie so gut wie möglich aussehen musste, um auch die letzten Bedenken zu vertreiben, die er womöglich noch hatte.

Jenny warf einen Blick in den Ofen. Der Kuchen war herrlich aufgegangen und sah nun aus, wie ein vor Liebe geschwollenes Herz. Sie nahm ein Geschirrtuch und holte ihn heraus, wobei ihre beste Bernsteinkette in der Hitze kribbelte. Es klingelte an der Tür. Es war eine alte Glocke, die ein schrilles, nervenaufreibendes *Brrrr-ringgg!* durch das Haus hallen ließ.

»Einen Moment!«, rief sie und stolperte mit dem Kuchen in den Händen zur Arbeitsplatte. Sie hatte das Gewicht unterschätzt.

Brrrr-ringgg!

»Ich komme schon!«, rief nun auch Bernard, der die Treppe nach unten tappte und dabei in seinen roten Wollpullover schlüpfte.

Sie hörte, wie er die Tür öffnete, und kurz darauf trippelten Anns zierliche Füßchen durch den Flur.

»Guten Tag, Jenny«, sagte sie, und ihre blauen Augen wurden schmal. »Du siehst sehr adrett aus.«

Jenny war sich nicht sicher, ob es sich um eine Feststellung oder ein Kompliment handelte, aber sie war sich ihres marineblauen Twinsets, des dazu passenden Bernsteinschmuckes und des kupferfarbenen Lidschattens mehr als bewusst.

»Danke«, erwiderte sie und stellte das gute Teeservice auf ein Tablett. »Ich dachte, ich mache mich schick, immerhin ist heute Valentinstag.«

»Was ist das?«, fragte Ann und beäugte den Kuchen.

»Ein Yorkshire-Kuchen mit Trockenfrüchten.«

»Wie altmodisch. Meine Mutter hat die immer gebacken, aber ich habe so etwas seit Jahrzehnten nicht mehr gesehen.«

Jennys Lächeln war gespannt wie eine Wäscheleine.

»Hier riecht's aber lecker«, meinte Fred und rieb sich die Hände, dann trat er an seine übliche Position – einen Schritt hinter Ann, ein wenig nach links abgerückt.

»Fred, du kannst doch sicher das Tablett für Jenny zum Tisch tragen, nicht wahr?«, meinte Ann in einem Tonfall, der die Frage als Befehl enttarnte. Fred zuckte zusammen und tat, wie ihm geheißen. Das gute Porzellan klimperte im Rhythmus seiner zitternden Hände auf dem Tablett aneinander.

Der warme, würzige Duft des Kuchens erfüllte das Wohnzimmer, und die ersten Strahlen der Frühlingssonne fielen durch die Fenster. Bernard legte eine Frank-Sinatra-Platte auf, und Jennys Blick fiel auf den Kragen seines rosa karierten Hemdes unter dem Pullover. Er hatte es eigens für diesen Anlass angezogen.

»Ist meine Frau nicht eine Wucht?«, fragte er und bewunderte den herzförmigen Kuchen, während er Tee einschenkte.

»Wer möchte ein Stück?«

»Ich und Fred, bitte«, antwortete Ann.

Jenny schnitt das erste, alles offenbarende Stück aus dem Kuchen und stellte sich vor, sie wäre Jurorin bei *Das Backduell.* Zu ihrer Erleichterung hielt der Teig und bildete ein perfektes, mit leuchtenden Punkten verziertes Dreieck. Die

Früchte waren gleichmäßig verteilt, und ein Stück hatte die Kirsch-Lotterie gewonnen. Sie legte es auf Bernards Teller.

»Das ist köstlich, Jenny«, erklärte Fred, dem Krümel an der Oberlippe klebten.

Ann deutete mit einer Serviette auf seinen Mund, und er wischte sie mit der Hand weg, sodass sie in alle Richtungen flogen.

»Also, der wievielte Valentinstag ist es bei euch?«, fragte Bernard.

Ann hob den Blick zur Decke, als hätte sie schon seit langer Zeit nicht mehr so weit zurückgedacht. »Im März werden es dreiundfünfzig Jahre.«

»Gratulation, das ist eine beeindruckende Leistung.«

»Ich arbeitete in der örtlichen Bibliothek, und Fred kam jedes Wochenende, um Bücher zurückzugeben und neue auszuleihen. Ich dachte, er wäre sehr belesen, aber als ich ihn einmal nach den Büchern fragte, wusste er absolut nichts darüber.«

Jenny und Bernard warfen einander lächelnd einen Blick zu. Es war witzig, dass sie selbst nach so vielen Jahre den jungen Fred mit einer Tasche voller Bücher, aber ohne viele Worte vor sich sehen konnten.

»Weil ich sie nicht gelesen habe«, erklärte er und schob eine Kirsche mit der Gabel auf seinem Teller hin und her. »Meine Mutter hatte mir erzählt, dass in der Bibliothek eine nette junge Dame arbeitet, also bin ich hin und habe sie mir selbst angesehen.« Er spießte die Kirsche auf und steckte sie sich in den Mund. »Und Mum hatte recht.«

»Wie oft genau hast du mich ins Kino eingeladen, Fred?«, fragte Ann mit hochgezogenen Augenbrauen.

»Sieben Mal«, antwortete sie gleich selbst, bevor Fred etwas sagen konnte. Sie sah Jenny und Bernard herausfordernd an und spitzte die Lippen. »Und hier sind wir nun,

Jahrzehnte später, mit drei Kindern und fünf Enkelkindern – ist das zu glauben? Unvorstellbar, dass es sie alle nicht gäbe, hätte Fred damals nicht so getan, als würde er gern lesen.«

Jenny sah zu, wie Fred in seiner Hosentasche nach dem Telefon kramte. Endlich hatte er die Lederhülle herausgezogen, die er wie ein Notizbuch öffnete, um ihnen stolz ein Bild von allen fünf Enkelkindern zu präsentieren, die zusammen auf dem Sofa saßen.

»Das sind Tom, Isabelle, George und Toby«, sagte er und deutete mit unbeholfenen Fingern auf die einzelnen Gesichter. »Und hier ist die kleine Ellie.«

»Hinreißend«, erklärte Bernard. »Seht euch nur die roten Haare an.«

»Die haben sie von meiner Mutter. Das Rot hat zwei Generationen übersprungen, aber jetzt ist es wieder da, und sie haben es alle geerbt.« Ann schob Jenny das Handy zu. »Tom ist wie mein Vater. Sehr geschickt mit Zahlen.«

Jenny betrachtete das Foto, das Ann und Fred gemacht hatten. Obwohl die Kinder nicht älter als fünf oder sechs waren, schienen sie wie kleine Zeitkapseln, in denen ihre Vorfahren weiterlebten. Spiegelbilder der Menschen, die vor ihnen gekommen waren, die Kriege miterlebt und sich verliebt hatten – und die wie durch ein Wunder überlebt hatten. Die roten Haare, das Mathematiktalent – es waren in Wahrheit uralte Geschenke von Personen, die diese Kinder zwar nie kennengelernt hatten, ohne die sie aber nicht existieren würden.

»Es muss tröstlich sein, so viel von deinem Vater in Tom wiederzuerkennen«, vermutete Jenny und gab Fred das Telefon zurück.

»Ja«, bestätigte Ann. »Es ist mit nichts vergleichbar, auch wenn keine Zeit bleibt, um Valentinskuchen zu backen. Fünf Enkelkinder sind ein Vollzeitjob …«

Jennys Herz zog sich zusammen. Man hatte sie wieder einmal als Frau bloßgestellt, die nichts von Bedeutung zustande gebracht hatte.

»So geht es mir manchmal mit meiner Großnichte Poppy. Ich beobachte sie, während sie vor sich hin plappert, und ich sehe …« Bernard hielt inne, und seine Stimme brach beinahe. »Ich sehe meine Schwester.«

Jenny streckte die Hand unter dem Tisch aus und legte sie ihm auf den in weichen Cord gehüllten Oberschenkel.

»Möchtest du noch ein Stück?«, fragte Jenny an Fred gewandt, der sein Telefon wieder wegsteckte.

»Möchte ich, Ann?«

»Bloß ein kleines«, erwiderte seine Frau und nippte an ihrem Tee. »Wo habt ihr beide euch kennengelernt?«

»Bei einer Tanzveranstaltung in den Swinging Sixties«, antwortete Bernard und strahlte dabei übers ganze Gesicht. »Jenny stand auf der anderen Seite des Saales, und als mein Blick auf sie fiel, wusste ich sofort, dass ich nicht nach Hause gehen konnte, ohne mit ihr gesprochen zu haben.«

»Hast du ihn auch gesehen, Jenny?«, fragte Ann.

»Nein, nur meine Freundin. Ich habe ihn erst bemerkt, als er mich zum Tanzen aufgefordert hat. Aber Gott sei Dank war er mutig genug.«

»War Bernard deine erste große Liebe?«

»Ich glaube, meine erste große Liebe war das Backen«, sagte sie, und die anderen lachten höflich. »Ich finde, was wirklich zählt, ist die *letzte* große Liebe.«

Dunkelheit senkte sich langsam auf den Garten, während Jenny die Tassen spülte und mit einem besonders hartnäckigen Teefleck kämpfte, der sich im Ausguss der Teekanne breitgemacht hatte und sich nicht entfernen ließ. Der Rest des Kuchenherzens stand einigermaßen traurig auf der Arbeitsplatte. *Wenigstens hat es allen geschmeckt,* dachte sie. Vor allem Fred, der es geschafft hatte, sich im Laufe des Nachmittags immer wieder »kleine Stückchen« zu sichern.

»Darling«, kam Bernards Stimme aus dem Flur, und er klang seltsam zitternd und unsicher.

»Ich mache den Abwasch.«

»Du hast eine Nachricht auf dem Anrufbeantworter ...« Er verstummte.

Sie hielt inne, dann zog sie sich die Gummihandschuhe von den Händen und sah zur Küchentür hinaus.

»Ich habe es nicht klingeln hören«, erklärte er. »Vielleicht war die Musik vorhin zu laut.«

»Wer hat denn angerufen?«, fragte sie zunehmend nervös.

»Ich bin mir nicht sicher. Andy irgendwie? Der Firmenname sagt mir nichts ...«

Sie näherte sich dem Telefon wie einer scharfen Bombe und ging davon aus, dass Bernard sie allein lassen würde. Doch er blieb an ihrer Seite und ließ sie nicht aus den Augen. Sie versuchte, so unbekümmert wie möglich zu wirken, und presste den Hörer ans Ohr, damit er nicht mithören konnte. Es war der Casting Director mit dem gepflegten Bart, und er bat sie um einen Rückruf.

Sie legte den Hörer zurück auf die Gabel.

»Also, wer war es?«, fragte Bernard.

Jenny sah ihn an und erkannte erschrocken, dass die Sorge in seinem Gesicht ihn noch älter erscheinen ließ, als er vor Weihnachten gewirkt hatte. Es war grausam, ihn noch länger im Ungewissen zu lassen.

»Ich war nicht ganz aufrichtig zu dir, Bernard.« Die Worte waren gesagt, ehe sie die Gelegenheit gehabt hatte, sich zu überlegen, wie sie es ihm am besten beibringen sollte.

Seine Augen weiteten sich vor Angst.

»Es besteht absolut kein Grund zur Sorge«, erklärte sie

eilig und nahm seine Hand in ihre. Die Haut war warm und fühlte sich an wie Papier, und sie liebte diese Hand so sehr. »Ich bin nicht krank, aber du wirst mich gleich für vollkommen verrückt halten. Und im Prinzip wäre es gar nicht notwendig, dir jetzt noch davon zu erzählen, weil vielleicht ohnehin nichts daraus wird.«

»Wovon redest du?«

»Ich ... ich habe mich bei *Das Backduell* beworben.«

Er sah sie schweigend an und verzog verwirrt das Gesicht.

»*Das Backduell*? Du meinst diese Backshow? Im Fernsehen?«

»Ja.« Sie blinzelte verlegen. »Ich habe dir nichts davon erzählt, weil ich mich geschämt habe, mir so etwas überhaupt zu wünschen.«

Er rieb sich immer noch schweigend die Stirn.

»Wann?«, fragte er schließlich.

»Na ja ...« Sie wischte sich mit dem Ärmel über die Oberlippe. »Ich habe mich kurz nach Weihnachten beworben, und dann gab es einige Gespräche und Castings.«

»Gespräche? Castings? Wo?«

»Am Telefon. Und das Casting war in London.«

»In London?!«

Jetzt, da sie angefangen hatte, konnte sie nicht mehr aufhören.

»Ich habe es bis in die letzte Runde geschafft«, sagte sie, und ein aufgeregtes Schaudern überlief sie bei der Erinnerung. »Seitdem warte ich auf eine Benachrichtigung, und ich schätze, auf dem Anrufbeantworter geht es darum.«

»Bis in die letzte Runde?«

Sie nickte, und Ernüchterung machte sich breit, als sie an die zerstörte Schwarzwälder Kirschtorte, das fehlende Stück Blätterteigrolle und den Brotpudding dachte.

Bernard rieb sich weiterhin die Stirn, als wollte er die Neuigkeiten in sein Gehirn einmassieren. Dann sah er sie an.

»Ich wusste es. Ich *wusste*, dass du nicht du selbst warst«, sagte er und presste die Lippen aufeinander. Sein Gesichtsausdruck war nicht zu deuten. »Bloß, dass ich dachte, du wärst krank. Ich habe mir Sorgen um dich gemacht, Jenny. Und das *wusstest* du.«

Seine Gesichtsmuskeln zuckten, als langsam alle Puzzleteile an ihren Platz fanden.

»Die Unmengen, die du gebacken hast. Der Tag mit Poppy, den du versäumt hast. Deine wütende Bemerkung, als ich von der Blätterteigrolle genascht habe.« Er wirkte gekränkt. »Waren das alles Lügen?«

»Na ja.« Sie neigte den Kopf und dachte einen Moment lang nach. »Eher kleine Unwahrheiten.«

»Kleine Unwahrheiten?« Er klang mit einem Mal aufgewühlt, und Verletztheit blitzte in seinen Augen auf.

»Warum hast du es mir nicht einfach gesagt? Ich meine, wir teilen doch sonst auch alles miteinander?«

Das schlechte Gewissen bohrte sich wie ein Messer in ihre Brust. »Ich weiß«, sagte sie. »Es tut mir so leid.«

Sie standen sich von unangenehmem Schweigen umfangen gegenüber und fühlten sich einen Moment lang wie die Fremden, die sie vor all den Jahren einmal füreinander gewesen waren. Jenny überlegte, was sie sagen konnte, um es besser zu machen, aber Bernard hatte recht. Es gab keine Entschuldigung für das, was sie getan hatte.

»Komm her«, sagte er schließlich und schloss sie in eine Umarmung, die sich anfühlte, als würde er sie an ein Klettergerüst drücken.

»Ich bin ein schrecklicher Mensch«, sagte sie mit dem Gesicht an seinem Pullover.

»Nein, bist du nicht«, erwiderte er, und ihr Körper entspannte sich in seinen Armen. »Aber wir dürfen keine Geheimnisse voreinander haben, Jenny. Wir haben nur uns.«

Eine salzige Träne lief über ihre Wange, während sie dem Klopfen seines Herzens lauschte und bei sich dachte, dass er nicht einmal die Hälfte ihrer Geheimnisse kannte.

Er löste sich von ihr, um sie anzusehen, und das Licht war in seine Augen zurückgekehrt.

»Ich schätze, du solltest zurückrufen, oder?«

»Ach, ich weiß nicht«, sagte sie schulterzuckend. »Es ist Freitagabend und schon spät, die sind sicher schon alle zu Hause.«

»Du könntest es doch wenigstens versuchen.«

Sie atmete tief durch, hob den Hörer und hörte mit pochendem Herzen noch einmal die Nachricht ab, bevor sie den Rückrufknopf drückte.

Das Freizeichen erklang.

Bernard beugte sich näher heran und beobachtete ihr Gesicht.

Sie machte sich bereit, ihren Namen zu sagen, sobald jemand abhob, doch es meldete sich nur die roboterhafte Stimme eines Anrufbeantworters.

»Hallo, hier ist Jennifer Quinn …«

Bernards Augen strahlten.

»Ich wollte nur zurückrufen. Ein schönes Wochenende. Auf Wiederhören.«

Sie knallte den Hörer auf die Gabel.

»Anrufbeantworter?«

Sie nickte.

»Gut, dann mal los«, sagte er, als sie in die Küche zurückkehrten. »Erzähl mir alles.«

»Nun«, antwortete sie und schlüpfte wieder in die Gummihandschuhe. »Ich weiß gar nicht, wo ich anfangen soll.«

12
Omelette surprise

Ihre Hand glitt über den samtenen Sitzbezug, als die Pausenlichter angingen. Es war, als wäre sie aus einem Traum erwacht. Einem Traum, in dem sie Holly Golightlys Schönheit bewundert und tief in Paul Varjaks Augen geblickt hatte.

»Wow«, flüsterte sie Sandra zu, die mit offenem Mund neben ihr saß. »Ich glaube, das ist der beste Film, den ich je gesehen habe …«

Sie hatten einander am ersten Tag des Lehrganges kennengelernt, nachdem sie versehentlich ihre Mäntel vertauscht hatten. Was natürlich sofort aufgefallen war, weil Sandra deutlich größer war als Jenny. Sandra war in einem viel zu engen Mantel auf sie zumarschiert, während Jenny verwirrt an sich hinuntergesehen hatte. Sandra war die Älteste von fünf Geschwistern und nicht auf den Mund gefallen. Ihr Familienleben war das genaue Gegenteil von Jennys, ein liebevolles Durcheinander in gemeinsamen Schlafzimmern mit Geschwisterstreitigkeiten und geschäftigen Mahlzeiten. Jenny beneidete Sandra beinahe genauso sehr um den Trubel, wie Sandra Jenny um die Beschaulichkeit in ihrem Leben beneidete.

»Das sagst du jedes Mal, wenn wir ins Kino gehen«, erwiderte Sandra lachend. »Aber ich muss dir recht geben. Sie hat unheimlich Stil.«

In diesem Moment wurden sie beide gleichzeitig von einer

Gestalt abgelenkt, die ins Licht der Scheinwerfer getreten war. Es schien, als hätten sie einen Engel gesehen – dabei war es die Frau mit der Eiscreme.

»Möchtest du auch einen Becher?«, fragte Jenny Sandra, und ihr lief bereits das Wasser im Mund zusammen.

»Unbedingt«, antwortete Sandra und zählte sechs Pence aus ihrer Geldbörse ab.

Jenny schob sich flink durch die Reihe zum Mittelgang, um nicht zu spät zu kommen und leer auszugehen. Die Eiscreme war genauso wichtig wie der Film.

»Was darf's sein?«, fragte die Verkäuferin.

»Zwei Mal Vanille«, bestellte Jenny und ließ die warmen Pennys aus der Hand gleiten.

Sie kehrte zu Sandra zurück, öffnete eilig den Papierdeckel, steckte den kleinen Holzspatel in das cremige Eis und genoss jeden einzelnen Bissen.

»Im Kino schmeckt es immer am besten, stimmt's?« Emsig arbeitete sie sich den Rand entlang weiter, wo das Eis in ihrer warmen Hand schmolz.

Sandra gab ein zustimmendes Murmeln von sich und leckte sich die Lippen.

»Wie läuft es bei Lady Jane's*?«, fragte sie, hielt einen Moment inne und drehte den Holzspatel zwischen den Fingern.*

»Es gefällt mir wirklich gut«, antwortete Jenny. »Und ich habe bald genug für die Stenografiestunden gespart, dann habe ich eine Sorge weniger.«

»Bringst du es mir dann auch bei, sobald du es kannst?«

»Ich kann es versuchen, aber es wird wohl eine Weile dauern, bis ich den Bogen raushabe«, sagte Jenny, und der Spatel hing aus ihrem Mund, während sie daran saugte. »Stell dir doch mal vor: Wenn wir erst als Sekretärinnen arbeiten, können wir jedes Wochenende ins Kino gehen.«

»Und tanzen!«, erwiderte Sandra und kratzte ihren Becher sauber. »Vielleicht finde ich dann auch einen jungen Mann, der mich aus dem Irrenhaus rettet …«

Etwas an Jennys Lächeln machte Sandra sofort stutzig.

»Was ist los?«, fragte sie, und die Eiscreme war vergessen. Sie senkte den Becher in den Schoß. »Hast du jemanden kennengelernt?«

Jenny richtete den Blick auf den Vorhang, und ihre Wangen brannten.

»Ja, das hast du!«, rief Sandra. »Du bist knallrot!«

»Sch!« Jenny sah sich eilig um, dann rückte sie näher heran. »Es gibt da jemanden bei der Arbeit, aber …«

»Ein junger Mann? Bei Lady Jane's*?«*

»Er ist der Sohn der Besitzerin und kommt manchmal vorbei, wenn ich arbeite.«

Sandra drehte sich in ihrem Sitz, als wäre Jenny plötzlich die Leinwand. »Warum hast du mir noch nie von ihm erzählt? Wie sieht er aus?«

»Er sieht sehr gut aus«, antwortete Jenny, und die Schmetterlinge in ihrem Bauch tanzten beim Gedanken daran. »Er ist ein wenig älter … und er hat ein unglaublich hübsches Grübchen auf der linken Wange.«

Sandra blinzelte und wollte augenscheinlich noch viel mehr wissen. »Dann geht ihr also miteinander? Und wie alt ist ein wenig älter*?«*

»Fast dreißig, glaube ich«, sagte Jenny und löffelte den letzten Rest der Eiscreme aus. »Ich weiß auch nicht, es ist kompliziert.«

»Dreißig!« Sandra konnte sich kaum noch zurückhalten. »Warum ist es kompliziert?«

Jenny sah sich um und bedeutete Sandra, näher heranzurücken. »Er ist … er ist verheiratet.«

Sandra schnappte nach Luft.

»Jenny!«, hauchte sie, und ihre Augen blitzten. »Habt ihr euch geküsst?«

»Kann schon sein«, antwortete Jenny, und die Hitze in ihren Wangen war so stark, dass sie froh war, als die Lichter langsam ausgingen und das leise Geplauder verstummte.

»Das habt ihr!«, zischte Sandra und drückte Jennys Oberschenkel. »Das sehe ich dir an.«

Jenny schüttelte den Kopf und richtete den Blick wieder auf die Leinwand. Als sich der Vorhang öffnete und der Film weiterging, spürte Jenny Sandras Blicke auf sich, doch sie starrte verbissen geradeaus, während sich ihr Magen zusammenzog und Übelkeit in ihr aufstieg.

Jenny konnte nicht schlafen, so sehr sie sich auch bemühte. Sie öffnete das E-Mail-Programm, auch wenn das schmerzhafte Pochen hinter den Augen ein eindeutiges Zeichen dafür war, dass sie um vier Uhr morgens ins Bett gehörte und nicht vor den Computer. Da war eine E-Mail von Rose mit einem Foto von Poppy, die eine Urkunde für besondere Leistungen im Kunstunterricht in den Händen hielt. Dazu kamen ein Newsletter vom Tennis- und einer vom Bowlsclub und eine Werbung für Männerhosen zum halben Preis. Keine Nachricht vom Sender wegen der Show. Jenny machte sich auf den Weg nach unten, wobei sie sorgsam über die knarrenden Dielenbretter hinwegstieg, die sich unter dem Teppich verbargen.

Als sie die Küchentür öffnete und sanft hinter sich schloss, drang ihr der warme Duft von gebackenem Biskuit in die Nase, das auf einem Rost abkühlte. Sie legte sanft den Handrücken darauf und stellte fest, dass es bereits kalt genug war für den nächsten Punkt ihrer durch Schlaflosigkeit bedingten Mission, deren Ziel es war, Bernard mit einem seiner Lieblingsrezepte zu überraschen; einer Omelette surprise.

Sie warf einen Blick auf das Rezept und folgte den Anweisungen, indem sie ein paar Teelöffel Orangensaft auf dem Biskuit verteilte. Ohne den Orangensaft war der Teig einfach nur süß. Nachdem die Flüssigkeit versickert war, bedeckte sie den Biskuit mit Mandarinenspalten aus der Dose, die ihr wie Goldfische durch die Finger glitten. *Die nächtliche Baiserhaube wird wohl die schwierigste Herausforderung*, dachte sie bei sich, während sie den Spalt unter der Tür mit einem Geschirrtuch verschloss, um Bernard nicht zu wecken.

Jenny hielt den Atem an, als sie das Handrührgerät in das Eiklar hielt, das sich wie von Zauberhand in einen schneeweißen Schaum verwandelte. Sie ließ langsam Zucker, eine Prise Salz und Weinstein einrieseln und sah zu, wie sich alles vermischte, während sie in Gedanken Bernards Worte hörte: *Wir dürfen keine Geheimnisse voreinander haben, Jenny. Wir haben nur uns.* Sie wusste, dass der elfte Januar ein Zeichen gewesen war, aber sie hätte nicht gedacht, dass die Vergangenheit derart in den Vordergrund rücken würde. Nicht nach all den Jahren.

Sie holte die Vanilleeiscreme aus dem Gefrierschrank, und ihre Fingerspitzen klebten an dem eiskalten Gefäß, als sie den Deckel öffnete.

Sobald der vanillegelbe Eisturm auf dem Biskuit fertig war, strich sie ihn mit glänzender Baisermasse ein. Sie hatte *Unbedingt sorgfältig bedecken, keine Lücken, sonst schmilzt das Eis im Ofen!* neben dem Rezept vermerkt und nach einem vergangenen Fehlversuch auch noch ein trauriges Gesicht dazu gemalt. Sie lächelte, als sie daran dachte, wie sie die Omelette surprise bei einer Dinnerparty angeschnitten hatte und die Eiscreme ausgelaufen war. Diese Süßspeise glich einem wissenschaftlichen Experiment.

Nachdem sie das Baiser kunstvoll verteilt hatte, trat sie zurück und bewunderte ihr Werk. Es würde bis zum Mittagessen im Gefrierschrank bleiben, wenn sie Bernard schließlich damit überraschen würde.

»Guten Morgen, Darling«, sagte Bernard und stellte eine dampfende Tasse Tee auf den Beistelltisch neben Jenny.

»Guten Morgen«, erwiderte sie und war einen Moment verwirrt, ehe ihr klar wurde, wo sie war. »Ich konnte nicht schlafen, also bin ich runter, um ein wenig zu backen. Ich muss auf dem Sofa eingenickt sein.«

Ihre Augen brannten, als er die Vorhänge zurückzog und das Morgenlicht durch die Fenster fiel.

»Und ich dachte noch, dass es in der Küche köstlich riecht. Es war doch nicht mein Schnarchen, das dich um den Schlaf gebracht hat, oder?«

»Du hast tatsächlich geschnarcht, aber nicht mehr als sonst.«

Als sie sich erhob, hatte sie einen Moment das Gefühl, ein Kettenhemd anstelle ihres geblümten Nachthemdes zu tragen. Sie kannte diesen Zustand nur zu gut, auch wenn es sie schmerzte, es zuzugeben.

»Bernard«, sagte sie und nahm einen Schluck Tee. »Ich fühle mich alt.«

Er wandte sich grinsend zu ihr um.

»Wie alt?«

Sie hielt einen Moment inne, und ihre Gelenke protestierten, als sie sich streckte.

»Wie neunundneunzig.«

»Aber das ist ja kein Alter. Nur zwei Zahlen.«

»Wie alt ist alt deiner Meinung nach?«, fragte sie und sah ihn an wie bei einem Kreuzverhör.

Er überlegte kurz.

»Ich glaube, wenn man dementsprechend veranlagt ist,

kann man mit fünfundzwanzig bereits alt sein. Du hast nach wie vor einen gesunden Appetit aufs Leben, Darling.«

»Tatsächlich?« Ihr Nacken steckte in der Position fest, in der sie geschlafen hatte.

»Immerhin hast du die letzten zwei Monate mit der Bewerbung für eine TV-Sendung verbracht, das klingt nicht so, als hättest du auf der faulen Haut gelegen, oder?«

Ein Lächeln huschte über ihr Gesicht.

»Aber dabei solltest du eines nicht vergessen, Bernard Quinn. Die einen nennen es *einen gesunden Appetit aufs Leben*, die anderen *den Verstand verlieren*«, erklärte sie ernst, dann mussten sie beide lachen. Sie lachten so sehr, dass Jenny Seitenstechen bekam und nicht mehr gerade stehen konnte, was sie nur noch mehr lachen ließ.

»Bernard«, sagte sie, holte tief Luft und wurde mit einem Mal wieder ernst, als ihr ein trauriger Gedanke kam. »Denkst du manchmal darüber nach, wie es wäre, wenn einer von uns ...«

»Wenn einer von uns, was?«

»Wenn einer von uns ... na ja, du weißt schon ... übrig bleibt.«

Bernard sah aus dem Fenster und steckte die Hände in die Taschen seines Morgenmantels. »Ja. Ich schätze, darüber habe ich schon das ein oder andere Mal nachgedacht.«

»Und?«

»Es ist ein sehr trauriger Gedanke, aber es hat keinen Sinn, sich mit Dingen zu beschäftigen, gegen die wir ohnehin nichts ausrichten können.« Er lächelte schwermütig. »Außerdem bin ich bereit, diesen Preis zu zahlen.«

»Wie meinst du das?«

»Nun, ich weiß, dass das eine ohne das andere nicht möglich wäre«, sagte er. »Wir würden bloß etwas betrauern, was uns die größte Freude im Leben gebracht hat.«

Ihre Kehle war wie zugeschnürt, als sie zu ihm trat, die Arme um seine Mitte schlang und das Gesicht in dem muffigen Stoff seines Morgenmantels vergrub. Sie klammerte sich an ihn und lauschte dem Knurren und Ächzen seines Magens und dem Pochen seines Herzens.

»Warum lässt du dir nicht ein Bad ein?«, fragte er und nahm sich seufzend zusammen. »Danach fühlst du dich immer besser.«

Jenny ging nach oben und tat genau das. Das heiße Wasser strömte in die Wanne, während sie etwas von dem Schaumbad hinzufügte. Dampf stieg auf und schlug sich auf dem Badezimmerspiegel nieder; sie zog ihr Nachthemd über den Kopf und legte es gefaltet auf den Badezimmerstuhl.

Sie sah an ihrem Körper hinab und strich über ihre faltigen Arme, die sie an die Haut eines Vanillepuddings erinnerten. Alles war der Schwerkraft zum Opfer gefallen, und ihre Brüste waren wie zwei Säcke, die schwer an ihrem knochigen Oberkörper hingen, von grünblauen Venen überzogen und als Andenken an die vielen Sommerurlaube bräunlich gesprenkelt. Im Alter hatte sie endlich gelernt, ihren Körper zu akzeptieren und ihn mit gütigerem Blick zu betrachten. Er hatte ihr siebenundsiebzig Jahre lang gute Dienste geleistet, und dafür war sie sehr dankbar.

Sie schob die Haare unter die Badehaube und ließ sich Zentimeter um Zentimeter in das heiße Wasser gleiten, bis sie vollkommen davon bedeckt war und der Schaum bis unter das Kinn reichte. Bernards alter Rasierer und der Rasierpinsel standen auf dem Waschtisch. Beides gehörte untrennbar zu ihm. Nach der Zeitungslektüre im Bett ging er jeden Morgen ins Bad, und sie konnte hören, wie er den Rasierer drei Mal am Rand des Waschtisches abklopfte, bevor er ihn im Wasser ausspülte. Der Vorgang wiederholte sich in kurz aufeinander folgenden Intervallen, bis schließlich die

Dusche quietschte und das Wasser zu fließen begann. Seine Routinen hatten Bernard immer schon viel bedeutet. Ein Leben ohne ihn wäre, als hätten die Uhren aufgehört zu schlagen.

»Darling!«, rief er von unten. »Da ist jemand am Telefon für dich!«

Jenny zog sich hoch, stieg aus der Wanne und wickelte sich ein Badetuch um den Körper, bevor sie ins Schlafzimmer ging und dabei eine tropfende Spur hinterließ.

»Hallo, Jennifer Quinn am Apparat?«, meldete sie sich, und ihr war klar, dass Bernard am anderen Anschluss mithörte.

»Hallo, Jenny, hier spricht Andy, von *Das Backduell.*«

»Oh, hallo, Andy! Es tut mir leid, dass ich Ihren Anruf gestern verpasst habe. Wir hatten Gäste, und ich habe das Telefon nicht gehört.«

»Das macht doch nichts. Bitte entschuldigen Sie, dass ich Sie am Samstag störe. Ich weiß, Sie haben jetzt schon einige Zeit nichts von uns gehört. Ich wollte mich noch einmal für Ihre Teilnahme am Casting bedanken.«

Das Herz schlug ihr bis zum Hals, während sie zusah, wie das Wasser über ihre Haut rann und sich in den Falten sammelte.

»Kein Problem.«

»Wir waren beeindruckt von Ihren Werken, vor allem von Ihrem unkonventionellen Versuch, das Brot doch noch zu retten.«

Sie stützte sich an der Wand ab, um nicht das Gleichgewicht zu verlieren, und ihre Gedanken rasten.

»Also von Ihrem Brotpudding, meine ich«, fügte er hinzu.

»Oh! Na ja, ich bin gern erfinderisch«, sagte sie. »Ehrlich gesagt, bin ich davon ausgegangen, dass es das Aus für mich sein würde.«

Es kam ihr vor, als hörte sie ein Geräusch in der Leitung, aber sie war sich nicht sicher.

»Nun, es ist mir eine Freude, Ihnen mitteilen zu können, dass Sie das Team trotzdem unglaublich beeindruckt haben und es somit unter die letzten acht geschafft haben.«

Sie umklammerte das Badetuch, das mittlerweile gefährlich weit nach unten gerutscht war. Sie begriff nicht, was er gerade gesagt hatte. Bloß, dass es ihm eine Freude war.

»Unter die letzten acht?«

»Ja, meinen Glückwunsch! Sie gehören zu den diesjährigen KandidatInnen von *Das Backduell – Backen auf der Insel.* Falls Sie Interesse haben, natürlich.«

Sie hörte, wie der Hörer im Erdgeschoss aufgelegt wurde, gefolgt von Bernards Schritten, der so schnell die Treppe hocheilte, wie sie es in all den Jahren noch nie erlebt hatte.

»Sind Sie … sicher?«

Andy lachte.

»Natürlich sind wir uns sicher! Sie waren großartig. Wir freuen uns sehr, Sie in der *Backduell*-Familie willkommen zu heißen! Carys ist ganz aus dem Häuschen, sie ist Ihr größter Fan, seit sie das erste Mal einen Blick in Ihre Bewerbungsunterlagen geworfen hat.«

»Gott segne sie«, murmelte Jenny, während Bernard ins Zimmer trat und begeistert beide Daumen in die Luft streckte.

»Es tut mir leid, ich weiß gar nicht, was ich sagen soll. Ich kann einfach nicht glauben, dass Sie mich ausgewählt haben …«, stammelte sie und fühlte sich mit einem Mal schrecklich verletzlich mit ihrer Badehaube auf dem Kopf und dem Badetuch um den Körper, der von einer Gänsehaut überzogen war. »Ich danke Ihnen.«

»Sie haben es sich mehr als verdient. Es gab Tausende Bewerber, Sie haben sich also unglaublich geschlagen. Aber jetzt genießen Sie erst einmal das Wochenende. Das Team wird sich am Montag bei Ihnen mit den Terminen für die Aufnahmen und weiteren Details melden. Ich wollte Ihnen einfach vorab schon mal die gute Nachricht überbringen.«

»Danke … ich danke Ihnen so sehr.«

»Ach, eines noch: Bitte erzählen Sie niemandem davon. Ihr Name wird erst nach der Aufzeichnung der Show an die Presse weitergegeben, davor ist alles topsecret. Ich werde Ihnen eine NDA schicken, aber bis zu deren Unterzeichnung sollten Sie niemanden einweihen, der es nicht unbedingt wissen muss.«

»Eine NDA?«

»Eine Verschwiegenheitsvereinbarung.«

»Ah, das ist kein Problem«, sagte sie. »Abgesehen von Bernard, habe ich es keiner Menschenseele erzählt.«

»Wunderbar. Ich wünsche Ihnen ein schönes Wochenende, Jenny.«

»Ihnen auch. Auf Wiederhören.«

Sie legte auf, und Bernard packte sie an den Schultern und zog sie in seine Arme. Sie war wie betäubt, während ihr müdes Gehirn versuchte, die letzten sechzig Sekunden zu verarbeiten.

»Jenny, du hast es geschafft!«, rief Bernard und drückte sie so fest, dass sie glaubte zu ersticken. »Du hast es, verdammt noch mal, geschafft!«

Sie öffnete den Mund, doch sie fand keine Worte. Da waren nur Tränen.

13
Lebkuchenkirche

In den letzten Wochen hatte es einige Tage gegeben, an denen sich Jenny mit hochrotem Kopf an einer Spüle voller Backwerkzeug wiedergefunden hatte und kurz davor gewesen war, alles hinzuwerfen. Heute war allerdings kein solcher Tag. Sie hatte gerade erfolgreich ihr Projekt für die Plätzchenwoche fertiggestellt, und im Haus duftete es herrlich nach warmen Gewürzen.

Sie hörte Bernards Schlüssel im Schloss, gefolgt von dem Rascheln der Einkaufstüten, als er nach einer weiteren Expedition in den Supermarkt schwer bepackt durch die Tür trat. In letzter Zeit wohnte er praktisch dort und durchforstete pflichtbewusst die Regale nach ihren neuesten kulinarischen Wünschen.

»Ich glaube, ich habe alles«, sagte er, ließ keuchend die Einkaufstüten auf den Boden fallen und legte den Hausschlüssel auf die Arbeitsplatte. »Wann kommt das Backduell-Team?«

»Sie sollten jeden Moment hier sein«, antwortete Jenny und ließ ihn nicht aus den Augen, während sie darauf wartete, dass er es bemerkte.

Er hatte bereits begonnen, die Einkäufe auszupacken – Eier, Zucker, Buttermilch –, als sein Blick darauf fiel. Auf dem Tisch stand etwas, das aussah wie das Architekturmodell einer Kirche, allerdings aus dunkelbraunem Teig und mit feinen Linien aus weißem Zuckerguss verziert. Es gab sogar Buntglasfenster aus gefärbtem Zuckerglas.

»Die All-Saints-Kirche!«, staunte er.

Sie klatschte in die Hände. »Du hast sie erkannt!«

»Natürlich! Das ist ja unglaublich.«

Er trat näher, um die Kirche zu bewundern, und deutete auf eine groß gewachsene Gestalt am Kirchentor.

»Soll das etwa ich sein?«, fragte er und grinste verschmitzt. »Ich dachte, ich hätte feinere Züge?«

»Ach, Bernard!«

Es klingelte an der Tür. Jenny strich ihre Bluse und die Haare glatt.

»Wie sehe ich aus?«, fragte sie, die Augen leuchtend und vor Nervosität geweitet.

»Umwerfend.«

Sie gingen gemeinsam zur Tür, hinter der die Umrisse mehrerer Personen zu erkennen waren.

»Das sieht nach den Leuten vom Sender aus«, meinte Jenny und sammelte sich einen Moment, ehe sie den Besuchern öffnete.

»Hallo!«, rief Carys, die die struppigen Haare zu einem seltsam hochstehenden Büschel gebunden hatte, sodass sie aussah wie ein aufgeplatztes Rohr.

»Hallo, Carys.« Jenny umarmte die junge Frau. »Willkommen in Kittlesham. Das ist mein Mann Bernard.«

Bernard wirkte verdutzt, und Jenny wurde klar, wie seltsam es ihm erscheinen musste, dass sie sich derart vertraut gegenüber einem Menschen gab, den er noch nie gesehen hatte.

Sie hatten ihr Erwachsenenleben größtenteils zusammen verbracht, und wenn einer sich nicht mehr an einen Namen oder einen Ort aus der Vergangenheit erinnern konnte, war der andere zur Stelle, um auszuhelfen. Das hier war etwas, was sie allein erlebt hatte.

Bernard streckte der jungen Frau die Hand entgegen.

»Hallo, Bernard. Ich habe schon viel von Ihnen gehört«, erklärte Carys, und sie schüttelten einander die Hand.

»Nur Gutes, hoffe ich!? Kommen Sie rein, ich nehme Ihren Mantel.«

Hinter Carys betraten zahlreiche weitere Mitarbeiter und Mitarbeiterinnen mit großen Transportkoffern das Haus und begrüßten sie im Vorbeigehen höflich nickend mit einem »Hallo, Jenny. Hallo, Bernard.« In der Küche angekommen, öffneten sie die Koffer, packten Stangen aus, die ausgezogen drei Mal so lang waren und zu Stativen für die Scheinwerfer zusammengebaut wurden. Es war, als wäre der Zirkus in der Stadt und hätte in ihrer Küche seine Zelte aufgeschlagen.

»Also«, begann Carys und winkte Jenny und Bernard näher heran. »Heute filmen wir den Teil der Show, in dem Sie den Zuschauer*innen vorgestellt werden. Der Beitrag soll einen kurzen Einblick in Ihr Leben gewähren, und der Off-Kommentar lautet in etwa: ›Jenny lebt mit ihrem Mann Bernard in Kittlesham …‹« Sie schob die Brille nach oben und neigte den Kopf. »Ist das verständlich?«

»Natürlich.«

Jenny sah zu Bernard, der konzentriert die Stirn runzelte und sich einen Moment lang entspannte, als sich ihre Blicke trafen und er bemerkte, dass Jenny ebenfalls aufgeregt war.

»Hätten wir bloß die Küche renoviert. Ich hätte nie gedacht, dass sie einmal ins Fernsehen kommt«, meinte Jenny entschuldigend und deutete auf die altersschwachen Schränke.

»Ich bin froh, dass Sie es nicht getan haben«, erwiderte Carys. »Diese Küche ist … sie passt einfach zu Ihnen. Und die Narzissen sind wunderschön.«

Bernard strahlte.

»Die sind aus dem Garten«, sagte er.

Carys wandte sich an einen Mann mit Kopfhörern und einer Tasche voller Knöpfe und Lichter.

»Würdest du die beiden bitte verkabeln?«, bat sie.

»Hallo, ich bin Graham«, stellte der Mann sich vor und befestigte einen Clip an Bernards Kragen. »Wenn Sie bitte einfach das Kabel unter Ihrem Hemd nach unten schieben, dann klemme ich es unter Ihrem Pullover an Ihre Hosentasche.«

»Wollen Sie auch etwas gegen den Glanz?«, meinte Carys zu Bernard, als würde er eine solche Frage jeden Tag hören.

Er riss leicht panisch die Augen auf, als Carys die Hand ausstreckte und seine Stirn mit einem Pinsel bearbeitete, ehe sie die Puderdose zuklappte. Jenny unterdrückte ein Kichern. Es gab für alles ein erstes Mal.

»Wir beginnen mit Ihnen, Jenny. Wenn Sie bitte ein Rezeptbuch zur Hand nehmen und ein wenig darin blättern. Dann wiegen Sie mit Ihrer hübschen Waage etwas Mehl und Zucker aus.«

»Ist es egal, welches Rezept?«

»Ja, egal, welches. Sie müssen es nicht wirklich backen.«

Jenny sah sich um. Noch nie waren so viele Menschen in diesem Haus gewesen. Bernard schien wie ein Fremder in seinem eigenen Zuhause, wie er so am Rand stand und alles in sich aufnahm.

»Soll ich anfangen?«, fragte sie.

»Ja, sobald Sie so weit sind«, antwortete Carys. »Ignorieren Sie uns einfach.«

In der Küche herrschte nun vollkommene Stille. Jenny streckte die Hand nach dem Rezeptbuch aus, holte es vom Regal und blätterte darin, während sie von den Kameras und den Fremden beobachtet wurde. Sie hatte in ihrer kleinen Küche schon dutzende Male gebacken, aber plötzlich fühlte sich das Vertraute so öffentlich an, als schwebte ein Vergrößerungsglas über ihr, um jeden Handgriff sichtbar zu machen.

»Wunderbar, machen Sie einfach weiter. Wir filmen Sie nur noch schnell aus dem Garten«, meinte Carys.

Ein Kameramann machte sich durch die Hintertür auf den Weg nach draußen, und Bernard zuckte zusammen, als er mit einem seiner großen, schwarzen Stiefel ins Blumenbeet trat.

»Das sieht toll aus, danke. Wenn Sie nur kurz aus dem Fenster sehen würden … und dabei weiter rühren …«

Der Mann im Garten reckte den Daumen in die Höhe, und Bernard war sichtlich erleichtert, als er den Stiefel wieder auf den Rasen stellte.

»Perfekt. Dann machen wir jetzt im Wohnzimmer weiter«, erklärte Carys der Crew. »Bernard, es wäre super, wenn Sie Zeitung lesen, wenn Jenny mit einem ihrer Werke hereinkommt. Haben Sie etwas da, Jenny?«

»Ich hätte eine Tarte mit Vanillecreme, Lavendelbutterkekse und ein paar Fondantpralinen.«

»Ich würde sagen, wir nehmen von allem etwas. Und dazu eine Kanne Tee«, schlug Carys vor, während die Crew den Zirkus in der Küche abbaute und ins Wohnzimmer übersiedelte.

»Bernard, wenn Sie sich einfach setzen, als hätten Sie nichts weiter zu tun, und vielleicht einen Blick in die Zeitung werfen? Und wenn Jenny das Zimmer betritt, reagieren Sie so wie immer.«

»Verstanden«, sagte er und ließ sich in seinen Sessel sinken. Der helle Scheinwerfer über seinem Kopf brannte auf ihn hinunter und betonte jeden einzelnen Altersfleck. Stille senkte sich über das Zimmer. Bernard griff nach der Zeitung und faltete sie umständlich auf.

»Tut mir leid«, meinte Carys und tauschte die Zeitung aus. »Wir haben nur eine Genehmigung für den *Kittlesham Herald.* Sie sollten also den lesen, wenn es Ihnen nichts ausmacht.«

»Nein, kein Problem, meine Liebe!«, sagte er.

»Gut, dann in drei, zwei, eins …«

Jenny kam langsam mit einem Tablett voller Leckereien und ihrem besten Royal-Albert-Teeservice aus der Küche, das hörbar klapperte. Bernard hob die Augenbrauen, tat überrascht und legte die Zeitung fort.

»Köööööstlich!«, sagte er, klatschte mit den Händen auf die Knie und strahlte übers ganze Gesicht.

Jenny bemerkte, wie Carys einen Blick in Richtung des Mikro-Mannes warf, der daraufhin den Kopf schüttelte.

»Okay, das machen wir gleich noch mal«, meinte sie. »Jenny, vielleicht stellen wir den Tee von vornherein auf den Tisch, dann klingt es besser, wenn Sie mit dem Tablett kommen.«

Jenny nickte, stellte das Tablett ab und trug frischen roten Lippenstift auf.

»Und, Bernard, Sie müssen gar nichts sagen. Versuchen Sie, sich ganz natürlich zu verhalten.«

»Okay, meine Liebe«, sagte er und griff erneut nach der Zeitung.

»Und noch einmal in drei, zwei, eins …«

Jenny bog mit dem Tablett um die Ecke. Bei dem Versuch, ohne Worte alles zu sagen, senkte Bernard die Zeitung, und Jenny blickte in ein Gesicht, das sie so noch nie gesehen hatte.

»Ist alles in Ordnung?«, fragte sie besorgt.

»Gut, probieren wir etwas anderes«, meinte Carys. »Eine Sekunde.«

Es folgte eine geflüsterte Unterhaltung zwischen Carys und dem ernsten Mann mit dem kleinen Monitor.

»Ich dachte einen Moment lang, du hättest einen Schlaganfall«, flüsterte Jenny Bernard ins Ohr.

Er senkte den Kopf, und seine Schultern bebten, während er vergeblich versuchte, ein Lachen zu unterdrücken. Kurz darauf lachte die ganze Crew.

»Tut mir leid«, sagte er und wischte sich eine Träne aus dem Augenwinkel. »Gut, dass du ins Fernsehen kommst und nicht ich. Ich glaube, ich habe meine Rolle als hungriger Ehemann ordentlich versemmelt.«

»Also«, meinte Carys schließlich und warf einen Blick auf die Uhr. »Um das alles ein wenig natürlicher zu gestalten, versuchen wir es anders. Sie beide sitzen bei einem Kreuzworträtsel auf dem Sofa, und dann schenkt Jenny Tee ein, und Bernard greift nach einer der Leckereien.«

Die beiden nickten. Bernard faltete die Zeitung auf der Seite mit den Kreuzworträtseln auf, die er ohnehin am liebsten mochte. Der Mann mit der Kamera ging vor ihnen in die Knie. »Okay, es geht los.«

Jenny nahm die Teekanne und goss mit sicherer Hand Tee ein, sodass sich winzige Bläschen an den Rändern der Tassen bildeten. Bernard nahm es als Zeichen und griff nach einem Butterkeks.

»Viel besser«, erklärte Carys. »Machen Sie einfach weiter, als wären wir gar nicht da.«

Bernard trank einen Schluck Tee und tauchte das Plätzchen für drei Sekunden in die warme Flüssigkeit – die ideale Zeit, um Plätzchenkrümel in der Tasse zu vermeiden.

»Hier ist etwas für dich, Darling«, sagte er. »Süßspeise aus Lancashire, sechs Buchstaben.«

»Eccles!«

»Gut gemacht«, lobte Bernard, und sie stellten einander weitere Fragen, wobei sie sich ihres Publikums schmerzhaft bewusst waren.

Nach den gefühlt längsten zehn Minuten ihres Lebens sprang Carys auf.

»Wunderbar, jetzt haben wir alles im Kasten«, lobte sie die beiden, während die Crew den Zirkus unter leisem Gemurmel wieder einpackte.

»Es tut mir leid«, meinte Bernard. »Ich habe nicht gerade Talent dafür.«

»Aber nicht doch. Es ist schwer, sich an die Kameras zu gewöhnen«, erwiderte Carys. »Jenny, sind denn alle Rezepte fertig zum Einreichen?«

»Fast«, antwortete Jenny und hörte selbst die Aufregung in ihrer Stimme. Sie warf einen Blick auf Bernard und vermisste ihn schon jetzt, obwohl er direkt neben ihr stand.

»Jenny wird sich hervorragend schlagen«, sagte er und zwinkerte Carys zu, die sein Lächeln erwiderte.

»Ich schätze, Sie werden Ihre Frau vermissen?«

»Schrecklich«, gestand Bernard. »Aber sie hat sich die letzten sechzig Jahre um mich gekümmert, jetzt wird es Zeit, dass sie etwas nur für sich macht. Und wer weiß? Vielleicht lerne ich sogar noch kochen?«

»Danke für alles, Carys«, meinte Jenny.

»Keine Ursache, Sie machen es mir sehr leicht. Ich melde mich morgen, wie es in den nächsten Wochen weitergeht«, erwiderte sie und zog den Reißverschluss ihrer Jacke hoch. »Sie sollten vielleicht über einen eigenen Social Media Account nachdenken, auf dem Sie einige Ihrer Kunstwerke präsentieren.«

Carys hätte genauso gut eine Mondmission vorschlagen können.

»Meinen Sie dieses Ding mit dem blauen Vogel?«, fragte Bernard.

»Ja. Twitter, Facebook, Instagram. Es ist natürlich kein Muss, aber es ist eine gute Möglichkeit, sich noch weiter zu promoten. Manche ehemalige Kandidat*innen haben dadurch sogar eigene Werbeverträge bekommen.«

»Du liebe Zeit«, staunte Jenny und dachte an das Rezeptbuch, das sie vor sechzig Jahren geschrieben hatte. »Ich weiß nicht, ob das jemanden interessiert …«

»Sie wären überrascht.«

Der Motor des Vans sprang an.

»Gut, ich muss dann los. Danke für den heutigen Tag und bis bald«, sagte Carys und umarmte Jenny, als wäre sie ihre Großmutter.

Sie standen in der Tür, winkten zum Abschied und sahen zu, wie der Zirkus kleiner und kleiner wurde, bis er schließlich verschwunden war. Bernard legte Jenny einen Arm um die Schulter und zog sie an sich. Sie hatte schon immer perfekt an seine Seite gepasst.

»Es ist alles sehr aufregend, nicht wahr?«

Sie starrte kopfschüttelnd geradeaus.

»Es fühlt sich nicht real an. Als hätte ich das Leben einer anderen Frau ausgeliehen. Als wäre alles ein schrecklicher Irrtum und sie hätten die falsche Jennifer Quinn.«

Er drückte sie.

»Sie haben genau die richtige Mrs. Quinn.«

14
Limetten-Mascarpone-Käsekuchen

»Poppy, willst du mir beim Dekorieren des Käsekuchens helfen?«

»Ja, bitte«, erwiderte Jennys Großnichte aufgeregt. Sie war gewachsen, seit sie sich zum letzten Mal gesehen hatten, und ihr Gesicht wirkte markanter. An den Platz des ausgefallenen Milchzahns, den sie vor zwei Monaten gegen eine glänzende Münze eingetauscht hatte, war ein weißer Riese getreten, der auffällig hervorblitzte, wenn sie lächelte.

»Hier, so soll es nachher aussehen«, erklärte Jenny und zeigte Poppy das Bild zu einem Käsekuchenrezept aus den Achtzigern, auf dem eine extravagante Krone aus gezuckerten Weintrauben und Blättern aus Schokolade zu sehen war.

»Ist das alles echt?«

»Die Blätter sind aus Schokolade, aber wir machen sie mit echten Blättern.«

Poppy zog verwirrt die Nase kraus.

»Komm mit, dann siehst du, was ich meine«, sagte Jenny und ging voraus in den Garten.

Rose, Bernard und Jeremy genossen die Frühlingssonne bei einer Kanne Tee, während Max etwas abseits saß und den Blick auf sein Handy gerichtet hielt. Jennys Geheimnis hing wie ein Schatten über ihnen, der darauf wartete, endlich bemerkt zu werden.

»Wir pflücken jetzt erst einmal zwanzig Rosenblätter, aber nur solche, die noch niemand angeknabbert hat.«

»Wie das da?«, fragte Poppy und zeigte auf ein Blatt mit mehreren kleinen braunen Löchern.

»Genau, solche können wir nicht gebrauchen.«

Jenny sah zu, wie die kleine Hand suchend über den Rosen schwebte.

»Aber pass auf die Dornen auf«, warnte sie und klappte ein Blatt zurück, um ihr einen zu zeigen. »Die sind spitz wie Nadeln.«

Jenny kehrte in die Küche zurück, um etwas dunkle Schokolade zu schmelzen, und sah Poppy durchs Fenster hindurch zu, wie sie hoch konzentriert ein Blatt nach dem anderen inspizierte. Es war schön, sie bei sich zu haben, denn so fiel es Jenny leichter, im Moment zu leben, und die Angst vor den kommenden Wochen trat in den Hintergrund.

»Erledigt«, rief Poppy wenig später und stand mit zwei Händen voller Blätter im Türrahmen.

Jenny holte ihr einen Stuhl, zog ihr die Schürze über den Kopf und legte sie um die Mitte in Falten, damit sie nicht den Boden streifte. Als sie die Schürze mit einer doppelten Schleife im Rücken festband, hatte sie das Gefühl, auf sich selbst hinunterzublicken.

Sie spülten die Blätter vorsichtig mit kaltem Wasser ab und tupften sie einzeln mit einem Geschirrtuch trocken.

»Gut, und jetzt tauchen wir die Rückseite in die geschmolzene Schokolade. Weißt du, warum wir die Rückseite nehmen?«

Poppy schüttelte den Kopf.

»Weil wir die Blätter später abziehen werden und die Struktur des Blattes auf der Rückseite besser zu erkennen ist.«

Poppy hatte nur noch Augen für die glänzende geschmolzene Schokolade.

»Zieh sie über die Oberfläche. Etwa so«, fuhr Jenny fort und zeigte ihrer Großnichte die richtige Bewegung, die an das Lackieren von Fingernägeln erinnerte. Danach legte sie das Blatt mit der Schokoladenseite nach oben auf einen Bogen Backpapier. »Sie sollen vollständig bedeckt sein.«

Jenny sah zu, wie Poppy nach dem größten Blatt griff und es durch die Schokolade zog, sodass fünf Sekunden lang eine Spur zu sehen war. Ihre Fingerspitzen waren weiß, so fest hielt sie den Stängel umklammert.

»So, Tante Jenny?«

»Das ist perfekt.«

Sie stellte den Teller mit den Blättern in den Kühlschrank, dann trennte sie zwei Eier und fing den gelben Dotter mit der Schale auf, während das Eiweiß in die Schüssel floss.

»Jetzt tauchen wir die Weintrauben nacheinander in das Eiweiß, schütteln sie kurz ab und wälzen sie in Zucker«, sagte sie und machte es vor.

»Wie Kleber und Glitzer?«

»Wie Kleber und Glitzer!« Jenny lächelte, und Poppy nahm die erste Weintraube und tauchte sie in den Kleber. Es erinnerte Jenny daran, wie sie selbst vor nicht allzu langer Zeit gewesen war. Als sie noch nicht den Druck gespürt hatte, ein Meisterwerk zu erschaffen.

»Darling, kommst du mal zu uns?«, rief Bernard.

Jenny holte tief Luft und tat, als hätte sie nichts gehört. Sie wusste genau, warum sie in den Garten kommen sollte. Das Geheimnis mit den anderen zu teilen, machte es schrecklich real.

»Darling?«

»Ich glaube, Onkel Bernie ruft dich«, meinte Poppy.

»Danke, Pops«, erwiderte sie und hatte mit einem Mal Schmetterlinge im Bauch. »Ist es in Ordnung, wenn du hier weitermachst und ich schnell nach draußen gehe?«

Poppy nickte, wälzte die Weintraube im Glitzer und legte sie vorsichtig auf den Teller.

Als Jenny auf den Tisch zutrat, wirkte mit einem Mal alles irgendwie blass, wie auf einem von der Sonne ausgebleichten Foto.

Bernard wandte sich zu ihr um und verschränkte die Hände vor der Mitte. »Wir haben aufregende Neuigkeiten.«

Gespanntes Schweigen breitete sich aus. Wäre sie ein paar Jahrzehnte jünger gewesen, wären die Blicke wohl zu ihrem Bauch gehuscht. Max legte das Telefon beiseite, während Rose und Jeremy sich aufrichteten.

»Also, eigentlich sind es Jennys Neuigkeiten«, fuhr Bernard vor Stolz strahlend fort. »Sag du es ihnen, Darling.«

»Nun«, erklärte sie der Teekanne. »Ich mache als Kandidatin bei *Das Backduell – Backen auf der Insel* mit.«

Ihre Gäste starrten sie an, als hätte sie einen ausgefallenen neuen Haarschnitt.

Max fand als Erster die Sprache wieder. »Du meinst die TV-Show?«, fragte er.

»Ja.« Jenny nickte. »Es ist seltsam, aber sie haben mich gefragt, ob ich teilnehmen möchte.«

»Jenny!« Rose sprang auf und schlang die Arme um sie. »Ich gratuliere dir! Wann geht es los? Wie lange weißt du es schon? Du meine Güte, ich habe so viele Fragen!«

»Ich habe mich kurz nach Weihnachten beworben. Niemand wusste davon. Es war ein albernes, kleines … Geheimnis.«

»Weißt du noch, wie ich befürchtet habe, dass sie womöglich krank ist?«, fragte Bernard und schüttelte ungläubig den Kopf. »Dabei war sie beim Casting, und ich lag vollkommen daneben.«

Rose nickte langsam, denn nun ergab endlich alles einen Sinn.

»Wie, um alles in der Welt, konntest du das vor Onkel Bernie geheim halten?«

»Ich dachte, es würde ohnehin nichts daraus werden.« Jenny schluckte. »Ich schätze, ich habe mich geschämt. Ich bin immerhin siebenundsiebzig. Es entsteht ja auch ein gewisser Druck, wenn die Leute Bescheid wissen, nicht wahr?«

Sie spürte sämtliche Blicke auf sich.

»Ich weiß, was du meinst«, sagte Jeremy. »Ich habe auch niemandem von meiner Führerscheinprüfung erzählt.«

»Ja, und ich sage manchmal lieber nichts, wenn ich in der Schule eine Prüfung habe«, gestand Max, und Rose wirkte einen Augenblick lang besorgt, beschloss dann aber, nicht weiter darauf einzugehen.

»Wusste ich's doch, dass deine Weihnachtsbäckereien dieses Jahr aufwendiger waren als sonst«, sagte sie. »Ich *wusste* es.«

»Also, wann geht es los? Musst du für die Aufzeichnungen nach London?«, fragte Jeremy, der sich immer für die praktische Seite einer Sache interessierte.

»Es beginnt schon nächste Woche. Ich werde ein paar Tage die Woche im Hotel verbringen, dann geht es zur Vorbereitung wieder nach Hause.«

»Das ist ja wohl das Aufregendste, was uns je passiert ist!« Rose lachte. »Ist das zu glauben, Onkel Bernie?«

Max nickte zustimmend und grinste so breit, dass seine Zahnspange aufblitzte.

»Es überrascht mich nicht, dass sie es in die Show geschafft hat, aber ich muss mich sicher kneifen, wenn ich sie dann tatsächlich im Fernsehen sehe«, antwortete Bernard.

»Das ist ja irre!«, rief Max und wippte mit dem Fuß. »Tante Jenny wird berühmt.«

»Nein, das nicht«, erwiderte Jenny. »Niemand wird viel

Aufhebens um mich machen. Vielleicht ist es ja nach der ersten Sendung schon vorbei.«

»Also, wer weiß noch davon?«, fragte Rose.

»Bloß ihr drei. Wir dürfen es nur unseren engsten Vertrauten sagen. Es wird erst nach der Aufzeichnung der Show im Sommer bekannt gegeben.«

»Die Leute vom Fernsehen waren gestern da und haben uns zu Hause gefilmt«, erzählte Bernard begeistert.

»Die haben *hier* gedreht?«, fragte Max, als hätte er gerade herausgefunden, dass Jenny und Bernard in Wahrheit Geheimagenten waren. »In eurem Haus?«

»Ja«, bestätigte Bernard. »Wir sollten alles so machen wie immer, obwohl wir mehr oder weniger schauspielern mussten. Ich war eine Katastrophe.«

»Schauspielern?«, fragte Jeremy und schenkte Tee nach.

»Jenny sollte so tun, als würde sie etwas backen, und dann haben wir noch ein Kreuzworträtsel gelöst. Das klingt einfach, aber es waren überall Leute und Scheinwerfer und Kameras. Jenny ist allerdings ein Naturtalent.«

Die Gäste wirkten benommen, als könnten sie es nicht richtig begreifen.

»Feeer – tig!«, rief Poppy zu Jennys Erleichterung.

Sie sprang auf und kehrte in die Sicherheit ihrer Küche zurück, wo Poppy stirnrunzelnd auf sie wartete.

»Warum wart ihr gerade alle so komisch?«, fragte sie und schob die Unterlippe vor.

»Wie meinst du das?«

»Im Garten. Irgendwie komisch. Ich habe euch gehört.«

»Ach, das war, weil ich ein Geheimnis hatte und die anderen dahintergekommen sind.«

Poppy dachte einen Moment lang nach.

»Man sollte keine Geheimnisse haben.«

»Nicht?«

»Nein, weil sie dann bloß größer werden«, sagte sie mit solcher Überzeugung, dass es Jenny die Sprache verschlug. »Was ist es denn für ein Geheimnis?«

»Ich kann es dir verraten, aber dann hast *du* ein Geheimnis.«

Poppy dachte einen Moment lang mit gerunzelter Stirn nach. »Okay.«

»Ich werde bei einem Backwettbewerb mitmachen, der im Fernsehen ausgestrahlt wird«, sagte Jenny. »Aber noch darf niemand etwas davon erfahren.«

»Oh. Alles klar«, meinte Poppy erfrischend unbeeindruckt und deutete auf den Teller. »Sind die okay?«

»Sie sehen umwerfend aus, Pops«, lobte Jenny und berührte eine Weintraube, die bereits mit einer Zuckerschicht überzogen war, dann stapelten sie die Früchte in der Mitte des Käsekuchens übereinander.

»Und jetzt kommen wir zu meinem Lieblingsteil«, erklärte Jenny und holte den Teller mit den Blättern aus dem Kühlschrank. Sie sahen aus, als wären sie von zarten Tautropfen bedeckt. Jenny zog sachte am Stängel, als würde sie einen Sticker abziehen, und darunter kam ein perfekt symmetrisches Geflecht an Blattadern zum Vorschein, das sich in die Schokolade gedrückt hatte. Es war ein kleines Wunder, und sie hatte jedes Mal ihre Freude daran, ganz egal, wie alt sie war.

»Wow!«, hauchte Poppy und betrachtete das Blatt auf ihrer Handfläche.

Sie drapierten die Blätter gemeinsam um das Nest aus gezuckerten Weintrauben, und kurz darauf war das Achtzigerjahre-Dessert in all seiner überbordenden Pracht fertig.

»High five«, sagte Poppy und hob die Hand, während sie ihr Meisterwerk bewunderten.

Jenny legte sanft fünf faltige Finger auf Poppys Hand.

»Das war doch viel zu leise!« Poppy kicherte und klatschte gegen Jennys Hand, die sich in diesem Moment tatsächlich schrecklich alt fühlte.

Als sie den Kuchen hochhob und sich damit auf den Weg in den Garten machte, stellte sie sich vor, wie sie in einer Woche mit ihrer Tortenkreation vor die Juroren treten würde. Angst und Aufregung rangen in ihrem Bauch miteinander und waren kaum auseinanderzuhalten, bis das Knallen eines Champagnerkorkens sie aus ihren Gedanken riss.

»Auf Tante Jenny!«, rief Jeremy, und alle hoben das Glas.

»Auf Tante Jenny«, wiederholten die anderen, die nur noch Augen für den Kuchen hatten.

»Du wirst das großartig machen«, erklärte Rose und drückte ihren Arm. »Das weiß ich einfach.«

Jenny blickte in die aufgeregten Gesichter, die sie so sehr liebte, und eine Wärme breitete sich in ihr aus und legte sich über die Angst und die Sorgen wie die Sonne, die an einem kalten Tag in ihren Nacken schien. Es war einer jener seltenen Momente, in denen sie das Gefühl hatte, ihre Familie stolz gemacht zu haben.

Jenny stellte die getoasteten Brotscheiben in den Toastständer und die Marmelade auf den Frühstückstisch, während das Haus ächzte und stöhnte, wie es nur der Fall war, wenn es voller Menschen war. Die Wasserhähne rauschten, und kleine Füße tappten durch den Flur im Obergeschoss.

»Guten Morgen«, sagte Max und setzte sich mit verschlafenem Blick zu ihr an den Tisch. »Ich habe da etwas für dich …« Seine Finger glitten in Lichtgeschwindigkeit über das Display seines Handys.

»Warte, ich brauche meine Brille.« Jenny öffnete das Etui und schob sich die Brille auf die Nase. »Was ist das?«

»Dein Social-Media-Aufritt«, erklärte er und senkte die Stimme. »Dein Username ist *Der späte Ruhm der Mrs. Quinn*, weil *Jennifer Quinn* und *Jenny* schon vergeben waren. Ich habe bereits ein paar Bilder von deinen Kuchen gepostet.«

»Ach, du meine Güte.« Jenny fühlte sich fremd in dieser merkwürdigen Welt, zu der sie nun offenbar auch gehörte. »Ist das nicht ein wenig vermessen … *später Ruhm?*«

»Mach dir darüber mal keine Gedanken«, erwiderte Max. »Mein Username ist MaxLovesCheese.«

Jenny sah ihn verdutzt an.

»Aber du magst doch gar keinen Käse!«

»Ich weiß«, erklärte Max mit einem Schulterzucken, und Jenny musste unwillkürlich lächeln.

»Auf jeden Fall danke, Max.« Sie tippte auf das Foto des Weihnachtsbaumstammes, um es sich näher anzusehen. »Das ist lieb von dir.«

»Vorsicht«, sagte er und lächelte verhalten, um seine Zahnspange zu verbergen. »Sonst likst du deinen eigenen Post.«

Sie drehte die Haare zwischen den Fingern und biss sich auf die Innenseite der Wange, während sie überlegte, was er damit meinte. Unter jedes Foto hatte er einige unzusammenhängende Worte wie etwa »Backen«, »Kuchen«, »Schokolade« geschrieben.

»Was bedeuten diese Worte?«, fragte sie, und die Augen hinter den Brillengläsern wurden schmal.

»Das sind Hashtags. Sie helfen den Leuten, Dinge zu finden.«

Sie suchte nach etwas Vertrautem, einem Anhaltspunkt, um zu verstehen, was er gerade gesagt hatte.

»Keine Sorge, wenn du willst, kann ich die Accounts für dich verwalten. Du musst mir bloß die richtigen Fotos schicken.«

Sie holte erleichtert Luft und steckte sich die Haare hinter die Ohren.

»Danke. Ich kann E-Mails schreiben, aber das hier geht einen Schritt zu weit«, sagte sie und schenkte ihm Orangensaft ein.

»Kein Problem«, sagte er und leerte das Glas mit drei Schlucken.

»Guten Morgen«, sagte Rose und gesellte sich zu ihnen. »Was heckt ihr beide denn aus?«

»Tante Jenny hat jetzt ihren eigenen Social-Media-Auftritt«, antwortete er und schob sein Handy über den Tisch.

»Sehr schön«, lobte seine Mum und wischte über den Bildschirm. »Gut gemacht, Max.«

»Er hat mir Gott sei Dank seine Hilfe angeboten«, sagte Jenny und strich eine dicke Schicht Marmelade auf ihren Toast.

Rose gab Max das Telefon wieder. »Hast du vielleicht Lust, heute mit mir shoppen zu gehen? Nur wir beide? Ich dachte, du könntest ein paar neue Sachen für die Show gebrauchen.«

»Was für eine wunderbare Idee!«, sagte Jenny und trank den letzten Schluck Tee.

»Also, was brauchen wir? Haben die vom Fernsehen etwas darüber gesagt, was du anziehen sollst?«, fragte Rose und bot Jenny ein Minzbonbon an, während sie auf der Rolltreppe nach oben fuhren, in das Herz des Kaufhauses.

»Ich glaube, ich kann anziehen, was ich möchte. Nur keine Streifen, kein Karomuster und keine auffälligen Logos – was aber kein Problem sein dürfte«, antwortete Jenny, und der ekelerregend süßliche Geruch verschiedenster Parfüms drang ihr in die Kehle, während Menschen mit makellosem Teint Duftkarten besprühten und sie den Kunden und Kundinnen in die Hände drückten.

»Brauchst du vielleicht neues Make-up, wenn wir schon hier sind?«

»Ich schätze schon.«

»Kann ich Ihnen behilflich sein?«, fragte eine Frau mit Wimpern so dick wie Bleistiftspitzen, die hinter einem Tisch mit schimmernden Farbpaletten thronte, als wäre er das Steuerpult eines Raumschiffes.

»Ich weiß nicht. Vielleicht einen Lippenstift?«

Sie sah Rose an, die zustimmend lächelte.

»Wir haben da ein paar tolle Produkte, die gerade heute gelauncht wurden. Wenn Sie sich setzen möchten, kann ich Ihnen einiges zeigen«, sagte die Verkäuferin und drückte einen Hebel, sodass ein silberner Hocker in die Höhe fuhr. Sie griff nach einem runden Spiegel an einem ausziehbaren Arm und richtete ihn auf Jennys Gesicht. Es war seltsam intim, mitten in einem großen Kaufhaus geschminkt zu werden, wo jeder zusehen konnte.

»Welche Produkte verwenden Sie denn normalerweise?«

»Na ja, ein wenig Puder, Rouge, Lippenstift und Mascara. Und zu besonderen Anlässen etwas Lidschatten.«

»Ich habe da ein Produkt, das meiner Meinung nach optimal zu Ihnen passt.«

Jenny presste die Augen zu, während die Verkäuferin etwas Kaltes auf ihre Lider tupfte. Ihre Armreifen klimperten jedes Mal, wenn sie den Pinsel in den Tiegel tauchte. Jenny spürte den warmen Atem der Frau auf ihren Wangen, als diese ihre Wimpern mit einem winzig kleinen Kamm bürstete und anschließend einen Augenblick in eine Vorrichtung klemmte.

»Was halten Sie davon?«, fragte die junge Frau und drückte einen Knopf, sodass der Spiegel in Licht getaucht wurde.

Jenny öffnete blinzelnd die Augen und brauchte einen

Moment, um sich an das stark vergrößerte Gesicht zu gewöhnen.

»Ach, du meine Güte!«, hauchte sie, als ihr Blick auf die unzähligen tiefen Gräben fiel, die sich in immer feinere Falten teilten wie die Arme eines Flusses. Ihre Augen hatten eine bläuliche Färbung angenommen, und ihre Wimpern waren dünne Stummel, die die Verkäuferin dennoch wie durch ein Wunder nach oben gebogen hatte. Es erinnerte sie daran, wie sie als junge Frau Spuckmascara aufgetragen hatte, um Rehaugen wie Elizabeth Taylor oder Audrey Hepburn zu bekommen.

»Sieh dir nur deine Wimpern an«, staunte Rose, griff nach der Mascara und betrachtete sie eingehend.

»Ich habe da noch ein weiteres Produkt, das Ihre Wangenknochen betont. Einen kleinen Moment«, sagte die Verkäuferin und verschwand hinter dem Ladentisch.

»Ich kann unmöglich so viel Schminke tragen, wenn ich backe, Rose. Nach einer Stunde in der Küche läuft mir alles über die Wangen«, zischte Jenny leise.

Rose nickte, und ihr Blick folgte der Verkäuferin, die mit einer Glasflasche zurückkam, die sie im Gehen schüttelte.

»Das ist unser neuer Highlighter«, verkündete sie und betupfte Jennys Wangen mit einem kalten Schwamm, bevor sie den gefürchteten Vergrößerungsspiegel erneut in Jennys Richtung drehte. Ihre Wangen schimmerten kupferrot, sodass sie sich vorkam wie eine Pantomimin.

»Ich glaube, sie braucht vor allem einen neuen Lippenstift«, meinte Rose.

»Pink? Rot? Nude?«

»Ich verwende normalerweise Pink und manchmal auch Rot. Ewas Hübsches, Sommerliches wäre nett«, antwortete Jenny, deren Rücken von dem Hocker langsam zu schmerzen begann.

Die Verkäuferin kramte in ihrer Schürze und zog einen Konturenstift hervor, mit dem sie sorgfältig Jennys Lippen umrandete, ehe sie sie mit einem mohnroten Lipgloss ausmalte. Es kitzelte. Jenny richtete den Blick auf ihre Knie, um die junge Frau nicht ansehen zu müssen. Ihr Parfüm war viel zu süß.

»Bemerkenswert, nicht wahr?«, fragte die Verkäuferin nach einer Weile und trat einen Schritt zurück, um ihr Werk zu bewundern.

»Das gefällt mir«, meinte Rose.

Jenny sah lächelnd in den Spiegel und erhaschte einen Blick auf ihre blassgelben Zähne.

»Er ist lang anhaltend. Bis zu zwölf Stunden.«

»Das könnte von Vorteil sein«, meinte Rose mit einem Zwinkern.

»In diesem Fall nehme ich Tulpe und Mohnrot, bitte«, bat Jenny, glitt vom Stuhl und freute sich, wieder festen Boden unter den Füßen zu haben.

Sie zog ihre Geldbörse heraus und reichte der jungen Frau mit den dicken Wimpern ein paar zerknitterte Geldscheine.

»Bitte sehr.« Die Verkäuferin drückte ihr eine Tüte aus glänzendem Karton und mit einer Schleife in die Hände. »Viel Freude damit!«

Jenny hakte sich bei Rose ein, und sie machten sich erneut auf den Weg zur Rolltreppe.

»Sehe ich lächerlich aus?«

»Nein, du siehst fabelhaft aus. Aber ich muss dir zustimmen. Es ist kein Küchen-Make-up.«

Sie schlenderten durch die Abteilung mit der Damenbekleidung, schlängelten sich durch das Labyrinth aus Plastikkleiderstangen und frühlingshaften Blumendrucken und gaben dabei immer wieder wohlwollende Laute von sich, als würden sie gerade ein aufsehenerregendes Feuerwerk betrachten. Langsam entfernten sie sich voneinander, wie Fährtenhunde, die einer Spur folgten, und ihre Augen führten sie in verschiedene Ecken des Raumes. Jenny wünschte, sie hätte damals, als sie noch bei *Lady Jane's* gearbeitet hatte, die Tatsache ausgenutzt, dass einfach alles gut an ihr aussah. Inzwischen nahm sie Kleider vom Ständer, bewunderte sie und hängte sie wieder zurück.

»Kann ich Ihnen helfen, Madam?«, fragte eine erschreckend laute Stimme.

Sie fuhr herum und stand einer Verkäuferin gegenüber, die bedrohlich auf sie hinabblickte.

»Nein, danke. Ich komme zurecht«, erwiderte sie und ließ sich einen Moment lang von dem dramatisch asymmetrischen Haarschnitt der jungen Frau ablenken.

»Haben Sie sich verlaufen?«, fragte diese und beugte sich kaum merklich nach unten, als würde sie mit einem Kleinkind sprechen.

»Ich bin mit meiner Nichte hier, vielen Dank«, antwortete Jenny und sah sich suchend nach Rose um.

»Wo ist sie?«

»Ich bin mir nicht sicher … sie kann nicht weit sein«, meinte Jenny und tat, als würde sie einen formlosen Rollkragenpullover bewundern, um dem Gespräch ein Ende zu setzen.

»Wie sieht sie denn aus? Können Sie sie beschreiben?«, fragte die Verkäuferin aufdringlich, und ihre Lautstärke erregte langsam auch die Aufmerksamkeit der anderen Kundinnen.

Jennys Wangen brannten.

»Es ist alles in Ordnung, danke«, sagte sie, aber je mehr sie sich rechtfertigte, desto weniger überzeugend klang sie.

Die Verkäuferin steckte die kürzere Seite ihrer Haare hinters Ohr und lächelte aufgesetzt.

»Wonach suchen Sie denn, meine Liebe?«

Jenny holte tief Luft. Womöglich sollte sie der jungen Frau etwas zu tun geben, dann würde sie sie vielleicht endlich in Ruhe lassen.

»Eine Bluse.«

»Eine Bluse, okay.« Die Verkäuferin klang, als hätte Jenny endlich etwas Vernünftiges von sich gegeben. »Wenn Sie bitte mitkommen?«

Jenny folgte der jungen Frau widerwillig, schob sich durch die Horden anderer Kundinnen und Kunden und führte in Gedanken eine hitzige Diskussion darüber, dass sie vielleicht wie eine alte Frau aussah, die sich in einem Kaufhaus verlaufen hatte, dass die Verkäuferin sie aber schon bald im Fernsehen würde bewundern können.

»Tante Jenny!«, rief Rose und winkte mit den Armen voller Kleider und Kleiderbügel.

»Ist sie das?«, fragte die Verkäuferin.

»Ja«, murmelte Jenny mit zusammengebissenen Zähnen.

»Ist alles in Ordnung?«, wollte Rose wissen und blickte von Jenny zu der jungen Frau.

»Die Arme wirkte ein wenig verloren, aber jetzt haben wir Sie wenigstens gefunden«, erklärte diese mit demselben aufgesetzten Lächeln.

Jenny presste die Lippen aufeinander, bis die Verkäuferin verschwunden war.

»Ich habe mich nicht verlaufen«, erklärte sie, als sie sicher war, dass die junge Frau sie nicht mehr hören konnte. »Die hat mit mir geredet, als hätte ich nicht mehr alle Tassen im Schrank. Sehe ich wirklich so alt aus?«

»Aber natürlich nicht«, antwortete Rose und streckte die Arme mit den darüber hängenden Kleidern zu beiden Seiten aus wie Flügel. »Ich habe ein paar Sachen gefunden, die dir gefallen werden, glaube ich. Bequem genug für die Küche, aber trotzdem elegant.«

»Ich danke dir«, meinte Jenny seufzend. »Alt werden macht echt keinen Spaß, Rose.«

»Also ich habe das Gefühl, dass es schon in ein paar Tagen unglaublichen Spaß machen wird«, erwiderte Rose grinsend.

Jenny dachte daran, wie sie als Sechzehnjährige mit dem Traum von einer Karriere und der ersten großen Liebe vor dem Sprung ins Erwachsenenleben gestanden hatte. Hier, mehr als sechzig Jahre später und mitten in diesem gewaltigen Kaufhaus hatte sie plötzlich das Gefühl, erneut an dieser Kante zu stehen und jeden Moment den Sprung zu wagen.

15
Quiche Lorraine

Jenny schlug die Sahne, die Eier, das Salz und den Pfeffer, während neben ihr die Speckstreifen zusammen mit den Zwiebeln in einer Pfanne brutzelten und das Haus mit einem Geruch füllten, bei dem jedem das Wasser im Mund zusammenlief. Als der Speck und die Zwiebeln fertig waren, gab sie alles zusammen in die mit Teig ausgelegte Form, streute großzügig Käse darüber, stellte die Quiche in den Ofen und stellte den Küchenwecker auf fünfundzwanzig Minuten.

Während sie wartete, holte sie ein Stück Karton, das sie aus einer Porridgepackung ausgeschnitten hatte, und notierte Bernards tägliche Mahlzeiten samt den Kochanweisungen. Sie ertrug die Vorstellung nicht, dass er sich die ganze Woche von Bohnen auf Toast ernähren würde.

»Ich packe schon mal den Kofferraum, Darling«, erklärte er und steckte den Kopf zur Tür herein, während er sich mit ihrem Koffer abmühte.

»Vorsicht!«, rief sie und eilte ihm zu Hilfe. »Wir sollten uns langsam Koffer mit Rollen leisten.«

»Das geht schon«, versicherte er ihr, aber sein Gesicht erzählte etwas anderes. »Brauchst du noch etwas aus der Küche?«

»Nur die Waage, bitte.«

Er stellte den Koffer ab, ging leicht in die Knie und hob die unförmige Waage hoch, als würde sie eine Tonne wiegen.

»Dann lassen sie dich also mit dem alten Ding arbeiten?«

»Ja, Gott sei Dank. Meine treue Freundin.«

Während Bernard die Sachen zum Auto trug, wischte Jenny die Arbeitsplatte mit einem alten Küchentuch sauber und verspürte eine tiefe, schmerzliche Zuneigung zu ihrer kleinen Küche, die sie in den letzten Monaten nur selten verlassen hatte. Die altersschwachen Melaminschränke, die vergilbten Fliesen um den Ofen, der Wasserkocher, dessen Deckel mit einer weißen Schicht Kalk verklebt war, sodass man das Wasser durch die Ausgussöffnung einfüllen musste. Es war ihr Zuhause, und jetzt, da sie es verlassen musste, schätzte sie es umso mehr.

Das Piepen des Küchenweckers riss sie aus ihren Gedanken. Sie öffnete den Ofen, und buttriger Dampf wallte ihr entgegen. Auf der Oberfläche der Quiche hatte sich eine goldene Haut gebildet, und Jenny tippte sie sanft mit dem Finger an. Als sie einen kaum merklichen Widerstand spürte, machte sie ihren Ofen ein letztes Mal aus und ließ die Finger über die blassen Flecken gleiten, wo einmal die Zahlen aufgedruckt gewesen waren.

Bernard ließ den Motor an.

»Auf Wiedersehen, meine kleine Küche«, sagte sie und schlüpfte in ihren Mantel. Als Letztes griff sie nach dem Buch mit den Familienrezepten, dann schloss sie die Haustür hinter sich.

»Bereit?«, fragte Bernard und beugte sich über den Beifahrersitz, um ihr die Autotür zu öffnen.

»So bereit, wie man nur sein kann«, antwortete sie, und im nächsten Moment rollte der Wagen los, und ihr Zuhause wurde immer kleiner, bis sie um die Kurve bogen und es schließlich verschwunden war.

»Im Ofen ist eine Quiche Lorraine, und auf der Arbeitsplatte liegen die Kochanweisungen für die Woche«, sagte sie und sah auf die grünen Felder hinaus, die an ihnen vorbeizogen.

»Danke, Darling.«

»Ich bin ja ohnehin nur ein paar Tage weg«, meinte sie möglichst ruhig, womit sie allerdings niemanden überzeugte. »In Nullkommanichts bin ich wieder da.«

»Also, welches Thema steht diese Woche auf dem Programm?«

»Es ist Tortenwoche.«

»Und was bedeutet das genau?«

»Ich werde Mini-Rhabarber-Vanille-Küchlein für die erste Challenge backen«, antwortete sie und massierte sich die Schläfen. »Und einen Schokoladen-Orangen-Battenbergkuchen für die zweite. Danach entscheidet sich, ob ich es überhaupt zur Überraschungschallenge schaffe.«

Sie sank tiefer in ihren Sitz.

»Es gibt nur eine Sache, die ich wirklich bedaure«, erklärte Bernard, während er knackend den Gang wechselte. »Nämlich, dass nicht ich die ganzen Leckereien essen darf.«

Jenny betrachtete nervös die Bäume, die nun an ihnen vorbeizogen.

»Ich bin doch kein Witz, oder Bernard? Sie haben mich nicht in die Show eingeladen, damit die Leute vor den Fernsehern etwas zu lachen haben?«

Er schwieg, und einen Moment dachte sie, er hätte sie nicht gehört.

»Jennifer Quinn!«, sagte er schließlich streng und umklammerte das Lenkrad noch fester. »Hör auf, an dir selbst zu zweifeln.«

Die Schmetterlinge in ihrem Bauch waren eher wie Wespen.

»Außerdem liebe ich dich trotzdem«, sagte er und fing ihren Blick auf. »Auch wenn dein Teig Falten wirft.«

Ihr Gesicht verzog sich zögerlich zu einem Lächeln.

Sie machte das Radio an, um auf andere Gedanken zu kommen, doch im Grunde lieferte es bloß die Hintergrundmusik, während sie in ihre Küche zurückkehrte, Teig knetete, Macarons aufspritzte und Eclairs füllte. Ihre Lider wurden schwer, während sie die Schokoglasur mit dem Spatel auftrug und den Rand einer Pastete mit den Fingern verschloss ... ziehen, drehen ... ziehen, drehen ... bis sie schließlich in den Schlaf sank.

Ehe sie sichs versah, wurde das Auto langsamer, und Bernard lehnte sich nach vorn, um das Schild vor ihnen zu entziffern. Eine Hand lag auf dem Lenkrad, die andere auf ihrem Knie, um sie zu wecken.

»Ich glaube, wir sind da, Darling«, sagte er. »Das *Bramley House Hotel.*«

Jenny schluckte schwer, und ihre Kehle war wie ausgetrocknet.

»Ja, das ist es. Das ging aber schnell.«

Sie nahm einen Schluck Wasser und klappte die Sonnenblende herunter, während sie in ihrer Handtasche nach dem Lippenstift suchte.

»Bleib bitte noch einen Augenblick lang sitzen«, sagte sie und umklammerte sein Knie. »So kann ich nicht aussteigen.«

Sie zog ihre Lippen nach und entdeckte im Spiegel weitere Kandidaten, die aus Autos stiegen, sich von ihren Kindern verabschiedeten und ihre Koffer zur Rezeption trugen.

»Die sind alle halb so alt wie ich. Wenn überhaupt«, sagte Jenny, drehte den Lippenstift zurück und schloss ihn.

»Und sie haben nur halb so viel Erfahrung«, erwiderte Bernard.

Sie stiegen aus, hievten den Koffer und die Waage aus dem Kofferraum und gingen über den Parkplatz, wobei Jenny den anderen Familien höflich zulächelte und zu erraten versuchte, wer jeweils der Kandidat oder die Kandidatin war.

»Kandidatinnen und Kandidaten von *Das Backduell* gehen bitte nach links ins Besprechungszimmer. Sie können Ihr Gepäck so lange hier abstellen«, rief ein junger Mann in einem T-Shirt mit dem Logo der Show und deutete auf mehrere Trolleys. Aufregung lag in der Luft, und Jennys Mitstreiter strömten an ihr vorbei.

Bernard hob ihren Koffer auf einen Trolley, und das Adrenalin machte Panik Platz, denn sie wusste, dass er nun jeden Moment gehen würde.

»Viel Glück, Darling«, sagte er und streckte die Arme aus.

Jetzt war es so weit. Sie atmete tief ein und saugte den Geruch nach Wolle, Aftershave und Zuhause in sich auf, umarmte ihn innig und ließ ihn nicht mehr los.

»Genieße es. Du bist großartig«, murmelte er. »Ich bin so stolz auf dich.«

Jenny nickte und löste sich widerstrebend von ihm.

»Danke, ich werde mein Bestes geben … und ich bin nur einen Anruf entfernt, wenn du mich brauchst«, sagte sie, nahm ihre Handtasche und machte sich auf den Weg ins Besprechungszimmer. Sie ertrug es nicht, noch einmal zurückzublicken. Hätte sie es getan, hätte sie gesehen, dass Bernard wartete, bis sie verschwunden war, die Hände tief in den Taschen seiner Cordhose und mit schimmernden Tränen in den Augen.

Jenny drückte die Tür mit der Zimmernummer 207 auf, die sich einen Moment lang in dem flauschigen Teppichboden verhakte. Es roch künstlich nach Zitrone, und sie warf einen überraschten Blick auf das riesige Bett und das beinahe zwei Meter hohe, gepolsterte Kopfteil. Ein Bett, wie es in ihrer Vorstellung auch die königliche Familie besaß.

Jenny entdeckte einen Wasserkocher und schaltete ihn an, um Tee zu kochen, während sie ihre neuen Kleider auspackte und in den Schrank hängte. Hoffentlich waren die Falten bis zum nächsten Morgen verschwunden.

Sie goss Wasser in zwei Tassen und gab in jede ein wenig Milch aus einem Plastiktütchen, die eine glänzende Schicht auf der Oberfläche hinterließ.

»Ach, du liebe Zeit«, murmelte sie, als sie die Teebeutel herausnahm und ihr bewusst wurde, dass sie nicht nur eine, sondern zwei Tassen Tee gekocht hatte, die eine etwas stärker als die andere.

Es entwickelten sich zahllose kleine Gewohnheiten, wenn man mehr Zeit seines Lebens mit einer Person als ohne sie verbracht hatte, vor allem, dass man alles gemeinsam machte. Für Jenny war ihre Beziehung mit Bernard in vielerlei Hinsicht das Rezept, auf das sie am stolzesten war und das sie im Laufe eines ganzen Lebens verfeinert und abgewandelt hatte, während sie einander immer besser verstanden hatten.

Jenny schüttelte ein Ei, um herauszufinden, ob es noch zu gebrauchen war; sie bestimmte Bernards Laune an der Art, wie er die Butter auf seinen Toast strich; und sie gab eine Prise Salz zur Schokolade, um einen ausgewogenen Geschmack zu erhalten. Bernard auf intuitive Weise zu kennen, gehörte zum Wesenskern der Frau, die sie geworden war.

Sie trank gerade den letzten Schluck, als ihr klar wurde, dass sie nur noch zehn Minuten hatte, bis sich alle im Restaurant zu ihrem ersten gemeinsamen Abendessen trafen. Sie ging eilig zum Aufzug, der auf dem Weg nach unten im ersten Stock hielt.

Die Tür öffnete sich mit einem Piepen.

»Jenny!«

Sie brauchte einen Moment, bis sie die dunklen Augen und das liebenswürdige Lächeln eingeordnet hatte. Es war der junge Mann, der ihr beim Casting mit ihrer Schwarzwälder Kirschtorte geholfen hatte.

»Azeez!« Sie hätte ihn am liebsten umarmt, so froh war sie, ein bekanntes Gesicht zu sehen.

»Dann hat es also geklappt? Unsere Rettungsmission in letzter Minute?«, fragte er und trat in die Kabine.

»Ja. Ich möchte mich noch einmal dafür bedanken. Ich wäre womöglich nicht hier, wenn Sie nicht gewesen wären.«

Er lächelte.

»Wie ging es Ihnen mit der Vorbereitungszeit?«, fragte sie.

»Ehrlich gesagt, war es total stressig. Ich hatte Nervenzusammenbrüche am laufenden Band. Ashley tat mir schrecklich leid.«

»Ist Ashley Ihre Freundin?«

»Mein Freund.«

»Oh. Tut mir leid.« Es war ihr peinlich, dass sie die falschen Schlüsse gezogen hatte.

»Wie war es bei Ihnen?«, fragte er und kontrollierte mit hochgezogenen Augenbrauen seine Haare in der verspiegelten Aufzugwand.

»Ich bin froh, dass es Ihnen auch so ergangen ist, denn bei mir war es sehr ähnlich. Manchmal war ich kurz davor, alles hinzuwerfen. Mein Mann war ständig im Supermarkt und hat dort die Regale mit den Backzutaten geplündert.«

»Das überrascht mich nicht. Wie schön, endlich mit jemandem reden zu können, dem es genauso geht. Die anderen verstehen das einfach nicht, oder?«, fragte Azeez gerade, als der Aufzug im Erdgeschoss hielt. Sie stiegen aus und machten sich gemeinsam auf den Weg zum Restaurant.

»Jenny, Azeez! Hallo!«, riefen ihnen zwei Fremde begeistert zu. »Wie war die Anreise?«

Sie wechselten einen Blick und hofften beide, dass der andere die Fremden kannte.

»Gut, danke«, meinte Azeez und streckte die Hand aus. »Entschuldigen Sie bitte, aber wie waren noch mal Ihre Namen?«

»Laura und Matt vom Castingteam. Wir haben vergessen, dass Sie ja gar nicht wissen, wer wir sind. Wir haben Fotos von Ihnen an unserer Bürowand, da hat man automatisch das Gefühl, jemanden zu kennen.«

Bevor Jenny sich mit der Vorstellung anfreunden konnte, dass Leute sie kannten, die sie selbst noch nie gesehen hatte, hörte sie ein »Hallo, Jenny!« und sah Carys, die geradezu auf sie zuhüpfte. Sie trug mittlerweile einen Pony, der so sorgfältig frisiert war, dass er wie erstarrt schien.

»Wie geht es Ihnen?«

»Gut, danke, meine Liebe. Schön, Sie zu sehen.«

»Azeez, ich bin Carys. Ich glaube, wir kennen uns noch nicht«, fuhr Carys fort und umarmte den jungen Mann wie einen alten Freund, den sie schon lange nicht mehr gesehen hatte. Dann wandte sie sich erneut an Jenny.

»Und wir haben uns nicht mehr gesehen, seit wir den Einspieler gedreht haben! Ihr Haus hat mir übrigens wahnsinnig gut gefallen. Es ist so süß.« Sie schloss eine Lücke in ihrem Pony mit einer schnellen Bewegung der Fingerspitzen.

Ein Kellner kam mit einem Tablett und bot ihnen ein Glas Champagner an. Die Bläschen sprudelten nur so an die Oberfläche, wo sie sich in unzähligen kleinen Explosionen in Luft auflösten und Jenny in der Nase kitzelten, als sie einen Schluck nahm.

»Sollen wir uns setzen?«, fragte Carys und führte die beiden Frauen zu einem großen Tisch.

»Das erinnert mich ein wenig an die ersten Tage an der Uni. Ich habe nämlich Architektur studiert«, meinte Azeez und zog Jenny einen Stuhl heraus.

»Das kann ich mir vorstellen. Ich meine, ich war natürlich

nicht auf der Universität, aber ich denke, so könnte es dort auch sein.«

»Außer, dass hier alle unsere Namen kennen und wir Champagner trinken«, sagte er und ließ den Blick über die unbekannten Gesichter schweifen. »Und nur einer oder eine bekommt das Abschlusszeugnis.«

Die Plätze am Tisch füllten sich mit Crewmitgliedern und Kandidaten, und ein aufgeregtes Summen breitete sich im Raum aus, das lauter wurde, als die Getränke serviert wurden. Da waren ein Pfarrer Mitte fünfzig mit runder Brille, Sorcha, an die sich Jenny vom Casting erinnerte und deren dunkle Locken so wunderbar fielen, wie es sonst nur Filmstars hinbekamen, ein Schauspiellehrer mit durchdringender Stimme und ein schüchtern aussehender junger Landwirt. Sie erzählten sich gegenseitig, warum sie sich für die Show beworben hatten, sprachen über die größten Katastrophen während der Vorbereitungszeit und die Schwierigkeit, die Teilnahme geheim zu halten. Obwohl sie unterschiedliche Leben führten, verschieden alt waren und über einen unterschiedlichen Hintergrund verfügten, verband sie ihre Liebe zum Backen.

»Herzlich willkommen, liebe Kandidatinnen und Kandidaten!«, erklang eine Stimme, gefolgt vom hellen Ton eines mit einem Teelöffel angeschlagenen Glases.

Jenny blickte zu der Frau, die gesprochen hatte. Sie strahlte Autorität aus, auch wenn sie auffallend klein war. Die Kleider waren ihr auf den schlanken Leib geschneidert.

»Mein Name ist Sarah, und ich gehöre zu den Executive Producern der Show. Ich freue mich, Sie heute als die acht besten Hobbybäcker und -bäckerinnen des Landes begrüßen zu dürfen. Wir hatten dieses Jahr über zwölftausend Bewerbungen, es ist also eine tolle Leistung, dass sie nun alle Teil der *Backen-auf-der-Insel*-Familie sind!«

Jubel brach aus, und Jenny wurde flau im Magen. *Zwölftausend Bewerbungen.*

»Andy, unser wunderbarer Casting Director, wird nun die Namen unserer Bäckerinnen und Bäcker vorlesen. Bitte stehen Sie auf, sobald Ihr Name fällt, dann haben alle ein Gesicht dazu«, erklärte Sarah und schob dem Mann mit dem perfekt geschnittenen Bart, den Jenny vom Casting kannte, einen Zettel zu.

»Azeez Patel!«, las Andy, und Azeez erhob sich und strahlte von einem Ohr zum anderen. Jenny klatschte besonders laut für ihren neuen Freund, der sich wieder setzte und sich mit einer Serviette Luft zufächelte.

»Paul Dixon!«

Ein Mann stand auf. Sein Hemd spannte sich um seine Muskeln, als wäre es aufgesprüht. Jenny hatte gehört, dass er Feuerwehrmann war.

Sie beobachtete, wie sich einer nach dem anderen erhob, und ihr Herz raste, je näher ihr Name rückte.

»Angela Sutton!«

Eine großgewachsene, füllige Frau schob ihren Stuhl mit solchem Schwung zurück, dass er umstürzte, was sie mit kreischendem Gelächter quittierte.

»Und last but not least … Jennifer Quinn!«

Sie erstarrte wie ein Hase im Licht der Scheinwerfer, und ein Adrenalinstoß ließ sie aus dem Stuhl hochfahren.

»Danke!«, sagte sie und hob in einem versuchten Winken die rechte Hand, ehe sie sich wieder in ihren Stuhl sinken ließ.

»Wunderbar. Der Bus wartet morgen um fünf Uhr dreißig vor dem Hotel und bringt Sie ins Studio«, erklärte Carys, nachdem das Abendessen beendet war. »Ich weiß, es ist früh, aber Sie gewöhnen sich daran, versprochen.«

»Dann gehe ich jetzt besser schlafen«, verkündete Jenny mit einem Blick auf ihre Uhr.

»Ich komme mit«, erklärte Azeez. Sie verabschiedeten sich und verließen das geschäftige Restaurant in Richtung der ruhigen Hotelflure. Jennys Kopf pochte vor Müdigkeit, während sie auf der Suche nach ihren Zimmernummern den Pfeilen folgten.

Azeez hielt einen Moment inne, dann beugte er sich nach unten und schloss sie in eine unerwartete Umarmung.

»Wir sehen uns morgen in alter Frische, mein Lieber«, sagte Jenny und hielt die Schlüsselkarte vor das Schloss.

»Schlafen Sie gut«, erwiderte Azeez und verschwand in Richtung Aufzug. Erst jetzt wurde Jenny klar, dass er ja ein Stockwerk unter ihr schlief. Er hatte offenbar den Umweg in Kauf genommen, um sie zu ihrem Zimmer zu begleiten.

Kurz darauf stand sie im Nachthemd im Badezimmer, starrte in den hell erleuchteten Spiegel und entfernte ihr Make-up mit einem Wattebausch. *Das ist es also*, dachte sie. *Es passiert wirklich.* Sie nahm ein Glas Wasser mit zu dem riesigen Bett und schlüpfte unter die straff gezogenen Laken.

Sie machte die Nachttischlampe aus, drehte sich zur Seite und betrachtete die unberührte Bettwäsche neben sich. Sie streckte ein Bein aus und zwängte den Fuß zwischen die kalten Baumwolllaken, wo er normalerweise auf Bernards warmen Körper traf. Sie schloss die Augen und stellte sich seinen Hinterkopf vor, dem sie über die Jahre dabei zugesehen hatte, wie aus dem Braun langsam Weiß wurde. Sie hörte das Rascheln des Buches, wenn er umblätterte, und das Auf und Ab seines Schnarchens, wie Wellen, die gegen eine Klippe schlugen. Die vertrauten Geräusche gingen normalerweise im Strom des Alltags unter, doch heute hinterließ ihr Fehlen eine ohrenbetäubende Stille.

16
Rhabarber-Vanille-Küchlein

Es war ein nasser Donnerstagmorgen, und Jenny war auf dem Weg zu Sandra, als sie ein seltsames Gefühl überkam. Der Regen peitschte ihr ins Gesicht, und sie kniff die Augen zusammen, steckte das Kinn tiefer in den Mantelkragen und beschleunigte ihre Schritte. Sie sah sich hektisch nach einem geeigneten Ort um – nach irgendeinem *Ort –, und eilte schließlich hinter den nächstbesten Baum. Beim Anblick der dunklen, gewundenen Wurzeln drehte sich ihr der Magen um, und sie krümmte sich. Tränen liefen ihr über die Wangen, während ihr Körper sich unter Würgen entleerte.*

Als alles heraus war, lehnte sie sich mit einem sauren Geschmack im Mund gegen den Baumstamm. Die Regentropfen auf ihrem Gesicht waren nun eine Wohltat. Sie öffnete ihre Umhängetasche, kramte darin herum und zog eine zerknitterte Papiertüte hervor, in der sich glücklicherweise noch ein Stück Rhabarber-Vanille-Kuchen befand. Dank des Rhabarbersaftes war der Vanilleteig mit fröhlichen rosaroten und gelben Streifen durchzogen. Die Kirchturmuhr schlug, sie war spät dran. Eilig schob sie sich den Kuchen in den Mund und machte sich wieder auf den Weg. Der fruchtige Rhabarber milderte den sauren Geschmack im Hals.

Als sie um die Ecke bog, saß Sandra bereits auf dem angestammten Platz auf der Mauer vor ihrem Haus, und ihre Haare tanzten im Wind. Sie tippte sich aufs Handgelenk und sprang auf den Bürgersteig.

»Beeilung!«, rief sie und fuchtelte mit den langen Armen.

Jenny versuchte, schneller zu gehen, und verfiel in ein seltsam humpelndes Laufen. Der süße Kuchen klebte an ihren Zähnen.

»Tut mir leid«, keuchte sie, als sie endlich angekommen war, und stützte sich mit der Hand an der Mauer ab, um wieder zu Atem zu kommen.

»Guten Morgen«, erwiderte Sandra mit einer Haarklammer zwischen den Zähnen, während sie versuchte, ihre Haare zu bändigen. »Wir kommen zu spät zum Buchhaltungskurs, wenn wir nicht laufen. Also los!«

Sandra lief vorneweg, wobei ihre langen Beine mit einem Schritt dieselbe Distanz überwanden, für die Jenny drei Schritte brauchte. Ihre Umhängetasche klatschte gegen ihre Beine.

Die Übelkeit stieg erneut in ihr hoch.

»Ich kann nicht mehr«, keuchte sie und wurde langsamer. Sie sprang hinter eine nahe gelegene Bank und übergab sich. Ihre Kehle brannte.

Sandras Schritte hielten inne.

»Ist alles in Ordnung?«, fragte sie und wischte sich die Haare aus dem Gesicht. »War ich zu schnell?«

Sie kramte in ihrer Jackentasche und reichte Jenny ein Taschentuch.

»Ich weiß auch nicht«, sagte Jenny und tupfte sich die Mundwinkel trocken. »Vorhin war das auch schon so. Aber normalerweise hört es wieder auf.«

»Normalerweise?«, fragte Sandra.

Jenny holte tief Luft und war erleichtert, dass ihr Magen nun tatsächlich leer war.

»Es ist in letzter Zeit ein paarmal vorgekommen.«

»Meinst du nicht, dass du vielleicht zum Arzt gehen solltest?«, fragte Sandra, und man hörte ihr an, dass sie die Äl-

teste von fünf Geschwistern war. »Ich komme auch mit, wenn du möchtest.«

Jenny schüttelte den Kopf, und eine Gänsehaut überzog ihre Arme. »Ich gehe erst mal nach Hause und ruhe mich aus. Wenn ich mich danach nicht besser fühle, lasse ich mir einen Termin geben.«

Sandra seufzte, dann rückte sie ihre Umhängetasche zurecht.

»Ich begleite dich nach Hause.«

»Nein, nein. Das geht schon.« Jenny warf einen Blick auf die Uhr. »Lauf, dann schaffst du es noch! Und schreib bitte für mich mit ...«

Jenny saß auf einem harten Stuhl in dem stark nach Reinigungsmitteln riechenden Wartezimmer und sah einer Mutter zu, die versuchte, ihren rotwangigen kleinen Jungen mit einer Taschentuchpuppe abzulenken, während er aus Leibeskräften brüllte. Etwas weiter entfernt saßen eine ältere Dame und ihr Mann, die starren Gesichter leichenblass. Jenny wurde das Gefühl nicht los, dass ihnen schlechte Nachrichten bevorstanden.

»Miss Jennifer Eaton?«, rief Dr. Walker, steckte den Kopf zur Tür heraus und musterte sie über den Rand seiner Brille hinweg. Seine Krawatte war so straff gebunden, dass das Hemd am Kragen genauso viele Falten warf wie seine offenbar ständig gerunzelte Stirn.

Jenny erhob sich, froh, dem brüllenden Jungen zu entkommen. Der Arzt geleitete sie in sein kaltes, angenehm stilles Büro und schloss die Tür. Er war schon ihr ganzes Leben lang der Hausarzt ihrer Familie, doch es gab keinerlei Vertrautheit, und Jenny fragte sich, ob er überhaupt wusste, wer sie war.

Sie nahm schweigend vor dem Schreibtisch Platz, während

der Arzt seine Brille mit der Krawatte putzte und sie wieder auf die Nasenspitze setzte.

»Also …«, begann er und warf einen Blick in die Akte. »Miss Eaton. Was kann ich für Sie tun?«

Die wenigen Male, die sie sich krank genug gefühlt hatte, um Dr. Walker hinzuzuziehen, war er derartig untätig geblieben, dass sie sich auch diesmal albern vorkam, ihn überhaupt aufzusuchen. Als sie als Neunjährige an einem starken Husten gelitten und tagelang im Bett gelegen hatte, hatte man ihn um einen Hausbesuch gebeten, und Dr. Walker war mit seiner Arzttasche ins Zimmer getreten und hatte Jenny kurzerhand Lutschtabletten und Bettruhe verordnet. Ihr Vater konnte sich damals die spitze Bemerkung nicht verkneifen, dass er bei einem abgefallenen Bein wohl dasselbe gesagt hätte. Jenny ging davon aus, dass es heute ähnlich laufen würde.

»Mir ist in letzter Zeit oft übel, vor allem morgens. Aber im Laufe des Tages verschwindet es wieder, vor allem, nachdem ich gegessen habe.«

»Ist Ihnen bloß übel?«, fragte er und blätterte in seinen Unterlagen. »Oder müssen Sie sich übergeben?«

»Beides«, sagte sie und blickte mit einem schalen Geschmack im Mund in ihren Schoß.

»Ich verstehe. Ist Ihnen außer der Übelkeit noch etwas Ungewöhnliches aufgefallen?«

Es tat weh, wenn sie auf dem Bauch schlief, und ihre Brüste schienen empfindlicher als sonst, aber es war ihr unangenehm, mit einem Mann darüber zu sprechen. Abgesehen davon, schien es nicht wichtig.

»Nein«, antwortete sie. »Nur die Übelkeit.«

Sie erwartete, dass er sie nach Hause schicken würde, damit sie sich ausruhte, doch stattdessen straffte er die Schultern und hob die Augenbrauen.

»Menstruieren Sie regelmäßig?«

Ihre Wangen brannten.

»Ja, normalerweise schon«, antwortete sie und pulte an ihren Fingernägeln. »Aber dieses Mal bin ich ein paar Wochen zu spät dran.«

Er verschränkte die Hände und legte sie vor sich auf den Tisch, was für Dr. Walker eine überaus dramatische Geste war.

»Wäre es möglich, dass Sie … ein Kind erwarten?«, fragte er, wobei er die Stimme am Ende ein wenig senkte.

Jenny schwieg. Ihre Kehle war wie zugeschnürt, und sie brachte kein Wort heraus.

»Miss Eaton?«, fragte Dr. Walker und schob die Brille hoch.

»Ich … daran habe ich …« Sie rutschte unbehaglich auf dem Stuhl hin und her. »Daran habe ich nicht gedacht …«

»Nun, es ist im Grunde ganz einfach.« Er räusperte sich, und sein Blick huschte zu ihrem Ringfinger. »Hatten Sie Geschlechtsverkehr?«

Sie betrachtete die Holzmaserungen auf der Schreibtischplatte, die dunkle, unheilvolle Wirbel bildeten.

»Ist das ein Ja?«

»Er meinte, es wäre ungefährlich, wenn er …«

»Wenn er, was?«

»Er meinte, wenn er …« Sie suchte nach einem angemessenen Ausdruck, aber den gab es nicht. »Wenn er den Topf vom Herd nimmt, bevor er überkocht.«

Ihre Worte hingen zwischen ihnen und schienen sie zu verhöhnen.

»Normalerweise würde man in einer solchen Situation schnellstmöglich heiraten«, erklärte er und rollte einen Bleistift zwischen den Handflächen.

Jennifer sank tiefer in den Stuhl.

»Falls das allerdings keine Möglichkeit darstellt, gibt es

zwei Optionen«, erklärte Dr. Walker. »Wobei ich Ihnen unbedingt erstere empfehlen würde.«

»Was wäre die erste Möglichkeit?«, fragte sie leise.

»Adoption«, antwortete er und kritzelte etwas in Jennys Akte.

»Und die zweite?«

Er hielt inne und bedachte sie mit einem eisigen Blick.

»Ich bin mir sicher, dass Sie genug Vorstellungskraft besitzen, um diese Frage selbst zu beantworten«, erwiderte er und schrieb weiter.

Jenny schob eine Hand unter ihre Strickweste und befühlte ihren warmen Bauch. Ein Schaudern überlief sie.

Als Jenny am Morgen die Augen öffnete, war alles anders. Bernards Pfeifen, das Rumpeln des Wasserkochers und das Klatschen der Zeitung, die auf dem Türvorleger landete, wurden von einem durchdringenden Piepen ersetzt, und vor ihren Augen blitzte in der Dunkelheit in leuchtenden Ziffern immer wieder 05:00 auf. Es dauerte einige Sekunden, bis ihr klar wurde, dass sie sich in einem Hotel befand und heute ihr erster Tag bei *Das Backduell* war.

Die Vögel trällerten bereits ihr Morgenlied, als sie in ihre beste Bluse, eine Hose und den dazu passenden blauen Kaschmirpullover schlüpfte, den Rose ausgesucht hatte. Ihre Hand zitterte, als sie nach dem neuen roten Lippenstift griff. *Es geht bloß um Eier, Zucker, Butter und Mehl*, beruhigte sie sich.

Sie schloss die Zimmertür hinter sich und machte sich auf den Weg ins Hotelrestaurant. Sie war so energiegeladen, dass ihre Schritte trotz der Uhrzeit überraschend beschwingt waren.

»Guten Morgen«, rief Azeez und winkte sie zu sich. »Sind Sie auch so müde? Es ist doch noch mitten in der Nacht …«

»Das ist einer der Vorteile, wenn man älter wird, mein Lieber«, antwortete Jenny, griff nach einem Schokocroissant und goss sich eine Tasse Tee ein. »Man braucht weniger Schlaf. Wie fühlen Sie sich?«

»Nervös, aufgeregt, flau im Magen«, gestand er und nippte an seiner Tasse. Der Kissenabdruck auf seiner Wange war deutlich zu erkennen. »Und Sie?«

»Ähnlich. Wir haben noch zehn Minuten, sollen wir zu den anderen gehen?«

An der Rezeption warteten bereits mehrere bekannte Gesichter. Der Pfarrer blickte ständig auf die Uhr und war zu abgelenkt, um sich an dem unverfänglichen Gespräch zu beteiligen, das Paul, der Feuerwehrmann, am Laufen hielt. Hinter ihnen hielt Sorcha Zeige- und Mittelfinger hoch, sodass sie ein V bildeten, und machte mit dem Handy ein Foto von sich. Jennys Blick fiel auf ihr smaragdgrünes Wickelkleid, und sie kam sich in ihrem schlichten blauen Pullover und mit den schlaffen silbernen Locken auf einmal unglaublich langweilig vor.

»Jetzt ist es bald so weit, was?«, meinte eine warme Stimme hinter ihr, gefolgt von einem Lachen, das tief aus dem Inneren emporstieg und den ganzen Körper beben ließ. Als sie sich umwandte, stand sie der Kandidatin gegenüber, die am Vorabend den Stuhl umgeworfen hatte.

»Als würde man auf den Schulbus warten«, erklärte Jenny.

Die Frau lachte erneut, offenbar gehörte sie zu den Menschen, die die natürliche Gabe besaßen, auf Kommando lachen zu können.

»Ich bin übrigens Angela«, stellte sie sich vor und legte sich eine Hand auf die Brust, während sie versuchte, wieder zu Atem zu kommen. »Tut mir leid, wie heißen Sie noch mal?«

»Jenny«, antwortete sie in dem Moment, als der Minibus vorfuhr.

Während die Kandidaten ihre Plätze einnahmen, unterhielten sie sich darüber, wie sie geschlafen hatten, und fragten sich, wer der erste Gastjuror sein würde. Dann senkte sich Schweigen über die Fahrgäste, und sie starrten nervös aus den Fenstern in den Morgenhimmel. Jenny griff in ihre Handtasche und holte das Mobiltelefon heraus, das Bernard ihr für die Zeit bei der Show gegeben hatte. Sie drückte den Einschaltknopf, und ein grauenhaft lautes Piepen durchschnitt die Stille.

»Wow.« Azeez grinste. »Wer ruft an? Die Neunziger?«

Die anderen kicherten, und auch Jenny musste unwillkürlich lächeln, während sie ihm mit dem Ellbogen einen Schubs verpasste. Auf dem Display befand sich ein Briefumschlag. Sie öffnete ihn und las:

ALLES GUTE, DARLING. IN LIEBE, BERNARD X

Sie las die Nachricht noch einmal und holte so viel Trost wie möglich heraus, dann machte sie das Handy wieder aus und steckte es in die Tasche.

»Da!«, rief Angela und tippte mit dem Finger an die Scheibe. »Da ist es!«

Der Bus bog auf eine Kiesauffahrt, und die Fahrgäste richteten sich auf und reckten sich nach vorn wie Blumen in Richtung Sonne. Jennys Blick wanderte über die gepflegte Gartenanlage, die hohen Laubbäume und einen Mietcontainer, der etwas fehl am Platz wirkte, bis sie schließlich etwas Wohlbekanntes entdeckte. Da war es! In der Mitte des Grundstückes und mit der aufgehenden Sonne im Rücken stand das ikonenhafte Herrenhaus, das sie so oft im Fernsehen gesehen hatte. Es war noch beeindruckender, als sie es sich vorgestellt hatte.

Sie fuhren durch das Tor, und kurz darauf stiegen sie aus dem Bus. Jenny fühlte sich, als hätte sie einen Knethaken im Bauch, der ihr Inneres zu einem festen Ball drehte.

»Guten Morgen und herzlich willkommen, liebe Kandidatinnen und Kandidaten. Wenn Sie mir bitte folgen würden«, begrüßte Carys die Truppe, und Azeez drückte Jennys Arm, bevor sie hinter der jungen Frau her um das Gebäude herum liefen wie Entenküken auf dem Weg zum Wasser.

Morgentau befeuchtete die Spitzen ihrer Slipper, während Carys die Truppe auf die Rückseite des Hauses und durch einen Obstgarten zu einem großen Kalksteingebäude führte, das ein Schild als »Stallungen« auswies. Carys drückte die Tür auf, und die Kandidaten schnappten alle zugleich nach Luft, denn man hatte den alten Stall in ein eindrucksvolles, rustikales Studio verwandelt. Es gab cremefarbene Ziegelwände, die freiliegenden Eichenbalken reichten von einem Ende zum anderen, und die Scheinwerfer leuchteten noch viel greller als im Fernsehen. Es war wie in einem Operationssaal.

Jenny hatte das Gefühl, einem alten Bekannten gegenüberzustehen. Da waren der gewaltige Küchenschrank mit den Einmachgläsern und Küchenutensilien, die funkelnden Lichterketten an den Dachsparren und die mit Namen versehenen Arbeitsplätze, die jeweils über einen eigenen Herd mit Backofen verfügten. Aus dem Augenwinkel entdeckte sie einen Arbeitsplatz, der mit geblümtem Stoff verkleidet war. Auf der Arbeitsplatte thronte stolz ihre Küchenwaage, die hier zwischen den nagelneuen Gerätschaften besonders abgenutzt aussah. *Das muss mein Platz sein*, dachte sie, und ihr wurde flau im Magen. An Sorchas Arbeitsplatz wuchsen künstliche Rosen.

»Die Küche ist dort«, erklärte Carys und deutete auf einen dicken Vorhang, durch den Jenny einen Blick auf Plastikkisten mit Lebensmitteln und glänzende Spülbecken erhaschte.

»Und dort ist der Control Room«, fuhr Carys fort und wandte sich der anderen Seite des Raumes zu. »Aber Sie werden beide Bereiche nicht betreten. Wir wollen den Zauber nicht zerstören.«

»Was ist ein Control Room?«, fragte Jenny Azeez leise.

»Ich glaube, dort sitzt der Regisseur.«

»Oh.« Sie nickte. »Daran habe ich gar nicht gedacht.«

Carys verließ mit den Kandidaten die umgebauten Stallungen, um durch den Garten zu einem kleinen Festzelt zu gehen, in dem es nach Erde roch und zahlreiche Stühle und Erfrischungen bereitstanden.

»Das ist der Green Room, hier werden Sie *sehr viel* Zeit verbringen.«

»Kaum zu glauben, dass das Studio früher ein Stall war«, meinte der junge Landwirt und ließ sich auf einem der weichen Stühle nieder. »Es sieht ganz anders aus als in den Ställen, die ich gewöhnt bin.«

»Die Hauswirtschafterinnen werden bald eintreffen und mit Ihnen gemeinsam kontrollieren, ob die richtigen Zutaten für die heutigen Challenges vorrätig sind«, erklärte Carys mit lauter Stimme, um das Geplauder zu übertönen. »Melden Sie sich unbedingt, wenn etwas fehlt, wir haben einen Mitarbeiter im örtlichen Supermarkt stationiert.«

Angela lachte, aber Jenny war sich ziemlich sicher, dass Carys keinen Scherz gemacht hatte.

»Noch eine wichtige Sache: Rufen Sie immer *Ofen an*, wenn Sie etwas in den Ofen schieben, damit die Kamera es einfangen kann. Und wenn Sie etwas aus dem Ofen holen, heißt es *Ofen aus*. Wir brauchen unbedingt alle großen Momente auf dem Schirm.«

Es glich einem Fiebertraum, als sie sich wie Schulkinder vor dem Klassenzimmer aufstellten und ein Mann ihnen erklärte, wo sie gehen und wo sie stehen sollten. Jenny hatte das Gefühl, als befände sie sich unter Wasser und würde alles eingepackt in einen Taucheranzug erleben – mittendrin, aber doch in ihrer eigenen Blase.

»Und … los geht's!«, rief der Mann, und sie traten den Rückweg durch den Obstgarten an.

Die kleine Steintreppe, die zum Stall hinaufführte, stieg Jenny mit äußerster Vorsicht hoch. Sie wollte auf keinen Fall schon an der ersten Hürde scheitern.

Als sie eintraten, richteten sich die Härchen auf den Armen und im Nacken auf. Sie machte sich auf den Weg zu ihrem Arbeitsplatz, der sich glücklicherweise inmitten der anderen befand. Sie konnte sich nicht verstecken, aber zumindest stand sie nicht in der ersten Reihe. Auf der Arbeitsplatte lag eine gefaltete, gestärkte Schürze, deren Farbe an Kuchenteig erinnerte. Jenny zog sie sich über den Kopf und band im Rücken einen Knoten, wie ihre Mutter es vor all den Jahren getan hatte. Noch nie hatte sich eine einfache Schürze so bedeutsam angefühlt, beinahe wie eine Rüstung, die man anlegte, bevor man in den Kampf zog. Sie schob die Hände tief in die Tasche am Bauch, während allmählich Stille einkehrte. Jenny stellte erleichtert fest, dass sich Azeez' Arbeitsplatz direkt vor ihr befand. Die Seitenwände waren jeweils in einer anderen gewagten Farbe lackiert, was zu seiner Vorliebe für bunte Hemden passte. Ein Blick auf die vorhandenen Kühlschränke ließ sie vermuten, dass sie sich ein Gerät teilen würden.

Die Juroren betraten den Raum, und alles, was bis dahin passiert war, schien nur die Generalprobe für diesen Moment gewesen zu sein. Amanda, die Jenny seit Langem verehrte, sah atemberaubend elegant aus. Ihre Kleider umhüllten ihren großen, schlanken Körper und flossen ineinander, wenn sie sich bewegte, und die silbernen Haare waren im Nacken zu einem sorgfältigen Knoten gebunden, der glänzte wie Edelmetall. Es gab keine einzige Strähne, die nicht an ihrem Platz war. Die hohen Wangenknochen und die sanfte Art, wie sie sich bewegte, verliehen ihr etwas Katzenhaftes. Im Fernsehen ließ sie sich kaum in die Karten schauen, und oft erkannte man lediglich an der Körpersprache – an der Neigung des Kopfes oder einer hochgezogenen Augenbraue –, was sie dachte. In natura wirkte sie wie von einem anderen Stern, und alles schwieg, als sie im Studio erschien.

Hinter Amanda folgte ein junger Mann mit einem Dutt am Kopf und einem sorgfältig geformten Schnurrbart, der ihm eine kreative Aura verlieh. Jenny kannte ihn nicht, aber auf den ersten Blick sah er aus, als gehörte er zu irgendeiner Band, was ihn allerdings nicht für die Rolle als Gastjuror qualifizierte. Sie warf einen Blick auf Azees, dessen Gesichtsausdruck darauf schließen ließ, dass er sehr genau wusste, wer der Mann war.

»Willkommen bei *Das Backduell – Backen auf der Insel!*«, begrüßte sie Mo, ein vergnügter junger Comedian. »Angela wird heute vom Food Blogger und Autor des Buches *Die Zuckerseite* unterstützt. Hier ist unser Gastjuror Angus de Winter!«

Angus nickte zur Begrüßung und zwirbelte seinen Schnurbart.

»In unserer ersten Challenge geht es um das sogenannte Bäckerdutzend«, fuhr Mo fort. »Allerdings sollen Sie heute nicht *dreizehn*, sondern *zwölf* identische Küchlein im Stil eines Lemon Drizzle backen!«

»Sie haben zwei Stunden Zeit für die Aufgabe«, beendete Katie, Mos ernsthafteres Gegenüber und Co-Moderatorin, die Anweisungen.

»Drei … zwei … eins …«

»An die Öfen!«

Es war lange her, seit Jenny einen derart neuen Ofen benutzt hatte, bei dem das Glas noch glänzte und die Ziffern deutlich zu lesen waren. Sie musste sich erst damit anfreunden. Als sie ihn einschaltete, flammten die Lichter auf wie Scheinwerfer im Theater, und es roch nach Plastik. Das heutige Rezept stammte von Rose, aber Jenny hatte es in den letzten Monaten abgewandelt und ein wenig experimenteller gestaltet. Ihrer Meinung nach war die saftige Konsistenz des Kuchens das Wichtigste. Es gab nichts Köstlicheres als eine knusprige Zuckerkruste, unter der sich ein saftig weicher, säuerlicher Teig verbarg.

»Was haben wir denn hier?«, fragte Amanda, und Jenny wäre vor Schreck beinahe die Eierschale in den Teig gefallen. Als sie aufsah, war ihr die Jurorin erschreckend nahe und lächelte sie an. Ohne den Schutzschild eines Fernsehbildschirms fühlte sich alles furchtbar real an.

»Ich backe heute zwölf Rhabarber-Vanille-Küchlein«, antwortete Jenny und kleidete die zwölf Vertiefungen in ihrem Backblech aus. »Es ist eine leicht abgeänderte Version des Lemon Drizzle meiner Nichte.«

»Rhabarber und Vanille – zwei meiner absoluten Lieblingszutaten«, meinte Angus de Winter, und seine Augenbrauen hüpften vor Begeisterung.

»Und Sie sind sicher …«, fragte Amanda mit ruhigem, aber auch sehr durchdringendem Blick, »dass der Rhabarber für denselben Wow-Effekt sorgen wird wie der Zitronensaft?«

Jenny kamen erste Zweifel, und die Worte gingen ihr im Kopf herum. Vielleicht hätte sie doch ihren eigenen Ratschlag befolgen und es einfach halten sollen. Der traditionelle Zitronengeschmack war nun mal unschlagbar.

»Das hoffe ich.«

»Wie ich sehe, benutzen Sie eine Waage mit alten britischen Maßeinheiten«, wechselte Amanda das Thema. »Ich glaube nicht, dass wir schon einmal eine Kandidatin oder einen Kandidaten hatten, der damit gearbeitet hat.«

»Ich habe mein ganzes Leben lang mit dieser Waage gebacken«, erklärte Jenny. Sie verrührte die Zutaten und widerstand dem Drang, den Schneebesen abzulecken. »Ohne sie bin ich verloren.«

Sie verteilte den Teig auf die zwölf Vertiefungen im Backblech und strich ihn mit dem Spatel sorgfältig glatt.

»Ofen an!«, rief sie kurz darauf in dem festen Glauben, dass niemand reagieren würde. Doch nur Sekunden später stand bereits eine Kamerafrau neben ihr und filmte, wie sie den Backofen öffnete und das Backblech auf die mittlere Schiene schob.

»Was kommt als Nächstes?«, fragte die Kamerafrau und richtete das Objektiv neu aus.

Jennys Gedanken rasten.

»Nun wird es Zeit für den Rhabarbersaft«, verkündete sie schließlich, griff nach den rosafarbenen Stängeln und schnitt sie in Stücke, sodass das säuerliche grüne Innere zum Vorschein kam. »Natürlich kann man Rhabarber nicht wie eine Zitrone auspressen, deshalb dünste ich ihn.«

»Wo kommt man hin, wenn man Rhabarber stiehlt?«, fragte Mo, der wie aus dem Nichts plötzlich neben ihr auftauchte und verschmitzt grinste. Jenny versuchte, eine Antwort zu finden und gleichzeitig nicht zu vergessen, nach ihren Küchlein im Backofen zu sehen.

Ihre Knie knackten, als sie sich zu dem Ofen hinunterbeugte, und sie war so konzentriert, dass sie Mos Antwort auf seine eigene Frage nicht hörte. Offenbar war sie witzig, denn um sie herum wurde gekichert.

Sie legte die Stirn auf den warmen Griff und sah zu ihren Küchlein hinein, die aufgegangen waren, aber noch sehr blass aussahen. Sie brauchten noch ein wenig.

»Noch dreißig Minuten!«, rief Katie aus dem Hintergrund. »Dreißig Minuten!«

Fieberhaftes Schweigen senkte sich über die Arbeitsplätze. Es war, als blieben ihnen allen nur noch Minuten, um eine Bombe zu entschärfen und die Welt zu retten.

»Ofen aus!«, rief Azeez und verschwand hinter seinem Arbeitsplatz. Die Kameras folgten ihm, und es gab eine kurze Diskussion, als er sein Ohr lauschend an die Küchlein hielt. Nach einigen Sekunden wandte er sich um und machte eine Handbewegung, die wohl so zu interpretieren war, dass sein Kopf in einer Guillotine steckte.

»Alles in Ordnung?« Jenny formte die Frage mit den Lippen und verzog mitfühlend das Gesicht.

Azeez schüttelte den Kopf und streckte den Daumen nach unten, ehe er sich wieder an die Kamera wandte.

Jennys Nase nahm den süßlichen Duft eines Vanilleteiges wahr, der lange genug im Ofen war.

»Ofen aus!«, rief sie, und sofort tauchte die nächste Kamera neben ihr auf. Sie stellte das Backblech mit den zwölf gleichmäßigen, goldenen Küchlein auf die Arbeitsplatte und tippte sie der Reihe nach sanft mit dem Finger an.

»Sehen sie aus, wie Sie es sich erwartet haben?«, fragte die Kamerafrau.

Jenny nickte. »Ich werde sie nur kurz anstechen und überprüfen, ob der Spieß sauber wieder zum Vorschein kommt.«

Zu ihrer großen Freude war das tatsächlich jedes Mal der Fall.

»Genau so soll es sein«, meinte sie und stach noch einige Male in den Teig, bevor sie die Küchlein mit Rhabarbersaft übergoss, der wie Wasser im Sand versickerte.

»Die Backzeit ist zu Ende! Bitte stellen Sie Ihre Werke am Rand Ihres Arbeitsplatzes zur Verkostung bereit!«, rief Katie.

Jenny nahm eilig ein warmes Küchlein nach dem anderen und legte es auf den Tortenständer, dann schnappte sie erst einmal erschöpft nach Luft und sah sich um. Die anderen sahen ähnlich zerzaust aus, wischten sich mit den Schürzen den Schweiß von der Stirn und schüttelten sich Mehl aus den Haaren.

»Gratulation, Sie haben soeben Ihre erste Challenge absolviert!«, rief ein Mann in einem schwarzen T-Shirt. »Bitte folgen Sie Carys in den Green Room, während das Team Ihre Arbeitsplätze säubert und wir ein paar Close-ups machen.«

»Close-ups?«, flüsterte Jenny Carys zu, während sie im Gänsemarsch zum Zelt zurückgingen, wie Schüler nach einer Prüfung.

»Das sind Detailaufnahmen Ihrer Werke«, antwortete die junge Frau lächelnd.

Jenny verspürte den starken Drang, noch einmal zurückzulaufen und nach ihren Küchlein zu sehen, als hätte man sie viel zu früh davon weggeholt.

»Also, das habe ich aber so was von vermasselt«, klagte Azeez und ließ sich auf eines der Sofas im Green Room sinken, als wäre er eine Marionette und jemand hätte gerade die Fäden durchgeschnitten. »Meine Küchlein waren unterschiedlich schnell gar. Einige waren bereits zu braun, während andere noch roh waren.«

»Es ist schwierig, wenn man seinen eigenen Ofen zu Hause gewöhnt ist«, meinte Jenny. »Aber es ist noch früh im Spiel. Sie haben noch eine weitere Chance.«

»Ich will auf keinen Fall als Erster rausfliegen«, meinte er zerknirscht. »Ist bei Ihnen alles gut gegangen?«

»Ich glaube schon«, erwiderte Jenny.

Sie standen an ihren Arbeitsplätzen, während Amanda und Angus sich quälend langsam durch den Raum bewegten. Jenny versuchte, die Urteile zu hören, mit denen Träume gerettet und Tage ruiniert wurden, und als Angelas Zitronen-Limetten-Küchlein als »zu fest« beschrieben wurden, rutschte ihr das Herz in die Hose. Sorchas Stachelbeer-Holunder-Kombination hingegen fand große Anerkennung. Als sie zu Azeez traten, war Jenny äußerst angespannt. Sie machte sich genauso viele Sorgen, dass er nach Hause musste, wie darum, dass dieses Schicksal sie selbst traf.

»Okay, also grüner Kardamom und Orange …«, verkündete Amanda und führte die Gabel zum Mund.

Nach einer beinahe unerträglich langen Pause meinte sie: »Es ist ein wenig trocken.«

Azeez nickte eifrig, um ihr zu zeigen, dass er die Kritik gern entgegennahm. Jennys Magen zog sich vor Mitleid zusammen.

»Die Kombination der Geschmacksrichtungen ist sehr gut. Der grüne Kardamom harmoniert perfekt mit der Orange«, fügte Angus hinzu. »Gut gemacht.«

Jenny versuchte, Azeez' Blick aufzufangen, doch er war zu erleichtert, um es zu bemerken, und ehe sie sichs versah, waren die Juroren auf dem Weg zu ihr. Sie knetete unter der Arbeitsplatte nervös die Hände und biss sich auf die Wange.

»Wie ist es gelaufen?«, fragte Angus und deutete auf ihre Küchlein.

»Ganz gut, denke ich«, antwortete sie, während die Juroren ein Küchlein auseinanderschnitten. Es behielt seine Form, und sie sah den leicht rosafarbenen, saftigen Teig, wo der Rhabarbersaft eingesickert war. Sie versuchte, in den Gesichtern der beiden zu lesen, während sie kauten, und wartete auf eine hochgezogene Augenbraue oder einen schnellen Blick zum anderen Juror.

Amanda brach das Schweigen, indem sie ihre Gabel geräuschvoll auf dem Teller ablegte.

»Sehr ordentlich, aber ich will ehrlich sein: Ich war skeptisch, als Sie sagten, dass Sie Rhabarbersaft verwenden. Und er kommt auch wirklich nicht so durch im Geschmack wie Zitrusfrüchte, weil er nicht dieselbe Säure hat. Ich persönlich mag ihn am liebsten im Streuselkuchen.«

Jenny schluckte und versuchte verzweifelt, vor den Kameras das Gesicht zu wahren.

»Trotzdem haben Sie mich eines Besseren belehrt. Es ist köstlich.«

Jennys Herz machte einen Satz.

»Der Teig hat eine angenehme und leichte Konsistenz. Die Vanillenote ist sehr fein, und der Rhabarber gibt allem eine wundervolle Saftigkeit. Ein toller Einstand«, lobte Angus sie und sah ihr in die Augen, um ihr klarzumachen, dass er es auch so meinte.

»Danke«, sagte Jenny und stieß die Luft aus, als die beiden weitergingen. Azeez hob unauffällig beide Daumen, und sie dachte an Bernard und sehnte sich danach, ihm von ihrem ersten Erfolg zu erzählen. Eine Challenge war geschafft, eine weitere stand noch aus.

17
Schokoladen-Orangen-Battenbergkuchen

Es gab jeden Tag etwa drei Sekunden, in denen Jennys Geheimnis ihr Herz nicht zum Rasen brachte und sich ihr Magen nicht in einem fort zusammenzog. Es waren die kurzen Augenblicke zwischen Schlaf und Wachen, doch sobald sie sah, wie das Licht durch ihre Vorhänge fiel, dämmerte ihr auch ihr schrecklicher Fehler. Den restlichen Tag versuchte sie, diesem Wissen zu entfliehen, indem sie so tat, als wäre alles wie immer und vergeblich hoffte, das Geheimnis würde verschwinden. Stattdessen schwirrte es durch ihren Kopf, wenn sie sich während des Lehrgangs konzentrieren musste, lauerte bei jedem Gespräch im Hintergrund und war alles, woran sie denken konnte, wenn sie alleine war.

»Warum sparst du das Marzipan immer bis zuletzt auf?«, fragte Sandra auf dem Heimweg vom Lehrgang, nachdem sie zugesehen hatte, wie Jenny das Stück Battenbergkuchen auf ihrer Handfläche von seinem Marzipanmantel befreit hatte.

»Weil es das Beste daran ist«, antwortete Jenny und biss in den weichen, rosafarbenen Teig, obwohl sie vor Traurigkeit einen Kloß im Hals hatte.

»Wenn du dir bei mir zu Hause so lange mit dem Essen Zeit lässt«, meinte Sandra und hielt sich sittsam eine Hand

vor den Mund, »hat das Marzipan bereits jemand aufgefuttert, ehe du dazu kommst.«

Jenny bemühte sich um ein höfliches, wenig überzeugendes Lächeln, und sie gingen schweigend weiter.

»Ist alles in Ordnung?«, fragte Sandra und wischte sich die Krümel von den Händen.

»Ja, sicher«, erwiderte Jenny. »Ich bin bloß müde vom vielen Schreiben.«

Sandra trat mit der Schuhspitze ein Steinchen in den Rinnstein. »Ich auch«, gab sie zu.

Sie gingen am Park vorbei, und Jenny ließ die Hand über das Holz des Zaunes gleiten. »Ich gehe heute hier entlang«, erklärte sie und hielt vor dem Tor. »Ich muss noch ein paar Dinge für Tante Ethel besorgen.«

»Soll ich mitkommen?«, fragte Sandra. »Wie lange wird es denn dauern?«

»Nein, schon gut. Es ist nichts Aufregendes.«

»Na gut«, meinte Sandra mit einem kurzen Nicken. »Dann sehen wir uns morgen früh.«

Jenny sah ihrer Freundin nach, wie sie die Straße hinunterging. Ihr Schatten wirkte in der Abendsonne wie der eines Riesen.

»Danke für den Battenbergkuchen!«, rief sie über ihre Schulter.

Jenny betrat den Park und knabberte an der Innenseite ihrer Wange, während sie sich auf den Weg zur ruhigsten Bank auf dem Gelände machte. Sie stand unter einigen Buchen abseits des Weges. Die Achseln ihres Kleides waren feucht vom Schweiß, wie jedes Mal, bevor sie ihn sah, doch dieses Mal hatte sich Angst unter die Aufregung gemischt, sodass sie die beiden Gefühle nicht auseinanderhalten konnte.

Sie setzte sich, und ihr Blick wurde von allem angezogen, was sich bewegte. Ein zitternder Ast, eine Papiertüte, eine

Mutter mit Kinderwagen. Als er um die Ecke bog, sah sie ihn sofort. Sein selbstbewusster Gang, die dunklen Augen, die er in der Nachmittagssonne zusammenkniff, die Zigarette, die lässig aus seinem Mundwinkel hing. Sie senkte den Blick auf ihre Hände und nestelte nervös an ihren Fingernägeln.

»Na, das ist ja eine Überraschung«, sagte er, und ein Grübchen erschien auf seiner linken Wange, als er sich neben sie setzte und den Arm über die Rückenlehne der Bank legte, als gehörte sie ihm. »Konntest wohl nicht bis Samstag warten, um mich wiederzusehen.«

»Nein.« Sie starrte durch die Holzlatten der Bank auf den Boden darunter. Ihr Herz raste. »Es gibt da etwas, das du wissen solltest, und ich wollte es dir nicht im Laden sagen.«

»Wenn du mir deine Liebe gestehen willst … das habe ich mir bereits gedacht«, sagte er und wackelte mit den Augenbrauen.

»Es war ein ziemlicher Schock …«

Er nahm den Arm von der Lehne, ließ die Zigarette fallen und trat sie mit dem Schuh in die Erde.

»Wovon redest du?«

»Ich rede davon, dass ich …« Ihre Fingernägel gruben Furchen in die Bank. »Ich erwarte ein Kind.«

Es war das erste Mal, dass sie es laut aussprach, und es fühlte sich seltsam an, beinahe wie eine Lüge.

Er ließ den Blick über den Park schweifen, fuhr sich mit der Hand übers Kinn und schließlich durch die Haare. Hätten seine Knie nicht plötzlich zu wippen begonnen, hätte sie sich gefragt, ob er sie überhaupt gehört hatte.

»Wer weiß davon?«, fragte er, und seine Worte durchstachen die Stille wie spitze Nadeln.

»Niemand«, sagte sie. »Ich habe es bisher nur dir erzählt.«

Er beugte sich nach vorne, legte die Unterarme auf die Knie, verschränkte die Hände und starrte zu Boden. Sein

Schweigen war nervenzermürbend und unberechenbar, sodass sie das Gefühl hatte, zu nahe an einem noch nicht entzündeten Feuerwerk zu stehen.

»Was genau willst du jetzt von mir?«, fragte er schließlich.

Sie zuckte zusammen, und Hitze stieg in ihre Wangen. Sie wollte von ihm hören, dass alles gut werden würde. Dass er sie liebte. Dass es zwar nicht der optimale Zeitpunkt war, aber dass er mit seiner Frau und anschließend mit ihrem Vater reden würde, damit sie es irgendwie auf die Reihe bekommen konnten. Dass sie den Bauch ja bis zur Hochzeit verstecken konnte, die möglichst klein und im engsten Kreis stattfinden würde. Wie dumm von ihr, sich auch nur die geringste Hoffnung gemacht zu haben.

»Ich weiß es nicht«, sagte sie. »Ich dachte, du wärst nicht sonderlich glücklich … in deiner Ehe.«

»Du dachtest doch nicht ernsthaft, ich würde Margaret für dich verlassen, oder?« Ein grässliches Grinsen breitete sich auf seinem Gesicht aus, das lediglich von der Panik in seinen Augen verraten wurde. »Ich meine, woher soll ich wissen, ob es überhaupt von mir ist?«

Es war, als hätte sie jemand mit einem Kübel Eiswasser übergossen.

Er wandte den Blick ab, als gäbe es in der Ferne viel Interessanteres zu entdecken. Es schien, als wollte er Zeit gewinnen, seine Waffen laden.

»Du bist der Einzige, mit dem ich je zusammen war, Ray«, sagte sie mit zitternder Stimme. Ihr war klar, dass sie sich nicht mehr lange im Griff haben würde. »Ich weiß nicht, wie du so etwas sagen kannst …«

»Jetzt mal ehrlich, Jennifer«, sagte er, und ihr Name klang wie eine Beleidigung. »Du warst nicht gerade schüchtern, als es darum ging, die Beine für mich breit zu machen. Es könnte von wer weiß wem sein.«

Sie wollte mit den Fäusten auf ihn einprügeln, ihn schütteln, die Fassade von ihm reißen, in der Hoffnung, dass sich darunter der Ray verbarg, den sie kannte. Der Ray, in den sie sich verliebt hatte. Wut und das Gefühl, vollkommen missverstanden zu werden, stiegen in ihr hoch, doch gleichzeitig führten ihr seine Worte die harte, schändliche Wahrheit vor Augen. Sie hatte sich ihm viel zu früh hingegeben.

»Es ist deine Schuld.« Sie griff instinktiv nach seinem Arm.

»Mach hier keine Szene.« Er biss die Zähne aufeinander und schüttelte ihre Hand ab. »Du benimmst dich wie ein Kind.«

»Aber du hast gesagt, dass ich mir keine Sorgen machen soll! Dass nichts passieren kann! Und jetzt redest du mit mir, als wäre ich eine vollkommen Fremde und es …«

Er packte sie mit beiden Händen so fest an den Schultern, dass sie erschrocken verstummte.

»Jetzt hör mir mal genau zu«, zischte er, die Lippen vor Wut zusammengepresst. »Du wirst keiner Menschenseele davon erzählen, und falls doch, erwähnst du auf keinen Fall meinen Namen. Du wirst meiner Mutter deine Kündigung überreichen, bevor du neben deinem Ruf auch noch ihren ruinierst, und du findest dich besser damit ab, dass heute das letzte Mal war, dass wir miteinander gesprochen haben.«

Er hielt sie noch eine Sekunde lang fest, dann lockerte sich sein Griff. Sie sprang mit tränenüberströmtem Gesicht hoch.

»Ich hasse dich!«, sagte sie noch, dann machte sie auf dem Absatz kehrt und lief davon.

Jenny folgte den anderen Mitstreitern in die umgebauten Stallungen, und der Druck des vor ihnen liegenden Nachmittages ließ ihr Herz schneller schlagen, während die Crew letzte Vorbereitungen traf. Es war wie in einem Theater hinter den Kulissen, Sekunden, bevor sich der Vorhang hob.

Sie zog die Schürze über den Kopf, und die Studioscheinwerfer brannten auf sie herunter. Azeez, dem sie vorhin das Du angeboten hatte, stützte sich mit den Ellbogen auf ihre Arbeitsplatte und spielte mit der Waage, als wäre es eine Wippe. »Wie schaffst du es bloß, mit dem Ding die Zutaten genau auszuwiegen?«, fragte er.

»Du klingst schon wie mein Bernard.« Sie verdrehte die Augen. »Vielleicht ist es gar nicht so genau, aber es ist schwer, eine lebenslange Gewohnheit abzuschütteln, wenn man schon so lange auf dieser Welt ist wie ich.«

»Wenn ich diese Woche überstehe, zeige ich dir, wie man eine digitale Waage benutzt. Es wird dein Leben verändern, du wirst schon sehen«, erklärte er und stapelte die Gewichte auf seiner Handfläche. »Das wäre doch ein super Name für dein Kochbuch: *Jenny und die Reise ins metrische System*.«

Jenny lächelte und ließ sich den stechenden Schmerz in ihrer Brust nicht anmerken, als sie an die drei Rezepte dachte, die sie vor vielen Jahren fein säuberlich in dem blauen Büchlein notiert hatte.

Angela lachte schallend und entschuldigte sich im nächsten Moment, als sich plötzlich Stille über das Studio senkte.

»Hallo, liebe Kandidatinnen und Kandidaten«, begrüßte Katie sie alle und nahm an ihrem angestammten Platz vor den Arbeitsplätzen Aufstellung. Amanda, Angus und Mo folgten ihr, und die Stimmung wurde schlagartig ernst.

»Willkommen zur nächsten Challenge«, fuhr Mo fort. »Sie haben drei Stunden Zeit, um Ihr Können in einer bestimmten Kategorie zu beweisen, und diese lautet heute: Battenbergkuchen!«

»Drei … zwei … eins …«

»An die Öfen!«

Jenny besah sich die Zutaten, die sich auf ihrem Arbeitsplatz drängten. Ein Glas mit gemahlenen Mandeln, Mehl, eine Schüssel mit frischen Aprikosen. Es waren so viele Zutaten, dass sie einen Moment aus dem Konzept kam. Sie warf einen Blick in ihre Notizen und begann mit dem Ende, den kandierten Orangenschalen.

»Was haben Sie denn heute Schönes für uns, Jenny?«, fragte Angus und beäugte ihre Zutaten.

»Ich mache einen Schokoladen-Orangen-Battenbergkuchen«, antwortete Jenny, während sie die Orangenschale mit einem Messer in zarten Spiralen von der Frucht löste, sodass feiner Orangensaft aus der wächsernen Oberfläche sprühte. »Das Grundrezept stammt von meiner Großmutter, aber ich werde heute einen Schokoladenbiskuit und einen Orangenbiskuit mit Aprikosenmarmelade verbinden, den fertigen Kuchen danach mit Schokoladenmarzipan überziehen und mit kandierten Orangenschalen garnieren.«

»Das klingt köstlich«, sagte Angus und rieb sich die Hände. Seine Fingernägel waren bis zum Nagelbett hinuntergebissen. »Verknüpfen Sie ein bestimmtes Gefühl mit diesem Kuchen?«

»Es war der Lieblingskuchen meiner Jugendfreundin Sandra«, erklärte sie und lächelte wehmütig bei der Erinnerung daran, wie Sandra ihr Stück immer sofort hinuntergeschlungen hatte. »Ich habe ihr oft etwas davon zu unserem Sekretärinnenlehrgang mitgebracht. Aber das ist viele Jahre her.«

»Warum haben Sie sich für Aprikosenmarmelade entschieden, anstatt zum Beispiel Orangenkonfitüre oder eine Schokoladen-Buttercreme zu verwenden?«, fragte Amanda.

»Ich möchte unbedingt, dass der Orangengeschmack zur Geltung kommt, und ich habe gelesen, dass etwa Soft Cakes mit Aprikosen und nicht mit Orangen aromatisiert werden«, erklärte sie und hoffte inständig auf Amandas Zustimmung. »Aprikosen sind nicht so bitter.«

»Verstehe. Nun, ich freue mich jedenfalls schon darauf, den Kuchen später zu probieren«, meinte Amanda und glitt dann wie ein stolzer Schwan weiter zu Sorcha, während sich erste Zweifel bei Jenny regten. Vielleicht hätte sie es sich leichter machen und statt der Konfitüre eine Schokoladen-Buttercreme verwenden sollen.

Der nächste Schritt war die Zubereitung des Orangen- und des Schokoladenbiskuits. Sie verwendete keine spezielle Battenbergform, wie einige andere der Kandidaten, sondern machte es wie ihre Großmutter und schob beide Teige zusammen in den Ofen, wobei sie die zwei Teile mit gefaltetem Backpapier trennte. Man musste den verfügbaren Platz sehr genau einteilen, aber wenn die Methode gut genug für ihre Großmutter gewesen war, war sie auch gut genug für Jenny.

»Ofen an!«, rief sie und wartete auf die Kamera, doch dann bemerkte sie, dass sich mehrere Kameras um Angela scharten, die offenbar einen Battenbergkuchen in Regenbogenfarben plante und deren Rührschüsseln aussahen wie Farbtöpfe. Es war ein Fest fürs Auge, aber Jenny vermutete, dass es Angela eher um die Optik als um den Geschmack ging, da die Hauptzutat offenbar Lebensmittelfarbe war.

»Was haben wir denn hier?«, fragte Mo und begutachtete Jennys Schüsseln und die Form.

»Ich schiebe jetzt die beiden Teige in den Ofen«, erklärte sie, öffnete die Ofentür und schob die Form hinein. »Die Zeit drängt, denn ich muss noch die Aprikosenkonfitüre zubereiten.«

»Haben Sie in der Vorbereitung alles rechtzeitig geschafft?«

»Nein.« Sie verzog das Gesicht. »Ich war zehn Minuten zu langsam, aber ich habe die Reihenfolge umgedreht und hoffe, dass es so schneller geht.«

»Ich glaube an Sie, Jenny«, erklärte er und streckte ihr einen Spatel entgegen, damit sie mit ihm einschlug.

»Danke, Mo«, erwiderte sie und begann, die Kerne aus den Aprikosen zu entfernen.

»Noch eine Stunde!«, rief Katie, und überall im Studio erklang besorgtes Stöhnen – *»Oh, nein!«, »Ach, verdammt!«, »Ich muss noch so viel erledigen«* –, während alle einen Zahn zulegten. Drei Stunden schienen im echten Leben eine lange Zeit, aber langsam wurde Jenny klar, dass Minuten im Fernsehstudio eine andere Bedeutung bekamen.

»Wie geht es voran?«, fragte sie Azeez, der stirnrunzelnd, die Hände in die Hüfte gestemmt, vor dem geöffneten Kühlschrank stand.

Er seufzte und kratzte sich am Kopf, sodass seine Haare in zornerfüllten Büscheln zu Berge standen.

»Ich warte darauf, dass die Schokolade auf den Kaffeebohnen endlich trocknet, damit ich mit dem Garnieren beginnen kann, aber sie lässt sich Zeit.«

Die Ernsthaftigkeit in seiner Stimme, gepaart mit seinem Gesichtsausdruck, ließ Jenny plötzlich alles aus einem anderen Blickwinkel sehen. Sie schlug sich die Hand vor den Mund, und ihre Schultern bebten.

»Jenny«, keuchte Azeez schockiert. »Lachst du mich etwa aus?«

Sie konnte nicht antworten, denn nun brach das Lachen aus ihr heraus, und am Ende standen sie beide vor dem Kühlschrank und kicherten wie zwei Schulkinder.

»Was ist denn hier los?«, fragte ein Kameramann, der neben sie getreten war.

»Wir haben hier ein paar renitente Kaffeebohnen«, antwortete Azeez und schnappte nach Luft. »Ehrlich gesagt, weiß ich gar nicht, warum wir lachen. Das ist Jenny – sie hat einen schlechten Einfluss auf mich.«

Ehe sie sich verteidigen konnte, piepte der Timer. Der Teig! Sie eilte schnell zurück zu ihrem Ofen, und die Kamera blieb ihr dicht auf den Fersen.

»So«, sagte sie, öffnete den Ofen und stellte die Form auf die Arbeitsplatte. Warmer Kakaoduft stieg ihr in die Nase, als sie das Backpapier zurückklappte.

»Der Teig hat sich zusammengezogen, was – hoffentlich – bedeutet, dass er fertig ist.«

Sobald der Biskuit abgekühlt war, schnitt sie die beiden Teige in jeweils zwei lange Stücke und schichtete sie im Schachbrettmuster übereinander, wobei die Aprikosenkonfitüre als Kleber diente.

»Fünf Minuten! Noch fünf Minuten!«, rief Katie.

Jenny platzierte das Teigschachbrett in die Mitte des ausgerollten Marzipans, das sie vorbereitet hatte, und schlug es ein wie ein Baby in eine Decke, bevor sie die Kanten mit den Fingern glatt strich, sodass etwaige kleine Dellen und Erhöhungen verschwanden. Danach hob sie den Kuchen auf eine Platte und schnitt jeweils das Endstück ab, wodurch das perfekte Schachbrettmuster sichtbar wurde.

»Dreißig Sekunden!«, verkündete Mo.

Idealerweise trockneten die Orangenschalen mehrere Tage, aber dieser Luxus blieb ihr verwehrt, und so arrangierte Jenny sie der Länge nach in der Mitte des Kuchens.

»Die Zeit ist um! Bitte treten Sie von Ihren Arbeitsplätzen zurück!«, rief Katie und schlug mit einem Löffel gegen einen Topf.

Jenny trat einen Schritt nach hinten, und Erleichterung machte sich in ihr breit. Nachdem sie der Reihe nach das Studio verlassen hatten, um sich auf den Steinstufen vor den umgebauten Stallungen auszuruhen und ein wenig die süße Frühlingsluft zu genießen, spürte sie, wie erschöpft ihr Körper war, wie steif die Gelenke und wie leer der Kopf. Im Studio war sie so konzentriert, dass sie kaum an etwas anderes dachte, aber sobald sie mit dem Backen fertig war, packte die Müdigkeit sie wie eine Sturmwelle und riss sie von den Füßen.

»Dein Battenberg sah toll aus«, meinte Azeez. »Bist du zufrieden damit?«

»Danke. Ich glaube schon. Ich hoffe nur, dass die Aromen gut zur Geltung kommen. Wie lief es mit deinem Espresso-Martini-Battenberg?«

»Ganz okay«, antwortete er und zog die Nase kraus, als hätte er etwas Bitteres gegessen. »Nur die Quadrate waren für meinen Geschmack nicht regelmäßig genug.«

»Weißt du was?«, fragte Jenny. »Ich habe noch nie einen Espresso-Martini getrunken.«

»Nicht?! Es ist ein köstlicher Kaffee-Cocktail. Dann werde ich dich mal auf einen einladen …«

»Also gut, wir sind fast so weit, Leute! Wenn Sie bitte wieder zurück ins Studio kommen?«, rief Carys und wischte sich den Pony aus dem Gesicht.

Sie gingen wieder hinein, und besorgtes Schweigen senkte sich über die Gruppe, während einer nach dem anderen sein neuestes Werk zur Präsentation nach vorn trug.

Auch wenn die Kommentare über »ein unregelmäßiges Schachbrettmuster« und »geschmackloser Teig«, nicht sie selbst betrafen, wuchs Jennys Unsicherheit stetig. Schmeckte der Orangenteil intensiv genug? War die Aprikosenkonfitüre ein Fehler gewesen? Hätte sie auffälligere Farben verwenden sollen?

Schließlich war der Moment der Wahrheit gekommen. Sie nahm ihren Battenbergkuchen, trug ihn nach vorn und stellte ihn vor den Juroren ab, als würde sie ihnen ihr Herz auf einem Tablett servieren.

Amanda und Angus drehten den Teller und begutachteten

den Kuchen von allen Seiten, bevor sie nach einem Messer griffen und ihn anschnitten.

»Schöne, gleichmäßige Quadrate«, lobte Angus, dann schob er die Gabel in den Mund.

Es tat weh, dabei zuzusehen. Sie hatte drei Stunden mit diesem Kuchen verbracht, und nun wurde er aufgegessen und die Ästhetik zerstört, denn die ersten kandierten Orangenschalen lagen bereits auf dem Teller.

»Ich mag den Geschmack nicht«, verkündete Amanda, und ihre Augen wurden schmal.

Jenny hatte das Gefühl, als würde der Boden unter ihr nachgeben.

»Ich *liebe* ihn.«

Jenny stieß die Luft aus und legte sich eine Hand um den Hals, während sich der Boden wieder gerade richtete.

»Ich schmecke Orangen, ich schmecke Schokolade, und ich schmecke Mandeln. Es ist eine schöne Kombination, und die Aprikosenkonfitüre funktioniert tatsächlich. Aber jetzt …« Sie hob eine Augenbraue. »Noch ein letzter Test.«

Sie nahm eine kandierte Orangenschale und schlug sie sanft gegen den Teller, sodass ein leises Knistern zu hören war.

»Die geht gerade noch durch«, sagte Amanda und lächelte schief. »Sie ist knusprig genug, um ein Geräusch zu machen.«

»Danke.« Jenny nahm den Kuchen und kehrte beschwingt von den Komplimenten zu ihrem Arbeitsplatz zurück.

»Danke, liebe Kandidatinnen und Kandidaten«, sagte Katie. »Jetzt kommt der Moment, auf den Sie alle gewartet haben. Morgen werden sich zwei von Ihnen um den goldenen Kochlöffel duellieren. Aber wer wird es sein?«

»Die Juroren werden nun die beiden stärksten Bäcker oder Bäckerinnen auswählen, die in der Überraschungschallenge gegeneinander antreten werden«, fuhr Mo fort. »Der Gewinner oder die Gewinnerin bekommt den goldenen Kochlöffel und ist damit auch nächste Woche automatisch eine Runde weiter.«

Er hielt inne, und die Stille zog sich wie Hefeteig.

»Amanda und Angus, bitte trefft eure Entscheidung.«

Die beiden Juroren begannen leise zu tuscheln und hielten sich dabei schützend die Hände vor die Münder. Jenny sah sich unter ihren Mitstreitern um, die mit großen Augen und hochgezogenen Schultern warteten, dann senkte sie den Blick auf ihre Schuhe und atmete tief und gleichmäßig.

»Angus, Amanda«, sagte Katie nach einer Weile und setzte der Diskussion ein Ende. »Würdet ihr bitte die Namen derjenigen verkünden, die euch diese Woche am stärksten überzeugt haben?«

Angus band seinen Haarknoten neu und räusperte sich, um die Entscheidung noch ein wenig hinauszuzögern.

»Paul«, sagte er mit einem Kopfnicken in Richtung des Kandidaten, »und Jenny.«

Jenny erstarrte, während um sie herum Lichter aufflammten und Applaus ertönte.

»Was, ich?«, fragte sie tonlos und schlug sich eine Hand vor den Mund.

»Du hast es gerockt!«, rief Azeez und reckte beide Daumen in die Höhe.

Kurz darauf strömte die Crew ins Studio, und jeder konzentrierte sich auf seine Aufgabe, einem Rädchen im Getriebe gleich, während die Backwaren fortgebracht und Equipment sortiert wurde.

»Danke, Leute, das war gute Arbeit und ein großartiger erster Tag«, rief Andy und trat hinter dem Vorhang hervor, der Studio und Regieraum trennte. »Ich würde sagen, der

Ausgang ist noch völlig offen. Denken Sie bitte daran, morgen wieder dieselben Outfits anzuziehen.«

Die Geräuschkulisse wuchs, als sich alle langsam entspannten.

»Und behalten Sie die Schürzen noch an! Wir drehen noch die Einstiegsinterviews mit allen Kandidatinnen und Kandidaten«, fügte Andy hinzu und hatte Mühe, die anderen Stimmen zu übertönen.

»Gut gemacht«, meinte Carys und trat neben Jenny. »Wie fanden Sie es?«

»Unglaublich«, erwiderte Jenny, während Carys sie für das Interview nach draußen führte. »Es war alles so unwirklich, ich habe so etwas noch nie zuvor erlebt.«

»Sie haben sich großartig geschlagen«, versicherte ihr Carys und übergab sie an einen Mann mit Kamera, die wie ein Papagei auf seiner Schulter thronte. »Wir sehen uns morgen frisch und munter für die dritte Runde.«

Jenny verabschiedete sich, strich sich die Haare glatt und genoss das Vogelgezwitscher und das Rauschen der Bäume in der kühlen Abendbrise. Die Geräusche boten eine willkommene Abwechslung zu dem Chaos im Studio. Der Kameramann war ihr gefolgt.

»Wie fühlt es sich an, wenn man schon in der ersten Woche für das Duell um den goldenen Kochlöffel ausgewählt wurde?«, fragte er und blickte durch die Linse.

»Ich kann es noch nicht richtig begreifen«, gestand Jenny und schüttelte den Kopf, als ihr klar wurde, was gerade geschehen war. »Drücken Sie mir die Daumen, dass morgen alles glattläuft. Ich bin nämlich gerade erst auf den Geschmack gekommen.«

18
Gestürzter Ananaskuchen

Jenny konnte Überraschungen nicht leiden – und Publikum eigentlich auch nicht, aber heute musste sie mit beidem zurechtkommen. Ihre Mitstreiter beobachteten sie aufmerksam vom Rand des Studios aus, während sie hinter ihrem Arbeitsplatz stand und darauf wartete, zu erfahren, worum es in der Überraschungschallenge ging. Es beruhigte sie ein wenig, dass Paul es gewöhnt war, Leute aus brennenden Gebäuden zu retten, und dennoch schrecklich nervös aussah, als er den Blick zur Decke richtete.

Sie starrte auf das Geschirrtuch auf der Arbeitsplatte, unter dem sich ihr Schicksal verbarg, und analysierte jede Beule und jede Kante, wie bei einem geheimnisvollen Geschenk unter dem Weihnachtsbaum. Ihr schlimmster Albtraum war, dass sich etwas darunter befand, von dem sie noch nie gehört hatte.

»Heute stellen die Juroren das Backen auf den Kopf, und zwar mit einem Retro-Klassiker«, verkündete Mo und deutete auf eine Tortenglocke, die auf einem Podest vor ihnen stand.

»Angus, würdest du uns die Ehre erweisen?«

Angus nickte, trat nach vorn und hob sie mit einer dramatischen Handbewegung hoch.

»Es ist … ein gestürzter Ananaskuchen!«, rief er, und alle reckten die Köpfe. »Und nicht vergessen: Sie dürfen ihn sich näher ansehen, aber auf keinen Fall berühren.«

»Alle Zutaten, die Sie benötigen, befinden sich unter dem Geschirrtuch auf Ihrem Arbeitsplatz, aber das Schwierige an der Überraschungschallenge ist, dass es *kein* Rezept gibt«, erklärte Katie mit ernster Stimme. »Sie haben fünfundsiebzig Minuten, um Ihren gestürzten Ananaskuchen fertigzustellen.«

»Drei ... zwei ... eins ...«

»An die Öfen!«

Jenny zog das Geschirrtuch beiseite, und ihr Blick fiel auf eine frische Ananas. Sie hatte vorgeschnittene Stücke in der Dose erwartet. Was, um alles in der Welt, sollte sie mit einer ganzen Ananas anstellen?

»Ich schätze, Sie haben im Laufe Ihres Lebens schon einige davon gebacken, nicht wahr, Jenny?«, fragte Mo und trat mit einem spitzbübischen Funkeln in den Augen neben sie, während sie den Ofen anmachte.

Tante Ethel hatte ein einziges Mal einen gestürzten Kuchen mit Ananas aufgetischt, aber nachdem sich ihr Vater danach über einen juckenden Gaumen beschwert hatte, hatte der Kuchen es nicht ins Buch der Lieblingsrezepte geschafft. Jenny hatte das nichts ausgemacht, denn auch sie fand die Kombination aus Rührteig und Ananas irgendwie seltsam.

»Nein, heute ist tatsächlich das erste Mal«, erwiderte sie und fuhr sich mehrmals unbewusst mit der Hand über die Lippen, während ihr Blick zwischen den Zutaten und dem Beispielkuchen auf dem Podest hin und her huschte. Ohne eine genaue Zeit- und Temperaturangabe schätzte sie, dass sie den Ofen auf hundertachtzig Grad einstellen musste.

»Aber ich weiß zumindest, worum es geht, und das ist auch schon viel wert.«

Nachdem sie keine Zeit hatte, sich weiter Gedanken zu

machen, blieb ihr nichts anderes übrig, als loszulegen, und ehe sie sichs versah, schnitten Paul und sie hektisch die Ananas, rührten Karamell und schlugen Eier auf.

»Ofen an!«, rief Paul schon bald und erinnerte Jenny daran, dass sie sich beeilen musste.

Sie goss den Teig auf die Ananasringe und verstrich alles mit dem Spatel, dann warf sie einen neuerlichen Blick auf den Beispielkuchen und überlegte, wie lange er wohl im Ofen gewesen war. Andererseits blieben ihr ohnehin nur noch dreißig Minuten.

»Ofen an!«, rief sie, und sofort erschien eine Kamera neben ihr.

»Ich habe keine Ahnung, wie lange der Kuchen braucht«, gestand sie und fächelte sich mit dem Ofenhandschuh Luft zu. »Ich werde ihn also einfach im Auge behalten.«

Jenny ließ sich neben dem Ofen auf den Boden sinken, hoffte inständig, dass der Teig sich beeilte, und sah zu, wie er sich ihren Wünschen widersetzte. Aus dem Augenwinkel beobachtete sie, wie Paul mit einem Löffel Karamell auf die Rückseite einer Glasschüssel träufelte. Ein Karamellgitter. Jenny überlegte, über den Boden zum Ausgang zu kriechen, wenn gerade niemand hinsah.

»Wie läuft es?«, fragte ein Kameramann und gesellte sich zu ihr auf den Boden.

»Ich bin etwas besorgt«, antwortete sie wahrheitsgemäß und blickte konzentriert in den heißen Backofen. »Es sind nur noch zehn Minuten bis zum Ablauf der Zeit, und ich kann nicht beurteilen, ob der Kuchen gar ist oder nicht. Der Teig sieht fertig aus, aber die Ananas muss gut durch sein, und das sehe ich natürlich nicht, da sie sich *unter* dem Teig befindet.«

Paul stürzte gerade seinen Ananaskuchen und legte vorsichtig das zarte Zuckernetz darüber, was Jenny dazu veranlasste, ihren Kuchen ebenfalls herauszuholen und auf die Arbeitsplatte zu stellen.

»Noch drei Minuten«, erklärte Mo mit aufgerissenen Augen.

»Also gut.« Jenny spitzte die Lippen. »Dann los.«

Das war nun der Moment der Wahrheit. Noch nie war es so sehr auf den Boden eines Kuchens angekommen. Die Kamera filmte, wie Jenny die Form drehte und entschlossen darauf klopfte, bevor sie sie anhob wie das Förmchen bei einer Sandburg.

Sie riss entsetzt den Mund auf.

»Oh, nein«, keuchte sie, und ihr Blick huschte zwischen Mo und dem Schlamassel auf der Tortenplatte hin und her. »Ich habe vergessen, die Form auszulegen …«

Mo beugte sich mit betroffener Miene über den Kuchen, während Jenny hektisch versuchte, noch etwas zu retten, und dampfende Ananasscheiben vom Boden der Form kratzte.

»Die Zeit ist um!«, rief Katie. »Bitte bringen Sie Ihre Überraschungskuchen nach vorn.«

Jenny sah zu Azeez, der sich die Hände vors Gesicht hielt und sie durch die Finger hindurch beobachtete. Die eine Hälfte des Kuchens sah noch einigermaßen passabel aus, doch auf der anderen Seite waren die Ananasstücke am Boden der Form kleben geblieben, und sie hatte sie in einem verzweifelten Versuch, doch noch etwas aus dem Ganzen zu machen, oben auf den Teig gelegt.

Zögernd trat sie nach vorn und stellte den Kuchen zu einem Foto, auf dem sie strahlend lächelte. Es war das genaue Gegenteil davon, wie sie sich gerade fühlte. Sie betrachtete den Beispielkuchen, der grausam auf dem Podest thronte, dann wanderte ihr Blick zu Pauls Werk, das aussah wie von einem Zeitschriftencover. Ihr Kuchen war eine schlechte Kopie, seiner schöner als das Original. Sie dachte an ihren Vater und seinen juckenden Gaumen. Dinge, die sie an Tante Ethel erinnerten, fanden selten ein gutes Ende.

Jenny drückte das quietschende Gartentor auf und ging zur Haustür, die sich öffnete, noch bevor sie den Schlüssel aus der Tasche geholt hatte.

»Willkommen zu Hause, Darling«, begrüßte sie Bernard und nahm ihren Koffer in die linke Hand. Die rechte steckte in einem Ofenhandschuh.

Sie war nur ein paar Tage fort gewesen, aber es dauerte einige Sekunden, bevor sich die warme Vertrautheit in ihr breitmachte.

»Nein, so was!«, meinte sie lächelnd. »Bernard Quinn mit einem Ofenhandschuh?«

»In der Tat«, erwiderte er und drückte ihr einen Kuss auf die Wange. »Wie ist es gelaufen?«

In der Diele roch es lecker nach Ofenkartoffeln, und Jenny schälte sich aus ihrem Mantel und tauschte die Schuhe gegen ihre Hausschlappen.

»Das erzähle ich dir beim Abendessen.«

Sie folgte dem Duft in die Küche, wo Bernard den Tisch mit dem besten Silberbesteck gedeckt hatte. Eine Vase mit bunten Tulpen stand stolz in der Mitte neben einer Schüssel Salat und dem Rest der Quiche.

»Ich danke dir!«, sagte sie und setzte sich. »Die Tulpen sind wunderschön, sind das deine?«

»Ja«, antwortete er, holte die Kartoffeln aus dem Ofen und richtete sie auf zwei Tellern an. »Sie sind im Laufe der letzten Tage aus der Erde geschossen.«

Sie sah zu, wie er die Kartoffeln wie ein Chirurg in zwei Hälften schnitt und ein besonders großes Stück Butter darauf verteilte, das sich sofort zu einer köstlichen goldenen Soße verflüssigte.

»Ich bin beeindruckt«, sagte sie und bestreute die Kartoffeln noch mit ein wenig Pfeffer.

»Na ja, schließlich hast du auch exakte Anweisungen hinterlassen«, erwiderte Bernard, während er gleichzeitig versuchte zu kauen und die viel zu heiße Kartoffel abzukühlen. »Aber jetzt schieß los. Wie war es?«

»Ich weiß gar nicht, wo ich anfangen soll«, meinte sie und spießte eine Tomate mit der Gabel auf. »Meine Rhabarber-Vanille-Küchlein waren ein Erfolg. Amanda hatte Sorge, weil ich keine Zitrusfrucht verwenden wollte, aber am Ende war sie angenehm überrascht.«

»Gut gemacht, Darling.« Er zerdrückte seine Kartoffel mitsamt der Butter. »Wusste ich's doch, dass sie gut ankommen würden. Und wie ging es dir mit dem Battenbergkuchen?«

»Der war sogar noch besser«, sagte sie, und er sah zu ihr auf. »Er hat ihnen so gut geschmeckt, dass ich unter den beiden Kandidaten war, die sich um den goldenen Kochlöffel duellierten.«

Messer und Gabel fielen auf seinen Teller, als er in die Hände klatschte. Er grinste übers ganze Gesicht. »Bravo!«

Jenny hielt mit der Gabel vor dem Mund inne, dann senkte sie sie wieder und verzog bekümmert das Gesicht.

»Oh nein, was ist dann passiert?«

»Die letzte Aufgabe war eine Katastrophe. Es war ein gestürzter Ananaskuchen …«

»Nicht gerade mein Lieblingskuchen. Hat dein Vater davon nicht einen juckenden Gaumen bekommen?«

»Ja, und ich habe es vollkommen vermasselt, weil ich vergessen habe, die Form auszulegen, und natürlich ist die Hälfte am Boden kleben geblieben«, erzählte sie und aß weiter.

»Das tut mir leid.« Bernards Augen waren geweitet und sahen sie gespannt an. »Also weiter … was ist passiert?«

Sie faltete ein Salatblatt mit der Gabel zu einem mundgerechten Stück. »Paul, der andere Kandidat, hat den goldenen Kochlöffel gewonnen, das heißt, er ist nächste Woche sicher eine Runde weiter.«

Er nickte zögernd.

»Und ich habe es auch überstanden und darf nächste Woche wieder mitmachen.«

»Ja! Ich wusste, dass du es schaffst, Darling!«, rief er und drückte ihre Schulter. »Und wer musste gehen?«

»Ein junger Landwirt namens Fergus. Es war knapp, aber sein Battenbergkuchen hatte eine seltsame Form«, antwortete sie, und ihr Gesicht wurde ernst, als sie daran dachte.

»Was für ein Erfolg!«, meinte Bernard stolz. »Und was steht kommende Woche auf dem Programm?«

»Plätzchen«, antwortete sie und schluckte.

19
Brandy Snaps

Jenny räumte die Teller ab und musste an das Geheimnis denken, das ihr so schwer im Magen lag. Ihre Kehle war wie zugeschnürt, und ihre Handflächen schwitzten.

Es wurde immer schwieriger, es zu verbergen, selbst unter weiten Kleidern und Strickwesten. Erst am Morgen hatte sie ihr Profil im Spiegel betrachtet und sich gedacht, dass sich ihr Körper mit jeder Woche fremder anfühlte. Die geschwollenen Brüste, die schwindende Taille, die teebraune Linie, die plötzlich wie eine Naht über die Mitte ihres Bauches nach unten verlief. Sie fragte sich, wie lange sie noch so tun konnte, als wäre alles wie immer.

»Heute gibt es deine Lieblingsnachspeise«, verkündete sie bemüht fröhlich.

»Ich Glücklicher«, erwiderte ihr Vater und hob die Augenbrauen. »Die Frage ist nur: Welche?«

Jenny holte einen Teller mit sorgfältig gerollten Brandy Snaps: dick und rund wie Zigarren und mit Sahne gefüllt, die sie von der Milch abgeschöpft hatte. Der süßliche Geruch kam ihr heute ungewöhnlich stark vor und nicht annähernd so verlockend wie sonst. Stattdessen ließ er Übelkeit in ihr hochsteigen.

Ihr Vater lächelte, als sie die Köstlichkeit auf den Tisch stellte.

»Brandy Snaps!« Er griff nach einer Rolle und steckte sie sich zwischen die Lippen wie Winston Churchill seine Zigarre.

Normalerweise hätte sie gelacht, aber heute Abend konnte sie ihm nicht in die Augen schauen. Ihr Gewissen zwang sie, seinem Blick auszuweichen, und ihr war klar, wie still und teilnahmslos sie wirkte. Jeden Tag nahm sie sich aufs Neue vor, es ihrem Vater zu sagen, doch dann schaffte sie es wieder nicht und wollte ihn nur noch ein wenig länger in dem Glauben lassen, sie wäre eine Tochter, auf die man stolz sein konnte.

Sie biss in eines der Röllchen und zwang sich, es hinunterzuschlucken, während die Gedanken in ihrem Kopf lauter und lauter wurden. Sie übertönten alles in ihr, und sie schob den Teller fort, unfähig, weiter zu essen.

»Ist alles in Ordnung, Jen?«, fragte ihr Vater.

Sie nickte und lächelte gezwungen, als hätte ihr jemand die Mundwinkel hochgezogen und festgesteckt.

»Nimm du es«, sagte sie und schob ihm den Teller hin.

Er rührte es nicht an. »Es sieht dir aber gar nicht ähnlich, dass du etwas Süßes übrig lässt.«

Als sich ihre Blicke trafen, war es, als würde ihre Maske fallen. Ihr Geheimnis drängte mit solcher Macht an die Oberfläche, dass sie die Hände vors Gesicht schlug.

»Was ist denn los?«, fragte ihr Vater.

Sie senkte den Kopf und hörte, wie sein Stuhl über den Boden schabte. Er zögerte und schien unsicher, wie er reagieren sollte.

»Ist etwas passiert?«

Salzige Tränen liefen über Jennys Gesicht und brannten auf ihren Wangen.

»Es ist alles meine Schuld«, murmelte sie, und die Worte sprudelten aus ihr heraus. »Ich habe etwas Schreckliches getan.«

»Aber, aber«, sagte er und presste betreten die Lippen aufeinander. »Was kannst du schon Schreckliches getan haben?«

Sein betroffenes Gesicht machte es noch schlimmer. Ihr Brustkorb weitete sich, und ein Schluchzen stieg aus ihrem tiefsten Inneren empor.

Er erhob sich, ging neben ihr in die Knie und zog ein Taschentuch aus seinem Ärmel.

»Du kannst es mir sagen«, ermutigte er sie und drückte ihr das Taschentuch in die Hand. »Egal, was es ist.«

»Ich …«, begann sie, und die Worte brachen aus ihr heraus. »Ich bekomme ein Kind.«

Es war erst das zweite Mal, dass sie es laut aussprach, doch es schien immer noch, als würde eine andere Person sprechen.

Sie wusste sofort, dass der Gesichtsausdruck ihres Vaters sie ein Leben lang verfolgen würde, denn sie konnte sehen, wie ihm das Herz brach. Sie sehnte sich danach, dass er etwas sagte, dass er wütend wurde, doch er schwieg.

Hass durchflutete sie. Auf Ray, auf das Leben in ihr, auf sich selbst.

Die Mundwinkel ihres Vaters wanderten immer weiter nach unten, und mit einem Mal sah er anders aus. Unerträglich anders.

»Es tut mir leid«, sagte er, und sein Kinn bebte. »Ich weiß, es war nicht perfekt, aber ich dachte, ich hätte es auch ohne deine Mutter ganz gut hinbekommen.«

Jenny griff nach seinem Arm, und ihr Herz zog sich zusammen.

»Das hast du, Daddy«, sagte sie. »Das hast du.«

Er ließ den Kopf hängen.

»Nein«, sagte er. »Ich konnte euch beide nicht beschützen.«

Jenny erhitzte die Butter, den Demerara-Zucker und den Zuckerrübensirup in einer Pfanne und war froh, wieder zurück in der Sicherheit ihrer eigenen kleinen Küche zu sein und nicht in dem aalglatten, aber dennoch chaotischen Studio. Im Hintergrund lief das Radio, und das Einzige, was plötzlich neben ihr auftauchte, war ein großer Becher Tee. Sie griff nach dem kleinen Küchenwecker auf dem Fensterbrett. Er war ein langjähriger Begleiter und nichts Besonderes, bloß ein kleiner vergilbter Kunststoffwürfel mit einem Zahlenrad, dessen Aufdruck bereits verblasst war, aber das beruhigende Ticken hatte die Hintergrundmusik zu vielen Nachmittagen beigesteuert, die Jenny in größter Zufriedenheit verbracht hatte. Sie drehte den ehemals roten Pfeil und begann mit dem Rezept für die Bäckerdutzend-Challenge, das sie unbedingt noch perfektionieren musste. Sie hörte bereits Mos Stimme, der ihnen auftrug, »nicht *dreizehn*, sondern *zwölf* identische Brandy Snaps« zu backen.

Sie zog den Holzkochlöffel durch die Pfanne und beugte sich mit einem Ohr so nah heran, dass es in der Hitze zu pochen begann. Sie wollte das Knirschen der Zuckerkristalle hören, doch stattessen vernahm sie bloß Bernards abgehacktes Husten, das immer lauter wurde, je weiter er sich der Küche näherte.

»Ist alles in Ordnung, Darling?«, fragte sie besorgt, als er sich mit einer Hand am Türrahmen abstützte und sich die andere zur Faust geballt vor den Mund hielt. Er keuchte wie ein altersschwacher Motor.

Bernard nickte und griff nach seinem Inhalator im obersten Schrankfach.

»Dein Husten klingt grauenhaft.« Jennys Sorge wurde mit jedem weiteren pfeifenden Atemzug größer. »Sollten wir vielleicht noch einmal zum Arzt gehen?«

»Nein, nein, mir geht es gut. Es ist bloß ein normaler Husten.« Bernards Augen wirkten feucht und dumpf.

»Du siehst aber nicht gut aus. Und du hörst dich auch nicht gut an. Ich würde mir schreckliche Vorwürfe machen, wenn wir das nicht abklären lassen.«

»Keine Angst, das vergeht.« Bernard steckte sich eine Lutschtablette in den Mund. »Was machst du denn da? Willst du, dass ich dir ein paar Fragen stelle?«

Jenny verschränkte die Arme vor der Brust. »Ich weiß nicht, ob ich diese Woche überhaupt wegfahren soll, wenn es dir so schlecht geht.«

»Mir geht es gut. Es ist wirklich keine große Sache. Wenn es schlimmer wird, gehe ich zum Arzt, aber du musst dir um mich keine Sorgen machen.«

»Na gut.« Jenny rührte zögerlich weiter. »Ich backe Brandy Snaps mit Limettengeschmack.«

Bernard brummte erfreut und trommelte mit den geschwollenen Fingern auf die Arbeitsplatte. Sie fragte sich, wann seine Hände derart gealtert waren. Seine ehemals feingliedrigen Finger waren rot und entzündet. Sie streckte die Hand aus und streichelte sie.

»Wie schaffst du es, dass daraus die Röhrchen werden?«

»Nun«, sagte sie und hob die Pfanne vom Herd, um Mehl, gemahlenen Ingwer, Limettenschale und Limettensaft hinzuzufügen. »Ich wickle den Teig um den Griff eines Holzkochlöffels.«

»Sehr schlau.« Bevor Bernard weitersprechen konnte, wurde er vom Klingeln des Telefons unterbrochen. »Bin gleich wieder da.«

Die Küche war in eine nach köstlichem Toffee duftende Wolke gehüllt, als Jenny den Teig auf ein mit Backpapier ausgelegtes Blech löffelte. Während sie ein schon fertiges Backblech herausholte, schob sie das neue hinein, dann drehte sie die Teigstücke vorsichtig um den geölten Stiel eines Kochlöffels, solange sie noch formbar waren.

Als Nächstes füllte sie einen Stoffspritzbeutel mit Limettenabrieb und Schlagsahne und knetete ihn so lange, bis etwas Sahne aus der Öffnung quoll. Sie tropfte einen Klecks davon auf ihren Finger und probierte die fertige Masse. Bei der endgültigen Version des Rezeptes würde sie etwas Limettencreme hinzumischen, um der Schlagsahne einen noch säuerlicheren Geschmack zu verleihen.

»Liebe Grüße von Rose und Jeremy, sie gratulieren dir herzlich«, verkündete Bernard, der wieder in die Küche trat, um Jennys Fortschritte zu begutachten. Er atmete immer noch schwer, und seine Stimme klang brüchig. »Sie haben gerade angerufen und wollten wissen, wie es gelaufen ist. Und Rose hat erzählt, dass sie zur Partnerin in ihrer Anwaltskanzlei befördert wurde.«

»Wie nett von ihnen«, erwiderte Jenny und füllte einen Brandy Snap nach dem anderen. »Und das sind wunderbare Neuigkeiten. Rose ist eine Wucht!«

»In der Tat. Margot wäre sehr stolz.«

Als Jenny nach der nächsten Rolle griff, verstand sie zum ersten Mal, wenn auch nur im Ansatz, wie es sich anfühlen musste, ein Leben zu führen, das andere Leute stolz machte. Wie es war, als Anwältin, als Mutter, als erfolgreiche Frau hocherhobenen Hauptes einen Raum zu betreten.

20
Schokoküsse

Jenny lag auf dem Bett und beobachtete, wie das Leben in ihr gegen ihre Bauchdecke stieß. Ein Teil von ihr, aber dennoch ein Wesen mit eigenem Willen. Sie legte sanft die Hand darauf, und der Druck verschwand, als spielten sie ein Spiel und jemand wollte nicht gefunden werden. Ihr Geheimnis war zu ihrem größten Verbündeten geworden, leistete ihr in ihrer Einsamkeit Gesellschaft und spendete ihr Trost. Sie streichelte ihren Bauch mit kreisenden Bewegungen. Die Last zweier Herzen in einem Körper wurde mit jedem Tag schwerer.

Sie stemmte sich hoch und tappte mit müden Füßen in die Küche, um sich an der Plätzchendose zu bedienen. Doch als sie in die geöffnete Dose sah, blickte ihr lediglich ihr Spiegelbild entgegen. Sie schloss den Deckel wieder und überlegte, was sie sonst da hatten. Eine Scheibe Brot? Einen Apfel? Nein.

Jenny schlüpfte in ihren Dufflecoat und zog die Knöpfe durch die Schlaufen, wobei sie die letzten beiden offen ließ, sodass der Mantel formlos über ihren Bauch fiel. Nach sechs Monaten war er kaum noch zu verbergen, aber sie musste es zumindest versuchen, falls sie jemanden traf, den sie kannte.

»Wo gehst du hin?«, erklang die Stimme ihres Vaters, und sie zuckte erschrocken zusammen.

»Einkaufen.«

»Ich könnte für dich gehen. Was brauchst du?«

»Ich mache das schon. Ich brauche frische Luft. Ich habe die ganze Woche das Haus nicht verlassen …«

Er zögerte. Die Sorge war ihm anzusehen.

»Warte einen Moment«, bat er schließlich und verschwand die Treppe nach oben.

Ein Monat war vergangen, seit sie ihm von ihrem Geheimnis erzählt hatte, und seitdem waren ihre Gespräche seltsam gezwungen, als wäre jedes Wort eine Erinnerung an den Schmerz und die Scham.

Als er wiederkam, hielt er etwas in der Hand.

»Du solltest den hier tragen, wenn du draußen unterwegs bist«, sagte er und streckte ihr einen zarten Goldring entgegen. Er hatte ihrer Mutter gehört.

Jenny zögerte, dann nahm sie den Ring und steckte ihn an ihren geschwollenen Finger.

»Danke«, meinte sie matt. »Es dauert nicht lange.«

Ihr Vater zog einen Stuhl heraus und bat sie, sich zu setzen.

»Ich habe mit Tante Ethel gesprochen.«

Jenny nickte, und Wut stieg in ihr hoch, als sie sich deren Reaktion vorstellte. Ethel aalte sich mit Sicherheit in Jennys Versagen.

»Sie meinte, es gäbe Orte, wo du hingehen kannst.« Er richtete den Blick auf den Tisch, den Boden, den Ring ihrer Mutter, nur nicht in Jennys Gesicht. »Heime für Mädchen in deiner Situation. Du gehst dorthin, bringst es zur Welt, und niemand wird je davon erfahren.«

»Und was passiert mit den Kindern?«

»Sie werden von verheirateten Paaren adoptiert, die über die Mittel verfügen, sie großzuziehen und ihnen ein glückliches, liebevolles Zuhause zu geben.«

»Es ist also ein Erziehungsheim für ungezogene Mädchen?«, fragte sie und drehte den Ring an ihrem Finger.

»So nennen sie es nicht, nein.«

»Wie lange ist man dort?«

»Man wird sechs Wochen vor … der Niederkunft aufgenommen und bleibt danach weitere sechs Wochen.«

Sie wandte den Blick ab, während sie seine Worte sacken ließ.

»Tante Ethel hat bereits mit einer dieser Einrichtungen Kontakt aufgenommen, sie meint, es wäre das Beste für dich, und für das …« Er brach ab, seine Stimme klang hölzern. »Für das Kind. Und ich glaube, sie hat recht.«

Jenny saß einen Augenblick in unangenehmes Schweigen gehüllt in der Küche. »Aber wir haben es doch auch geschafft«, sagte sie. »Nur wir beide.«

Ihr Vater fuhr sich nervös mit der Hand durch die Haare. »Das ist etwas anderes, Jen«, erklärte er seufzend. »Deine Mutter und ich waren verheiratet, als du zur Welt kamst. Und das willst du doch eines Tages auch, oder?«

Sie nickte.

»Ich denke die ganze Zeit darüber nach, was deine Mutter getan hätte. Ich habe sie in meinen Gebeten um Rat gefragt.« Sein Blick war verzweifelt. »Ich will einfach nur das Richtige tun, und ich habe Angst, dass deine Zukunft … schwierig werden könnte, wenn du das Kind eines anderen Mannes hast.«

Sie schluckte. Ihre Kehle war wie ausgetrocknet.

»Ich weiß, im Moment fühlt es sich an wie das Ende der Welt.« Er musterte ihr Gesicht. »Aber du bist noch so jung, und ich hoffe, dass du, wenn du später an diesen Tag zurückdenkst … wenn du erst eine eigene Familie hast … dass du erkennen wirst, dass alles einen Sinn hatte.«

Sie hob ihre Tasche vom Boden auf.

»Wenn du in eines dieser Heime gehst, wird nie jemand davon erfahren.«

»Ja, da hast du sicher recht«, erwiderte sie, und die Worte waren ein Verrat an ihrem Herzen. »Ich bin bald wieder da.«

Sie schloss die Haustür hinter sich und zog sich die Kapuze über den Kopf. Goldbraune Blätter fielen wie Konfetti von den Bäumen und tanzten im Wind. Die Bäume selbst ähnelten bereits kahlen Silhouetten. Normalerweise war der Herbst ihre liebste Jahreszeit, wenn die Tage kälter und die Nächte dunkler wurden, das Feuer im Kamin brannte und glänzende Rosskastanien bei jedem Schritt unter den Füßen knirschten. Doch dieses Jahr war es, als wären ihre Taschen voller Steine.

Die Straßen wurden geschäftiger, je näher sie dem Stadtzentrum kam. Sie war gefangen in ihrem schweren Mantel, und ein Schweißtropfen rann über ihre Brust, während sie die brennenden Blicke der Passanten auf sich spürte. Sie schob den Ärmel hoch, damit sie den Ring sahen und sich vielleicht eine andere Geschichte zusammenreimten. Ihr Blick huschte von einem fremden Gesicht zum nächsten auf der Suche nach Ray, oder noch schlimmer, nach Sandra, die dachte, sie hätte den Lehrgang auf Anraten des Arztes aufgrund gesundheitlicher Probleme abgebrochen. Es war seltsam, denn wenn man Angst hatte, jemanden zu treffen, sah plötzlich jeder Vorbeikommende aus wie diese Person, hatte plötzlich dieselbe Statur, denselben Gang, dasselbe Lachen.

Das Glöckchen über der Tür klingelte, als sie den Zeitschriftenladen betrat, und erregte ungewollte Aufmerksamkeit. Sie bewegte sich leise und diskret, aber sie war sich sicher, dass der Ladenbesitzer ihren ausgebeulten Mantel keine Sekunde aus den Augen ließ. Sie verlor keine Zeit, und machte sich eilig auf den Weg zu den in rot gestreifte Silberfolie verpackten Schokoküssen, auf die sie einen unerklärlichen Appetit hatte. Sie nahm eine Packung und hielt sie kurz in der Hand, bevor sie sie auf den Tresen legte. Nach kurzer Überlegung nahm sie noch drei weitere Packungen, griff in ihre Handtasche und schob dem Mann hinter der Kasse die Münzen zu. Er sah sie an wie ein lästiges Insekt und stieß eine Wolke Zigarettenrauch aus, bevor er ihr das Wechselgeld gab. Jenny steckte die Schokoküsse in ihre Tasche und verschwand so schnell wie möglich.

Auf dem Rückweg wurden ihre Schritte immer schneller, und sie wollte nun genauso dringend nach Hause, wie sie vorhin an die frische Luft gewollt hatte. Nachdem sie in eine etwas ruhigere Straße gebogen war, holte sie eine Packung aus der Tasche, riss die Folie auf und biss mit einem Krachen in den ersten Schokokuss. Die Marshmallowmasse klebte an ihren Lippen und Zähnen, und Zufriedenheit breitete sich in ihr aus. Während sie noch den ersten Schokokuss genoss, griff sie bereits nach dem zweiten, wickelte ihn aus und biss hinein, als bestünde er aus lebensnotwendigem Sauerstoff.

Sie spürte einen kräftigen Tritt.

»Hallo, kleiner Freund«, flüsterte sie und tupfte sich den Mund mit dem Ärmel ihres Mantels sauber. »Du bist wohl dasselbe Schleckermaul wie ich, was?«

Der Regen prasselte auf Jennys Schirm, und das Wasser ergoss sich in Sturzbächen über das Plastik, während sie auf die umgebauten Stallungen zuging.

»Wie fühlst du dich?«, fragte Azeez, der gebückt neben ihr ging, sodass sie beide trotz des Größenunterschiedes unter den Schirm passten.

»Nass.« Ein Regentropfen fiel von Jennys Nasenspitze. »Und verängstigt.« Sie beschleunigten ihre Schritte, als der Regen noch stärker wurde.

»Deine Brandy Snaps waren doch perfekt, und die Lebkuchenkirche hat dich zum zweiten Mal in Folge in die Überraschungschallenge befördert.« Azeez umfasste ihren Arm, als sie vorsichtig die Steintreppe hochstiegen. »Du hast es einfach drauf.«

»Danke«, sagte sie, als sie in das von gleißendem Scheinwerferlicht erhellte Studio traten.

»Hals und Beinbruch«, murmelte Azeez, dann trat er zu den anderen Kandidaten, die bereits Aufstellung genommen hatten.

Jenny und Angela schritten feierlich zu ihren Arbeitsplätzen, zogen sich die Schürzen über die Köpfe und banden sie routiniert im Rücken. Kurz darauf nahm Amanda ihre Position im vorderen Teil des Studios ein, dicht gefolgt von der aktuellen Gastjurorin Camilla Wainwright, die Jenny dieses Mal sofort erkannt hatte. Camilla war die Gründerin einer renommierten Kochakademie und hatte außerdem zahlreiche Kochbücher verfasst, von denen Jenny allerdings kein einziges besaß. Im Studio war sie äußerst wortgewandt, und ihre tiefe Stimme verlieh ihr eine gewisse Autorität. Die Vorstellung, dieser Frau ihre Kreationen zu präsentieren, war im besten Fall einschüchternd.

»Jenny, Angela«, begann Katie. »Willkommen zur Überraschungschallenge.«

Jennys Blick wanderte wie jedes Mal nervös von dem ausgebeulten Geschirrtuch auf ihrem Arbeitsplatz zu der Tortenglocke in der Mitte des Raumes, und wie jedes Mal hoffte sie inständig, dass sich darunter etwas Vertrautes befand.

»Camilla«, fuhr Katie fort. »Würdest du uns die Ehre erweisen?«

»Sehr gern«, erwiderte diese, trat vor und hob die Tortenglocke. Jenny und Angela reckten die Hälse. Ihre gespannten Blicke fielen auf einen Teller mit Häppchen, die aussahen wie mit Schokolade überzogene Gameshow-Buzzer. Eines davon war in der Mitte durchgeschnitten, sodass auch das Innere zu sehen war.

»Schokoküsse!«, verkündete Mo. »Ihre Zutaten befinden sich unter dem Geschirrtuch vor Ihnen, aber in der Überraschungschallenge gibt es wie immer kein Rezept. Sie haben zwei Stunden, um sechs identische Küsse zu backen. Haben die Jurorinnen irgendwelche Tipps?«

Amandas Augen wurden schmal. »Heute ist das Timing besonders wichtig.«

Jenny schlug das Geschirrtuch zurück, und ihr Blick fiel auf die üblichen Verdächtigen: Eier, Zucker, Mehl und Schokolade.

»Haben Sie schon mal Schokoküsse gebacken, Jenny?«, fragte der Kameramann und beäugte sie durch die Linse.

»Auch diese Woche muss ich leider gestehen, dass ich so etwas noch nie gemacht habe. Aber ich weiß zumindest, wie sie schmecken sollen«, erwiderte sie, dann machte sie sich daran, die Zutaten für den Teig zu mischen und zwischen den Händen zu verreiben. Sie gab einen Schuss Milch zu den trockenen Bröseln und knetete daraus eine kompakte Masse, die sie ausrollte, um anschließend sechs identische Kreise auszustechen.

»Wie läuft es?«, fragte eine Kamerafrau, die gerade neben ihr aufgetaucht war.

»Nun, sie sehen zumindest aus wie Plätzchen, das ist schon mal etwas«, antwortete Jenny und machte sich auf den Weg zum Kühlschrank. »Ich werde sie kalt stellen, während ich das Baiser vorbereite, damit sie im Ofen nicht zu sehr auseinanderlaufen.«

Die Kamerafrau zog sich zurück und eilte weiter zu Angela, die zerlaufenes Baiser im Abfalleimer entsorgte. Auf ihrer Stirn standen Schweißperlen.

»Alles gut«, erklärte ihr Katie mit heillos optimistischer Stimme. »Sie haben noch Zeit.«

Doch Angela wirkte absolut nicht überzeugt. Sie befeuchtete ein Geschirrtuch, band es sich wie ein Bandana um den Kopf und begann von vorn. Sie sah aus wie eine Tennisspielerin in einem herausfordernden Turnier, und offenbar hatten die Schokoküsse den ersten Satz gewonnen.

»Ich lasse die Schokolade gleich hier trocknen«, erklärte Jenny einer Kamera, die unvermittelt neben ihr aufgetaucht war, während sie eilig einen Backpinsel in die Schokolade tauchte und sorgfältig die Silikonformen auskleidete. »Denn ich weiß aus Erfahrung, dass gekühlte Schokolade ihren Glanz verliert.«

»Noch eine Stunde!«

»Ofen an!«, rief Jenny, deren Herz raste, als sie die Plätzchen aus dem Kühlschrank holte und in den Backofen schob.

In der Zwischenzeit schlug sie das Eiweiß zusammen mit dem Zucker, der Vanille und dem Zuckerrübensirup über einem Topf mit siedendem Wasser, bis es sich in eine zahnpastaartige weiße Substanz verwandelt hatte, die der Zucker sanft glänzen ließ. »Am Ende müssen auch die Spitzen fest sein, damit die Masse nicht zusammenfällt, wenn ich sie aufspritze«, erklärte sie der Kamerafrau und fuhr mit dem Schneebesen durch die Masse.

»Ach, du liebe Zeit!«, hörte Jenny Angela jammern. Der Rücken ihres Kleides war dunkel vom Schweiß.

Jenny selbst betrachtete die einzelnen Bestandteile ihrer Schokoküsse. Im Prinzip musste sie nur noch alles zusammensetzen, aber sie zögerte, aus Angst, dass es wieder in einer Katastrophe enden könnte.

»Noch dreißig Minuten!«, rief Katie.

Jetzt oder nie. Sie spritzte das italienische Baiser wie Rasierschaum in die sechs mit Schokolade ausgekleideten Formen, setzte die Plätzchen obendrauf und drückte sie sanft fest. Danach versiegelte sie die Ränder mit Schokolade, damit das Ganze auch hielt. Sie trat zuruck, und ihre Schultern, die sie fast bis zu den Ohren hochgezogen hatte, entspannten sich ein wenig. Nun konnte sie nur noch warten.

»Angela und Jenny, Sie haben noch fünf Minuten. Noch fünf Minuten!«, rief Katie, während die Kameras hin und her eilten, um den Moment der Wahrheit einzufangen.

Mo stand wie erstarrt neben Angela, während diese langsam die erste Form abhob und augenblicklich nach Luft schnappte. Flüssige Baisermasse sickerte durch die Naht zwischen Schokolade und Plätzchen, und die Schokoküsse fielen wie geschmolzene Schneemänner mit Schokoladenzylinder in sich zusammen. Jenny fühlte so sehr mit Angela. Das ließ sich nicht mehr hinbiegen.

»Jenny.« Katies Stimme lenkte Jennys Aufmerksamkeit wieder auf das Wesentliche. »Sie haben noch zwei Minuten.«

Jenny nickte.

»Dann also los.«

Schweigen senkte sich über das Studio, als sie die Silikonform auf einen Teller stürzte und dabei den Atem anhielt. Ihr war bewusst, dass sie absolut keinen Einfluss auf den Ausgang dieses Experiments hatte. Vorsichtig wie eine Chirurgin löste sie die Silikonform von der glänzenden Schokoladenhülle.

»Sieht gut aus«, meinte Katie, als Jenny den ersten Schokokuss auf einem Teller platzierte.

»Einer wäre geschafft, bleiben noch fünf.«

Sie entfernte auch die restlichen Formen, bis sechs identische Schokoküsse vor ihr standen. Unter die immense Erleichterung mischte sich auch ein schlechtes Gewissen, als sie aus dem Augenwinkel sah, wie ein Assistent Mo ein Taschentuch reichte, der es seinerseits an Angela übergab. Angelas Lachen, das üblicherweise durch das Studio hallte, hinterließ eine klaffende Lücke, und es war nur der Regen zu hören, der auf das Dach klatschte.

»Jenny, Angela – die Zeit ist um«, verkündete Katie unerwartet laut, wenn man bedachte, dass sie nur wenige Meter entfernt stand. »Bringen Sie bitte Ihre Schokoküsse nach vorn und stellen Sie sie zu ihrem Foto.«

Jenny und Angela machten sich auf den Weg, als würden sie beim Erntedankfest ihre Opfergaben präsentieren, und die anderen Kandidaten stellten sich in einem Halbkreis auf, wo sie nervös von einem Bein aufs andere traten und die Hände in den Schürzentaschen kneteten.

Die Jurorinnen traten ins Studio und musterten die Werke, die neben dem Teller mit den perfekten Beispiel-Schokoküssen standen. Jennys Schokoküsse kamen ihnen auf jeden Fall sehr nah, auch wenn man ihnen ansah, dass sie selbst gemacht waren. Angelas erinnerten dagegen eher an Clowns bei einem Schönheitswettbewerb.

»Ach, du meine Güte«, meinte Camilla und griff nach einem von Angelas Schokoküssen, aus denen weiße Flüssigkeit tropfte. »Da ging wohl etwas mit dem italienischen Baiser daneben. Ich würde spontan darauf tippen, dass die Eier zu wenig lange geschlagen wurden.«

Jenny warf einen Blick auf Sorcha, die leise kicherte, und dann auf Angela, die mit enttäuscht herabhängenden Schultern daneben stand. Sie hatte Mitleid mit ihrer Mitstreiterin, die ihr Bestes gegeben hatte.

»Mmm«, meinte Camilla, als sie in einen von Jennys Schokoküssen biss und sich danach das Baiser von den Lippen tupfte. »Die sind fast perfekt. Gut gemacht.«

Erleichterung machte sich in ihr breit.

»Sie müssen nur mehr auf die Gleichmäßigkeit achten«, meinte Amanda. »Die Schokolade ist unterschiedlich dick.«

Jenny nahm sich vor, in Zukunft daran zu denken, und erlaubte sich einen Moment lang die Vorstellung, sie könnte die Plätzchenwoche gewinnen, bevor sie den Gedanken wieder eilig verwarf.

»Womit der Moment der Wahrheit gekommen wäre«, verkündete Mo und reichte Camilla den goldenen Kochlöffel. »Welche Kreation hat gewonnen?«

Stille trat ein.

»Ganz eindeutig diese hier«, antwortete Camilla und deutete auf Jennys Schokoküsse.

»Oh!« Jenny schnappte nach Luft, und ihr Kinn begann zu zittern, während Azeez einen Arm um sie legte und sie fest an sich drückte. Tränen stiegen ihr in die Augen und liefen beim nächsten Blinzeln über ihre Wangen. Sie wischte sie mit der Schürze fort und spürte, wie die neuen Freunde ihr anerkennend auf den Rücken klopften.

Ihr Herz raste, als Camilla mit dem goldenen Kochlöffel auf sie zukam.

»Der ist wohlverdient«, erklärte sie.

Jenny strich mit den Fingern darüber, überrascht von dem starken Gewicht und der glänzenden Oberfläche.

»Und jetzt zum schwierigen Teil«, sagte Mo und machte ein ernstes Gesicht, das so gar nicht zu ihm passte. »Paul, als Gewinner des letzten goldenen Kochlöffels sind Sie fix eine Runde weiter. Allerdings gilt das nicht für alle Ihre Mitstreiter.«

Paul lächelte dankbar, während die anderen immer nervöser wurden.

»Amanda und Camilla, wer muss uns diese Woche verlassen?«

Es folgte eine lange Pause.

»Martin«, verkündete Camilla und wandte sich an den Pfarrer.

Er lächelte tapfer, und die anderen eilten mit ausgestreckten Armen auf ihn zu. Angela presste die Hand auf den Mund und hatte die Augen entsetzt aufgerissen.

»Ist schon okay«, meinte Martin, während er die Umarmungen erwiderte und Mitleidsbekundungen entgegennahm. »Ich hatte großes Glück, dass ich überhaupt dabei sein durfte.«

Jenny kannte diese Worte nur zu gut, und Wut stieg in ihr hoch. »Sie hatten nicht Glück, Martin«, widersprach sie und hauchte einen Kuss in die Luft neben seiner Wange, »Sie waren Ihres eigenen Glückes Schmied.«

»Ich danke Ihnen«, erwiderte er und hielt einen Moment inne, als wäre an ihren Worten tatsächlich etwas dran.

Bevor sie das Studio verließ, stellte Jenny den goldenen Kochlöffel in ein Glasgefäß auf ihrer Arbeitsplatte, sodass er ihren Arbeitsplatz wie ein Orden schmückte.

»Ich wusste, dass du es schaffst«, meinte Azeez beschwingt vor Erleichterung, dass sie eine weitere Woche überstanden hatten.

»Wie wäre es zur Feier des Tages mit einem Espresso Martini? In der Nähe des Bahnhofes gibt es eine Bar, es läge also praktisch auf dem Heimweg.«

Jenny warf einen Blick auf die Uhr. »Das wäre schön«, sagte sie. »Aber nur einen, ich möchte nicht zu spät zu Bernard nach Hause kommen.«

»Gratulation!«, rief Carys, die auf Jenny zuhüpfte und sie umarmte. »Darf ich Sie zu einem schnellen Interview entführen?«

»Natürlich. Azeez, wir treffen uns im Green Room.«

Die Sonne ging langsam unter, als Jenny durch den Obstgarten zum Kameramann lief. Sie atmete so viel von der frischen Abendluft ein, wie in ihrer Lunge Platz fand. Als sie näher trat, sah sie, dass Angela das Interview noch nicht beendet hatte und sich mit dem Handrücken die Tränen von den Wangen wischte.

»Ich schäme mich«, gestand sie dem Kameramann.

Jenny wurde langsamer und zögerte besorgt.

»Ich habe es total vermasselt.«

Der Interviewer tätschelte ihr unverbindlich den Arm, dann stapfte Angela mit schweren Schritten und herabhängenden Armen auf den Green Room zu.

»Angela.« Jenny ging schneller, um sie abzufangen. »Seien Sie nicht zu hart zu sich selbst. Erinnern Sie sich an meinen gestürzten Ananaskuchen? Er war eine Katastrophe, dabei war er viel simpler als Schokoküsse.«

»Danke, Jenny. Ich habe einfach das Gefühl, einen Narren aus mir gemacht zu haben.« Sie schluckte. »Und unter uns: Ich habe mitbekommen, dass Sorcha mich ausgelacht hat.«

Jenny griff in ihre Tasche und zog eines von Bernards Stofftaschentüchern mit den eingestickten Initialen hervor.

»Das sagt viel mehr über Sorcha aus als über Sie«, versicherte sie Angela und drückte ihr das Taschentuch in die Hand. »Sie wurden für die Überraschungschallenge ausgewählt, weil Sie zu den besten zwei gehört haben. Also würde ich sagen, dass es vor allem Eifersucht war.«

Angela nickte und lächelte kaum merklich, als ihr Blick auf das Taschentuch fiel.

»Wer ist BJQ?«

»Mein Mann Bernard.«

Angelas Lächeln wurde breiter, und sie tupfte sich die Wangen trocken. »Aber ich kann doch unmöglich in sein Taschentuch schnäuzen.«

»Es würde ihm sicher nichts ausmachen«, erwiderte Jenny und wusste, dass sie recht hatte. »Übrigens haben mir

Ihre Schokoküsse gefallen. Sie erinnern mich an Schneemänner.«

»Schneemänner in der Sahara«, erwiderte Angela, und das Funkeln kehrte in ihre Augen zurück.

»Ein bisschen vielleicht«, stimmte Jenny ihr zu, und Angela legte den Kopf in den Nacken und lachte laut auf.

»Danke«, sagte sie. »Genau das habe ich gebraucht. Und gut gemacht – Sie haben sich den Sieg verdient.«

»Jenny!«, rief Carys und winkte hektisch mit den Armen. »Sie müssen zum Interview, bevor das Licht weg ist.«

»Ich komme«, rief Jenny und umarmte Angela. »Wir sehen uns nächste Woche.«

Sie trennten sich, und als Jenny über den Rasen zum Interview stapfte, durchströmte sie ein Gefühl der Verbundenheit und der Freude, weil sie es geschafft hatte, Angela aufzuheitern.

»Hierher bitte, Jenny«, bat der Kameramann, während sie in ihre Tasche griff und sich eilig die Lippen nachzog.

»Wie fühlen Sie sich als Gewinnerin des goldenen Kochlöffels?«

»Das ist schwer in Worte zu fassen. Ich hätte nie gedacht, dass ich die Plätzchenwoche gewinnen würde. Ich hatte lediglich gehofft, dass ich dieses Mal nicht gehen muss.« Sie zögerte, bevor sie beschloss, ehrlich zu sein. »Ich war eigentlich nie wirklich der Meinung, gut genug für diese Show zu sein, aber heute fühle ich mich endlich so. Gut genug.«

»Auf welche der drei Challenges sind Sie diese Woche besonders stolz?«

»Auf die Lebkuchenkirche«, erwiderte sie sofort. »Ich habe sie nach der Kirche gestaltet, in der mein Mann Bernard und ich geheiratet haben. Wir sind bald sechzig Jahre verheiratet, sie ist also etwas ganz Besonderes für mich.«

»Wunderbar, danke, Jenny. Eine Sache noch. Würden Sie Bernard anrufen und ihm die gute Nachricht überbringen?«

»Gern.«

Der Kameramann reichte ihr ein Handy, und Jenny wählte die vertraute Nummer.

»Wenn Sie es bitte vor sich halten und den Lautsprecherknopf drücken …« Er sah ihr zu, wie sie seinen Anweisungen folgte. »Genau so. Danke.«

Die Pausen zwischen jedem Klingeln wurden länger und länger, während Jenny darauf wartete, dass Bernard abhob, und sich gleichzeitig überlegte, wie sie das, was heute in der Show passiert war, nun am besten formulierte. Selbst etwas so Einfaches wie ein Gespräch mit ihrem Ehemann fühlte sich unter dem durchdringenden Blick der Kamera seltsam an. Kurz darauf bat sie eine Roboterstimme, eine Nachricht nach dem Signalton zu hinterlassen.

»Das ist seltsam«, murmelte sie und musterte das Handy.

»Sollen wir es noch einmal versuchen?«, fragte der Kameramann, und ihre Vorfreude wurde mit jedem Klingeln kleiner, bis schließlich erneut die Roboterstimme erklang.

Enttäuscht gab sie dem Kameramann das Handy zurück. »Er muss sicher noch etwas im Garten erledigen. Da hört er das Telefon nie.«

»Macht nichts. Noch einmal: Gratulation, Jenny«, sagte der Kameramann und hängte sich sein Equipment um wie eine Aktentasche.

Jenny machte sich zurück auf den Weg in den Green Room, als sie plötzlich eine tiefe Sehnsucht packte, die Neuigkeiten mit dem Menschen zu teilen, den sie am meisten auf dieser Welt liebte.

Sie holte ihr eigenes Handy heraus, machte es an und tippte langsam eine Nachricht, wobei die Tastentöne klangen wie ein schlecht gestimmtes Klavier.

LIEBSTER BERNIE, ICH GEHE NOCH AUF EIN SCHNELLES GLAS, KOMME ABER NICHT ZU SPÄT NACH HAUSE. IN LIEBE JENNY X

Die gute Nachricht würde sie ihm später persönlich überbringen. Sie drückte SENDEN, sah zu, wie die Nachricht im Nichts verschwand, und machte das Telefon wieder aus.

Als sie hinauf in den dunkler werdenden Himmel blickte, vermisste sie Bernard schmerzlich. Sie hatte einmal gelesen, dass das Tragische an der Monogamie die Tatsache war, dass man sich nie wieder verlieben konnte, aber das stimmte nicht. Im Laufe der Jahrzehnte hatte sie sich immer und immer wieder neu in den Mann an ihrer Seite verliebt.

21
Espresso Martini

Zwei Espresso Martini«, verkündete der Barkeeper mit lauter Stimme, um das Stimmengewirr der plaudernden Gäste zu übertönen, und schob zwei Gläser über die dezent beleuchtete Bar.

Jenny balancierte auf einem Stuhl, die Füße mehrere Zentimeter über dem Boden, und war sich sicher, dass sie noch nie in ihrem ganzen Leben in einem derartigen Lokal gewesen war. Überall sah sie weltoffene Menschen, die interessante Gespräche führten und kompliziert aussehende Longdrinks genossen, mit Minzblättern und Zuckerrand dekorierte Gläser und brennende Spirituosen, die Jenny an ihren flambierten Weihnachtskuchen erinnerten und genauso eilig gelöscht wurden. Im Hintergrund hörte sie Musik, aber da war kein Gesang, bloß ein elektronisches Wummern, das wie ein Herzschlag pulsierte und offenbar nicht in Strophen und Refrain unterteilt war. Die Barkeeper trugen Turnschuhe zu weißen Hemden und perfekt getrimmten Bärten, jonglierten in einer ausgeklügelten Choreografie mit den Flaschen und warfen sie sich sogar gegenseitig zu, schüttelten die Mixbecher und füllten die Drinks mit großem Trara schwungvoll in die dekorierten Gläser. Es war wie im Zirkus.

»Jetzt sieh sich das mal einer an!«, staunte Jenny angesichts des plätzchenbraunen Schaums, der einen perfekten Abschluss des Glases bildete und sie an frisch gezapftes Stout-Bier erinnerte.

Azeez lächelte, und seine Augen funkelten.

»Auf *Das Backduell!*« Eilig sah er sich nach möglichen Zuhörern um, bevor er sein Glas hob und hinzufügte: »Und darauf, dass du den goldenen Kochlöffel gewonnen hast.«

»Und auf neue Freunde«, meinte Jenny noch, bevor sie behutsam anstießen.

Sie nahm einen Schluck, und der Schaum kitzelte ihre Oberlippe. Der Drink war eiskalt und herrlich samtig, und nach etwa zwei Sekunden spürte sie, wie sich der Alkohol seinen Weg ihre Kehle hinunter bis in den Magen brannte.

»Und? Was meinst du?«, fragte Azeez und sah sie gespannt an. »Lecker?«

Jenny überlegte, ohne eine Miene zu verziehen.

»Er schmeckt mir«, entschied sie schließlich und tupfte sich die Oberlippe mit einer Serviette ab. »Aber er ist ziemlich stark, oder?«

»Daran gewöhnt man sich erstaunlich schnell«, erwiderte Azeez.

Jenny sah sich um. »Der Altersdurchschnitt hier drin steigt durch mich erheblich.«

»Und das durchschnittliche Talent ebenfalls.« Azeez beugte sich näher an Jenny heran und senkte die Stimme zu einem aufgeregten Flüstern. »Immerhin weiß hier niemand, dass du die Plätzchenwoche gewonnen hast!«

Sie nippte erneut an dem kräftigen mahagonibraunen Drink.

»Also, was hältst du davon? Von der Show, meine ich«, wollte Azeez wissen.

»Es ist Furcht einflößend und gleichzeitig aufregend, und ich erlebe plötzlich einen unerwarteten Druck, dabei war Backen für mich früher immer ein Genuss. Aber es macht auch Spaß, und ...« Sie stellte ihr Glas ab. »Es ist etwas, das nur mir gehört. Etwas, worauf ich stolz sein kann.«

Azeez lächelte. »Ich finde, die Lebkuchenkirche war bisher deine beste Arbeit.«

»Danke. Dein Lebkuchen-Kolosseum war aber auch großartig.«

»Wobei ich allerdings gelernt habe, dass Rom nicht an einem Tag erbaut wurde«, meinte er mit einem Augenzwinkern. »Und schon gar nicht in drei Stunden.«

Jenny musste lachen und gleichzeitig ihren Drink herunterschlucken, sodass sie zu prusten begann.

»Es ist wirklich eine spannende Erfahrung.« Dann runzelte sie besorgt die Stirn. »Die Brotwoche bereitet mir bisher am meisten Sorgen. Falls ich es überhaupt bis dahin schaffe.«

»Warum das?«

»Ich habe nie gern Brot gebacken. Ich halte mich stets genau an das Rezept, aber das Ergebnis ist jedes Mal hart und ungenießbar.«

Azeez überlegte einen Moment. »Schlägst du den Teig zurück, nachdem er gegangen ist?«

»Ja.« Sie nickte. »Immer.«

»Vielleicht ist das das Problem. Ich habe das auch immer getan, aber eigentlich knetet man damit nur die Luft heraus, und die macht den Teig erst so richtig fluffig. Normalerweise reicht es, wenn man ihn einfach nur in Form bringt.«

»Wirklich?« Jenny lehnte sich zurück und hätte beinahe das Gleichgewicht verloren. Sie hatte vergessen, dass ihr Stuhl keine Rückenlehne hatte. »Dann versuche ich das beim nächsten Mal! Wie bekommst du eigentlich die Teilnahme und das Studium unter einen Hut?«

»Die Leute an der Uni sind sehr verständnisvoll und haben mir eine Verlängerung der Deadlines gewährt.« Er seufzte schwer. »Was man von meinem Partner nicht behaupten kann.«

»Ashley?«

»Ja … ich habe im Moment einfach nicht genug Zeit für ihn, und er ist genervt, weil ich ständig Treffen mit Freunden absagen muss. Es ist so schwer, mit ihnen zusammen zu sein und nicht über die Show sprechen zu dürfen. Außerdem brauche ich jede freie Minute für die Vorbereitung.«

»Ich kann mir vorstellen, dass er dich vermisst. Wenigstens sind es nur sechs Wochen.«

»Ich fürchte, es ist mehr als das. Ich verändere mich.« Azeez senkte den Blick und schlug die Beine übereinander. »Keine Ahnung, was ich tun soll. Im Moment ist mir die Show am allerwichtigsten, was natürlich auch so sein muss. Aber ich glaube, er sieht es als Absage an unsere Beziehung. Am Anfang dachte ich, *er* hätte sich verändert, aber er glaubt, es liegt an mir. Und mittlerweile muss ich ihm zustimmen.«

Jenny rührte in ihrem Drink, der sich in sanften, glänzenden Wellen kräuselte.

»Mein Lieber, bitte entschuldige meine Neugierde, aber wie alt bist du noch gleich?«

»Dreiundzwanzig.«

»Weißt du, es ist nicht schlecht, dass du dich veränderst. Neue Erfahrungen stellen etwas mit uns an, und auch wenn es mit dem Alter weniger wird, hört es nie ganz auf. Ich bin siebenundsiebzig und verändere mich immer noch. Wir sind die wandelnde Summe unserer Erfahrungen …«

»Inwiefern veränderst du dich?«

Jenny dachte einen Moment lang nach. »Ich weiß nicht, wo ich anfangen soll.« Sie nahm noch einen Schluck, bevor sie weitersprach. »Das ganze Drumherum. Ich bin von zu Hause fort, freunde mich mit Menschen an, die ich sonst nie kennengelernt hätte, all das ist eine völlig neue Welt für mich. Es ist das erste Mal seit fast sechzig Jahren, dass ich auf mich allein gestellt bin. Unabhängig, wenn du so willst … und es bringt alte Erinnerungen zurück.«

»Welche Erinnerungen?«

»Erinnerungen daran, wer ich war, bevor ich Bernard kennenlernte, schätze ich.«

Nachdenklich zeichnete Azeez mit dem Finger den Rand seines Glases nach. »Du entdeckst dich selbst wieder. Als Individuum.«

»So in etwa.«

»Aber wie habt ihr es sechzig Jahre lang zusammen geschafft, wenn Leute sich ständig verändern?«

»Das ist eine sehr gute Frage.« Jenny richtete sich auf ihrem Hocker gerade und wünschte sich nichts sehnlicher, als auf einem normalen Stuhl zu sitzen und die Beine unter dem Tisch ausstrecken zu können.

»Ich bin keine Expertin, und ich habe sicher nicht immer alles richtig gemacht, aber die beständigsten Paare, die ich kenne, haben sich zusammen weiterentwickelt. Die Partner haben sich in ihren Veränderungen gegenseitig unterstützt, anstatt einander Ketten anzulegen oder sich davor zu fürchten. Es ist wie mit den Rosen im Garten. Man kann sich nicht aussuchen, in welche Richtung sie wachsen, aber man kann ihnen behilflich sein und Freude daran empfinden, ihnen dabei zuzusehen.«

»Das gefällt mir«, meinte Azeez. »Es ist schön, mit jemandem über Beziehungsdinge zu sprechen, der nicht in meinem Alter ist. Mit meinen Eltern kann ich nicht wirklich darüber reden, nachdem ich ja ... du weißt schon ... schwul bin.«

Er nippte an seinem Drink, der beinahe leer war, und das Muster am Boden erinnerte Jenny an den Schaum, den Wellen am Strand zurückließen.

»Wissen sie Bescheid?«

»Ja, und sie akzeptieren es. Aber es ist trotzdem unangenehm. Sie sind ziemlich traditionell, und ich rede lieber nicht mit ihnen darüber.«

»Also ich finde dich großartig.«

»Danke. Aber ich hatte eigentlich keine Wahl. Die Alternative wäre gewesen, ein Leben lang unglücklich zu sein. Und ich könnte keine Lüge leben.«

Jenny dachte über Azeez' Worte nach, während sie den Barkeeper dabei beobachtete, wie er mit einer Zitronenscheibe den Rand eines Glases einstrich. »Aber genau das machen viele Menschen. Manchmal gibt es nichts Furchteinflößenderes, als sich dem Urteil anderer zu stellen. Und ihrer Missbilligung …«

»Noch einen Drink, Sir?«, wollte der Barkeeper wissen und schleuderte einen glänzenden Gegenstand in die Höhe, um ihn hinter seinem Rücken wieder aufzufangen.

»Nehmen wir noch einen mit auf den Weg?«, fragte Azeez, und seine Augen funkelten erneut.

»In Ordnung«, stimmte Jenny zu, leerte ihren Martini und spürte, wie ihre Wangen anfingen zu glühen.

»Wünschst du dir denn, du hättest etwas im Leben anders gemacht?«

»Ja, es gibt da gewisse Dinge …«, begann sie und wurde plötzlich von einem seltsamen Mut erfasst, »… von denen ich wünschte, ich könnte sie ändern.«

»Was denn für Dinge?«

Jennys Geheimnis schien wie ein ungezogener Hund, der an der Leine zerrte. Sie hielt ihn fest, aber langsam verlor sie die Kontrolle.

»Du hast vorhin gesagt, dass du keine Wahl hattest, nicht wahr? Dass du keine Lüge leben konntest.«

»Ja.« Azeez' Stimme klang sanft. Ermutigend.

»Nun, ich habe auch ein Geheimnis«, flüsterte Jenny. »Bloß, dass ich nie so mutig war wie du.«

Ihre Worte überraschten sie und hingen einen Moment lang in der Luft, bevor sie sich in der Geschäftigkeit der Bar verloren. Sie fühlte sich sicher, anonym. Ihre Freundschaft mit Azeez war vollkommen losgelöst von ihrem Leben mit Bernard, dem gemeinsamen Nachmittagstee, seinem sorgfältig gepflegten Garten, ihren randvollen Plätzchendosen.

»Wie meinst du das?«, fragte Azeez.

Eine seltsame Leichtigkeit ergriff Besitz von ihr, und einen Moment lang fühlte sie sich unverwüstlich.

»Es gibt etwas, das ich Bernard nie gesagt habe«, erklärte sie hastig, als könnte sie das Geheimnis loswerden, wenn sie es jetzt offenbarte. »Ich habe es beinahe sechzig Jahre lang geheim gehalten.«

Azeez sah sie aufmerksam an.

»Und du wünschtest, du hättest es ihm gesagt?«, fragte er schließlich.

»Zu Beginn konnte ich es ihm nicht sagen.« Jenny sah sich hastig um, ob ihnen auch niemand zuhörte. »Wir wären nicht zusammen, wenn er es gewusst hätte …«

Azeez dachte einen Moment darüber nach und wartete darauf, dass Jenny fortfuhr, doch sie schwieg.

»Was auch immer es ist – und du musst mir nicht verraten, worum es geht –, warum kannst du es ihm nach all den Jahren nicht doch sagen? Ich kenne Bernard ja nicht, aber deinen Erzählungen nach scheint er ein besonderer Mensch zu sein. Die Art Mann, die Verständnis aufbringen würde …«

»Er ist der großartigste Mensch, den ich kenne.« Jennys Worte bohrten sich ihr wie Nadeln in die Brust. Sie dachte an ihren Vater und daran, wie ihr Verhältnis trotz seiner Liebe und Güte nie wieder dasselbe geworden war.

»Hast du die Show anfangs nicht auch vor ihm geheim gehalten?«

»Ja«, sagte sie, und ihr Blick verschwamm langsam, als hätte sie ihre Brille vergessen.

»Und wie hat er es aufgenommen? Unterstützt er dich mittlerweile?«

»Er war verletzt, aber er hat mir vergeben. Er unterstützt mich stärker, als ich zu hoffen gewagt hätte.« Sie schüttelte den Kopf. »Aber das ist etwas vollkommen anderes.«

»Hier sind eure Drinks.« Der Barkeeper schob ihnen die Gläser entgegen und ließ eine Kaffeebohne hineinfallen, sodass der Schaum zischte.

Azeez musterte Jenny besorgt. »Inwiefern ist es anders?«

Sie sah ihren geliebten Bernard vor sich, der zu Hause auf sie wartete, und das schlechte Gewissen packte sie.

»Ich würde es nicht ertragen …« Die Worte blieben ihr im Hals stecken, und sie senkte den Blick in den Schoß. »Er ist zweiundachtzig. Es würde alles untergraben, woran er in den letzten sechzig Jahren geglaubt hat. Es könnte unser Leben aus den Angeln heben, unsere Ehe … er wäre am Boden zerstört.«

Ihr Geständnis hing zwischen ihnen, während ihr Tränen in die Augen stiegen und ihr plötzlich bewusst wurde, dass sie vielleicht zu viel gesagt hatte.

»Das hat er nicht verdient«, erklärte sie leise.

Azeez streckte die Hand aus und legte sie tröstend auf Jennys Arm. »Ich weiß nicht, worum es hier geht … aber wenn du sagst, dass er es nicht *verdient* hat, meinst du nicht, dass er vielleicht … trotz allem die *Wahrheit* verdient hätte?«

Jenny schwieg, während sie ein paar Zuckerkrümel auf der Bar mit dem Finger zusammenschob.

»Und man weiß ja nie. Vielleicht ist seine Reaktion nicht so, wie du es erwartest. Bei meinen Eltern war sie es auch nicht.«

Jenny nickte. Azeez' Worte lösten etwas in ihrem Inneren aus. Hatte sie Bernard gezwungen, eine Lüge zu leben, indem sie versucht hatte, ihn vor der Wahrheit zu beschützen?

Sie hatte sich geschworen, nie etwas zu sagen, aber vielleicht wurde es trotzdem Zeit, genau das zu tun.

Das Taxi rumpelte langsam die dunkle Kopfsteinpflasterstraße entlang, und Jennys Körper nahm jede Erschütterung in sich auf. Ihr war übel, und sie hatte immer noch einen bitteren Kaffeegeschmack im Mund, während sie das Gespräch mit Azeez in Gedanken noch einmal durchlebte. Die Vorhänge der Nachbarn waren zugezogen, doch dahinter brannte sanftes Licht. Sie stellte sich Bernard in seinem Lehnstuhl vor, zufrieden und nichts ahnend, und erlaubte sich einen Moment lang, sich seine Reaktion vorzustellen. Den Schmerz in seinen Augen, wenn seine Welt in sich zusammenbrach. Im nächsten Moment verdrängte sie den Gedanken. Er *verdiente* die Wahrheit, auch wenn sie schreckliche Angst davor hatte. Ihr lange tief begrabenes Geheimnis schwärte mittlerweile knapp unter der Oberfläche.

»Sie können gleich hier anhalten, bitte.« Sie umklammerte die Kopfstütze, als der Fahrer auf die Bremse stieg. Er sprang aus dem Wagen, öffnete ihr die Tür und holte ihre Taschen aus dem Kofferraum, während Jenny einen Geldschein aus dem Portemonnaie zog.

Unsicheren Schrittes und mit klopfendem Herzen ging sie auf die Haustür zu. Die Hand auf dem Koffer war feucht. Sie konnten nicht mehr länger mit dieser Lüge leben, sie musste es jetzt sofort hinter sich bringen.

Sie hielt inne, als sie sah, dass Bernard die Vorhänge im Wohnzimmer nicht geschlossen und kein Licht angemacht hatte. Sie drehte den Schlüssel im Schloss und ruckelte ein wenig an der Stelle, an der er sich immer verhakte.

»Hallo!«, rief sie und nahm den einzigartigen Duft ihres Zuhauses in sich auf. Es war eine Mischung aus ihren Eigengerüchen, dem Waschmittel und dem letzten Abendessen, und sie bemerkte ihn nur, wenn sie lange genug fort gewesen war. Sie schaltete das Licht an. Bernard antwortete immer noch nicht.

Jenny stellte ihre Taschen ab und ging in die Küche. »Bernard?«, rief sie vorsichtig, doch auch hier war alles ruhig, abgesehen von dem beständigen Summen des Kühlschrankes.

Sie drückte die Tür zum Wohnzimmer auf, obwohl sie wusste, dass er nicht dort sein würde. Es war dunkel, und sie hörte weder das Gemurmel des Fernsehers noch das Rascheln einer Zeitung oder sein Schnarchen.

»Bernard?!«, rief sie erneut, dieses Mal ein wenig lauter.

Sie presste ihr Gesicht an die Glasscheibe der Hintertür und ließ den Blick suchend über die Blumenbeete wandern. Ihr Herz machte beim kleinsten Rascheln einen Satz, doch Bernard war nirgendwo zu entdecken. Sie kehrte in die Küche zurück und öffnete den Kühlschrank. Der Shepherd's Pie, den sie für heute Abend vorbereitet hatte, war unberührt, daneben lag ihre schriftliche Kochanweisung. Es war schon spät. Er konnte heute Abend nicht unterwegs sein, es stand nichts im Kalender.

Jenny eilte die Treppe hoch, und in ihrem Kopf drehte sich alles, während sie nacheinander die Türen zum Schlafzimmer, zum Büro und Badezimmer aufriss, um jeweils nichts als gähnende Leere vorzufinden.

Sie holte tief Luft und überlegte verzweifelt, wo Bernard sein konnte. Das hier war wohl die Rache für alles, was sie getan hatte.

Sie erstarrte. Die Werkstatt.

Sie hastete die Treppe wieder nach unten, riss die Hintertür auf und tappte durch den Garten auf den kleinen Schuppen zu. Es war dunkel, und nachdem sie die knarrende Tür geöffnet und den Lichtschalter gedrückt hatte, erwachte eine nackte Glühbirne zum Leben, die von der Decke baumelte. Die Werkstatt war nur schwach erleuchtet, feucht und voller Werkzeuge. Bernard war nirgendwo zu sehen. Jennys Blick landete auf einem ölverschmierten Tuch auf der Werkbank. Sie hob es hoch und betrachtete es genauer. Es war kein Öl. Sie umklammerte es, und ihr Herz raste. Sie wollte bereits zurück zum Haus, als sie plötzlich die Tropfen auf dem Boden entdeckte. Zuerst war es nur einer, dann zwei, dann eine ganze Straße, die zum Mülleimer führte. Sie öffnete ihn mit einem Tritt auf das Pedal, und der Deckel sprang auf. Im Eimer befanden sich erschreckend viele, eindeutig blutdurchtränkte Taschentücher. Das Blut war nicht mehr rot, sondern rostbraun, was bedeutete, dass dies alles schon vor Stunden passiert war, während sie meilenweit entfernt und vollkommen ahnungslos gewesen war. Bernard hätte sie gebraucht, aber sie war nicht da gewesen.

In diesem Moment hörte Jenny Schritte, die sich dem Haus näherten. Es war allerdings nicht Bernard, sondern Ann, die von ihren klappernden Absätzen verraten wurde. Sie rannte zur Tür, hinter der sich Anns Schatten abzeichnete. »Das Licht brennt, sie muss von ihrem Besuch bei Rose zurück sein«, hörte Jenny ihre Freundin sagen und riss die Tür auf.

»Ann!«, rief sie panisch. »Bernard ist …«

»Hallo, Liebes.« Ann wirkte ungewöhnlich ruhig. Fred stand mit blassem Gesicht neben ihr.

»Jenny«, begann Ann, doch dann brach sie ab und presste die Lippen zusammen. Ihr Gesicht war ernst. »Bitte gerate jetzt nicht in Panik, aber Bernard ist im Krankenhaus.«

Jenny hatte das Gefühl, völlig neben sich zu stehen. Ihr Kopf war wie in Watte gepackt.

»Was ist passiert?«, fragte sie und versuchte, irgendetwas an Anns Gesicht abzulesen. »Geht es ihm gut?«

»Er ist schwer gestürzt«, erklärte Ann bemüht ruhig. »Er hat uns angerufen, und wir haben den ganzen Nachmittag in der Notaufnahme verbracht.«

Die Worte *schwer gestürzt* und *Notaufnahme* trafen Jenny mit voller Wucht. Ihr wurde schwindelig, ihr Herz raste.

»Er ist in guten Händen«, schaltete Fred sich ein. »Er ist in der Werkstatt gestolpert und hat sich den Kopf an einer Ecke angeschlagen, vermutlich wegen des Hustens. Er fühlte sich ein wenig benommen …«

Jenny hatte das Gefühl, als würde der Boden unter ihr nachgeben. »Ich wusste es. Dieser Husten. Damit hätte ich ihn niemals allein lassen sollen. Wo ist er jetzt?« Tausend Fragen schwirrten in ihrem Kopf herum, die alle gestellt werden wollten. »Was hat der Arzt gesagt?«

»Er wurde über dem rechten Auge genäht.« Anns Gesicht drückte Mitgefühl aus. »Aber sie haben ihn wegen einer anderen Sache dort behalten.«

»*Wegen einer anderen Sache?*« Jennys Blick sprang hektisch zwischen den beiden hin und her.

»Es war im Prinzip fast ein Glücksfall, dass er gestürzt ist«, erklärte Ann. »Die Ärzte haben ihn husten gehört und befürchten, dass er eine Lungenentzündung hat.«

»Eine *Lungenentzündung?!*« Jenny hatte mit einem Mal einen steinharten Kloß im Hals. Wie hatte sie zulassen können, dass so etwas passierte?

»Er ist aufgrund seines Asthmas offenbar anfälliger.« Ann trat ins Haus und zog Jenny in eine für sie untypische Umarmung. Anns Körper fühlte sich ungewohnt an, voller Ecken und Kanten. »Und dazu auch noch sein Alter. Aber er ist im Krankenhaus in guten Händen. Die Ärzte kümmern sich großartig um ihn.«

Jenny wischte sich mit dem Ärmel die Tränen aus den Augen, sodass sich auf ihren Wangen schwarze Schmieren vom

Make-up bildeten. Es kam ihr vor, als würde sie sich selbst von außen wie eine Fremde beobachten, die in ihrer Küche backte, und sie spürte den verzweifelten Wunsch, selbst wieder die Kontrolle zu übernehmen. Sie konnte nicht länger untätig hier herumstehen, sie musste ins Krankenhaus.

»Ich muss ihn sehen.« Eilig schloss sie ihre Mantelknöpfe. »Ich fahre sofort hin.«

Ann sah zu Fred und dann wieder zu Jenny. »Es ist schon spät, Liebes. Die Besuchszeit ist vorbei, sie würden dich jetzt gar nicht zu ihm lassen. Außerdem wollte er gerade schlafen, als wir gegangen sind.«

»Aber wir holen dich gleich morgen früh ab, einverstanden?«, schlug Fred vor und tätschelte unbeholfen Jennys Arm. »Wir bringen dich ins Krankenhaus und anschließend wieder nach Hause. Wir helfen, wo es geht.«

Ann fuhr fort: »Ich habe dem Krankenpfleger deine Telefonnummer gegeben, er wird dich anrufen, falls in der Zwischenzeit irgendetwas sein sollte.« Sie kramte in ihrer Handtasche und holte eine Kinderzeichnung hervor, auf deren Rückseite sie ein paar Zeilen notiert hatte. »Das ist die Station und die Telefonnummer.«

Jenny nahm den Zettel, las ihn und umklammerte ihn fest. »Glaubt ihr nicht, dass ich vielleicht doch …?« Sie stockte. »Ich bin immerhin seine Frau.«

»Wenn wir jetzt losfahren, ist es fast Mitternacht, bis wir angekommen sind«, meinte Ann.

»In Ordnung«, gab Jenny seufzend nach, auch wenn es ihr schwerfiel. »Danke, dass ihr für ihn da wart. Für alles.«

Nachdem Jenny sich von Ann und Fred verabschiedet und die Tür hinter sich geschlossen hatte, begann sie zu weinen. Ihr brach fast das Herz bei der Vorstellung, wie Bernard mit zitternden Fingern Anns Nummer gewählt hatte, anstatt seine Frau anzurufen, während sie vollkommen ahnungslos in der Show über Lebkuchenkirchen und Schokoküsse sinniert hatte. Es war seltsam, dass man oft, bevor man eine schlechte Nachricht erhielt, in einer Art Blase existierte, in der die Zeit nur geliehen schien, und man unwissend den unwichtigsten Dingen eine Bedeutung beimaß, bis eine Nadel kam, die Blase zerstach und alles wieder in die richtige Perspektive rückte. Sie schämte sich bei dem Gedanken daran, wie sie mit Azeez gefeiert hatte, während Bernard in der Notaufnahme gewesen war. Sie sollte doch inzwischen eigentlich einen sechsten Sinn entwickelt haben, der einen Alarm in ihrem Herzen losgehen ließ, sobald Bernard in Gefahr war.

Als Jenny später ruhelos und erschöpft im Bett lag, fragte sie sich, wie sie noch vor wenigen Stunden ernsthaft darüber nachdenken konnte, das Fundament zu zerstören, auf dem ihr gemeinsames Leben aufgebaut war. Ihr Instinkt hatte sie von Anfang an gewarnt. Bernard war zu alt und zu wertvoll, und sie durfte nicht zulassen, dass die Zeit, die er noch hatte, nun von dem Schmerz über ihren Verrat zerstört wurde. Das konnte sie ihm nicht antun. Es war zu spät.

22
Zwiebel-Käse-Kuchen

Wenn man nicht wusste, wozu es da war, war es ein wunderschönes Haus. Es war größer als alle Häuser, in denen Jenny bis jetzt übernachtet hatte, und es hatte eine viktorianische Eleganz an sich, wie es da ein Stück von der Straße entfernt am Ende einer von Bäumen gesäumten Auffahrt emporragte. Es wirkte zurückgezogen, genau wie seine Bewohnerinnen. Vielleicht lag es an dem steilen, spitzen Dach oder an den schmalen Fenstern, aber es fühlte sich irgendwie kalt, beinahe unheimlich an, auch wenn Jenny nicht genau sagen konnte, was der Grund dafür war. Sie glaubte seit jeher daran, dass Gebäude die Essenz dessen in sich aufnahmen, was in ihnen passierte.

Während sie ihren Koffer die Steintreppe zur großen Eingangstür hinaufschleppte, versuchte sie, nicht an das Gesicht ihres Vaters zu denken, als sie fortgegangen war. Seine Augen waren von zarten roten Äderchen durchzogen gewesen, und er hatte sich mit Daumen und Zeigefinger in die Nasenwurzel gekniffen, damit Jenny seine Tränen nicht sehen konnte. Nachdem alles organisiert war, hatten sie nicht mehr über ihr Geheimnis gesprochen, vielleicht in der Hoffnung, dass sich dadurch nichts ändern würde. Dass es genauso still und leise verschwinden würde, wie es gekommen war.

»Du wirst immer mein kleines Mädchen bleiben, Jen«, hatte ihr Vater ihr ins Ohr geflüstert, als er sich von seiner Tochter verabschiedet hatte, die sein Enkelkind in sich

trug, das er nun niemals kennenlernen würde. Jenny hatte geschwiegen. Sie wusste, dass er Besseres verdient hatte. Sie hatte seinen schlimmsten Albtraum Wirklichkeit werden lassen, und sie würde das niemals wiedergutmachen können.

Jenny spürte einen kräftigen Tritt, als wollte das Kind sie zur Eile antreiben, und sie schlug den glänzenden Messingtürklopfer drei Mal gegen die Tür. Während sie wartete, öffnete sie ihren Mantel ein wenig und zog ihn so zurecht, dass er um den Bauch herum möglichst locker wirkte.

»Guten Tag.« Die Frau in der Tür wirkte mürrisch, als hätte Jenny ihr mit ihrer Ankunft große Unannehmlichkeiten bereitet. »Miss Jennifer Eaton?«

»Ja«, antwortete Jenny. Die Frau hatte das Miss besonders betont, sodass es wie eine gezischte Beleidigung geklungen hatte.

»Folgen Sie mir.« Sie machte auf dem Absatz kehrt und ließ die Tür los, sodass sie beinahe vor Jennys Nase ins Schloss gefallen wäre. Jenny streckte eilig die Hand aus und drückte sie auf, um in eine kärgliche, aber elegante Diele zu treten, in der es weder Bilder noch Schuhe oder Mäntel gab.

»Ich habe nicht den ganzen Tag Zeit«, keifte die kleine, stämmige Frau und marschierte auf eine Tür zu.

Jenny nahm ihren Koffer und versuchte, den Vorsprung der Frau aufzuholen. Ihr gewölbter Bauch engte sie inzwischen so sehr ein, dass sie kaum noch Luft bekam.

»Hier wird gegessen«, erklärte die Frau und durchquerte eilig einen gefliesten Speisesaal mit langen Holztischen. Die Decke war hoch, und ihre Schritte hallten durch die Stille, die Jenny an die einer Kirche erinnerte.

»Das ist die Küche«, fuhr die Frau fort und drückte geschäftig eine Tür auf. Der Raum roch muffig und sah aus wie aus der Zeit gefallen. Es gab keine Gläser mit Zutaten und kein einziges Rezept, das auf der Arbeitsplatte herumlag. Der Raum war so kalt und steril wie keine Küche, in der Jenny bisher gewesen war.

»Und die Wäschekammer ist hier.«

Jenny lugte um die Ecke und hielt einen Moment inne, als ihr Blick auf die ersten Anzeichen fiel, dass hier tatsächlich jemand wohnte. Auf einem Wäscheständer hingen mehrere feuchte und fleckige Frotteewindeln, und ihr wurde bewusst, dass ihr Geheimnis wohl bald Windeln, etwas zum Anziehen und ein Mützchen brauchen würde.

»Nun machen Sie schon«, drängte die Frau, bog um die Ecke und verschwand in einem Treppenhaus, in dem es stark nach Möbelpolitur roch. Jenny folgte ihr mit schweren Beinen und roten Wangen, während sie sich mit ihrem Koffer abmühte.

»Es ist sehr sauber hier«, meinte sie. Sie blieb einen Augenblick stehen, schnappte nach Luft und ließ die Hand über das kalte Holzgeländer gleiten.

»Das wird Ihre Aufgabe sein. Sie putzen jeden Tag zwischen sieben Uhr morgens und Mittag.«

Jenny nickte und stellte den Koffer ab, damit ihr Rücken sich kurz erholen konnte.

»Und an den Nachmittagen?«

»Da ruhen Sie sich aus und bereiten die Erstausstattung für die Säuglingskiste vor.«

»Die Säuglingskiste?«

Die Frau stapfte verärgert weiter. »Eine Kiste mit Mützchen, Schühchen, Kleidern und Windeln für die Eltern.«

Für die Eltern. Es war, als hätte die Frau ihren Finger direkt in eine offene Wunde gedrückt. Jenny dachte an ihren Vater und wie unglaublich einsam sie sich ohne ihn fühlte. Als würde sie ohne seine Liebe nicht mehr existieren.

Die Frau hielt abrupt inne. »Das ist der erste Stock.« Sie deutete mit ihren Wurstfingern einen Flur entlang.

Jennys Blick folgte den makellosen Dielenbrettern und suchte nach irgendeinem Lebenszeichen. Nach einem Kinderwagen, nach einer Decke, nach einem Menschen, doch sie hörte nur ein weit entferntes Jammern, das durch die Deckensparren getragen wurde.

»Ist das der Wind?«

»Das Säuglingszimmer«, antwortete die Frau. »In diesem Stockwerk sind die Neugeborenen und ihre Mütter untergebracht.«

Jenny folgte der Frau eine weitere Treppe nach oben, und Schweiß lief ihr unter dem dicken Mantel über den Rücken.

»Sie schlafen hier«, erklärte die Frau, nachdem sie in einen weiteren Flur getreten waren, und öffnete eine schwere Holztür. »Das Bett ganz hinten links.«

Damit verschwand sie ohne ein weiteres Wort die Treppe nach unten und ließ Jenny vor sieben neugierigen Augenpaaren zurück, die sie eingehend musterten. Sie kam sich vor wie auf einer Theaterbühne, auf der sie plötzlich gelandet war.

»Hallo«, murmelte sie leise und eilte mit gesenktem Blick in ihre Ecke, um so wenig Aufmerksamkeit wie möglich zu erregen. Sie ließ den Koffer zu Boden fallen und setzte sich auf das karge Eisenbett mit dem stramm gezogenen, sorgfältig festgesteckten Laken.

Zu ihrer Erleichterung setzten die anderen jungen Frauen ihre Gespräche fort und gingen wieder ihren Beschäftigungen nach. Eine strickte, andere lasen, und eine kleine Gruppe spielte Karten. Sie hatte noch nie so viele werdende Mütter auf einem Fleck gesehen und wäre gern unsichtbar gewesen, um einfach nur dazusitzen und sie ungeniert beobachten zu können. Stattdessen wagte sie lediglich den einen oder anderen verstohlenen Blick auf ihre gewölbten Bäuche. Es war erstaunlich, wie frei und unbeschwert diese Frauen sich bewegten. In diesem Haus wurden Geheimnisse nicht mehr unter Wintermänteln versteckt oder durch geliehene Ringe gerechtfertigt.

»Ich bin Mary. Schön, dich kennenzulernen.« Die Stimme kam vom Nachbarbett, und Jenny riss eilig ihren Blick von den anderen Frauen los.

Mary rutschte an die Bettkante, sodass die zarten Füße nach unten baumelten. Ihre Haut war so blass, dass die Adern grünlich blau hindurchschimmerten. Ihr Körper wirkte beinahe kindlich, doch ihr Bauch ragte stolz nach vorn und war im Vergleich zu Jennys so gewaltig, dass sie sich fragte, wie Mary überhaupt aufstehen, geschweige denn fünf Stunden am Tag putzen konnte.

»Schön, dich kennenzulernen, Mary. Ich bin Jenny«, erwiderte sie und bemühte sich, Mary ins Gesicht zu sehen und nicht weiter auf ihren Bauch zu starren. Marys blutrote Lippen standen in scharfem Kontrast zu ihrer blassen Haut, und unter ihren klaren blauen Augen lagen tiefgraue Ringe.

»Ich weiß, er ist riesig …«

»Darauf habe ich gar nicht geachtet«, log Jenny, doch Mary entlarvte sie mit einem Lächeln.

»Lügnerin.« Mary ließ sich vom Bett hinuntergleiten und landete auf den Füßen. Ihre Augen blitzten spitzbübisch, und unversehens ließ sie sich neben Jenny auf deren Bett nieder. Der Bettrahmen quietschte, als sie die Beine überkreuzte.

»Wann ist es bei dir so weit?«, fragte sie Jenny und legte die verschränkten Hände auf ihrem Bauch ab.

»Mitte Januar, und bei dir?«

»Anfang Februar.« Sie betrachtete Jenny eingehend, und ihre Augen wurden schmal. »Also, wie kommt eine wie du hierher?«

Jenny wickelte sich eine Haarsträhne um den Finger. Es war erstaunlich, wie schnell sich Mary eine Meinung über sie gebildet hatte. Wirkte sie wirklich so naiv und sittsam? Sie hatte sich tatsächlich immer an die Regeln gehalten. So lange sie zurückdenken konnte, lag es in ihrer Natur, anderen zu gefallen. Ihre Lehrer beschrieben sie immer als brave, eifrige Schülerin. Trotzdem saß sie nun hier in diesem seltsamen Haus und fragte sich, ob sie sich überhaupt selbst kannte.

Mary streckte die Hand aus und legte sie auf Jennys Bauch, die prompt zusammenzuckte.

»Tut mir leid.« Mary zog die Hand zurück. »Hab ich dir wehgetan?«

»Nein, gar nicht«, erwiderte Jenny. »Es ist nur … es hat ihn bis jetzt noch nie jemand berührt.«

Mary nickte, und Jenny wusste, dass sie verstand.

»Dann gibt es also keinen Vater?«

»Nein«, bestätigte Jenny und hielt inne. Sie stand kurz davor, ihr Geheimnis zu offenbaren. Vielleicht war es, weil sie im selben Boot saßen oder weil Mary trotz ihres kindlichen Aussehens so aufgeschlossen wirkte, jedenfalls beschloss Jenny, fortzufahren: »Ich arbeite im Bekleidungsgeschäft seiner Mutter. Oder besser gesagt: Ich habe dort gearbeitet.«

Sie senkte den Blick und pulte an einem losen Hautfetzchen an ihrem Fingernagel herum.

Marys Augen wurden schmal. »Weiß er es?«

»Ja, ich habe es ihm erzählt. Aber er ist verheiratet und gerade erst Vater geworden. Nachdem er es erfahren hat, wollte er nichts mehr mit mir zu tun haben.«

»Das tut mir leid«, sagte Mary und rieb Jennys Arm als kleine Geste der Verbundenheit. »Hast du ihn geliebt?«

»Damals dachte ich das. Mittlerweile bedauere ich, dass ich ihn überhaupt kennengelernt habe. Ich hätte das alles nicht tun sollen. Nichts davon.«

»Weiß seine Mutter Bescheid?«

»Mrs. Smith?! Nein!« Jenny sah Mary entsetzt an. »Sie darf es niemals erfahren. Sie denkt, ich dürfte auf ärztliche Anweisung hin nicht mehr arbeiten ... ich musste auch meinen Sekretärinnenlehrgang aufgeben. Selbst meine beste Freundin denkt, ich wäre krank. Ich habe mich wochenlang zu Hause eingeschlossen.«

»Meinst du, es wird ein Mädchen oder ein Junge?«, wollte Mary wissen.

»Ein Junge«, antwortete Jenny sofort, und klang dabei so überzeugt, dass es sie selbst überraschte. »Ich werde ihn James nennen.«

»Ach, tatsächlich?« Mary lächelte. »Und warum bist du dir da so sicher?«

»Ich fühle es einfach.« Die beiden jungen Frauen begannen, verschwörerisch zu kichern. Ihre Bäuche bebten, und es sah so albern aus, dass sie noch ausgelassener lachen mussten.

»Lachen tut weh«, meinte Jenny schließlich und streichelte ihren Bauch. Es war schön, das hier offen tun zu können. Außerdem hatte sie seit Monaten nicht mehr gelacht.

»Was ist mit dir? Bist du mit dem Vater zusammen?«

Ein Schatten huschte über Marys Gesicht.

»Nein.« Mary stellte die Füße ab und hievte sich zurück auf ihr eigenes Bett, womit das Gespräch beendet war. »Ich lasse dich jetzt mal in Ruhe auspacken.«

Jenny wandte sich ihrem Koffer zu und fragte sich, wie jemand so offen und plötzlich doch so verschlossen sein konnte. Sie fingerte an den Schnallen herum und klappte den Koffer auf wie ein Buch. Der muffige Geruch nach selbst gekochtem Essen stieg ihr entgegen, als hätte sich der Geist ihres Zuhauses heimlich in den Koffer gestohlen, um sie daran zu erinnern, was sie zurückgelassen hatte. Unter den sorgfältig gefalteten Nachtkleidern und den weiten Strickwesten ver-

steckte sich etwas, das beim Einpacken noch nicht da gewesen war. Jenny schob die Kleider beiseite, und ihr Blick fiel auf ein in Fettpapier eingeschlagenes Päckchen.

»Was ist das?«, fragte Mary neugierig und reckte den Hals, als würde sie über den Zaun ins Nachbargrundstück linsen.

Jenny hob das Päckchen vorsichtig heraus, schlug das Papier zurück, und ihr Gesicht wurde weich.

»Ein Zwiebel-Käse-Kuchen«, erklärte sie und tippte mit dem Finger gegen den knusprigen, goldbraunen Teig. »Den muss mein Vater gebacken haben.«

Jenny bewunderte die herrliche gewölbte Kuppel und sah, dass er den Rand mit den Fingern niedergedrückt hatte. Sie stellte sich vor, wie er den Teig ausgerollt, die Zwiebel geschnitten und den Käse gerieben hatte, und wie er alles, was er ihr sagen wollte, aber nicht in Worte fassen konnte, in diesen Zwiebel-Käse-Kuchen gesteckt hatte. Dieser Kuchen war ein unumstößlicher Beweis dafür, dass Liebe aus Taten sprechen konnte. Sie atmete den würzigen Geruch ein, und ihr Blick fiel auf eine unebene Stelle in der Mitte. Sie neigte den Kopf und lächelte, als sie den aus Teig geformten Buchstaben erkannte.

J für Jennifer.

Und für James.

»Ja, bitte?«, fragte eine Stimme aus der Gegensprechanlage, sodass Jenny sich nach vorne beugte und die Tasche, die sie für Bernard gepackt hatte, noch fester an sich drückte.

»Hallo, ich möchte zu Bernard Quinn. Ich bin seine Frau, Jennifer.«

Es folgte eine kurze Pause, dann klickte das Schloss. Jenny drückte die schwere Tür auf und ging den hell erleuchteten Korridor entlang. Ihre Absätze klapperten über den Linoleumboden. In der Luft lag der schale Geruch nach Krankheit und Großküche. Ein Pfleger schoss mit einem Bett an ihr vorbei, und sie erhaschte einen Blick auf blasse, gelbstichige Haut, geschlossene Lider und Schläuche. Sie wünschte, sie hätte heute Morgen am Computer nicht nach *Achtzigjähriger mit Lungenentzündung* gesucht, woraufhin das Internet ihre schlimmsten Befürchtungen bestätigt hatte.

Durch die nur angelehnte Krankenzimmertür sah sie Bernard in seinem Bett liegen. Er hatte die Augen geschlossen und eine Plastikmaske über Nase und Mund, die – auch wenn sie ihm beim Atmen half – viel zu groß und übermächtig in seinem wunderbaren Gesicht wirkte. Er war Jennys Kraftpunkt, ihre Konstante, und doch fühlte sich ihre Verbundenheit in diesem Moment so schrecklich vergänglich und zerbrechlich an.

»Bernie«, sagte sie leise, während sie die Tür aufdrückte. »Ich bin's nur.«

Zu ihrer Erleichterung öffnete er die Augen und hob mit zitternden Hände die Maske vom Gesicht.

»Hallo, Darling«, krächzte er und drehte vorsichtig den Kopf in ihre Richtung.

»Ach, Bernard!« Jenny konnte ihr Entsetzen nicht verbergen, als ihr Blick auf seine rechte Gesichtshälfte fiel.

Die ganze Seite war dick geschwollen und grün gefleckt, die Haut um das Auge war von einem intensiven Blaurot, und über seiner Augenbraue prangte ein großes weißes Pflaster, das mit einer Art Malerkrepp befestigt war. Seine Augen waren glasig, sein Blick abwesend, und vor allem wirkte er schrecklich traurig.

»Was ist denn gestern passiert?«, fragte Jenny mit erstickter Stimme, während sie versuchte, die aufsteigenden Tränen zurückzudrängen. Sie musste für Bernard stark sein.

»Ich wollte ein neues, größeres Nudelbrett für dich tischlern«, erklärte er mühsam atmend, als würde ein schweres Gewicht auf seiner Brust liegen. »Dann musste ich husten …«

Jenny nahm seine Hand und streichelte seinen Arm. Die Haut war weich und runzelig wie bei einem überreifen Pfirsich.

»Und ehe ich mich versah … wurde mir schwindelig …« Schmerzerfüllt verzog er das Gesicht, als er angestrengt zu husten begann. Er griff nach seiner Maske und atmete ein paarmal tief ein und aus.

Jenny spürte, dass sie in diesem Moment beide dasselbe dachten. Solche Stürze passierten *alten* Menschen. Sie konnten beide nicht den exakten Zeitpunkt festmachen, aber irgendwie war Bernard zu einem alten Mann geworden.

»Du hättest mir Bescheid sagen sollen.«

»Auf keinen Fall. Was hättest du schon ausrichten können?«

Jenny schluckte. »Ich hätte nach Hause kommen können.«

»Genau deshalb habe ich dich *nicht* angerufen.« Trotz seines Sturzes war Bernard genauso stur wie immer.

Sie hob den Turnbeutel aus Segelleinen hoch, den sie für ihn mitgebracht hatte. In einem anderen Leben war er Bernards Arbeitstasche gewesen, die sie mit seinen Lieblingssandwiches (Käse und eingelegtes Gemüse), einem Stück Obst und einer großzügigen Portion der Süßspeise gepackt hatte, die sie in der jeweiligen Woche gebacken hatte. Mittlerweile war er verblasst und abgewetzt, eine Erinnerung an die vielen Jahre, die vergangen waren.

»Ich habe dir einen frischen Schlafanzug, Unterwäsche und deine Hausschuhe mitgebracht.« Sie legte den sorgfältig gebügelten Stapel auf seinen Nachttisch. »Und außerdem noch die Zeitung von heute, einen Stift für das Kreuzworträtsel und eine Packung Lakritzkonfekt.«

»Danke«, sagte Bernard gerührt.

Jenny versuchte, einen großen, runden, in Alufolie verpackten Gegenstand aus der Tasche zu ziehen, der aussah wie ein Ufo und eigentlich viel zu groß für den Beutel war.

»Ich hatte Angst, dass du hier nichts Ordentliches zu essen bekommst«, sagte sie und legte ihm das Paket in den Schoß. »Außerdem konnte ich nicht schlafen. Also habe ich dir das hier gebacken.«

Bernard öffnete die Folie, und zum Vorschein kam eine perfekte, goldbraune Pastete mit einem sorgfältig geformten Rand. »Es ist ein Zwiebel-Käse-Kuchen«, erklärte sie und dachte an das Geschenk, das ihr Vater vor vielen Jahren für sie gebacken hatte. »Seelennahrung.«

In diesem Moment sah sie durch die Lamellen der Jalousie ein Rotkehlchen, das vorbeiflog und sich fröhlich zwitschernd im Wind treiben ließ. Es versprühte etwas Hoffnungsvolles.

»B …«, murmelte Bernard, und sein Finger folgte dem braunen Buchstaben auf dem Kuchen, der aus Teig bestand. »Wofür steht das?«

Sie verdrehte liebevoll die Augen. Es war schön, dass er genug Kraft zum Witzeln aufbringen konnte. »Für Bernard. Oder für *Besser, du wirst verdammt schnell wieder gesund.*«

Sein Lachen ging in einen weiteren Hustenfall über, und der unbeschwerte Moment war vorbei.

»Danke«, sagte Bernard, als er wieder zu Atem gekommen war. »Ich vermisse deine Kochkünste.«

Jenny schluckte, verschränkte die Hände in ihrem Schoß und senkte den Blick. »Das musst du nicht mehr. Ich habe beschlossen, das *Backduell* aufzugeben. Ich bleibe hier, bei dir. Wo ich schon die ganze Zeit hätte sein sollen.«

Das Schweigen, das folgte, klang durch das Summen der Neonröhren noch lauter. Bernards niedergeschlagenes Gesicht sagte mehr als tausend Worte.

»Ich habe es irgendwie von Anfang an geahnt, dass meine Bewerbung ein Fehler sein würde. Und nach dem, was gestern …«

»Du darfst jetzt auf keinen Fall aufgeben«, unterbrach Bernard sie. Seine Hand lag auf seinen Rippen, als würde ihm das Sprechen Schmerzen bereiten.

»Doch, natürlich. Du hast eine Lungenentzündung, ich muss mich um dich kümmern …« Sie schüttelte beschämt den Kopf. »Ich war nicht da, als du mich am meisten gebraucht hast, und ich werde denselben Fehler nicht noch einmal machen.«

Bernard griff nach dem Plastikbecher auf dem Nachttisch, um einen Schluck zu trinken. Seine Hand zitterte angestrengt.

»Das ist dein großer Moment, Jenny«, erklärte er keuchend. »Du hast eine Gabe, das weiß ich seit Jahren, aber jetzt erkennen es endlich auch andere Leute. Du musst deinem Stern folgen.«

»Das alles hat keinerlei Bedeutung, Bernard!«, entgegnete sie, und ihr wurde schwer ums Herz. »Nichts davon. Du bist alles, was für mich zählt.«

»Und *ich* wäre sehr aufgebracht, wenn du jetzt aufgibst.«

Sie legte den Kopf in die Hände.

»Man kümmert sich hier hervorragend um mich. Und das nächste Mal rufe ich dich an, versprochen.«

»Nein, das geht nicht. Wir wissen nicht, wie lange du hierbleiben musst und wie schwer deine Erkrankung wirklich ist. Und selbst wenn du zu Hause wärst, habe ich mein Handy nicht in Griffweite, wenn ich im Studio bin. Was, wenn irgendetwas passiert, und ich bemerke es wieder erst Stunden später? Das will ich nicht riskieren.«

»Jenny.« Er hielt ihre Hand so fest, wie es seine Kraft zuließ. »Wir können natürlich unser restliches Leben in Angst vor dem Schlimmsten verbringen, aber das würde keinen Spaß machen, oder?«

Sie schwieg und suchte nach einer Antwort.

»Lass dich von der Hoffnung leiten, nicht von der Angst.« Bernard lächelte. »Wenn all das eintritt, was du dir vorstellst, liegt keine besonders angenehme Zeit vor mir.«

»Ach, du …«, sagte sie leise schmunzelnd.

Einen Moment lang waren beide in ihren Gedanken versunken.

»Also los, erzähl mir alles«, sagte er schließlich. »Wie ist es gelaufen?«

»Wie ist was gelaufen?«

»Die Plätzchenwoche!«

»Oh.« Sie seufzte. »Ich habe den goldenen Kochlöffel gewonnen.«

Bernards Augen leuchteten.

»Ja, ich weiß.« Jenny lächelte vorsichtig.

»Das ist doch großartig! Wie kannst du ausgerechnet jetzt mit dem Gedanken spielen, aufzuhören?« Er schluckte. »Ich will, dass du mir jetzt etwas versprichst.«

»Und was?«

»Versprich mir, dass du nicht aufgibst.«

Jenny schüttelte den Kopf. »Das kann ich nicht.«

»Und wieso nicht?«, wollte Bernard wissen.

»Weil ich es dem Sender bereits gesagt habe.«

23
Himbeer-Baiser- & Kaffee-Walnuss-Windbeutel

Jenny erkannte schon bald, dass man sich in einer Gruppe ungleich stärker fühlte als allein.

Sie gingen die Hauptstraße entlang, und obwohl ihr Bauch mittlerweile zu groß war, um sich unter einem Dufflecoat verstecken zu lassen, fühlten sich die missbilligenden Blicke im Kreise ihrer Zimmergenossinnen etwas weniger persönlich an. Sie hatten einen Nachmittagsspaziergang in die Stadt gemacht, und nun ging es mit baumelnden Einkaufstüten voller Stoffwindeln, Wolle und Schokoeclairs zurück.

»Komm, wir gehen ein bisschen langsamer«, meinte Mary, die kaum noch die Beine heben konnte, hakte sich bei Jenny ein und zog sie an ihren warmen Körper, sodass auch Jenny hinter den anderen zurückblieb.

»Ich frage mich, ob dein Bauch schuld an dem Schneckentempo ist oder doch deine kurzen Beine«, witzelte Jenny, und Mary zwickte ihr durch den Mantel in den Arm.

»Aua!«

»Das geschieht dir nur recht.«

Mary war die erste Freundin, die kleiner war als Jenny, und obwohl sie einander erst seit einem Monat kannten, war es, als wären sie immer schon befreundet gewesen. Freundschaft basierte oft auf gemeinsamen Erlebnissen, und je größer die Geheimnisse in ihren Bäuchen wurden, desto größer wurde auch die gegenseitige Zuneigung. Sie waren in vielerlei Hinsicht wie Tag und Nacht. Mary erwähnte ihre Familie nur sehr selten, und wenn, dann hörbar wütend. Marys Stiefvater war ein starker Alkoholiker, den ihre Mutter um jeden Preis verteidigte, während Jenny ihren Vater abgöttisch liebte. Damit nicht genug, war Mary selbst ebenfalls voller Gegensätze – furchtlos und doch verletzlich, selbstbewusst und unsicher zur selben Zeit, und Jenny verspürte den überwältigenden Drang, sich um sie zu kümmern.

»Ich kann es kaum erwarten, dass dieses Kind endlich aus mir rauskommt, Jen«, keuchte Mary, und ihr Atem ging schwerer, je steiler die Straße anstieg. »Es ist so unbequem, die reinste Folter.«

»Ich weiß.« Jenny drückte Marys Arm. »Es dauert bestimmt nicht mehr lange.«

»Ich wäre vorsichtig mit dem, was ich mir wünsche«, meinte ein Mädchen namens Sylvia und hielt an, um sich eine Zigarette anzustecken. »Schließlich musst du es zur Welt bringen.«

»Danke für die Erinnerung«, sagte Mary, und ihre Augen wurden schmal. »Genau wie du.«

»Meine Schwester meinte, wir sollten vorher unbedingt das Atmen üben«, fuhr Sylvia fort.

»Wieso denn das?«, fragte Mary, stieß Jenny in die Seite und verdrehte die Augen.

»Es ist wichtig, während der Geburt richtig zu atmen.«

»Ich weiß, wie man atmet«, meinte Mary.

»Das meine ich doch nicht, Dummerchen. Man soll lernen, sich durch die Atmung zu entspannen. Anscheinend hilft das gegen die Schmerzen.«

»Streitet nicht«, mischte Jenny sich ein. »Wir werden alle früher oder später an diesen Punkt gelangen. Wo kann man das denn lernen, Sylvia?«

»Es gibt Lehrgänge im Krankenhaus.« Sylvia zog ein weiteres Mal an ihrer Zigarette. »Aber solche Dinge sind nichts für Mädchen wie uns.«

Mary sah Jenny an, und ihr Mund verzog sich zu einem Grinsen.

»Was?«, fragte Jenny und wischte sich mit dem Ärmel über den Mund. »Habe ich noch Eclair im Gesicht?«

»Nein«, lachte sie. »Du bist nur immer so vernünftig. Du würdest eine gute Mutter abgeben.«

Jenny senkte den Blick auf die Füße, die allerdings unter dem Bauch nicht mehr zu sehen waren. Einen Moment lang fühlte sie sich geschmeichelt, doch dann verpufften die Worte und hinterließen betretenes Schweigen.

»Tut mir leid«, hauchte Mary. »Ich wollte nicht …«

»Schon gut«, sagte Jenny. »Ich glaube auch, dass ich es wäre.«

Sie blieb abrupt stehen.

»Was ist los?«, fragte Mary und wäre beinahe hingefallen, nachdem sie sich immer noch bei Jenny eingehakt hatte.

»Ich habe etwas vergessen«, verkündete Jenny. »Es dauert nicht lange, ich hole euch sicher bald ein.«

Ehe Mary etwas erwidern konnte, machte sie sich von ihr los und eilte auf den Zeitschriftenladen zu.

Im Laden war es ruhig, und sie machte sich auf direktem Weg zum Schreibwarenregal. Dort, zwischen Bleistiften und Umschlägen stand ein kleines, in blaues Leder gebundenes Notizbuch, passend für einen Jungen. Jenny nahm es, ließ die Hand über den weichen Einband gleiten und fächerte die Seiten auf, sodass ihr ein sanfter Lufthauch entgegenwehte. Sie sah sich um, ob sie auch niemand beobachtete, dann hob sie das Buch an die Nase und atmete den Geruch der frischen Seiten ein. Es war perfekt.

Sie verbrachten den Rest des Nachmittags im Aufenthaltsraum, und es waren die Stunden des Tages, die Jenny am liebsten mochte. Es ging zwar vorrangig darum, sich die Zeit zu vertreiben, aber es war eine willkommene Ruhepause, nachdem sie den ganzen Vormittag Böden gewischt und Treppenhäuser auf Hochglanz gebracht hatten. Sie griff nach ihren Stricknadeln, um das linke Vorderteil eines winzig kleinen, herrlich weichen weißen Neugeborenenjäckchens weiterzustricken. Davor blätterte sie allerdings noch einmal in ihrem Strickmusterbuch und bewunderte die Fotos der Säuglinge. Wollmützchen, die unter dem Kinn mit einer hübschen Schleife gebunden wurden, gehäkelte Mäntel mit adretten kleinen Knöpfen und süßen Rundhalskragen. Sie würde dafür sorgen, dass James genauso hübsch aussah. Er würde mehrere Jäckchen, Leibchen und Windelüberhosen bekommen, genau wie die Kinder auf den Bildern. Sie machte sich an das Knopfloch in der siebenundfünfzigsten Reihe, und ihre Nadeln klapperten in einem beständigen, beruhigenden Rhythmus. Ihre Gedanken gingen auf Wanderschaft, und da passierte es oft, dass James sich durch heftige Tritte bemerkbar machte, woraufhin sie ihm jedes Mal auftrug, noch ein wenig zu warten, bis seine Erstausstattung fertig war.

»Warum sehen deine Sachen so hübsch aus und meine so grauenhaft?«, fragte Mary, schob sich ein Schokoeclair in den Mund und betrachtete prüfend den Inhalt von Jennys Säuglingskiste, die diese in blassblaues, gemustertes Papier eingeschlagen hatte. Sie zog ein Paar vanillegelbe Schühchen mit glänzend weißen Schleifen hervor.

»Vielleicht deshalb, weil du andauernd Karten spielst«, erwiderte Jenny, die ebenfalls den Mund voller Schokolade hatte.

»Sie sind so winzig«, fuhr Mary fort, steckte einen Finger in jeden Schuh und trippelte damit über den Tisch.

»Ich hoffe, du hast keine Schokolade an den Händen«, zischte Jenny, doch Mary tat, als hätte sie nichts gehört.

»Seht euch das an.« Mary hob ein zartes Häkeltuch vom Boden der Kiste und hielt es ins Licht, und auch die anderen Mädchen kamen, um es zu bewundern.

»Das würde sogar für einen Prinzen passen«, meinte Jean, eine zurückhaltende junge Frau, die meist schweigend strickte und den Gesprächen der anderen lauschte, ohne selbst etwas beizutragen.

Sylvia nahm Mary das Tuch aus der Hand, wickelte es sich wie ein Stirnband um den Kopf und betrachtete sich in der spiegelnden Fensterscheibe.

Als Mary spürte, wie unwohl Jenny dabei war, nahm sie Sylvia das Tuch rasch ab.

»Gebt ihr sonst auch noch etwas in eure Kiste?«, fragte Sylvia. »Ein Andenken für euer Kind, wenn es achtzehn wird?«

»Was für ein Andenken?«, erwiderte Mary und verschränkte die Arme über ihrem Bauch.

»Ich habe ein silbernes Kreuz, das mir meine Mutter geschenkt hat«, meinte eine Stimme aus der Ecke. »Vielleicht lege ich das dazu.«

»Dürfen wir ein Foto dazulegen?«, fragte eine andere Frau.

»Das bezweifle ich«, antwortete Sylvia, und die anderen stimmten ihr zu, bevor sie in nachdenkliches Schweigen verfielen, das lediglich vom Klappern der Nadeln und dem Rascheln der Karten durchbrochen wurde, die gerade gemischt wurden.

»Was ist mit dir, Jen?«, fragte Mary, die wie immer versuchte, jeglicher Beschäftigung mit sich selbst aus dem Weg zu gehen.

»Ich habe mir da tatsächlich schon etwas überlegt«, antwortete Jenny und schob die Maschen auf der Nadel nach hinten.

»Los, sag schon.«

»Ein Rezeptbuch.«

»Ein Rezeptbuch?«, fragte Sylvia verwirrt.

»Es gibt da einige Familienrezepte, die ich gern an James weitergeben würde. Ich will sie in ein kleines Büchlein schreiben, und vielleicht steht er eines Tages in der Küche und verwendet sie.«

Mary nickte, doch Sylvia schien nicht gerade überzeugt.

»Gutes Essen ist auch ein Zeichen der Liebe, nicht wahr? Wenn er sieht, dass ich diese Rezepte für ihn aufgeschrieben habe, wird er wissen, was ich für ihn empfunden habe.«

»Hast du jemals überlegt, ihn zu behalten?«, fragte Sylvia und pulte an ihren Fingernägeln.

»Natürlich, aber ich habe im Grunde keine Wahl. Er hätte keinen Vater und ich keinen Ehemann. Mein Vater meint, James verdient eine Familie, genau, wie ich sie hatte.«

»Das finde ich nicht«, erklärte Mary und gab die Karten für die nächste Runde aus. »Wenn du ihn willst, bist du die einzige Familie, die er braucht.«

»Aber ich kann ihn nicht allein großziehen.«

»Warum behältst du *dein Kind dann nicht, Mary?«, fragte Sylvia. »Wenn du schon dieser Meinung bist?«*

»Weil es bei mir etwas anderes ist«, versetzte Mary und hielt mit den Karten in der Hand inne, um Sylvia fest in die Augen zu blicken. »Ich will dieses Kind nicht.«

»Soll ich dir helfen, auch so ein Tuch zu häkeln?«, fragte Jenny und stieß Marys Fuß an.

»Nein, danke«, erwiderte diese gereizt, stürmte zur Tür und hinterließ unangenehmes Schweigen. »Ich mache jetzt ein Nickerchen.«

Die Tür fiel mit einem lauten Knall ins Schloss. Jenny fühlte mit ihrer Freundin und spürte den Schmerz, den diese in sich begrub.

Sie legte die Stricknadeln beiseite, griff nach der Kiste mit der Erstausstattung und stellte sie auf ihren Oberschenkeln ab. Dann legte sie ein Kleidungsstück nach dem anderen zurück, faltete das Häkeltuch zu einem säuberlichen Quadrat und strich die Ärmel eines winzigen Jäckchens glatt, ehe sie die Knöpfe schloss und den Kragen zurechtzog. Ein Gefühl der Aufregung überkam sie, als sie sich vorstellte, wie es sein würde, James anzuziehen, seine pummeligen Ärmchen durch die Ärmel zu schieben und die Schuhe über seine weichen Füßchen zu ziehen, doch im nächsten Moment stieg ein stummer Schrei in ihr hoch. Denn mit einem Mal wurde ihr klar, dass nicht sie diejenige sein würde, die all das tat.

Es war früher Nachmittag, und Tag eins der Patisseriewoche neigte sich dem Ende zu, während Jenny auf dem Rücksitz von Anns und Freds Auto saß. Bernard hatte auf dem Beifahrersitz Platz genommen, sodass sie immer wieder heimlich einen Blick in den Seitenspiegel und auf die Naht über seinem Auge werfen konnte. Sie war unendlich dankbar, dass sie nach sechs langen Tagen und Nächten nun endlich auf dem Weg nach Hause waren.

»Vorsichtig, Fred!«, rief Ann und klammerte sich an die Kopfstütze, als er mit etwas zu viel Schwung über eine Bodenschwelle fuhr. »Wir fahren gerade vom Krankenhaus nach Hause und wollen nicht gleich wieder dorthin zurück.«

»Tut mir leid, Leute«, entschuldigte sich Fred. »Die habe ich nicht kommen sehen.«

»Jenny.« Ann öffnete die Tasche, die zwischen ihnen stand. »Ich habe den hier für euch gemacht, damit du dir keine Gedanken um das Abendessen machen musst.«

Jenny warf einen Blick in die Tupperdose, die Ann ihr überreichte. Durch den durchsichtigen Deckel erkannte sie Anns Cottage Pie.

»Danke, Ann, das ist sehr aufmerksam von dir.« Es zählte der wohlwollende Gedanke und nicht die Tatsache, dass Ann vermutlich auf sämtliche Gewürze verzichtet hatte. »Ihr beide wart die ganze Woche über ein wahres Geschenk des Himmels.«

Während Ann von allen möglichen Leuten mit Lungenentzündung erzählte, die sie kannte oder von denen sie zumindest gehört hatte, war Jenny in Gedanken im Fernsehstudio. Sie fragte sich, wie es für die anderen Kandidaten gelaufen war, was sie gebacken hatten und ob es Triumphe und Katastrophen gegeben hatte. Die Patisseriewoche war bekanntermaßen die schwierigste. Sie spürte einen Stich in der Brust, als sie daran dachte, was sie versäumt hatte, doch im nächsten Moment war das schlechte Gewissen wieder da. Das Wichtigste war, dass Bernard wieder gesund nach Hause kam. Wie hatte sie sich jemals mehr wünschen können als das?

Sie holte ihr Telefon aus der Handtasche, machte es an und bekam im nächsten Moment Herzklopfen, als sie die Nachricht von Azeez sah. Er war der Erste gewesen, den sie nach ihrem Ausscheiden angerufen hatte, und er hatte zuerst gedacht, sie würde einen Scherz machen. Aber nachdem sie ihm von Bernard erzählt hatte, hatte sich seine Fassungslosigkeit sofort in Sorge verwandelt. Auch wenn sie die Enttäuschung in seiner Stimme gehört hatte, konnte er ihre Entscheidung absolut nachvollziehen.

Sie öffnete die Nachricht. Es war ein Foto von Azeez und Carys, die mit strahlenden Gesichtern hinter Jennys Arbeitsplatz standen. Beim Anblick ihrer gusseisernen Waage, überkam sie auf einmal eine große Sehnsucht. Unter dem Bild befand sich noch ein Text:

Hi Jenny, wie geht es Bernard? Wir haben dich heute SEHR vermisst, aber ich habe dich hoffentlich stolz gemacht. Morgen trete ich in der Überraschungschallenge gegen Sorcha an. (Eine sehr umstrittene Entscheidung, nachdem sie »versehentlich« Angelas Teller umgestoßen hat, um im Kühlschrank Platz für ihren eigenen zu machen!!) Hast du einen Tipp für mich? Kuss, Azeez

Jenny schnappte erfreut nach Luft, sank jedoch sofort in sich zusammen, als sie Anns musternden Blick spürte. Sie riss sich zusammen und gab sich betont ernst, als sie eine Antwort tippte:

Gut gemacht! Mein Tipp wäre, deinem Instinkt zu folgen und es vor allem zu genießen. Ich hoffe, Angela geht es gut. Bestell ihr liebe Grüße. Bernard geht es besser, wir sind gerade auf dem Heimweg vom Krankenhaus. Ich vermisse euch. Alles Gute. Kuss, Jenny

Sie sah aus dem Autofenster auf die sonnenbeschienene Straße und stellte sich vor, wie Azeez den goldenen Kochlöffel gewann, wobei die Freude darüber sofort von dem Gedanken daran verdrängt wurde, dass sie nicht da sein würde, um mit ihm zu feiern. Sie machte das Handy wieder aus und steckte es gerade zurück in die Tasche, als das Auto vor ihrem Haus hielt.

»Danke für alles«, sagte Bernard, nachdem Fred den Motor ausgemacht hatte.

»Keine Ursache. Falls ihr noch etwas braucht, wisst ihr ja, wo ihr uns findet.«

»Das ist lieb von euch«, meinte Jenny, und Ann erinnerte sie daran, den Cottage Pie nicht zu vergessen.

In der einen Hand trug sie ihre Taschen, während sie mit der anderen nach Bernards Arm griff, dann machten sie sich gemeinsam auf den Weg zur Haustür.

»Trautes Heim, Glück allein«, stellte er zwischen zwei schweren Atemzügen fest.

Als sie sich der Haustür näherten, fiel Jenny auf, dass etwas nicht stimmte. »Das ist seltsam«, sagte sie stirnrunzelnd, als sie entdeckte, dass im Flur Licht brannte. »Ich bin mir sicher, dass ich das Licht vorhin ausgemacht habe …«

Sie wollte gerade nach dem Schlüssel in ihrer Handtasche greifen, als plötzlich die Tür aufschwang. Erschrocken machte sie einen Satz zurück.

»Rose!«, rief sie verwirrt. »Was, um alles in der Welt, machst du denn hier?«

»Ach, Onkel Bernie!«, seufzte Rose, legte den Kopf schief und betrachtete sein zerschundenes Gesicht. »Du Armer. Das sieht schmerzhaft aus.«

»Ist alles in Ordnung?«, fragte Jenny und trat ins Haus. »Solltest du nicht im Büro sein?«

»Es ist alles okay«, antwortete Rose, während sie Bernard liebevoll den Mantel von den eingesunkenen Schultern zog. »Ich habe mir ein paar Tage freigenommen.«

»Wirklich? Willst du verreisen?«

»Na ja, wenn es euch recht ist, würde ich gerne hier bleiben.«

Erstaunt sah Jenny Bernard an. Sie hatte keine Ahnung, was hier vor sich ging, aber er wirkte nicht im Geringsten besorgt. Jeremy und Rose hatten doch so glücklich gewirkt, als sie sich das letzte Mal gesehen hatten. Sie hatten sich doch nicht getrennt … oder doch?

»Du meine Güte«, begann sie vorsichtig. »Was ist denn passiert?«

»Ich erkläre es dir gleich«, erwiderte Rose mit der Hand auf dem Teekessel. »Wollt ihr einen Earl Grey?«

»Ja, gerne«, antworteten Jenny und Bernard wie aus einem Mund.

Jenny begleitete Bernard zu seinem Stuhl, während Rose den Tee kochte und versuchte, sich in der unbekannten Küche zurechtzufinden. Sie öffnete immer wieder die falschen Schränke, doch irgendwann hatte sie gefunden, was sie brauchte, und setzte sich mit ernstem Gesicht zu ihnen an den Tisch.

Sie steckte sich nervös die Haare hinter die Ohren, bevor sie zu sprechen begann. »Ich möchte euch einen Vorschlag machen.«

Jennys Magen zog sich noch mehr zusammen. Was hatte Rose ihnen bloß zu sagen? Kurz hatte sie das Gefühl, als hätten sich Bernard und seine Nichte einen verschwörerischen Blick zugeworfen, aber sie war sich nicht sicher.

»Ich würde mich gerne die nächsten paar Wochen um Onkel Bernie kümmern, während er sich erholt«, erklärte Rose und nahm einen Schluck Tee. »Und während du zum *Backduell* zurückkehrst.«

Jenny sah mit großen Augen und offenem Mund von Rose zu Bernard, der zustimmend nickte. Offenbar hatten die beiden bereits vorab darüber gesprochen.

»Das ist wirklich lieb von dir«, sagte Jenny schließlich. »Aber das kann ich nicht zulassen. Du hast Poppy und Max, ganz zu schweigen von deiner Arbeit ...«

»Doch, das kannst du«, erwiderte Rose bestimmt, während Bernard noch immer zustimmend nickte. »Du *musst* sogar. Jeremy kann sich um Poppy und Max kümmern, und es sind ja nur paar Tage die Woche. Ich kann von hier aus arbeiten, die Firma ist einverstanden.«

Jenny holte tief Luft. Die letzte Woche glich einer Achterbahnfahrt, deren Auswirkungen sich langsam bemerkbar machten.

»Ich weiß das Angebot sehr zu schätzen. Aber es ist zu spät.«

Rose schüttelte den Kopf, als wüsste sie es besser.

»Doch, das ist es. Ich habe die Patisseriewoche verpasst. Das ist die schwierigste Woche von allen, und es wäre den anderen gegenüber nicht fair, jetzt wieder einzusteigen. Der Sender würde mich nicht wieder nehmen, selbst wenn ich wollte ...«

»Doch!«, rief Bernard voller Begeisterung. »Ich habe Rose Carys' E-Mail-Adresse gegeben, und sie hat mit ihr geredet. Du hast letzte Woche den goldenen Kochlöffel gewonnen, weshalb du diese Woche ohnehin nicht nach Hause gefahren wärst. Du kannst also in Woche vier wieder einsteigen.«

Rose lächelte eifrig, als wollte sie Jenny telepathisch dazu bringen, das Angebot anzunehmen.

Jenny blinzelte. Sie spürte ein kurzes Gefühl von Hoffnung, das jedoch sofort wieder verschwand, als ihr Blick auf das zerschundene Gesicht ihres geliebten Bernards fiel.

»Es ist nicht nur das«, sagte sie und legte die Hand auf ihre Brust. »Ich weiß nicht, ob ich es hier drin, im Herzen, schaffe.«

Rose sah Bernard an, als schmiedeten sie wortlos einen Plan. »Warum nimmst du dir nicht den Abend Zeit, um darüber nachzudenken? Vielleicht kannst du ja ein Rezept nachholen, das du diese Woche in der Show gebacken hättest?«, schlug Bernard vor.

Jenny überlegte einen Moment. Die Vorstellung, sich nach dieser aufregenden Woche in der Küche abzulenken, war verlockend. Der nächste Gedanke galt bereits ihren Vorräten und den Rezepten, die sie vorbereitet hatte. »Ich könnte vielleicht das Bäckerdutzend nachbacken? Himbeer-Baiser- & Kaffee-Walnuss-Windbeutel?«

»Ja, bitte!«, meinte Rose und zwinkerte Bernard zu.

»Also gut«, sagte Jenny. »Herausforderung angenommen.«

Als Rose mehr als zwei Stunden später zurückkehrte, sah die Küche aus, als wäre die Back-Apokalypse über sie hereingebrochen, wobei unklar war, ob Genie oder Wahnsinn am Werk gewesen waren. In der Spüle stapelten sich Backbleche, Schneebesen und Rührschüsseln, die Arbeitsplatte war voller Baiserkleckse und vergessener Pfannen.

»Wie ist es gelaufen?«, fragte Rose behutsam.

»Gut, denke ich«, antwortete Jenny und wischte sich etwas Mehl aus dem Gesicht. »Aber ich habe sie noch nicht probiert.«

Die Himbeer-Windbeutel waren mit roter Glasur überzogen und in zerbröseltes Baiser getaucht, sodass sie beinahe aussahen wie Schneebälle. Die Kaffee-Walnuss-Windbeutel hatten einen Deckel aus knusprigem Craquelin, das an aufgesprungene Erde erinnerte, und obenauf saß eine mit Gold bestäubte Walnuss.

»Ich glaube ehrlich gesagt nicht, dass ich so etwas schon einmal gesehen habe«, sagte Rose und betrachtete die Köstlichkeiten eingehend.

»In diesem Fall sollten wir sie auf jeden Fall probieren«, meinte Jenny. »Mal sehen, ob sie auch gut schmecken.«

Sie trug das Tablett ins Wohnzimmer und stellte es auf den Couchtisch vor Bernard, dessen Gesicht wie so oft hinter der Zeitung versteckt war.

»Bitte bedient euch. Die Pinkfarbenen sind mit Himbeercreme gefüllt, in den Braunen ist Kaffeecreme.«

»Du meine Güte.« Bernard legte die Zeitung beiseite und schnappte sich mit jeder Hand einen Windbeutel. »Ich nehme gleich zwei, wenn's recht ist. Ich muss einiges nachholen.«

Jenny biss in den fluffig-leichten Brandteig und die üppige Himbeercreme, die auf beiden Seiten herausquoll, sodass sie sie von den Fingern lecken musste. Ein Chor aus *Mhhms* und *Aahs* erklang, und sie hielten einen Moment lang inne und ließen den Geschmack wirken, bevor sie sich wie besessen gemeinsam über den Rest hermachten.

»Wow.« Bernards Backen waren ausgebeult wie bei einem Hamster. »Du hast schon einige unglaubliche Dinge aus dem Ofen gezaubert, Darling, aber die hier sind einzigartig.«

»Sind sie außen knusprig und innen luftig?«

»Ja, auf jeden Fall«, antwortete Rose mit der Hand vor dem vollen Mund. »Und sie sehen tatsächlich alle gleich aus.«

»Welche schmecken euch besser?«

»Himbeere« und »Walnuss« antworteten Rose und Bernard gleichzeitig.

»Das heißt wohl beide«, fasste Bernard zusammen und zwinkerte Jenny über den Tisch hinweg zu.

Während sie sich die Hände abwischten und die Bäuche hielten, fragte sich Jenny, was die Juroren wohl zu ihren Windbeuteln gesagt hätten, wenn sie diese Woche dabei gewesen wäre.

»Lasst uns doch bitte eine Minute innehalten, um zu würdigen, wie weit du gekommen bist«, schlug Rose vor und legte den letzten Bissen ihres rosafarbenen Windbeutels auf den Teller. »Du warst immer eine begnadete Bäckerin, aber das hier ist definitiv etwas anderes als ein Weihnachtsbaumstamm oder ein Tiffin. Es fühlt sich an wie ein Nachmittagstee im *Ritz*.«

Jennys Blick wanderte durch das Fenster in den Garten, der in tiefer Dunkelheit lag. Gedankenversunken schrubbte sie die Teller und stellte sie vorsichtig in das Abtropfgitter, bevor sie die Schüssel mit dem Spülwasser ausgoss und zusah, wie es sich spiralförmig in den Abfluss drehte.

»Bernard liegt jetzt im Bett«, verkündete Rose, die in die Tür getreten war. »Das Treppensteigen fällt ihm zwar schwer, aber er kommt klar, wenn er sich Zeit lässt. Soll ich dir beim Abwasch helfen?«

»Das ist lieb von dir, aber nicht nötig. Ich bin fast fertig.«

Rose lehnte sich unschlüssig an die Arbeitsplatte, als läge ihr etwas auf dem Herzen.

»Hattest du schon Zeit zum Nachdenken?«, fragte sie schließlich, während ihr Blick Jenny durch die Küche folgte, die das Geschirr und die Backutensilien zurück an ihre angestammten Plätze brachte.

»Das hatte ich.« Jenny wischte eine Pfanne mit dem Geschirrtuch trocken.

»Und?«

»Dein Angebot ist das Liebenswürdigste, das jemals jemand für mich tun wollte.« Jenny schloss die Tür des Küchenschrankes, dann griff sie nach einem Schneebesen auf dem Abtropfgitter. »Und ehrlich gesagt würde ich nur zu gerne wieder in die Show zurückkehren.«

Rose nickte. *»Aber?«*

»Die letzte Woche hat mir schmerzvoll vor Augen geführt, wie kostbar die Zeit ist, die Bernard und ich noch haben.« Sie hielt inne, während sie nach den richtigen Worten suchte. »Und wie kurz.«

»Das verstehe ich. Darf ich dir ein Geheimnis verraten?«

»Ja, natürlich.« Jenny steckte den Schneebesen in das Glas mit den Backutensilien.

»Ich liebe Poppy und Max mehr, als ich es je in Worte fassen könnte, und wenn es möglich wäre, würde ich jede einzige Minute ihres Aufwachsens begleiten. Ich würde keine Sekunde verpassen wollen. Ich weiß, dass ich ihnen irgendwann die letzte Gutenachtgeschichte vorlesen werde. Dass eine Zeit kommen wird, in der sie mich nicht mehr brauchen. Die Jahre fliegen dahin, ohne dass ich es überhaupt bemerke. Du hast also vollkommen recht. Zeit ist unendlich wertvoll.«

Jenny spürte, wie ihr die Tränen in die Augen stiegen, und sie konzentrierte sich auf den Teller in ihrer Hand, damit Rose nichts bemerkte.

»Aber ich weiß auch, wie wichtig es ist, sich selbst die gleiche Zeit und Liebe zuzugestehen, die man anderen schenkt. Für mich geht es dabei um meine Karriere. Und die Tatsache, dass auch sie mir wichtig ist, bedeutet nicht, dass meine Liebe zu meinen Kindern deshalb weniger wird.«

Jenny stellte den Teller in den Schrank, bevor sie sich zu Rose umwandte.

»Was ich damit meine, ist, dass es nicht immer *entweder oder* heißen muss. Du musst dich nicht zwischen deinen Zielen und Bernard entscheiden. Denn beides ist wichtig.«

Jenny schwieg immer noch, doch die Sorge wich langsam, aber sicher einer großen Erleichterung.

»Und nicht nur das, ich denke, wenn man sich seine Träume erfüllt, wird man auch zu einem besseren Menschen für diejenigen, die man liebt.«

»Es heißt nicht *entweder oder*«, wiederholte Jenny, und eine schwere Last fiel von ihren Schultern, als sie es laut aussprach. »Du warst schon immer so unglaublich klug, Rose. Schon als kleines Mädchen.«

Rose trat auf sie zu und zog sie in eine innige Umarmung, sodass Jenny ihr Shampoo riechen konnte. »Ich verspreche dir, dass ich mich gut um Onkel Bernard kümmern werde.«

»Das weiß ich doch.« Während Rose sich von ihr löste, wischte sich Jenny eine Träne von der Wange, bevor sie ein schweres Seufzen ausstieß.

»Also gut«, sagte sie und hängte das Geschirrtuch kopfschüttelnd über die Ofentür. »Dann kehre ich zum *Backduell* zurück – und das ausgerechnet zur Brotwoche.«

24
Landbrot

Es geschah am elften Januar. Jenny zog das Geschirrtuch zurück, und ihr Blick fiel auf eine blasse Kugel, glatt und rund wie ihr Bauch. Sie stürzte die Schüssel auf den mehlbestäubten Tisch und drückte den Finger in den weichen Teig, sodass ein Loch entstand, das sich langsam wieder verschloss. Sie zog den Teig und faltete ihn immer wieder, um die Luft herauszubekommen. Der Geruch nach Hefe war so überwältigend, dass sie ihn beinahe schmecken konnte. Sie knetete weiter, bis der Teig scheinbar willenlos unter ihren Händen nachgab, und spürte dabei einen dumpfen Schmerz im Rücken.

Als Nächstes teilte sie etwa ein Viertel des Teiges ab und formte die beiden Stücke zu Kugeln, wobei sie den oberen Teil der Kugel straff zog und nach unten faltete, wie bei einem Bettlaken. Dann legte sie den kleineren Laib auf den größeren, stach mit zwei mehlbestäubten Fingern in die Mitte beider Laibe, bis sie die harte Tischplatte spürte, zeichnete mit einem scharfen Messer ein Muster aus acht tiefen Schnitten in die Oberfläche und stellte alles beiseite, damit der Teig noch etwas gehen konnte. Er wurde langsam größer, und am Ende sah der Laib aus wie die von Kinderhand gezeichnete Krone der Königin.

Jenny bückte sich, um das Brot in den Ofen zu schieben, als mit einem Mal etwas Warmes an der Innenseite ihrer Oberschenkel nach unten rann. Sie hob hastig den Rock. Es war nichts zu sehen, aber sie spürte die Feuchtigkeit auf ihrer Haut. Nachdem sie die Ofentür geschlossen hatte, eilte sie den Flur entlang in Richtung Toilette und traf dabei auf Mary, die neben einem Eimer und mit einer Bürste in der Hand vor dem Treppenabsatz kniete und aussah, als würde sie nie im Leben wieder hochkommen.

»Hoppla, wo willst du denn so eilig hin?«, fragte Mary und setzte sich auf die Fersen.

Jenny presste die Beine zusammen und hielt den Blick auf die starren Borsten von Marys Bürste gerichtet.

»Ist alles in Ordnung?«

»Ich glaube schon«, antwortete Jenny und senkte die Stimme. »Die Hausmutter hat mich gebeten, ein Landbrot zu backen, und als ich es in den Ofen geschoben habe, ist … etwas passiert …«

»Etwas?« Mary senkte die Bürste, und ihre Augen wurden schmal.

»Keine Ahnung, es war … ein Missgeschick.«

Mary stemmte sich am Treppengeländer hoch.

»Brauchst du einen frischen Schlüpfer?«

»Ich … das war es nicht. Es hat sich … anders angefühlt.«

»Was meinst du …?« Mary packte Jennys Arm. »Glaubst du, es war das Kind?«

Jenny senkte den Blick auf ihren Bauch, der mittlerweile deutlich nach unten drückte.

»Möglich.«

»Was machen Sie beide denn hier?«, keifte die Hausmutter und marschierte auf Jenny und Mary zu.

»Ich …« Jennys Herz zog sich zusammen.

Der Blick der Hausmutter landete auf dem dunklen Fleck auf ihrem Rock, der langsam größer wurde.

»Holen Sie sich eine Windel«, befahl sie, »und dann ab zur Eingangstür.«

Mary erhob sich eilig und griff nach Jennys Arm.

»Dazu braucht es keine Begleitung«, zischte die Hausmutter und trat mit dem Fuß gegen den Eimer. »Die Böden wischen sich nicht von allein.«

Kurz darauf saß Jenny mit einer Windel unter dem Rock in einem Taxi und presste sich eine Hand auf den unteren Rücken, in dem sich ein anhaltender Schmerz breitgemacht hatte. Sie sah aus dem Fenster, Umrisse verschwammen zu endlosen Linien, die roten Backsteinhäuser verschmolzen mit den Bürgersteigen zu einem braunen Meer, und die Amseln waren nur als schwarze Kleckse am Nachmittagshimmel auszumachen. Sie presste eine Hand auf das kalte Glas, das sie von der Außenwelt trennte, und fühlte sich so allein wie nie zuvor. Sie brauchte ihren Vater, sie brauchte ihre Mutter. Sie hätte sie so gern gefragt, was gerade passierte und was sie jetzt machen sollte? Sie wollte die Hand halten, die ihre Hand als Allererste gehalten hatte. Sie wollte sie vor Liebe und Angst zerdrücken.

Auf der Geburtenstation wurde Jenny von einer Krankenschwester empfangen, die denselben ablehnenden Gesichtsausdruck aufgesetzt hatte, mit dem ihr in den letzten Monaten beinahe jeder begegnet war. Sie führte Jenny in einen kleinen Raum mit einem einzelnen Bett und wies sie an, das Krankenhaushemd anzuziehen, das gefaltet am Fußende lag. Jenny tat, wie ihr geheißen, doch sie schaffte es nicht, die Bänder im Rücken zu schließen, sodass sie sich schmachvoll entblößt fühlte, als sie sich schließlich unverrichteter Dinge auf das Bett legte.

Aus Minuten wurden Stunden, in denen sie darauf wartete, dass jemand kam, und dabei in regelmäßigen Abständen von schrecklichen Schmerzen durchfahren wurde, die im Rücken begannen und langsam ihren ganzen Körper und auch ihre Seele erfassten. Sie biss die Zähne zusammen, und ein dumpfes Stöhnen drang zwischen ihren Lippen hervor. Ab und zu hörte sie den ein oder anderen kehligen Schrei auf der anderen Seite der Wand, und sie lauschte entsetzt und wartete, dass es auch bei ihr losging. Sie grub die Fingernägel in die Matratze, und heiße Wut stieg in ihr hoch, als sie an Ray dachte, für den seine Taten keinerlei Konsequenzen hatten.

»Hilfe!«, schrie sie in das leere Zimmer hinein und blinzelte die Tränen zurück, während die Wehen immer stärker wurden und sie schließlich das Gefühl hatte, ihrer unbarmherzigen Kraft hilflos ausgeliefert zu sein.

»Ich bin hier drin!«, heulte sie, denn man hatte sie wohl vergessen. »Bitte. So helft mir doch!«

»Das reicht jetzt«, zischte eine wütende Stimme, und eine Frau mit einer Plastikschürze stapfte auf sie zu. »Es gibt keinen Grund, eine solche Szene zu machen, Miss Eaton. Ich schätze, davon haben Sie bereits mehr als genug veranstaltet.«

Ehe Jenny die Worte verdauen konnte, packte sie eine weitere Wehe, und dieses Mal war der Schmerz so heftig, dass ihre Beine zu zittern begannen.

»Lassen Sie mal sehen«, befahl die Hebamme und drückte grob Jennys Beine auseinander, während eine weitere Krankenschwester ins Zimmer trat. »Das ging aber schnell.« Jenny fühlte sich noch einsamer als in den Stunden davor, als die beiden Frauen begannen, mit ihren kalten Instrumenten in ihr herumzustochern. Die Abscheu der beiden war deutlich an ihren stählernen Gesichtern zu erkennen.

Doch unter tiefsten Schmerzen dachte Jenny an ihr ungeborenes Baby und daran, dass sie ganz und gar nicht allein war. Es gab da jemanden, den sie bald kennenlernen würde.

»Kommt er?«, keuchte sie und presste die Augen zu.

»Noch nicht«, lautete die knappe Antwort, dann verließen die Hebamme und die Krankenschwester erneut das Zimmer.

Jenny versuchte, ihre Lunge in den kürzer werdenden Pausen zwischen den Wehen mit genügend Luft zu füllen, und James' Herz raste genauso wie ihres, als sie die Luft wieder ausstieß und sich erneut vor Schmerz krümmte.

Du schaffst das, *erklärte sie ihm.* Ich gebe mein Bestes, das verspreche ich dir.

Im nächsten Augenblick überkam sie der unbändige Drang, zu pressen, und tief in ihrem Inneren erwachte eine Kraft, von der sie nie gedacht hätte, sie zu besitzen. Krankenschwestern strömten ins Zimmer, doch Jenny sah sie nicht. Alles, was sie wahrnahm, war ein gleißendes Brennen zwischen den Beinen.

»Fast geschafft«, verkündete die Hebamme.

Jenny nahm ein letztes Mal all ihre Kraft zusammen und presste, wobei sie einen Laut ausstieß, der sich mit nichts Bisherigem vergleichen ließ. Es war ein heulender, keuchender Schrei, der tief aus ihrer Seele emporstieg, wie bei einem Wolf, der den Mond anheulte. Sie schrie für all die Male, in denen sie schweigen musste. Für das Leben, das sie erschaffen hatte, und für die Schmach, die sie dafür ertragen musste.

»Es ist ein Junge«, verkündete die Hebamme, und Jenny nickte, denn das hatte sie schon immer gewusst.

»James«, hauchte sie, als man ihn ihr auf die Brust legte.

Sie zeichnete die zarten Ohren, die winzige Nase und die gespitzten Lippen nach, und es schien, als wäre sie noch vor einem Moment vollkommen blind gewesen. Erst jetzt, da sie dieses kleine Wesen erblickt hatte, erkannte Jenny die Schönheit der Welt, die sie durchflutete, wie das erste Licht des Morgens, das durch die Bäume drang. Unter dem Blut war sein Kopf von dunklem Flaum bedeckt, und er sah sie an, während sie ihn ansah. Es war, als hielte sie ihr eigenes Herz in den Händen. Sein Blick war nicht der eines Neugeborenen, sondern der eines alten Mannes. Ruhig und weise. Alles an ihm war ihr vertraut, und als sie seine noch feuchte Wange mit dem Fingerrücken streichelte, wusste sie, dass sich ihre Welt für immer verändert hatte. Sie war nicht länger bloß Jennifer Eaton, sie war die Mutter dieses Jungen.

»Wir müssen ihn waschen und wiegen«, meinte die Hebamme und streckte die Arme aus, um James aus Jennys Armen zu heben.

Jenny drückte ihn noch fester an sich.

»Er kommt ja wieder«, erklärte die Frau und nahm ihr das Neugeborene resolut ab. »Wir müssen ihn bloß sauber machen.«

Nachdem die Hebamme ihr James weggenommen hatte, fühlten sich Jennys Arme schlaff und leer an, und ihr Blick folgte ihm, bis er aus dem Zimmer verschwunden war und sie erneut allein zurückblieb. Erst in diesem Moment begann sie zu weinen. Sie weinte, weil sie ihn so sehr liebte und weil sie ihn nie wieder loslassen wollte.

Jennys Rückkehr zum *Backduell* fiel mit einer unerwarteten Hitzewelle zusammen. Sie saß auf den Steinstufen, die glühten wie ein Tischherd, betrachtete das Studio im grellen Licht der Morgensonne und fragte sich, wie, um alles in der Welt, sie es in der Brotwoche bis zur Überraschungschallenge geschafft hatte.

Vielleicht sind wir ebenfalls bloß Eier, Zucker, Butter und Mehl, dachte sie. *In der Lage, uns in alles Mögliche zu verwandeln.*

»Ich hätte vorsichtiger mit meinen Wünschen sein sollen«, meinte Azeez und rückte in den Schatten, während er sich mit den Händen nervös durch die Haare fuhr. »Ich wollte unbedingt, dass du in die Show zurückkommst, und jetzt muss ich gegen dich antreten.«

»Du musst dir absolut keine Sorgen machen, versprochen«, erwiderte Jenny amüsiert. »Vielleicht, wenn jetzt die Tortenwoche anstünde, aber so …«

Azeez' Lachen war so ansteckend, dass damit auch etwas Anspannung von Jennys Schultern fiel.

»Ich weiß nicht so recht. Du sagst immer, dass du total schlecht im Brotbacken bist, trotzdem haben dich deine süßen Kreuzbrötchen und der geflochtene Hefezopf unter die besten zwei gebracht …«

»Das war eine Kombination aus Anfängerglück und dem guten Ratschlag, den du mir erteilt hast«, gestand Jenny, und ihr Blick folgte mehreren Crewmitgliedern, die mit Rührschüsseln, Säcken voller Mehl und Stativen von hier nach da eilten.

»Jenny und Azeez! Bitte begeben Sie sich zurück ins Studio, die Überraschungschallenge beginnt in wenigen Minuten!«, rief Carys und blies sich mit einem kleinen batteriebetriebenen Ventilator hektisch Luft ins Gesicht.

Azeez half Jenny hoch, und sie folgten Sorcha, Paul und Angela in die umgebauten Stallungen. Ihre drei Mitstreiter nahmen ihre Plätze an der Seite des Studios ein, während Jenny und Azeez routiniert an ihre Arbeitsplätze zurückkehrten. Alle hatten den beiden viel Glück gewünscht, nur Sorcha nicht. Die junge Frau wirkte vollkommen desinteressiert und war mit ihren Fingernägeln beschäftigt, die für eine Bäckerin außerordentlich lang waren.

Amanda betrat das Studio mit dem aktuellen Gastjuror, Luca Loretti. Er war ein bekannter Küchenchef und Brotexperte, mit einem kantigen Kinn und einem selbstbewussten Auftreten, das seine Fans liebten. Jenny hatte einmal im Fernsehen den Anfang seiner Brot-Show gesehen, doch dann hatte er einen unangemessenen Kommentar abgegeben, während er ein Baguette geformt hatte, und Bernard hatte pikiert das Gesicht verzogen. Auch Sorchas Aufmerksamkeit galt nun nicht mehr ihren Nägeln, sondern war voll und ganz auf den Gastjuror gerichtet.

»Hallo, Jennifer und Azeez! Oder sollte ich besser *Jazzez* zu euch sagen?«, rief Mo, und der neue Spitzname brachte ihm die Lacher der Anwesenden ein.

»Diese Woche liegen die Anforderungen noch höher als sonst«, fuhr Katie mit ernstem Gesicht und übertriebener Spannung in der Stimme fort. »Denn der Sieger des goldenen Kochlöffels bekommt eine Freikarte für das Semifinale nächste Woche, was bedeutet, dass er garantiert im Finale steht.«

Angespanntes Schweigen machte sich breit, und Jenny war sich sicher, dass man ihr Herz schlagen hörte. Es fühlte sich vollkommen falsch an, gegen Azeez anzutreten, daher beschloss sie, die Challenge als Kampf gegen das Brot zu sehen.

»Luca, würdest du uns die Ehre erweisen?«

Luca trat vor, und sein Bizeps stellte den Ärmel seines Hemdes auf eine harte Probe, als er die Tortenglocke hob.

»Das ist ein Landbrot«, erklärte er, und Jenny starrte ungläubig nach vorne. Es war, als wäre sie sechzig Jahre in der Zeit zurückgereist.

»Sie haben zweieinhalb Stunden Zeit dafür«, erklärte Mo, während Azeez Jenny ansah. Er wirkte wie ein Reh im Scheinwerferlicht eines herannahenden Autos.

»Drei … zwei … eins …«

»An die Öfen!«

Jenny hob das Geschirrtuch und legte es sich über den Unterarm. Darunter befanden sich nur einige wenige Zutaten: Brotmehl, Schmalz, Hefe und Salz.

»Ein Landbrot?«, hauchte Azeez ungläubig, und trat näher an das Beispielbrot heran, um es zu mustern. »Sieh dir das an«, murmelte er verwirrt. »Hast du so etwas schon mal gemacht?«

Jenny nickte. »Ja. Es sind drollige, altmodische Dinger.«

»Und das alles ohne Küchenmaschine?« Azeez schob seine Ärmel nach oben. »Das wird ein hartes Stück Arbeit.«

Jenny zog ihre alte Waage in die Mitte der Arbeitsfläche, und Erinnerungen an eine längst vergangene Zeit wurden wieder lebendig, während sie die Zutaten auswog und einen Moment lang hinter einer Wolke aus Mehl verschwand.

Nur noch dieser eine Laib, tröstete sie sich. *Dann brauche ich nie wieder Brot zu backen.*

Jenny machte sich auf den Weg zu den Juroren, und die Bluse klebte ihr am Rücken. Beim Duft des frisch gebackenen Brotes lief ihr das Wasser im Mund zusammen, und sie stellte sich vor, wie sie eine Scheibe nach der anderen mit einer dicken Schicht gesalzener Butter bestrich und in das weiche Innere zwischen der knusprigen Rinde biss. Sie stellte den Laib zu ihrem Foto und betrachtete Azeez' Werk. Sein Brot sah knuspriger und rundlicher aus, und war an den Stellen aufgeplatzt, die er mit dem Messer eingeschnitten hatte. Es war das exzentrische Gegenstück zu ihrem schlichten, bescheidenen Laib.

Paul, Sorcha und Angela gesellten sich zu ihnen, als Amanda und Luca das Studio betraten. Sorcha schien wesentlich entspannter als die anderen beiden, immerhin hatte sie letzte Woche nach einer äußerst kontroversen Entscheidung den goldenen Kochlöffel gewonnen.

»Wir erwarten zwei gut miteinander verbundene Laibe, eine goldene, knusprige Rinde und einen fluffigen Teig«, erklärte Amanda, und ihr Blick sprang zwischen den beiden Broten hin und her. »Die Hitze im Studio war heute ein erschwerender Faktor, weil sie dazu führen kann, dass der Teig zu schnell aufgeht und Gefahr läuft, in sich zusammenzufallen.«

Jenny und Azeez nickten und traten nervös von einem Bein aufs andere.

»Beginnen wir mit diesem hier«, entschied Luca und hob Azeez' Laib hoch, um gegen die Unterseite zu klopfen.

»Hören Sie das?« Er hielt sein Ohr an den Teig. »Es klingt herrlich hohl, was bedeutet, dass das Wasser verdunstet ist. Genau, wie es sein sollte.«

Beherzt schnitt er in die goldene Rinde, die daraufhin zersprang, dann nahm er ein Stück und hielt es in die Höhe, um die Lufteinschlüsse zu zeigen.

»Eine wunderbare Rinde«, lobte er und hielt sich die Hand vor den Mund, während er kaute. »Und ein luftigleichtes Inneres.«

»Sehr beeindruckend«, schloss Amanda und legte ihre Schnitte mit einem halbmondförmigen Loch zurück auf den Teller.

Jenny freute sich mit Azeez, kehrte aber schnell wieder auf den Boden der Realität zurück, als Amanda und Luca vor ihren Laib traten.

Amanda schnitt zwei Scheiben ab und reichte eine an Luca weiter. Sie nahmen beide einen großen Bissen. Das darauffolgende Schweigen zog sich unerträglich in die Länge.

»Das hier schmeckt lecker … aber es hätte noch etwas Zeit im Ofen vertragen«, meinte Amanda. »Es ist ein wenig klebrig in der Mitte, aber nicht schlimm.«

Jenny biss sich auf die Lippe und hielt den Atem an.

»Dafür hat es einen sehr angenehmen, satten Geschmack«, bemerkte Luca.

Jenny stieß die Luft aus. Wenigstens war es kein kompletter Reinfall geworden. Dank Azeez' Ratschlag hatte sie den

Kampf gegen das Brot gewonnen. Es war essbar, und sogar *gut*, was ein Fortschritt war.

»Jetzt ist also der Moment der Entscheidung gekommen«, verkündete Mo und reichte Luca den goldenen Kochlöffel. »Amanda, Luca, welcher Laib hat das Rennen gemacht?«

»Sie waren beide sehr gut, trotzdem ist es … dieser hier!« Luca deutete auf Azeez' Brot.

Jenny drückte den ungläubig dreinblickenden Azeez mit aller verbliebenen Kraft fest an sich, während Luca ihm den goldenen Kochlöffel überreichte. Angela, Paul und Sorcha versammelten sich um ihn, und Sorcha gab ihr Bestes, um einigermaßen begeistert auszusehen.

»Ich gratuliere unserem ersten Finalisten!«, verkündete Mo, und Jenny klatschte und klatschte, bis ihre Hände zu schmerzen begannen.

»Das war eine weitere erfolgreiche Woche«, meinte der Mann mit der Kamera auf den Schultern.

»Auf jeden Fall«, bestätigte Jenny, während die Nachmittagssonne auf sie hinunterbrannte. »Ich war mir sicher, dass ich die Brotwoche nicht überleben würde, aber hier bin ich.«

»Was sagen sie zu Angelas Ausscheiden?«

Angela hatte ihre süßen Kreuzbrötchen zu kurz im Ofen, sodass sie am Ende aussahen wie verzogene Gesichter, die die ganze Geschichte extrem persönlich nahmen.

»Wir werden Angela schmerzlich vermissen. Sie ist ein wunderbarer Mensch und eine talentierte Bäckerin. Ohne ihr Lachen wird die Show nicht mehr dasselbe sein«, antwortete Jenny. »Die Tatsache, dass Azeez den goldenen Kochlöffel gewonnen hat, mindert den Schock allerdings ein wenig. Er hat es sich wirklich verdient, und ich freue mich sehr für ihn, dass er es ins Finale geschafft hat.«

Der Kameramann gab ihr ein Zeichen, ein wenig nach links zu rücken, dann reckte er den Daumen in die Höhe.

»Haben Sie ein solches Brot schon einmal gebacken, oder war es das erste Mal?«

»Ja, ich habe tatsächlich schon mal ein Landbrot gemacht«, antwortete Jenny und sah auf die trockene Erde und das ausgedörrte Gras hinunter. »Es ist allerdings schon sehr lange her. Genauer gesagt, sechzig Jahre.«

»Und wie schlägt sich Ihr heutiges Werk im Vergleich?«

»Das kann ich nicht sagen.« Sie zögerte. »Ich habe damals keine einzige Scheibe davon gegessen.«

25
Holunder-Johannisbeer- & Apfel-Zimt-Hefeballen

Ein junger Mann betrat das Zimmer mit einem Blumenstrauß in der einen und mehreren Umschlägen in der anderen Hand und gab sich Mühe, nicht zu starren. Er runzelte die Stirn, während sein Blick über die Betten huschte, dann wurde sein Gesicht plötzlich weicher, und er ging strahlend auf sie zu. Jenny verzog den Mund zu einem Lächeln, das die Panik überspielen sollte, die in ihr hochstieg. Wer war das? Warum freute er sich so, sie zu sehen?

»Da bist du ja«, sagte der Mann, hielt am Nachbarbett und drückte der Frau einen Kuss auf die Wange. »Peggy, sie ist perfekt.«

Peggy strahlte ebenfalls, und ihre Haut wirkte so samtig wie bei einem Kind. Grübchen zierten ihre Wangen, als sie die Arme um ihn schlang.

»So schöne Blumen. Rosa, für unser Mädchen«, hauchte sie, schloss die Augen und steckte die Nase in den Strauß. »Durftest du sie schon sehen?«

»Ja, durchs Fenster«, antwortete er und streichelte ihre Wange. »Die Schwester hat sie hochgehoben. Sie ist wunderschön.«

Kurz darauf kamen zwei weitere Männer und gesellten sich zu ihren jeweiligen Frauen. Ihre Freude war Jenny so fremd, dass es wehtat, sie zu beobachten. Sie öffneten zu-

sammen die Glückwunschkarten von Freunden und der Familie und hatten ihre liebe Not, sie alle auf dem Nachttisch unterzubringen.

»Kommt Ihr Mann heute auch noch?«, fragte Peggy Jenny. »Er sollte sich besser beeilen, die Besuchszeit ist in einer halben Stunde um.«

Die Blicke der anderen Paare waren mit einem Mal ebenfalls auf Jenny gerichtet. Das einsame Bett, der leere Nachttisch, auf dem bloß ein Glas Wasser stand. Jenny griff danach, nahm einen Schluck und drehte es zwischen den Händen.

»Nein, leider nicht«, antwortete sie und beobachtete, wie sich das Licht auf der Wasseroberfläche brach. »Er ist bei der Navy. Auf hoher See. Er hat es nicht rechtzeitig geschafft.«

»Oh, wie schade. Hoffentlich kommt er bald zurück, um seinen strammen Jungen kennenzulernen.«

»Das hoffe ich auch«, erwiderte Jenny, und trotz der lächelnden Gesichter entging ihr das Mitleid in den Augen der anderen nicht.

Sie hätte sich am liebsten unsichtbar gemacht und war mehr als erleichtert, als die anderen ihr schließlich erneut den Rücken zuwandten und mit ihren Gesprächen fortfuhren. Sie drehte sich zur Seite, schloss die Augen, als würde sie schlafen, und zog sich das Laken über die Ohren, damit sie ihre Stimmen nicht mehr hören musste. Sie spürte ihren Körper unerträglich intensiv, als wäre sie nicht mehr als ein Gefäß gewesen, dem James entrissen worden war, und sie sehnte sich nach Mary, bei der sie nicht vorgeben musste, eine andere zu sein.

Das Holpern eines Rollwagens riss sie aus dem Schlaf, und das Quietschen und Scheppern wurde lauter, als er sich ihrem Bett näherte. Sie öffnete blinzelnd die Augen und hielt den Atem an, während sie ihren wunden Körper aufrichtete. Sie musste eingeschlafen sein, denn die Väter waren verschwunden.

Die Krankenschwester legte James in das Nest am Ende ihres Bettes, und er begann sofort zu weinen, was in Jenny augenblicklich das unbändige Bedürfnis hervorrief, ihn zu beruhigen. Sie hob ihn hoch, legte ihn auf ihre Brust und half ihm beim Trinken, während seine winzigen Hände auf ihrer Haut zur Ruhe fanden. Er versank schon bald in einen zufriedenen Schlaf, und sie streichelte die Haare an seinen Schläfen, die so samtig weich waren. Nachdem sie sich monatelang wie eine Belastung vorgekommen war, fühlte sie sich nun so gebraucht wie nie zuvor. Sie betrachtete seinen makellos geschwungenen Mund, die sanften Grübchen auf seinen Handrücken und seine Haare. Sie saugte alles in sich auf, und Wärme durchflutete sie. Gerührt drückte sie ihm einen Kuss auf den Scheitel und nahm seinen Geruch tief in sich auf, und als er schließlich die winzigen Fingerchen um ihren Finger schloss, glaubte sie, vor Glück zu platzen.

»Hallo, meine Liebe«, sagte eine tiefe, krächzende Stimme.

Jenny sah auf, und ihr Blick fiel auf eine Putzfrau mit silbernen Locken, die sich zu ihr beugte.

»Hallo«, erwiderte Jenny und bemerkte, dass die Frau mit ihren nikotingelben Fingern eine mit Fettflecken übersäte Papiertüte umklammerte.

»Ich will Sie nicht belästigen«, sprach die Frau weiter und sah auf Jenny hinab. »Ich wollte Ihnen nur sagen, dass ihr Junge wunderhübsch ist.«

Jenny schwieg, und ihre Kehle zog sich zusammen.

»Er erinnert mich an meinen Sohn. Damals, vor vielen, vielen Jahren. Er hatte auch so schöne Haare.«

»Danke. Er heißt James.«

»Mit einem solchen Namen stehen ihm alle Türen offen«, sagte die Frau und schien einen Augenblick lang nach den richtigen Worten zu suchen.

»Mir ist aufgefallen, dass Sie niemand besucht hat, also habe ich Ihnen die hier mitgebracht.« Sie legte die Tüte auf den Nachttisch und tätschelte sie behutsam. »Es sind bloß Hefeballen mit Konfitüre.«

»Wie nett von Ihnen«, sagte Jenny. »Ich liebe Süßes, das ist mir wohl anzusehen.«

Die Frau warf einen Blick auf die Uhr. »Ich gehe jetzt besser nach Hause.« Sie betrachtete James lächelnd. »Genießen Sie ihn. Sie bleiben nicht lange so.«

Nachdem die Kinder zurück ins Säuglingszimmer gebracht worden waren und sich die Dunkelheit über die Station gesenkt hatte, weinte Jenny in ihr Kissen. Siebzehn Jahre lang war die Zeit nur eine Erinnerung an bestimmte Termine oder ein Anhaltspunkt dafür gewesen, wie lange etwas auf dem Herd oder im Ofen bleiben musste. Nun war sie über Nacht zu ihrem wertvollsten Besitz geworden, und sie hätte alles – wirklich alles – dafür gegeben, um sie anzuhalten. Sie bleiben nicht lange so. Sie malte sich James' erstes, zahnloses Lächeln aus. Seine ersten vorsichtigen Schritte. Sein erstes Wort. Würde es Mummy sein? Der Gedanke daran war unerträglich.

Sie schwang die Beine aus dem Bett und tappte mit angehaltenem Atem den kalten Flur entlang. Als sie das Säuglingszimmer endlich gefunden hatte, legte sie die Hände auf die Glasscheibe und ließ den Blick über die in Reihen angeordneten Bettchen und die winzigen Gesichter wandern, die unter den Decken hervorlugten. Da war er, der Zweite von links. Sie erkannte die rundlichen Wangen und die dunklen Haare sofort. Er sah friedlich aus, wie ein Engel.

Völlig ahnungslos, in welche Situation sie ihn gebracht hatte. Das hier war die Strafe für ihre Sünde, denn jede Minute, die verging, war eine Minute weniger, die sie mit ihm verbringen konnte. Sie hatte bloß sechs Wochen.

Jenny war die Erste im Minibus. Sie ließ sich einige Reihen hinter dem Fahrer nieder und betrachtete seinen glänzenden, mit Sommersprossen bedeckten Hinterkopf. Ganz oben befand sich eine gerötete, runde Stelle, wo er sich vermutlich den Kopf angeschlagen hatte. Der Morgentau verschwand bereits, die ersten Sonnenstrahlen wärmten die Erde, und die Vögel hießen den neuen Tag mit besonderer Inbrunst willkommen. Sie konzentrierte sich auf eine einzelne Stimme, eine Amsel vielleicht, die mit solchem Elan zwitscherte, dass es klang, als würde sie bald zu einem Meer aus Tausenden Federn zerspringen. Jenny stellte sich vor, wie ihr dasselbe widerfuhr und wie sie so lange backte, bis sie in einer Wolke aus Puderzucker explodierte. Was für ein schöner Abgang.

»Tut mir leid, ich bin spät dran«, keuchte Azeez und warf einen schnellen Blick auf sein Telefon, ehe er es in die Hosentasche steckte und auf den Platz neben Jenny sank. Hinter ihm kamen Sorcha und Paul und nickten ihnen zur Begrüßung zu, während der Fahrer den Motor startete. Der Bus fühlte sich seltsam leer an. Eine Erinnerung, dass nur noch vier von ihnen übrig waren.

»Warum grinst du so?«, fragte Azeez und rieb sich die verschlafenen Augen.

»Ich habe mir gerade vorgestellt, in einer Wolke aus Puderzucker zu explodieren«, antwortete Jenny, und ihr war natürlich klar, wie seltsam das klang. »Aber egal.«

»Gut, dass diese Woche schon das Halbfinale ist und es bald ein Ende hat«, erwiderte Azeez amüsiert. »Offenbar verlieren wir alle langsam den Verstand.«

Der Minibus schoss die Autobahn entlang, und die Kandidaten blickten ins Leere, während sie ihre Rezepte durchgingen wie den Text eines Theaterstückes.

»Für welche Geschmacksrichtungen hast du dich noch mal entschieden?«, fragte Azeez, der den Kopf zurückgelehnt und die Augen geschlossen hatte.

»Schwarze Johannisbeeren mit Holunderzucker und Apfel-Zimt.«

»Da läuft mir gleich das Wasser im Mund zusammen. Dabei ist es noch nicht einmal sechs Uhr morgens.«

»Und du?«

»Einmal Mangocreme und Yuzu und einmal Chai-Gewürze.«

»Das hört sich köstlich an«, schwärmte Jenny, und sie bogen – vielleicht zum letzten Mal – um die Kurve und in die Auffahrt. »Ich glaube, ich habe noch nie im Leben eine Yuzu gesehen …«

»Echt nicht?« Er öffnete blinzelnd die Augen. »Es ist eine Kreuzung aus Zitrone und Mandarine. Ein Kind der Liebe, sozusagen.«

Jenny kicherte. Das konnte sie sich nur allzu gut vorstellen.

Während sie weiter ihrem Schicksal entgegenfuhren, dachte Jenny an all die Orte, die eine geheime Bedeutung für sie hatten. Da war der Kirchturm, der sich über Kittlesham erhob und nach jeder Reise ein Zeichen dafür war, dass sie wieder zu Hause angekommen war. Da war die knorrige Eiche, die Poppy *Onkel-Ernie-Baum* getauft hatte, weil sie gleich vor ihrem Haus wuchs. Und da waren die eleganten Tore, die auf das Studiogrundstück und zu dem mächtigen Herrenhaus führten und die ein Zeichen für die aufregenden Möglichkeiten waren, die sich zu einem Zeitpunkt in ihrem Leben aufgetan hatten, als sie sich bereits damit abgefunden hatte, dass es nichts mehr zu erleben gab.

»Was auch immer heute passiert«, sagte sie, »ich werde mich für den Rest meines Lebens an das hier erinnern.«

Azeez lächelte. »Ich auch.«

Jenny knetete den Teig, der wie Kaugummi an allem klebte, was er berührte, und kratzte ihn immer wieder von den Fingern. Die Gastjurorin diese Woche war Frida Malik, eine ehemalige *Backduell*-Gewinnerin, und Jenny hob ehrfürchtig den Blick, als Frida auf ihren Arbeitsplatz zukam.

»Jenny, gibt es heute wieder ein altes Familienrezept?«, wollte Frida wissen und warf über die pappige Masse hinweg einen Blick auf Jennys Aufzeichnungen.

Sie hatte unglaublich ausdrucksstarke Augen und wirkte genauso warmherzig und bodenständig, wie Jenny sie im Fernsehen erlebt hatte.

»Nein, dieses Mal nicht. Das hier habe ich selbst geschrieben. Meine Mutter verwendete für ihre Ballen keine Hefe, sondern Backpulver, Margarine und einen Topf Fett, was aus meiner Sicht für diesen Anlass nicht ganz das Richtige ist.«

»Das nennt man Nachkriegsballen«, mischte Amanda sich ein, woraufhin Jenny sich ihr zuwandte. »Haben Sie den Holunderblütenzucker selbst hergestellt?«

»Ja. Wir haben einen wunderschönen Holunderbaum im Garten, also habe ich vor einiger Zeit ein paar Blüten mit dem Zucker in einem luftdichten Glas verschlossen und hoffe nun, dass sie genug Geschmack abgegeben haben.«

Frida hielt sich das Glas unter die Nase. Ihre Augen leuchteten auf, dann gab sie das Glas an Amanda weiter, damit sie ebenfalls daran riechen konnte.

»Schwarze Johannisbeeren haben einen intensiven Eigengeschmack«, meinte Amanda, während sie das Glas wieder auf die Arbeitsplatte stellte. »Sind Sie sicher, dass der Holundergeschmack dagegen bestehen kann?«

»Ich hoffe schon …«, antwortete Jenny, und ihre Zuversicht schwand.

Sie wandte sich wieder ihrem Rezept zu. Die nächsten Stunden produzierte sie mechanisch einen Hefeballen nach dem anderen und dachte an nichts anderes, während die Ballen im siedend heißen Öl auf und ab hüpften.

»Noch dreißig Minuten!«, rief Mo und machte einen seiner üblichen Witze, den Jenny schon gar nicht mehr hörte.

Sie wälzte die Hefeballen der Reihe nach in Holunderblütenzucker, legte sie zum Abkühlen beiseite, füllte die Gebäckspritze mit Konfitüre und fühlte sich dabei wie eine Krankenschwester.

Aus dem Augenwinkel sah sie Mo, der zu Paul eilte. Dieser hatte offenbar gerade eine Packung Mehl fallen gelassen und versuchte nun, es mit den Händen aufzusammeln.

»Nichts ist enttäuschender als ein Hefeballen mit nur einem Fitzelchen Konfitüre«, erklärte Jenny der Kamera und drückte die Johannisbeerkonfitüre in den Teig, bis er beinahe aus allen Nähten platzte. »Zumindest mangelt es meinen Ballen nicht an Füllung.«

Jenny zog die Gebäckspritze heraus, verschloss das Loch mit einer essbaren Blume und wiederholte den Vorgang dreiundzwanzig Mal. Als sie fertig war, arrangierte sie die Hefeballen auf den zwei Ebenen des gläsernen Tortenständers.

»Jenny, die sind wunderschön«, staunte Katie und legte entzückt die Handflächen aufeinander, als sie näher trat.

»Danke. Ich habe mein Bestes gegeben, und was jetzt kommt, liegt nicht mehr in meiner Hand«, sagte Jenny, schob den Tortenständer an den Rand ihrer Arbeitsplatte und überlegte einen Moment, wie es wäre, Bernard von ihrem Erfolg zu erzählen, den Titel »Finalistin bei *Das Backduell*« zu tragen und das Gefühl zu erleben, etwas erreicht zu haben. Doch in der nächsten Sekunde trat sie diese Träume aus wie glühende Asche. Es fiel ihr schwer, zuzugeben, wie sehr sie sich wünschte, bleiben zu dürfen.

Jenny stand auf dem Parkplatz und umklammerte eine Papiertüte, in der sich zwei übrig gebliebene Hefeballen vom Vortag befanden. Einer in jeder Geschmacksrichtung.

»Soll ich mit Ihnen zusammen warten?«, rief Carys, die schwer beladen mit mehreren Taschen auf sie zukam. Dazu balancierte sie einige übereinandergestapelte Rührschüsseln, auf denen ein Walkie-Talkie lag, das sie mit dem Kinn fixierte.

»Das geht schon, danke«, antwortete Jenny, und ihr Herz machte jedes Mal einen hoffnungsvollen Sprung, wenn ein Auto vor dem Tor langsamer wurde. »Bernard ist sicher gleich da.«

Sie warf einen Blick auf die Uhr, auf ihr Handy und in den Nachmittagshimmel. Bernard war elf Minuten zu spät, mittlerweile sogar schon zwölf, und er war sonst immer pünktlich. Sie seufzte und lehnte sich an ihren Koffer. Andererseits war Bernard zweiundachtzig Jahre alt, erholte sich gerade von einer Lungenentzündung und hatte sich erst kürzlich eine Kopfverletzung zugezogen. Sie machte sich Vorwürfe, dass sie ihm überhaupt erlaubt hatte, sie abzuholen, auch wenn er darauf bestanden hatte. Was, wenn er auf der Autobahn ins Schleudern geriet, sich überschlug? Nervös sah sie erneut auf ihr Handy.

»Darling!«

Jenny hob den Blick und sprang auf, als Bernard neben ihr anhielt.

»Tut mir leid, dass ich zu spät bin.« Er stieg aus, um ihr das Gepäck abzunehmen.

»Ich mache das schon«, wehrte sie ab und hob die Taschen in den Kofferraum. »Ich habe mir schon Sorgen gemacht.«

Sie ließ sich erleichtert auf den Beifahrersitz sinken und atmete den Geruch von synthetischer Kirsche ein, den der ausgebleichte Lufterfrischer am Rückspiegel immer noch verströmte.

»Tut mir leid, Darling. Musstest du lange warten?«

»Es waren nur zehn Minuten, aber du kennst mich ja. Ich dachte schon, es wäre etwas Schreckliches passiert.«

»Etwas Schreckliches?«, fragte er und verstaute seine langen Beine im Fußraum des Fahrersitzes. »Ich hatte in meinem ganzen Leben noch keinen Unfall, und ich habe nicht vor, jetzt damit anzufangen.«

Er schnallte sich an, dann schlug er sich mit den Händen auf die Knie und wandte sich ihr zu.

»Also«, sagte er. »Schieß los!«

Sie senkte den Blick in den Schoß und strich ihren Rock glatt. »Nun«, sagte sie. »Es gab eine kleine Änderung. Der Gewinner der Überraschungschallenge durfte direkt weiter ins Finale«, erklärte sie.

»Und … warst du bei der Überraschungschallenge dabei?«

Jenny holte tief Luft, als die Erinnerung an die heutige Show erneut in ihr hochstieg. »Ich habe mein Bestes gegeben …«

Bernard griff nach ihrer Hand und drückte sie.

»Ich bin im Finale, Bernie.«

Sein Sicherheitsgurt klickte, dann beugte er sich zu ihr und umarmte sie so fest, dass sie kaum Luft bekam.

»Du hast es geschafft!«, sagte er mit den Lippen an ihrem Hals. »Du hast es, verdammt noch mal, geschafft!«

Er drehte sich zum Lenkrad und hupte drei Mal laut und durchdringend.

»Bernie!« Jenny schlug sich die Hand vor den Mund, und ihre Schultern bebten. Sie lachte und weinte gleichzeitig, bis sie sich kaum noch unter Kontrolle hatte.

»Ich wusste es!« Er strahlte vor Glück.

Jenny kam langsam wieder zu Atem, und ihre Blicke trafen sich.

»Und? Probieren wir jetzt einen von denen?«, fragte Bernard und griff nach der Papiertüte.

»Willst du nicht bis nach dem Abendessen warten?«

»Auf keinen Fall.« Bernards Augen funkelten spitzbübisch.

»Ich auch nicht!«

Also saßen sie nebeneinander im Auto auf dem Parkplatz und sahen zu, wie die Sonne langsam hinter dem Horizont verschwand, während ihre Zähne die frittierte Kruste durchbrachen und in den weichen, weißen Teig sanken, um schlussendlich zur Konfitüre vorzudringen, die ihnen über die Lippen rann. Sie leckten sich die zuckerbestäubten Münder und brummten zufrieden.

»*Das* ist Glück«, sagte Jenny und genoss diesen einen Moment, der zusammen mit Tausenden anderen kleinen Momenten ihr Leben ausmachte.

»Du bist die Beste«, sagte er und drehte das Fenster nach unten, um sich den Zucker von den Händen zu klopfen. »Allerdings wusste ich das schon von Anfang an.«

26
Treacle Tart

Jenny stützte James' Köpfchen mit der linken Hand und strich mit der rechten das Wasser von seinem weichen, runden Bauch, während er fröhlich mit den Armen fuchtelte und mit den Beinen strampelte. Seine Hand klatschte auf die Wasseroberfläche, und einige Tropfen landeten auf ihrem Kleid.

»Na, gefällt dir das?«, flüsterte sie und lächelte, als seine Augen vor Staunen aufblitzten und die verschiedensten Gefühlsregungen über sein Gesicht huschten wie abendliche Schatten. Jenny versuchte, sich diese Momente einzuprägen und jede Einzelheit in ihrem Herzen zu bewahren, damit die Erinnerungen niemals verblassten.

Sie tauchte James ein wenig tiefer und befeuchtete sein Haar, sodass es ihm in dunklen Strähnen an der Kopfhaut klebte. Sein Gesicht veränderte sich von einer Sekunde auf die andere, verzog sich vor Entsetzen und lief puterrot an. Sie hob ihn hoch, wickelte ihn in ein Badetuch und schloss ihn in die Arme, doch er stieß bereits ein Brüllen aus, das ihre Ohren klingeln ließ.

»Bitte entschuldige«, sagte sie, streichelte seinen Rücken und wiegte ihn sanft, bevor sie ihm einen Kuss auf die feuchte Wange drückte. Er schnappte nach Luft, dann brüllte er weiter. Sein Gesicht verzog sich immer mehr, und er riss wütend den zahnlosen Mund auf.

»Ist ja schon gut«, murmelte sie und trocknete seine Haare, sodass sie wie Federn eines süßen, frisch geschlüpften

Kükens in die Höhe standen. Sie legte seinen Kopf auf ihre nackte Haut, und sein Atem beruhigte sich, während er sich an sie schmiegte. Sie war das Gegenmittel zu seinen Tränen.

Nach einiger Zeit legte sie ihn auf das Badetuch, bestäubte ihn mit Talkumpuder, als wäre es Puderzucker, und achtete darauf, alle Falten an den Armen und Beinen zu erwischen. Sie schob seine Ärmchen durch die Ärmel des Schlafanzuges, dann fuhr sie mit der einen Hand unter seinen kleinen Oberkörper, um ihn ein wenig aufzurichten, während sie versuchte, die Knöpfe am Rücken mit der anderen Hand zu schließen. Er konnte sich nicht allein halten und vertraute ihr vollkommen, dass sie ihn festhielt. Sein Gesicht war ernst wie das eines weisen alten Mannes.

»Fast fertig«, sagte sie, steckte ihn in seinen Schlafsack und schloss auch hier die Knöpfe. Ihr Blick fiel auf die eingestickten Initialen. Eines Tages würde er sie entdecken und vielleicht jemanden danach fragen. Eine Brotkrumenspur zu der Frau, zu der er in Wahrheit gehörte. Jenny wusste, wie sinnlos es war, darauf zu hoffen. Sein Gesicht veränderte sich erneut. Die zarten Muskeln über seinen Augenbrauen zogen sich warnend zusammen. Sie hob ihn hoch und schaffte es, ihn abzulenken, indem sie ihn an die Schulter legte und ihn sanft wiegte. Dann brachte sie ihn zurück ins Säuglingszimmer.

Die Bettchen waren in Reihen angeordnet, und seines war nun nur noch einen Platz von der Tür entfernt, die jedes Mal näher gerückt war, wenn wieder ein Kind das Haus verlassen hatte. Sie griff nach dem blauen Schild, das am Bettchen befestigt war, und befühlte es mit Daumen und Zeigefinger.

James Eaton,
geboren am 11. Januar,
Geburtsgewicht 3710 Gramm

Jedes Mal, wenn sie seinen Namen da auf dem Schild geschrieben sah, hatte sie das Gefühl, dass sie tatsächlich zusammengehörten. Sie wiegte ihn sanft in den Armen, sah zu, wie seine Augenlider mit jedem Blinzeln schwerer wurden, spürte seine Wärme und sein Gewicht und wusste, dass er für immer ihr wundervollstes Werk bleiben würde. Wunderschön – nicht nur wegen der samtweichen Haut und der Stupsnase, sondern wegen seiner Unschuld und der Hoffnung, die er in sich trug. Er war das Wunder des Lebens, das sich erst entfalten musste. Er war die Erinnerung, die noch erlebt werden würde.

Als er schließlich schlief, legte sie ihn zögernd in sein Bettchen und schlich auf Zehenspitzen zur Tür, hielt allerdings inne, als ein leises Wimmern aus dem Bettchen von Marys kleiner Tochter Sarah drang, die zwei Wochen nach James geboren worden war.

»Na, na«, murmelte Jenny, hob Sarah hoch und küsste ihre Stirn, die süßlich nach Milch duftete. Sie wiegte sie sachte und betrachtete die zarten Gesichtszüge im Mondlicht.

»Legen Sie sie sofort zurück!«, zischte die Hausmutter und marschierte mit großen Schritten auf sie zu. Jenny zuckte erschrocken zusammen. »Sie ist nicht Ihr Kind!«

Jenny legte Sarah wieder in ihr Bettchen und massierte sanft ihr Bäuchlein, bevor sie die Decke feststeckte und sich eilig auf den Weg machte.

Sie schleppte ihren müden Körper ins Bett und streckte die Hand zum Nachttisch aus, um nach ihrem Kalender und einem Bleistift zu greifen. Sie öffnete das Büchlein und strich den Tag mit einem unheilvollen Kreuz aus, wobei sie die Linien so oft nachzeichnete, bis das Papier beinahe riss und die Luft nach Blei roch.

»Darf ich zu dir?«, flüsterte Mary.

Jenny nickte und rückte zur Seite, um Platz zu machen,

dann zogen sie das Laken über ihre Köpfe und stellten die Knie auf, sodass sich eine Art Zelt bildete.

»Ich habe den hier aus der Küche mitgehen lassen.« Mary legte etwas auf Jennys Hand.

Es war klebrig und roch unglaublich gut. Jenny nahm einen Bissen und genoss die zarte, kristallisierte Oberfläche, die sie an Honig erinnerte. Der Teig bröselte und bildete einen wunderbaren Gegensatz zu der beinahe übermäßigen Süße, als sie alles zusammen mit der Zunge an den Gaumen drückte.

»Mmm.« Sie nahm noch einen Bissen. »Treacle Tart?«

»Ganz genau«, bestätigte Mary, der Krümel an den Lippen klebten. »Was schreibst du da? Dein Rezeptbuch?«

Jenny schob sich das letzte Stückchen in den Mund und schlüpfte unter dem Laken hervor, um sich leise die Hände abzuklopfen.

»Nein, heute nicht. Ich streiche die Tage seit James' Geburt aus.« Sie schlüpfte zurück ins warme Bett.

Mary griff wortlos nach ihrer Hand und drückte sie.

»Ich bleibe lieber für den Rest meines Lebens hier, als ohne ihn zu sein«, murmelte Jenny, entzog Mary ihre Hand und schlug sie sich vors Gesicht.

»Ich weiß«, sagte Mary und rieb Jennys Schulter.

»Geht es dir mit Sarah auch so?«, fragte Jenny und öffnete blinzelnd die Augen, die wie zugeschwollen schienen.

Mary zögerte.

»Ja«, sagte sie schließlich, und das Haar fiel ihr ins Gesicht. »Ich hätte nicht erwartet, dass ich sie lieben würde.«

»Gar nicht?«

»Nein«, sagte sie. »Es war nicht meine Entscheidung, schwanger zu werden ...«

Jenny sagte nichts, doch sie verstand. Marys Worte waren wie Pfeile, die in sie drangen.

»Ich dachte, ich würde sie hassen. Ich hatte Angst, dass sie aussehen würde wie er.«

»Es tut mir so leid«, sagte Jenny und zog Mary an sich. »Ich hatte keine Ahnung.«

Sie hielten einander in der Dunkelheit umklammert, geschützt vom Rest der Welt.

»Wie viele Tage hast du noch?«, fragte Mary, nahm den Kalender und betrachtete die bleigrauen Kreuze.

»Einen«, antwortete Jenny.

Am nächsten Morgen sprachen sie kaum, die Gedanken schwer von geteilter, aber wortloser Trauer.

»Er sieht so hübsch aus«, meinte Mary, während Jenny vorsichtig eine Schleife unter James' Kinn band. Seine rundlichen Wangen wurden perfekt von der Strickmütze umschlossen, die sie für diesen besonderen Tag aufgespart hatte.

»Danke. Würdest du ihn halten, während ich nachsehe, ob er alles dabei hat?«

Mary nahm James, drückte ihm einen Kuss auf die Wange und rieb ihre Nase an seiner. Er sah aus wie die Kinder auf dem Titelblatt des Strickmusterbuches, von Kopf bis Fuß in Stücke gekleidet, die Jenny selbst gemacht hatte: Handschuhe, Jäckchen und passende Schühchen.

Jenny hob behutsam den Deckel von der Kiste und stellte sich vor, sie wäre diejenige, für die sie bestimmt war. Ihr Blick glitt über die sorgfältig gefalteten Kleider in Gelb, Blau und Weiß, genug, um zumindest die ersten Monate über die Runden zu kommen. Darunter befanden sich drei Dutzend Windeln und zwei Häkeltücher, ein einfaches für normale Tage und ein besonders hübsches für spezielle Anlässe. Jenny griff nach dem blauen Rezeptbuch und blätterte es durch. Jennys Schwarzwälder Kirschtorte, Grandma Audreys Schoko-Cornflakes-Küchlein und Vaters Tiffin, geschrieben in ihrer schönsten Schrift. Sie drückte einen Kuss auf den Einband, legte das Buch vorsichtig auf die Kleider und hielt einen Moment inne, bevor sie den Deckel schloss.

Dank dieses Rezeptbuches würde sie für immer bei ihm sein.

»Beeilung, Jennifer, das Taxi wartet!«, keifte die Hausmutter, die mit hektisch verzerrtem Gesicht ins Zimmer stürzte, und drückte Jenny einen Umschlag in die Hand. »Das sind Ihre Dokumente. Die dürfen Sie auf keinen Fall verlieren.«

Jenny nickte und steckte die Unterlagen in ihre Tasche.

»Ich würde Ihnen beiden dringend raten, sich nach dem heutigen Tag nicht wiederzusehen und diese überaus bedauerliche Angelegenheit in der Vergangenheit zu belassen«, zischte sie noch, bevor sie auf dem Absatz kehrtmachte.

Jenny ging mit dem Koffer in der einen und der Säuglingskiste in der anderen zum Taxi, Mary folgte mit James. Die Haustür fiel krachend hinter ihnen ins Schloss, als wäre man froh, dass sie endlich fort waren, und sie gingen schweigend über den knirschenden Kies vor dem Haus. Der Druck wuchs mit jedem Schritt. Der Augenblick, vor dem sie sich am allermeisten gefürchtet hatten, war gekommen. Es blieb keine Zeit mehr.

»Ich nehme den hier«, bot der Fahrer an, griff nach dem Koffer und öffnete Jenny die Autotür. Sie fragte sich kurz, ob er wusste, was vor sich ging. Ob er diese Strecke oft fuhr.

Ihr Blick fiel auf Mary, das einfache Kleid, das ihren immer noch rundlichen Bauch bedeckte, und die dunklen Ringe unter den Augen. James lag eingekuschelt in ihren Armen, starrte voller Staunen zu dem Baum über seinem Kopf empor und ahnte nichts.

»Leb wohl«, sagte Mary und umarmte Jenny, als wollte sie sie nie wieder loslassen. Ihre Brust hob und senkte sich, und

sie schien zu schwanken. »Ich weiß nicht, wie ich ohne dich zurechtkommen soll.«

»Das wirst du«, erwiderte Jenny, und ihre Stimme brach, während sie um Fassung rang. »Für Sarah. Ich werde dich so schrecklich vermissen.«

Sie hielten einander fest bis zum letzten Moment, dann erst stieg Jenny in das Taxi.

»Alles Gute, mein Kleiner«, sagte Mary, und ihre Augen glänzten, als sie James einen letzten Kuss auf den Kopf drückte und ihn Jenny in den Schoß legte. Sie hielt die Tür mit der einen Hand auf, während sie mit der anderen in ihrer Tasche kramte.

»Hier, das ist für dich. Ich habe Sylvia gebeten, es zu machen«, sagte sie und drückte Jenny ein Stück Papier in die Hand. Es war ein Foto, ein Polaroid von James in seinem Bettchen. Die wachen Augen weit geöffnet, die dunklen Haare, die winzigen Finger, die sein Häkeltuch umklammerten.

»Oh, Mary«, sagte Jenny und konnte den Blick nicht davon abwenden. »Ich werde es bis in alle Ewigkeit in Ehren halten. Ich danke dir.«

Der Motor sprang an, und Mary schlug mit weit aufgerissenen, verzweifelten Augen die Tür zu. Als der Wagen losfuhr, blieb sie in der Auffahrt stehen, einen Arm um ihre Mitte geschlungen, während sie mit dem anderen hektisch winkte und Tränen über ihre Wangen strömten. Jenny sah zu, wie Mary kleiner und kleiner wurde, bis das Taxi schließlich um die Ecke bog und Mary für immer aus ihrem Leben verschwand.

Jenny drehte sich zu Bernard, dessen Nase unter der Decke hervorragte wie eine Haifischflosse aus dem Meer, und konzentrierte sich unbewusst auf seine schweren, unregelmäßigen Atemzüge. Manchmal vergingen ganze zehn Sekunden, ehe er wieder Luft holte; dann beugte sie sich zu ihm und suchte im Halbdunkeln nach seiner Halsschlagader. Sobald sie den Puls ertastet hatte, sank sie erleichtert zurück in ihr Kissen, schrecklich besorgt und hellwach. Sie lag zu Hause in ihrem Bett, aber in Gedanken war sie mitten im Finale von *Backen auf der Insel*, versank in berauschender Euphorie, nachdem sie gewonnen hatte, und versagte im nächsten Moment auf katastrophalste Art. Ihre Haut war schweißbedeckt, sie wälzte sich auf der Suche nach einer bequemen Position hin und her, und das Ticken der Uhr wurde lauter und lauter.

Schließlich zog sie die Füße unter der Decke hervor, schwang die Beine aus dem Bett, schlüpfte in ihre Hausschuhe und den Morgenmantel, verknotete den Gürtel und schlich auf Zehenspitzen die Treppe hinunter und in die Küche, wo sie die Tür sorgfältig hinter sich schloss. Es war warm und dunkel, die Geräte surrten leise, das Display des Ofens zeigte 03:07 Uhr, und als sie den Blick abwandte, hatten sich die Ziffern einen Moment lang in ihre Netzhaut gebrannt. Sie machte Licht, zog die Jalousien ein Stück nach oben und sah hinaus in den Garten, der gespenstisch still dalag.

Sie schaltete den Ofen ein, holte den vorbereiteten Teig aus dem Kühlschrank, ein paar Zitronen aus der Obstschale und die schwere Dose Zuckersirup aus dem Küchenschrank. Auf der Arbeitsplatte lagen ihre Rezepte für die letzte Challenge, die an die Aufzeichnungen eines verrückten Professors erinnerten, nachdem sie die ganze Woche daran getüftelt, Anmerkungen an den Rand geschrieben und die Rezepte in einzelne Schritte unterteilt hatte. Nicht mehr lange, dann musste sie die Zutatenliste für die größte Herausforderung einreichen.

Jenny trat vor den Kalender, der an der Wand neben dem Kühlschrank hing und den Poppy selbst gestaltet hatte. Das Juni-Bild zeigte Jenny beim Backen. Um sie herum stand eine Vielzahl abstrakter Gegenstände, Glitzer stob aus der Rührschüssel, und Jenny selbst hatte die Zähne gebleckt. Tatsächlich war sie dieser manischen, in der Küche beheimateten Kreatur noch nie so ähnlich gewesen wie zu dieser unchristlichen Stunde. Ihr Blick fiel auf die verschiedenen Einträge. Unter dem heutigen Datum stand *Filmtermin Das Backduell*, und eine Woche darunter in grünen Großbuchstaben *Finale*, umrahmt von vielen kleinen Strichen, die aussahen wie ein Konfettiregen. Das einzelne Wort wirkte schrecklich real und gleichzeitig fehl am Platz zwischen den Zahnarztterminen, den Bowls-Turnieren und den Verabredungen zum Tee. Der Kalender war zu Papier gebrachtes Leben, das Außergewöhnliche stand Schulter an Schulter mit dem Gewöhnlichen, der lange ersehnte Urlaub versteckte sich zwischen einem Termin mit dem Heizungstechniker und einem Arztbesuch. Aber es gab auch leere Felder. Tage, die keiner Worte bedurften, weil sie tief im Inneren der Menschen eingebrannt waren, zu denen sie geworden waren.

Jenny öffnete die Dose mit dem Zuckersirup mithilfe des Griffes eines Teelöffels und goss etwas davon in einen Topf. Er bildete Kringel, die sich ausdehnten, je dünner er wurde. Es erinnerte sie an die vielen Male, wenn sie den Siruplöffel über die Schüssel mit dem Porridge gehalten und zugesehen hatte, wie er durch die Haferflocken nach unten sank, bis man – wenn man genau hinsah – den Boden der Schüssel erkennen konnte.

Während Jenny den Sirup wärmte, halbierte sie eine Zitrone, steckte sie auf die Spitze der gläsernen Zitronenpresse und drehte sie, bis sie jegliche Form verloren hatte. Der Saft tropfte nach unten, und als sie fertig war, goss sie ihn zu dem Sirup in den Topf.

Der nächste Schritt würde nicht ganz so leise vonstattengehen. Sie schob den Stecker der Küchenmaschine in die Steckdose und riss mehrere Brotscheiben in kleine Stücke, als wollte sie Enten füttern. Nachdem sie das zerkleinerte Brot in die Küchenmaschine gegeben hatte, hielt sie den Atem an und drückte den Einschaltknopf. Jede Drehung zerschnitt die Stille wie ein Presslufthammer, und Jenny zuckte jedes Mal zusammen und legte die Hand auf die Öffnung, um den Lärm wenigstens ein wenig zu dämpfen. Nach einigen Sekunden hielt sie die Maschine an, öffnete den Deckel und schüttelte den Behälter, bevor sie einen missbilligenden Blick auf die Brotkrümel warf. Zu groß. Sie schloss den Deckel und begann von vorn.

Als sie fertig war, holte sie die mit Mürbeteig ausgelegten Förmchen, teilte die dicke, bernsteinfarbene Flüssigkeit zwischen ihnen auf und sah zu, wie sie glänzende Teiche bildete. Danach rollte sie den übrig gebliebenen Teig aus dem Kühlschrank aus, schnitt ihn in feine Streifen und legte sie auf die Tartes, wobei sie die senkrechten und waagerechten miteinander verwob. Ihre Finger zitterten vor Konzentration, während sie zwölf filigrane Gitter flocht, und ihre Gedanken versanken irgendwo dazwischen.

Als Nächstes schob Jenny die Tartes in den Ofen, zog einen Stuhl heran, setzte sich und betrachtete ihr Spiegelbild im Glas der Ofentür. Die silbernen Haare, die müden Augen, die Falten, entstanden nach Jahrzehnten des Lachens, des Weinens, des Lebens.

»Es ist ein so herrlicher Tag, wir sollten in den Garten gehen«, schlug Carys vor und machte sich mit einem Stativ in der einen und einem Sandsack zum Beschweren der Ausrüstung in der anderen Hand auf den Weg. Die Crew folgte ihr in einem Durcheinander aus Taschen, Stangen und Kaffeebechern.

»Guten Morgen, Jenny. Aufregende Woche, nicht wahr?«, meinte der Tontechniker und nickte ihr im Vorbeigehen zu. »Guten Morgen, Bernard.«

»Heute dauert es nicht so lange wie beim letzten Mal, versprochen«, meinte Carys und klickte mit ihrem Kugelschreiber. »Wir drehen bloß ein schnelles Interview mit Bernard über Ihre Finalteilnahme.«

»Kann ich Ihnen eine Tasse Tee bringen? Oder Kaffee? Eine Treacle Tart, vielleicht?«, rief Jenny von der Hintertür aus und sah zu, wie sich der Garten mit Ausrüstung füllte und Scheinwerfer über den Blumenbeeten montiert wurden.

»Ja, bitte«, erklang es von überallher.

»Kaffee mit Milch und drei Stück Zucker.«

»Für mich schwarz, bitte.«

»Kaffee mit einem Schuss Milch.«

»Ich bringe einfach eine Kanne, Zucker und Milch«, entschied Jenny und verschwand im Haus.

Sie zog einen Stuhl vor den Dunstabzug und holte die Stempelkanne aus dem Küchenschrank darüber, wo sie mangels Gebrauch zusammen mit einem Wassersprudler und mehreren vergessenen Tupperdosen ihr Dasein fristete. Sie füllte die Kanne mit frischem Kaffee, und sein satter Geruch kitzelte sie in der Nase.

Während sie drauf wartete, dass das Wasser zu kochen begann, beobachtete sie durchs Küchenfenster, wie ein Mikrofon an Bernards Kragen befestigt wurde und er zuerst ein Stückchen nach links und dann wieder nach rechts rücken musste. Mehrere bekannte Gesichter scharten sich um ihn. Ein Mann hielt ein Mikrofon an einer Stange über Bernards

Kopf, das Jenny an einen felligen Dachs erinnerte, eine Frau hockte mit einer großen silbernen Scheibe vor ihm auf dem Boden und richtete sie auf sein Gesicht. Er wirkte nervös, aber auf eine Art, die nur sie bemerkte. Er war ruhiger als sonst, lächelte zurückhaltend und untermalte seine Sätze immer wieder mit einem höflichen Lachen. Es war ein surrealer Anblick, und sie betrachtete die Szene beinahe wehmütig, als blickte sie zurück in die Vergangenheit, obwohl es gerade in diesem Augenblick passierte.

»Gut«, meinte Carys schließlich mit Blick auf ihr Handy und scrollte mit dem Daumen nach unten. »Es wäre super, wenn Sie meine Frage in Ihrer Antwort wiederholen könnten, weil meine Stimme am Ende herausgeschnitten wird.«

Er nickte und zog die Schultern hoch.

»Dann legen wir los«, sagte sie und wandte sich an die Crew. »Sind wir so weit?«

Die Kamerafrau reckte einen Daumen in die Höhe.

»Wunderbar. Bernard, Sie können sich ruhig entspannen. Stellen Sie sich vor, wir beide würden uns bloß ein wenig unterhalten. Es gibt keine richtigen oder falschen Antworten, es ist alles ganz gechillt.«

»Ich werde mich bemühen.«

»Also … wie war es für Sie, Jenny auf ihrer bisherigen Reise durch die Show zu begleiten?«

»Es war schlicht und ergreifend herrlich, Jenny auf ihrer bisherigen Reise durch die Show zu beobachten. Sie hat ihre Bewerbung anfangs geheim gehalten, selbst vor mir. Vermutlich dachte sie, sie würde ohnehin nicht weit kommen … und jetzt steht sie im Finale.«

Er lächelte, als ihm ein Gedanke kam, nahm die Hände aus den Taschen und verschränkte sie vor seinem Bauch.

»Heute in den frühen Morgenstunden habe ich geträumt,

dass jemand in meine Werkstatt eingebrochen ist. Zumindest dachte ich, es wäre ein Traum, obwohl ich mir sicher war, die Bohrmaschine gehört zu haben. Wie auch immer, es war Jenny, die mitten in der Nacht die Küchenmaschine angemacht hatte, um sich auf die letzte Challenge vorzubereiten.«

Die Crew lachte, und auch Jenny musste lächeln, während sie das heiße Wasser in die Stempelkanne goss und zusah, wie das Kaffeepulver an die Oberfläche stieg.

»Und das war nicht das erste Mal«, fuhr Bernard fort. »Sie steckt seit Beginn ihr ganzes Herzblut in die Show, und sie wird nicht müde. Die Leute im Dorfladen glauben, wir haben eine Bäckerei eröffnet, und das ist auch kein Wunder, immerhin kaufe ich seit Monaten ihre Mehl- und Zuckervorräte leer.«

»Hervorragend«, lobte Carys. »Hätten Sie gedacht, dass sie es bis ins Finale schafft?«

Bernard atmete tief durch und überlegte eine Weile.

»Ob ich gedacht hätte, dass Jenny es bis ins Finale schafft? Ja, das habe ich nie bezweifelt.«

»Ahh. Und glauben Sie, dass sie gewinnt?«

Jenny drückte den Stempel langsam nach unten und spürte den Widerstand des Wassers auf der Handfläche.

»Wir sind jetzt seit beinahe sechzig Jahren verheiratet, und, ehrlich gesagt, glaube ich, dass diese Frau alles schafft, was sie sich vornimmt«, erklärte Bernard. »Was auch immer passiert, in meinen Augen ist sie bereits eine Gewinnerin, denn ich weiß, was es für sie bedeutet, so weit zu kommen. Wenn man alt wird, hat man manchmal das Gefühl, ein einfacheres, ruhigeres Leben würde besser zu einem passen, aber Jenny hat bewiesen, dass man in jeder Phase seines Lebens Träume haben kann … und dass sie gerade *wegen* und nicht trotz unseres Alters wahr werden können.«

Jenny schluckte und presste die Lippen aufeinander.

»Aber ich bin natürlich froh, dass sie bald wieder zu mir nach Hause kommt«, fuhr er fort. »Wissen Sie, ich habe sie vermisst.«

Jenny hob gerade das Tablett hoch, als es an der Tür klingelte, und kurz fuhr ihr ein Schreck in den Magen. Sie wartete und hoffte, dass der Besucher wieder gehen würde, wer auch immer es war. Ein weiteres Klingeln. Die Fernsehleute blickten in Richtung Küchenfenster, und der Tontechniker runzelte irritiert die Stirn.

»Tut mir leid«, erklärte sie mit übertriebenen Lippenbewegungen. »Nur eine Sekunde …«

Sie stürzte zur Tür. Hinter dem Glas zeichnete sich eine schmächtige Gestalt ab. Natürlich. Wer sonst?

»Hallo.« Ann stand direkt vor Jenny an der Türschwelle, die Hacken zusammengeschlagen, die Spitzen nach außen gedreht. »Ich habe schon ewig nichts mehr von euch gehört. Ist alles in Ordnung? Geht es Bernard gut?«

»Ja, es geht ihm schon viel besser«, erwiderte Jenny und lächelte aufgesetzt. »Wir müssen wirklich mal wieder einen Termin ausmachen. Wo ist Fred?«

»Zu Hause. Ich habe mich gefragt, ob du vielleicht noch meine Tupperdose hast? In der ich dir den Cottage Pie gegeben habe?«

»Ach ja. Ja. Ich bin gerade ziemlich beschäftigt, aber ich kann sie dir vorbeibringen. In den nächsten Tagen …?«

Anns Blick wurde von etwas abgelenkt, das hinter Jenny passierte. Als Jenny über die Schulter blickte, sah sie Carys, die sich im Flur über ihren Rucksack beugte.

»Wer ist das?«, fragte Ann und verschränkte die Arme.

Jenny sah von Ann zu Carys und zurück zu Ann.

»Lass mich erklären …«, stammelte sie. »Komm erst mal rein.«

Ann trat mit einem forschen Schritt ins Haus, und Jenny schloss die Tür hinter ihr.

»Carys, das ist Ann, eine gute Freundin und Nachbarin.«

»Oh.« Carys schien unsicher, ob sie sich vorstellen oder lieber verstecken sollte. »Hi, Ann.«

»Also, Ann …«, fuhr Jenny fort und warf Carys einen Hilfe suchenden Blick zu. »Ann weiß es nicht.«

»Was weiß ich nicht?«, fragte Ann.

»Okay«, meinte Carys. »Wir lassen sie einfach auch eine NDA unterschreiben. Sie ist eine Freundin, also brauchen Sie sich keine zu großen Sorgen zu machen.«

»Was bitte ist eine *NDA?* Sagt mir bitte endlich mal jemand, was hier vor sich geht?«

»Ich war die letzten Monate nicht ganz ehrlich zu dir«, erklärte Jenny, und das Blut schoss ihr in die Wangen. »Ich bin als Kandidatin bei *Das Backduell.*«

Ann presste die Lippen aufeinander und wuchs einige Zentimeter, während sie Jenny einen bitterbösen Blick zuwarf.

»Das ist Carys, eine der Produzentinnen«, fuhr Jenny fort, und Carys streckte die Hand aus.

Ann erwiderte den Handschlag zögerlich und beäugte Carys, als käme sie von einem anderen Stern.

»Und ich bin im Finale.«

Ann war nicht oft sprachlos, aber in diesem Fall fehlten ihr erst einmal die Worte, bevor sie »Ich wusste es!« kreischte und die Arme um Jenny schlang.

Jenny fing Carys' Blick auf, die mit leicht geöffnetem Mund ungläubig zuhörte.

»Der Tag, als Bernard gestürzt ist … er wollte nicht, dass wir dich anrufen! Und du bist so unglaublich spät nach Hause gekommen. Ich dachte: Entweder sie verliert langsam den Verstand, oder sie führt etwas im Schilde.«

»Es tut mir leid, dass ich dich nicht früher eingeweiht habe. Ich darf es eigentlich niemandem sagen, bevor es in den Medien verkündet wird. Niemand weiß es – außer der Familie.«

Ann verzog auf seltsame Weise das Gesicht, und ihr Kinn wanderte immer weiter nach unten.

»Ann?« Jenny packte ihre Freundin am Arm. »Geht es dir gut?«

Ann stieß ein verstörendes Schluchzen aus, holte eilig ein Taschentuch aus ihrer Handtasche und schlug es sich vors Gesicht.

»Oh, Ann«, murmelte Jenny und schlang den Arm um Anns zarten, sehnigen Körper. »Nicht weinen.«

»Ich kann es nicht glauben«, krächzte Ann und schnäuzte sich mit einem unverhältnismäßig lauten Tröten.

»Tut mir leid, wenn ich Sie unterbreche«, meinte Carys und streckte Ann ein Klemmbrett entgegen. »Ann, würde es Ihnen etwas ausmachen, das hier zu unterschreiben? Sie bestätigen damit, dass Sie niemandem etwas sagen, bis wir Ihnen die Erlaubnis erteilen.«

»Natürlich«, erwiderte Ann und tupfte sich mit dem zerfledderten Taschentuch die Augen trocken.

»Und hätten Sie Zeit für ein Interview? Als Jennys Freundin? Wir stellen bloß ein paar Fragen über Jenny, es ist nichts, wovor man sich fürchten müsste.«

»Du meine Güte.« Ann steckte sich die Bluse in den Rock. »Sehr gern.«

Ann folgte Carys in den Garten, und Jenny ging mit dem Kaffee hinterher, über den sich die Crew sofort hermachte.

»Ann?«, rief Bernard und riss panisch die Augen auf.

»Keine Sorge«, erwiderte Ann. »Jenny hat mir alles erzählt … du musst unglaublich stolz sein.«

»Gott sei Dank«, hauchte Bernard und begann zu strahlen. »Ja, das bin ich.«

Jenny streckte den Arm aus und hakte sich bei ihm ein, dann beobachteten sie gemeinsam, wie die Crew Ann umschwärmte, die inmitten der vielen Leute noch zarter wirkte. Trotz des erlittenen Schocks stand sie stolz in deren Mitte, die Brust aufgebläht wie ein Vogel nach dem Bad.

»Ann, Sie meinten vorhin, Sie hätten bereits geahnt, dass etwas im Busch sein könnte? Können Sie uns erzählen, wie Sie Jennys Vorbereitungen auf die Show miterlebt haben?«

»Nun, Jenny war schon immer eine Koryphäe in der Küche«, antwortete Ann etwas überhastet. »Mein Mann Fred kommt gern zu Besuch und probiert sich durch ihre Werke – und normalerweise hat sie jede Menge davon zu Hause. Jenny ist schuld, dass er immer rundlicher um die Hüfte wird.«

Jenny biss sich auf die Lippe und wechselte lächelnd einen Blick mit Bernard.

»Früher hat sie … na ja, klassische Dinge gebacken. Früchtekuchen, Shortbread und solche Sachen. Aber in den letzten Monaten schwebte sie in neuen Sphären. Wir hatten das Glück, dass wir zufällig auf eine Tasse Tee vorbeikamen, als sie gerade alle möglichen außergewöhnlichen Leckereien aus dem Ofen gezaubert hatte.«

»Und was sagen Sie dazu, dass Jenny es bis ins Finale geschafft hat?«

Ann sah zu Jenny und schüttelte kaum merklich den Kopf, dann wandte sie sich wieder an die Kamera.

»Ich freue mich unglaublich für sie«, sagte sie und legte die Hände aufeinander. »Wir stehen voll und ganz hinter ihr.«

27
Ein Picknick durch die Jahrzehnte

Jenny saß mit Azeez und Sorcha auf den Steinstufen, sah zu, wie die Crew ins Studio hinein- und wieder hinauseilte, und drehte ihren Ehering am Finger hoch bis zum geschwollenen Fingerknöchel und wieder hinunter. Immer wieder erschauderte sie unwillkürlich, was gleichermaßen am kalten Wind und der Erschöpfung lag.

»Hörst du das?«, fragte Azeez und griff nach Jennys Arm.

Sie lauschten und wechselten einen Blick, als hätten sie gerade einen Geist gesehen. In der Ferne hörte man das Geplauder einer Menschenmenge, das je nach Wind lauter und dann wieder leiser wurde.

»Das sind sie. Ich höre meine Mum lachen«, murmelte Azeez und hielt sich die Schürze vors Gesicht.

»Wie sehe ich aus?«, fragte Sorcha und klimperte mit den dicken Wimpern. Ihre Lippen glänzten vom Lipgloss.

»Super«, antwortete Azeez, dann stieß er gegen Jennys Bein. »Was auch immer heute passiert, wir hatten das Glück, es bis ins Finale zu schaffen.«

»Vor allem Jenny«, sagte Sorcha, sodass sich Jenny und Azeez gleichzeitig zu ihr umwandten.

»Warum *vor allem* Jenny?« Azeez zog die Stirn in Falten.

»Na ja, nachdem sie einfach die Patisseriewoche übersprungen hat.«

Jennys Wangen glühten. Sie fühlte sich von Sorchas Worten bloßgestellt.

»Ich würde einen familiären Notfall nicht als *überspringen* bezeichnen«, erwiderte Azeez. »Außerdem hatte sie den goldenen Kochlöffel, es hätte also sowieso keinen Unterschied gemacht.«

Sorcha blinzelte verlegen, sagte aber nichts mehr.

»Warum macht es mich so nervös, dass unsere Verwandten und Bekannten heute hier sind?«, fragte Azeez an Jenny gewandt.

»Wir werden so beschäftigt sein, dass wir sie gar nicht bemerken …«, erwiderte Jenny, allerdings wenig überzeugt. Ihr Herz klopfte mittlerweile so laut, dass es beinahe alle Geräusche außerhalb ihres Körpers übertönte.

»Sorcha, Azeez, Jenny!« Carys winkte sie mit ausladenden Armbewegungen in Richtung Studio. »Rein mit euch!«

Azeez legte einen Arm um Jenny und zog sie an sich. »Du schaffst das«, sagte er.

Sie gingen nervös auf das umgebaute Stallgebäude zu und banden ihre Schürzen dieses Mal sogar mit einem Doppelknoten.

Jenny trat ein letztes Mal hinter ihren Arbeitsplatz und legte eine Hand auf ihre alte Waage, als wollte sie einen Eid darauf schwören. Amanda betrat das Studio. Sie sah großartig aus in ihrem maßgeschneiderten, grell pinkfarbenen Hosenanzug, dessen Seide elegant glänzte. Hinter ihr folgte der Gastjuror Tony Conway, der das genaue Gegenteil seiner Kollegin war. Sein freches Auftreten stand im Gegensatz zu Amandas Kultiviertheit, und obwohl er ein Michelin-Sternekoch war, benahm er sich wie der Wirt in einem Pub. Er hatte eine Glatze und ein absolut durchschnittliches Gesicht, das ohne die Brille mit dem dicken blauen Rahmen niemandem im Gedächtnis geblieben wäre. Sie verlieh ihm eine Exzentrik, wie sie nur berühmten Menschen vorbehalten war.

»Ich heiße unseren Finalisten und die beiden Finalistinnen herzlich zu ihrer letzten Challege bei *Das Backduell – Backen auf der Insel* willkommen!«, rief Mo und hielt einen Moment inne, um die Worte nachklingen zu lassen.

Jenny spürte eine Kamera zu ihrer Rechten und presste die Lippen aufeinander. Sie konnte sich nicht verstecken.

»Diese Woche haben Sie fünf Stunden Zeit, um das ultimative Picknick vorzubereiten. Einen Korb, gefüllt mit Ihren köstlichsten Kreationen. Die Juroren erwarten zumindest vier verschiedene Backstile«, fuhr Katie fort und sah zu Amanda und Tony, die ernst wie Wachsfiguren vor ihnen standen.

»Drei … zwei … eins …«

»An die Öfen!«

Jenny strich mit der Hand über ihre Notizen, die sie auf der Arbeitsplatte ausgebreitet hatte. Die Buchstaben und Ziffern verschwammen ineinander und erschufen das optische Pendant zu einem weißen Rauschen. Ihr Gehirn stotterte und prustete wie ein müder Motor, der einen Kickstart vollziehen soll.

Mo, Katie, Amanda und Tony kamen näher und nahmen ihr gegenüber Aufstellung.

»Guten Morgen, Jenny.« Tony verschränkte die Arme über dem Bauch. »Was haben Sie heute Schönes für uns geplant?«

»Mein Korb trägt den Titel *Ein Picknick durch die Jahrzehnte*«, antwortete sie. »Es soll eine Hommage an die Familienrezepte werden, die mich hierhergeführt haben.«

»Was für ein schöner Gedanke«, sagte Amanda. »Und woraus soll dieses Picknick bestehen?«

Jenny ordnete ihre Notizen.

»Zwölf Schwarzwälder Kirscheclairs, zwölf Treacle Tarts mit Kardamom – inspiriert von einer alten Freundin, die mir einmal ein Stück gebracht hat, um mich aufzuheitern.« Sie hielt einen Moment inne, ehe sie fortfuhr: »Dazu zwölf Stück vom Tiffin meines Vaters, zubereitet aus selbst gemachten Plätzchen, getrockneten Früchten und dunkler Schokolade, und schließlich noch ein englischer Teekuchen nach dem Rezept meiner Großmutter, als Huldigung der Einfachheit und Verlässlichkeit.«

»Also ausschließlich Süßspeisen«, fasste Tony zusammen und rieb sich das Kinn. »Woher kommt die Idee für die Schwarzwälder Kirscheclairs?«

»Die Schwarzwälder Kirschtorte ist mein Markenzeichen, was Geburtstagstorten betrifft. Sie bedeutet mir sehr viel.«

Sie sah den blauen Einband des Rezeptbuches vor sich. Es war das erste Rezept, das sie für James niedergeschrieben hatte, und sie fragte sich, ob er es jemals gebacken hatte. Hatte er, während er den Teig gerührt hatte, zumindest einen Hauch der Liebe gespürt, die sie für ihn empfunden hatte?

»Und nachdem ich die Patisseriewoche verpasst habe, möchte ich versuchen, die Idee mit meinem Brandteigrezept zu kombinieren.«

»Darauf freue ich mich schon«, meinte Tony.

»Noch eine Sache«, mischte sich Amanda ein. »Sämtliche Rezepte scheinen innerhalb Ihrer Komfortzone zu liegen. Wie werden Sie den Vorwurf umgehen, zu sehr auf Sicherheit zu spielen?«

»Nun«, erwiderte Jenny, die es zwei Sekunden lang schaffte, der Jurorin in die Augen zu sehen, ehe sie den Blick wieder auf ihre Rezepte senkte. »Mein Picknickkorb wird aus Lebkuchenteig bestehen.«

Die Juroren sahen einander ungläubig an, während Mo in die Kamera starrte.

»Das klingt auf jeden Fall nach einer Herausforderung«, meinte Tony. »Immerhin haben Sie nur fünf Stunden!«

»Das tut es auf jeden Fall«, stimmte Amanda ihm zu. »Andererseits haben Sie den goldenen Kochlöffel für Ihre Lebkuchenkirche gewonnen, Jenny. Wenn es also jemand schafft, dann Sie.«

»Ich lasse etwas Hitze heraus, dann wandern sie noch einmal fünf Minuten in den Ofen«, erklärte Jenny, während sie die Eclairs mit einem spitzen Messer anstach, damit der Dampf aus dem Inneren entweichen konnte.

Sie ließ den Blick über die Liste mit den Einzelschritten wandern und hakte dabei einen Punkt nach dem anderen ab.

»Gut, beim Tiffin fehlt noch die Schokoladenglasur, die Tartes sind fertig, die Eclairs müssen noch einmal in den Ofen. Der Lebkuchen muss zusammengesetzt werden …«

Sie schnappte nach Luft.

»Ist alles in Ordnung?«, fragte Mo und warf über Jennys Schulter einen Blick auf die Liste.

»Der Teekuchen!« Sie massierte sich die Schläfen. »Ich habe den Teig vorbereitet, aber vollkommen vergessen, ihn zu backen.«

Sie zog die Rührschüssel heran und hob das Geschirrtuch, das sie darübergebreitet hatte. Die feuchte Masse ließ sich kaum noch rühren, und das Geräusch, als sie den Kochlöffel darin drehte, erinnerte an einen im Schlamm feststeckenden Gummistiefel.

»Wie lange habe ich noch?«

Mo warf einen Blick auf die Uhr. »Noch eine Stunde.«

Jenny ließ den Kopf hängen und betrachtete die Teigspritzer und verstreuten Brösel auf der Arbeitsfläche.

»Ich habe mir ein unerreichbares Ziel gesteckt«, gestand sie resigniert. »Der Kuchen braucht neunzig Minuten im Ofen …«

Jenny zog den Kochlöffel aus der Rührschüssel, und der

Teig tropfte in dicken Klumpen nach unten. Es ging ihr gegen den Strich, dass er nun verschwendet wurde.

Einen Moment später begannen ihre Augen zu leuchten. »Ich habe eine Idee!«

»Schießen Sie los ...«, forderte Mo sie auf.

»Es geht schneller, wenn ich kleine Küchlein backe.« Die Energie war in ihre Stimme zurückgekehrt. »Ofen aus!«, rief sie im nächsten Moment.

»Was ist denn jetzt schon wieder?«, fragte Mo und sah sich hektisch um, als müsste er zur Stoßzeit eine stark befahrene Straße überqueren.

»Die Eclairs!«, erinnerte Jenny ihn, zog das Backblech aus dem Ofen und legte die zwölf Teilchen zum Abkühlen auf ein Kuchengitter, ehe sie zum Küchenschrank im hinteren Teil des Studios rannte, um nach einer passenden Form für die Küchlein zu suchen.

»Jenny«, flüsterte Carys hinter dem Vorhang. »In der linken Schublade.«

Jenny kramte in den unterschiedlichsten Formen, als wäre sie auf der Suche nach Gold, bis sie endlich ein Backblech für zwölf Mini-Brötchen gefunden hatte und es siegreich an die Brust drückte.

»Ich habe noch nie kleine Teeküchlein gebacken«, gestand sie und betrachtete die Form einen Moment lang, dann kehrte sie damit zu ihrem Arbeitsplatz zurück. »Aber entweder so, oder gar nicht.«

Sie legte die Mulden des Backbleches mit einigen schnellen Handbewegungen mit Backpapier aus, als wollte sie ein Origamikunstwerk falten, dann verteilte sie den Teig auf die zwölf Vertiefungen.

»Ofen an!«, rief sie, schob das Blech hinein und blinzelte, als ihr erneut eine heiße Wolke entgegenkam und ihre Brille beschlug. »Keine Ahnung, wie lange die brauchen.«

»Ich lasse Sie in Ruhe weitermachen«, meinte Mo und verschwand in Richtung Sorcha. »Toi, toi, toi.«

Jennys Blick sprang vom Tiffin zu den Eclairs und weiter zu den Lebkuchenplatten, während sie unter leisem Gemurmel überlegte, was sie als Nächstes machen sollte. Schließlich rührte sie die Kirschfüllung unter die Sahne, bevor sie die Masse mit beinahe chirurgischer Präzision in die Eclairs spritzte, wo sich die rote Farbe wie Einschlüsse im Marmor durch das Weiß zog.

»Jetzt schlage ich gleich zwei Fliegen mit einer Klappe«, erklärte sie der Kamera und zog einen Topf mit glänzender, geschmolzener Schokolade von der Herdplatte. Sie goss die Hälfte der Glasur auf den Tiffin und verteilte sie mit einem Messer sorgfältig bis in die Ecken, danach nahm sie den Rest, um die Eclairs mit einigen geübten Drehbewegungen darin einzutauchen.

In diesem Moment fielen ihr die Teeküchlein wieder ein. Die Oberfläche hatte sich sanft gewölbt, war jedoch besorgniserregend blass.

»Das wird knapp«, murmelte sie, wobei sie sich der Kamera nur allzu bewusst war, die eine peinliche Nahaufnahme durch die Ofentür machte.

In einem aufsehenerregenden Zielsprint legte Jenny die Lebkuchenplatten vor sich auf ein großes grünes Tortenbrett und ließ die Finger über die unebene Oberfläche gleiten, in die sie vor dem Backen vorsichtig einen Korb gedrückt hatte, damit sie die Struktur eines Geflechtes annahm. Konzentriert kniff sie die Augen zusammen, während sie die Ränder großzügig mit Karamellkleber bestrich, zwei Platten aneinandersetzte und festdrückte, wobei sie im Kopf bis zwanzig zählte, wie Bernard, wenn er mit der Heißklebepistole arbeitete. Die Kanten verzierte sie mit hauchdünnen Linien aus weißer Glasur, um sie besser zu definieren, dann hielt sie den

Atem an und schrieb in ihrer schönsten Schrift »Ein Picknick durch die Jahrzehnte« auf den Deckel des Picknickkorbes.

»Sie haben noch fünf Minuten!«, rief Mo. »Noch fünf Minuten.«

Ein bittersüßes Gefühl ergriff in diesen letzten Momenten von Jenny Besitz, und jede Empfindung ging Hand in Hand mit ihrem genauen Gegenteil. Erleichterung und Angst, Stolz und Ernüchterung, Kraft und Erschöpfung. Sie schnitt den Tiffin in akkurate Würfel und arrangierte diese auf einen Teller, wobei sie erneut das blaue Rezeptbuch vor sich sah. Daneben legte sie die prall gefüllten Eclairs, aus denen die Kirsch-Schlagsahne-Füllung quoll. Die Treacle Tarts mit dem kunstvoll geflochtenen Gitter auf der wie eine Fruchtpastille glänzenden Füllung kamen auf die andere Seite, bevor sie in allerletzter Minute auch noch die Teeküchlein aus dem Ofen holte, die herrlich nach in Tee eingeweichten Früchten dufteten.

»Mal hören, ob sie durchgebacken sind«, meinte Jenny in Richtung Kamera und hielt das linke Ohr über das Backblech. Doch alles, was sie hörte, war das Klappern der Gerätschaften der anderen Kandidaten. »Andererseits ist es ohnehin zu spät, um noch irgendetwas dagegen zu machen.«

Sie hob die Küchlein nacheinander aus der Form, und ließ sie einige Male zwischen den Händen hin und her wandern, ehe sie die dampfenden Köstlichkeiten auf einen weiteren Teller legte.

»Man möchte meinen, fünf Stunden wären mehr als genug«, sagte sie, während sie drei Stück jeder Sorte in ihren Lebkuchenkorb hob und den Deckel wie beiläufig in einem bewusst etwas schiefen Winkel daraufsetzte. »Aber das ist leider nicht der Fall.«

»Sorcha, Azeez, Jenny – Ihre Zeit ist um!«, riefen Mo und Katie wie aus einem Mund.

Jenny trat von ihrem Arbeitsplatz zurück und gab mit einem langen, tiefen Seufzen die Kontrolle über ihr weiteres Schicksal ab.

Zwanzig Minuten später, nachdem die Arbeitsplätze gereinigt waren und man einen Tisch im vorderen Bereich aufgestellt hatte, betraten Amanda und Tony erneut das Studio, um ihr letztes Urteil zu fällen.

Den Anfang machte Sorchas *Weihnachtspicknick*. Tartes mit Brie, Cranberrys und Speck, dazu rote und grüne Macarons, die aussahen wie Weihnachtskugeln und in der Form eines Weihnachtsbaumes angeordnet waren. Brandy Snaps mit weißer Schokolade und Winterbeeren und ein hübsch geflochtenes Feigen-Walnuss-Brot. Es war eine makellose Mischung aus Leckereien, geschmückt mit Stechpalmensträußchen, Zimtrinden und getrockneten Orangenschalen.

Danach kam Azeez' überaus ambitioniertes *Picknick Surprise* an die Reihe, wobei die Überraschung darin bestand, dass jede Köstlichkeit ein unerwartetes Element enthielt. Windbeutel, gefüllt mit einer Mousse aus geräuchertem Lachs und Meerrettich, ein gestürzter Kuchen mit Feta und getrockneten Tomaten, mit Himbeereis gefüllte Hefeballen und eine Quiche mit Gewürzäpfeln und Sultaninen.

»Und zu guter Letzt Jenny«, rief Katie.

Jenny hob das mit ihren Köstlichkeiten beladene Servierbrett und ging vorsichtig wie eine Seiltänzerin auf die Juroren zu, wobei ihre Hände bald unter dem Gewicht zu zittern begannen.

Sie nahm ein kollektives Luftschnappen wahr, doch ihre ganze Konzentration galt dem Weg von ihrem Arbeitsplatz zum Tisch. Erst, als sie ihr Werk vor den Juroren abstellte, erkannte sie, dass ihr Lebkuchenkorb in sich zusammengefallen war und ihre harte Arbeit nur noch aus Teigplatten bestand, die flach auf dem Servierbrett lagen. Einen Moment lang hoffte sie, die anderen könnten vielleicht glauben, es gehörte zu ihrem Plan – eine enttäuschende und ein wenig verkannte Präsentation des Inhalts ihres Picknickkorbes. Doch ihr schlug lediglich erschrockenes Schweigen entgegen.

Jenny war die einzige Person im Warteraum. Er befand sich im zweiten Stock eines kalt und müde wirkenden viktorianischen Hauses, das nur mit dem Notwendigsten und rein funktional eingerichtet war. Sie entschied sich für einen Stuhl, der möglichst weit von der Tür entfernt war, und machte es sich, so gut es ging, auf dem harten Holz bequem. Mit der Hand strich sie sich über die weiche Stelle, wo vor wenigen Wochen ihr Bauch gewesen war. Da war ein Pochen in ihrem Becken, und sie presste die Beine zusammen. Sie musste dringend auf die Toilette, aber sie hatte Angst, James zu wecken. Vor ihr auf dem Tisch lagen mehrere alte Zeitschriften, die Ecken aufgefächert und ausgefranst. Sie fragte sich, wer diese letzten wertvollen Momente mit dem Lesen einer Zeitschrift verbrachte.

James lag warm und sicher in ihrer Ellenbeuge, und Jenny betrachtete die sanfte Rille zwischen seiner Oberlippe und der Nase, die halbmondförmig geschwungenen, dunklen Wimpern, die Wirbel in seinen Haaren. Sie schob vorsichtig ihren Daumen unter seine Hand und öffnete seine winzigen, schrumpeligen Finger mit den perfekten Fingernägeln, die sich daraufhin um ihren Daumen schlossen.

»Jennifer Eaton.« Eine Stimme zerriss die Stille, und als Jenny aufsah, kam eine junge Frau von der anderen Seite des Zimmers auf sie zu.

»Das muss James sein«, sagte sie und neigte lächelnd den Kopf. »Er ist wunderschön. Und so hübsch angezogen.«

»Danke«, erwiderte Jenny und drückte James ein wenig fester an sich.

»Ich bin Miss Clarke, die Adoptionsbeamtin«, fuhr die Frau mit der Selbstsicherheit einer Lehrerin fort. »Ich werde James nun dem Paar vorstellen.«

Ohne weitere Umschweife schob sie die Arme unter Jennys und hob James an ihre Brust. »Es dauert nur einen Moment.«

»Könnte ich in der Zwischenzeit Ihre Toilette benutzen?«, fragte Jenny, die es keine Sekunde länger aushielt.

»Natürlich. Einfach den Flur hinunter, die Tür links neben der Treppe.«

Auf dem Weg zur Toilette empfand Jenny gar nichts und konzentrierte sich nur auf das unmittelbare körperliche Bedürfnis. Die Klobrille drückte sich eiskalt an ihre Oberschenkel, und sie legte den Kopf in die Hände und erschauderte, als die Erleichterung einsetzte. Ein Luftzug traf ihre nackte Haut. Sie zog die Strümpfe hoch und wusch sich die Hände, als sie plötzlich leise Stimmen hörte. Sie machte das Wasser aus und lauschte. Da war die Stimme einer Frau, wogend und aufgeregt, und ab und zu eine tiefere, leisere Stimme, die in einem wohlüberlegten Flüstern etwas erwiderte. Jenny konnte keine Worte oder Sätze ausmachen, es war wie ein weit entferntes Radio, aber sie wusste, dass sie *es waren. Die beiden stießen ein erfreutes Lachen aus, das sofort wieder verstummte, dann wurde die leise Unterhaltung fortgeführt. Jenny öffnete die Tür und eilte im Laufschritt zurück in den Warteraum, wo sie sich zwischen den leeren Stühlen stehend panisch umsah.*

»Hallo«, sagte die Frau von vorhin und trat in den Türrahmen. Ihre Arme waren leer. »Sie finden ihn wundervoll, er hat sie sogar angelächelt. Sie haben dieses Paar sehr glücklich gemacht.«

Jenny starrte die Frau ungläubig und vollkommen entsetzt

an. Man hatte ihr den Dreh- und Angelpunkt ihres Daseins entrissen, und sie hatte das Gefühl, in einen unendlichen Abgrund zu stürzen.

»Sind das seine Sachen?«, fragte die Frau in geschäftsmäßigem Tonfall und griff nach der Säuglingskiste neben dem Stuhl, auf dem Jenny gesessen hatte.

»Aber er hat doch geschlafen. Ich konnte mich gar nicht verabschieden«, sagte Jenny.

Die Frau tat, als hätte sie nichts gehört. »Ich werde das hier weitergeben. Bleiben Sie ruhig so lange hier, wie Sie wollen. Lassen Sie sich Zeit.«

Sie hob die Kiste hoch, verschwand durch die Tür und schloss sie entschieden hinter sich.

»Aber er hat doch geschlafen«, wiederholte Jenny, sank auf einen Stuhl und spürte, wie etwas in ihr hochstieg und schließlich aus ihr herausbrach. »Er hat doch geschlafen!«

Sie schlug mit der Hand auf den Stuhl neben sich und rüttelte daran, sodass die Stuhlbeine über den Boden schrammten. Ein tief sitzender Schmerz zerriss ihre Brust, und alles, was schön war auf dieser Welt, sickerte langsam daraus hervor, während sie vollkommen machtlos im Warteraum saß. James war der Grund ihrer Existenz gewesen, und ohne ihn war da nur eine endlose Leere. Ihr Herz war in tausend Scherben zerbrochen.

Wenig später trat Jenny auf die Straße und umklammerte ihren Koffer mit der linken Hand, während sie mit der rechten das Foto in ihrer Manteltasche festhielt. Er war fort, und doch war er überall. In den Kinderwagen, die an ihr vorbeifuhren; in den Bäumen, die er so gern angesehen hatte. In dem Meer aus Gesichtern, die alle ihren Angelegenheiten nachgingen. Männer und Frauen, Junge und Alte. Ihr habt keine Ahnung, was ich gerade tun musste, *dachte sie.* Ihr habt keine Ahnung.

Jenny stand zwischen Sorcha und Azees, und ihr Atem klang in der Stille noch lauter. Azeez griff nach ihrer schweißnassen Hand und drückte sie.

»Der Gewinner der diesjährigen Staffel von *Das Backduell – Backen auf der Insel* ist …« Mo hielt inne, während die Zuschauer im Studio geschlossen nach Luft schnappten. »Ist …«

Jennys Blick huschte über die Gesichter – Männer und Frauen, Junge und Alte – auf der Suche nach ihrem größten Unterstützer. Sie fand ihn in der vordersten Reihe. Er hatte einen Stuhl bekommen, auf dem er einigermaßen bequem sitzen konnte, trug dem Anlass entsprechend eine pinkfarbene Fliege, die adrett direkt unter seinem Kinn saß, und seine Augen funkelten stolz, während er die Lippen so fest aufeinanderpresste, als wären sie das Einzige, was ihn noch zusammenhielt. Hinter Bernard stand Rose, die ihm eine Hand auf die Schulter gelegt hatte. Poppy saß auf der Armlehne seines Stuhls, winkte Jenny begeistert zu und schob immer wieder die Zunge durch ihre Zahnlücke.

»… Azeez!«

Die Menge jubelte, und Jenny drehte sich nach links und umarmte Azeez herzlich. »Du hast es geschafft!«, rief sie. »Du hast es geschafft.«

Er löste sich von ihr, fuhr sich verlegen mit dem Hemdsärmel über die Augen und lachte und weinte gleichzeitig. Amanda und Tony kamen mit dem herrlichsten Blumenstrauß auf sie zu, den sie je gesehen hatte. Gekräuselter Rittersporn, weiße Hortensien und blassrosa Pfingstrosen mit himbeerroten Tupfen.

»Gut gemacht, Jenny! Es war eine sehr knappe Entscheidung«, sagte Amanda, schüttelte ihr die Hand und drückte ihr den Strauß in die Arme. »Sie waren eine großartige Kandidatin.«

Es gab so vieles, was sie gern gesagt hätte, doch sie brachte kein einziges Wort über die Lippen. Überall waren Leute, eilten hierhin und dorthin, sodass sie das Gefühl hatte, als wäre sie auf einem – wenn auch einigermaßen zivilisierten – Rugbyfeld. Sie konnte kaum über die Blumen in ihren Armen hinwegsehen, also hielt sie sie einfach fest umklammert und blieb wie erstarrt stehen. Klein und erschöpft.

»Gut gemacht, Darling«, sagte Bernard und umarmte sie so fest, dass sie einen Moment lang den Boden unter den Füßen verlor. Sie vergrub das Gesicht in seiner muffigen Wachsjacke und fühlte sich geborgen und zu Hause, während Tränen über ihre Wangen strömten. Tränen für James, für Bernard, für das Geheimnis, das sie nie mit ihm teilen würde. Sechzig Jahre später war der Schmerz immer noch genauso stark, seine Abwesenheit eine Leere in ihrem Inneren, die niemals gefüllt werden konnte.

»Tante Jenny«, rief Poppy und zog an ihrer Schürze. »Ich hoffe, ich werde wie du, wenn ich mal erwachsen bin.«

Jenny bückte sich, nahm Poppys Hände in ihre und sah ihr in die Augen.

»Mein Schatz, du kannst alles werden, was du dir vorstellst. Vergiss das nie.«

Nachdem sie sich erhoben hatte, drückte ihr Rose einen Kuss auf die Wange. »Zum Glück bist du noch einmal zurückgekehrt. Wir sind unglaublich stolz, und dein Picknick war der Wahnsinn. Es war deine mit Abstand tollste Kreation!«

Jenny dankte ihr, auch wenn sie wusste, dass das nicht stimmte.

»Der Tiffin hat mir am besten geschmeckt«, erklärte Poppy mit einem energischen Nicken. »Ich hatte drei Stück.«

»Wie bitte!?«, meinte Rose. »Aber ich kann's verstehen.«

»Das ist so lieb von euch beiden«, sagte Jenny, während

Bernard ihr die Wangen mit einem zerknüllten Taschentuch abtupfte, das er aus dem Jackenärmel gezogen hatte. »Es war eine ziemliche Katastrophe, als der Korb plötzlich zusammengebrochen ist. Aber der Inhalt scheint allen geschmeckt zu haben.«

»Jenny«, rief Carys und kam mit ausgestreckten Armen durch die Menge auf sie zu. »Verdammt gut gemacht!«

»Rose, Poppy, das ist Carys«, stellte Jenny die junge Frau vor. »Sie ist … nun, sie ist der Grund, warum ich hier bin.«

»Hallo«, begrüßte Carys die anderen. »Schön, euch alle kennenzulernen. Ich muss Jenny nur schnell für ein kurzes Interview entführen.«

Jenny nickte, holte ihren Lippenstift aus der Schürzentasche und verzog den Mund zu seltsamen Grimassen, um sich vor dem kleinen Taschenspiegel die Lippen nachzuziehen.

»Ich bin gleich wieder da«, sagte sie, schloss den Lippenstift und verschwand in der Menge. Sie folgte Carys in eine ruhigere Ecke am Rande der Feierlichkeiten, und das aufgeregte Gemurmel trat in den Hintergrund.

»Ich bin überwältigt«, gestand sie und fächerte sich mit der Hand Luft auf die salzigen Wangen.

»Lassen Sie sich Zeit«, sagte Carys und stellte sich neben die Kamera. »Sie müssen eine Menge verarbeiten.«

Jenny holte tief Luft. Die Vergangenheit schien so lebendig, als wäre alles erst gestern passiert.

»Okay«, sagte sie schließlich und zwang sich, in die Gegenwart zurückzukehren. Sie nickte als Zeichen, dass sie bereit war.

»Wie fühlt es sich an, es bis zum Ende geschafft zu haben und als Finalistin von *Das Backduell* hier zu stehen?«, fragte Carys.

Jenny zögerte und schüttelte den Kopf, als wäre ihr das alles erst jetzt klar geworden. »Ich dachte, ich wäre zu alt dafür und es wäre eine alberne Idee, mich überhaupt zu bewerben.« Ihre Stimme brach. »Aber hier bin ich nun. Ich habe es geschafft. Das kann mir niemand mehr nehmen.«

Sie tupfte sich die Augenwinkel mit einem Zipfel ihrer Schürze trocken. »Falls es irgendjemandem dort draußen auch so geht, rate ich Ihnen, das zu tun, was Sie tun wollen«, fuhr Jenny fort. »Weil Sie es *können* – und weil Sie es genauso schaffen werden wie ich.«

Carys legte den Kopf einen Moment lang in den Nacken, als müsste sie die Tränen zurückdrängen.

»Sie haben sehr viele Familienrezepte auf Ihrer Reise durch die Show mitgenommen. Warum sind Ihnen diese Rezepte so wichtig?«

»Rezepte sind unendlich kostbar. In ihnen stecken Teile der Vergangenheit, sie sind voller Nostalgie, und sie erzählen uns von den Menschen, die sie verfasst haben. Davon, wie diese Menschen damals genau zu diesem Zeitpunkt waren. Ich habe ihre Worte gelesen und bin ihren Anweisungen gefolgt. Sie waren immer an meiner Seite. Ich dachte, ich würde allein in dieses Studio gehen, aber in Wirklichkeit war ich keine Sekunde lang allein.« Sie hielt inne und dachte an das Rezeptbuch. An James. »Was ich damit meine, ist: Lasst uns weiterhin alten Rezepten folgen, neue niederschreiben und sie weitergeben.«

»Das haben Sie wunderschön gesagt«, meinte Carys, dann warf sie einen Blick in ihre Notizen. »Sie haben ja heute Ihre ganze Familie bei sich. Wie stolz sie wohl alle heute auf Sie sind?«

Jenny blickte zu Bernard mit seiner pinkfarbenen Fliege, der sich angeregt mit Azeez unterhielt, und eine tiefe Traurigkeit warf einen Schatten auf den Moment.

Ihr habt keine Ahnung, was ich getan habe, dachte sie. *Ihr habt keine Ahnung.*

28
Pavlova mit Himbeeren und schwarzen Johannisbeeren

Strahlender Sonnenschein drang durch die Vorhänge und weckte Jenny. Im Schlafzimmer war es hell und stickig. Einige Sekunden lang wusste sie nicht, wo sie war, dann hörte sie Bernards Pfeifen, das Rumpeln des Wasserkochers und das Klatschen der Zeitung, die auf dem Türvorleger landete. Nach dem Ende der Dreharbeiten war sie in ihr altes Leben zurückgekehrt, dennoch fühlte es sich vollkommen anders an. Alles, was ihr früher Trost gespendet hatte, wurde nun von Schuldgefühlen überlagert. *Das Backduell* hatte etwas in ihr aufgerissen, das sie jahrzehntelang in sich begraben hatte, und nun sickerte die Vergangenheit in die Gegenwart, und ihr Geheimnis war überall, wohin sie auch sah.

»Darling?«, rief sie, als Bernards Schritte auf halbem Weg die Treppe hoch plötzlich innehielten und der natürliche Rhythmus der Morgenroutine ins Stocken geriet.

Schweigen.

»Bernard?«

Er setzte sich wieder in Bewegung und eilte die Treppe hoch. Seine Hausschuhe klatschten auf den Teppich.

»Jetzt ist es offiziell!« Er platzte durch die Tür und stellte das Tablett mit dem Tee klappernd auf dem Nachttisch ab. »Du bist im *Kittlesham Herald!*«

In Jennys Magen rumorte es, als hätte sie eine Aspirin-Brausetablette ohne Wasser geschluckt.

Er kam zu ihr ins Bett und faltete die Zeitung auseinander, wobei er die Arme weit von sich strecken musste, um die Doppelseite aufzuklappen. Sie lehnte die Wange an seinen Schlafanzugärmel und atmete den Duft der frischen Druckerschwärze ein.

Rentnerin aus Kittlesham unter den diesjährigen KandidatInnen von
Das Backduell – Backen auf der Insel

Unter der Schlagzeile prangte ein großes Bild der ganzen Truppe vor den umgebauten Stallungen. Sie standen im Halbkreis, hatten die Arme über den Schürzen verschränkt und sahen aus wie Kontrahenten einer Regionalwahl.

»Sieh dich nur an!«, meinte Bernard aufgeregt und strahlte. »Nicht schlecht für eine *Rentnerin.*«

Jenny betrachtete sich selbst in Rock und Bluse, wie sie zwischen Angela und Azeez stand. Sie hatte eine alte Frau erwartet, aber stattdessen sah sie eine erfolgreiche *Backduell*-Kandidatin.

»Jennifer Quinn, 77, wohnt in Kittlesham mit ihrem Mann Bernard, der ihre Backkünste seit sechzig Jahren genießen darf«, las Bernard, räusperte sich und warf Jenny einen Blick zu, während er die Seite auf die Größe des Artikels zurechtfaltete. »Na ja, seit *fast* sechzig Jahren.«

»Mrs. Quinn wuchs in einer Familie voller leidenschaftlicher Bäcker*innen auf, und diese steht auch im Zentrum ihrer Rezepte, von denen viele über Generationen hinweg weitergegeben wurden.«

Er nahm einen Schluck Tee. »Die Show startet am 5. September um 20:00 Uhr.«

»Es fühlt sich plötzlich so real an, nicht wahr?«, fragte Bernard mit Blick auf den Artikel.

»Ja. Es ist dasselbe Gefühl wie damals, in der Nacht vor Drehbeginn.«

»Bloß, dass du dieses Mal nichts tun musst.« Er griff nach Jennys Tasse, hob sie vorsichtig über die Decke hinweg und reichte sie ihr. »Du kannst dich zurücklehnen und es genießen.«

Sie nickte und nahm einen Schluck Earl Grey.

»Wir könnten uns die Ausstrahlung der ersten Folge doch mit Rose, Jeremy, Max und Poppy ansehen und ein wenig feiern. Vielleicht haben Ann und Fred ja auch Lust.«

Jenny umklammerte den Henkel der Tasse, und feuchter Dampf legte sich über ihr Kinn.

»Ich weiß nicht. Es wäre mir peinlich, wenn alle zusehen.«

»Peinlich?« Tee schwappte über den Rand seiner Tasse, und sie griff nach seinem Arm, um ihn zu stabilisieren. »Wir sind alle unglaublich stolz auf dich, und man hat nicht oft die Gelegenheit, so etwas zu feiern.«

Jenny überlegte. Feiern war das Letzte, wonach ihr der Sinn stand. Ihr Stolz war unter Schuldgefühlen begraben.

»Na gut«, meinte sie schließlich. »Aber ich kann dir nicht versprechen, dass ich mir nicht die ganze Zeit die Hände vors Gesicht halte.«

Er lachte leise. »Ich glaube, das wäre in Ordnung.«

Nachdem sie ausgetrunken hatten, schwang Bernard die Beine aus dem Bett und verschwand im Badezimmer. Jenny lauschte dem vertrauten Klicken des Radios, dem Quietschen der Rohre, die zum Leben erwachten, und dem Schwappen des Wassers im Waschbecken.

Sie zog die Zeitung zu sich heran und las den Artikel noch einmal. Als sie fertig war, blätterte sie um, überflog einen Artikel über einen Parlamentsabgeordneten, der seiner Tochter mit Geld aus der Spesenkasse eine Designerhandtasche gekauft hatte, und einen weiteren über Häuser als Kapitalanlage in der Gegend, die bereits in fünf Jahren einen Gewinn versprachen. Sie befeuchtete die Fingerspitzen und blätterte weiter, um kurz darauf erneut innezuhalten. Am unteren Rand von Seite 11 fiel ihr Blick auf die Überschrift:

Mutter und Tochter: Dank Facebook wiedervereint.

Pauline Thompson, 54, aus Willerby by Stow traf kürzlich ihre leibliche Mutter wieder, nachdem ihr Sohn sich via Facebook auf die Suche nach seinen Verwandten gemacht hatte. »Mein Sohn kannte den Mädchennamen meiner Mutter von meiner Geburtsurkunde und begann zu recherchieren. Dabei stieß er zufällig auf ihren Bruder – meinen Onkel – und schickte ihm eine Nachricht. Glücklicherweise wusste der von mir und stellte den Kontakt her.«

Jennys Brust zog sich zusammen, während sie weiterlas.

Mrs. Thompson beschrieb das Wiedersehen mit ihrer leiblichen Mutter als »emotionale Achterbahnfahrt« und wird ihrem Sohn auf ewig dankbar sein, dass er sie gefunden hat, bevor es zu spät ist. »Ich habe mich mein ganzes Leben lang gefragt, wer meine Mutter war, aber ich hatte Angst davor, was ich womöglich herausfinden würde. Jetzt bin ich überglücklich.«

Jenny drehte sich die Haare um den Finger, und ihr Herz klopfte so laut, dass sie es beinahe hören konnte.

Social Media unterstützt Adoptivkinder dabei, nach ihren leiblichen Verwandten zu suchen, ohne die offiziellen Wege zu beschreiten. So gibt es mehrere Facebook-Gruppen, die es sowohl Adoptivkindern als auch den leiblichen Eltern ermöglichen, Kontakt aufzunehmen.

Jennys Nachthemd schien ihr mit einem Mal viel zu eng. Sie faltete die Zeitung und legte sie auf das Tablett. Ihre Fingerspitzen waren von einem dünnen schwarzen Film überzogen.

Sie machte sich auf den Weg nach unten in die Küche und wusch sich die Hände, während sie in den Garten hinaussah. Die Früchte von Bernards Arbeit zeigten sich in voller Pracht, Bienen flogen von einem Beet zum nächsten, und blühende Rosen streckten sich der Sonne entgegen. Jenny steckte gedankenverloren drei Scheiben Brot in den Toaster, stellte Butter und ein Glas Konfitüre auf den Tisch und füllte zwei Gläser mit Orangensaft. Als Bernard zu ihr trat, war sein Gesicht rot vom heißen Wasser.

»Weißt du was?«, fing er an und ließ sich auf den Stuhl sinken, dessen Beine über den Boden schrammten, als er ihn unter den Tisch rückte. »Wir sollten ihn rahmen lassen.«

»Was willst du rahmen lassen?«, fragte Jenny, während das Brot aus dem Toaster sprang.

»Den Artikel.« Er sah sie an, als hätte sie ihren eigenen Namen vergessen. »So etwas muss man doch in Ehren halten, findest du nicht?«

Sie nickte, nahm den Toast und setzte sich zu ihm. Der Artikel, den er meinte, wurde in ihren Gedanken von einem gänzlich anderen überlagert.

Die erste Folge wurde an einem lauen Spätsommerabend ausgestrahlt, und Jenny hatte sich fast den ganzen Tag auf die einzig ihr bekannte Art davon abgelenkt, dass sie bald im Fernsehen zu sehen sein würde: in der Küche.

Sie wusch die schwarzen Johannisbeeren und die Himbeeren händeweise unter dem Wasserhahn und schüttelte sie, ehe sie sie in das Sieb legte, wo sie wie Juwelen funkelten. Ihre Hände waren rot vom Beerensaft, es wehte ein warmes Lüftchen, und aus dem Ofen drang der Duft von gebackenem Zucker. Im Garten fragte Ann Rose aus, wie Richter im echten Leben waren, und Jeremy und Fred hatten ihr gemeinsames Interesse für Autos entdeckt und unterhielten sich darüber, welche Modelle sie im Laufe der Jahre gefahren hatten. Jenny fühlte sich während einer Party stets in der Küche am wohlsten, wo sie, begleitet von dem entfernten Geplauder der Gäste und der Hitze des Ofens, jederzeit von den zur Verfügung stehenden Köstlichkeiten naschen konnte. Sie drückte eine Himbeere mit der Zunge an den Gaumen und saugte, um das Fruchtfleisch von den unverwüstlichen Kernen zu trennen.

»Tante Jenny«, sagte Poppy und stützte sich am Türrahmen ab, während sie sich die Erde von den Füßen klopfte.

Jenny zuckte zusammen.

»Onkel Bernard meinte, ich soll dich daran erinnern, dass es in zwanzig Minuten losgeht.« Sie hielt inne. »Was isst du da?«

»Eine Himbeere.« Jenny streckte Poppy das Sieb entgegen. »Willst du auch eine?«

Poppy betrachtete die Früchte und griff nach einer besonders großen.

»Warum ist der Ofen aus, aber der Kuchen steht immer noch drinnen?«

»Das ist eine Pavlova. Die lässt man im Ofen, damit sie langsam auskühlt.«

»Warum?«

»Wenn sich die Temperatur zu plötzlich ändert, bekommt die Oberfläche Risse.«

Poppy nickte langsam und schien zufrieden mit der Erklärung.

»Willst du mir bei den letzten Schritten helfen?«

Poppy nickte erneut, und ihre Augen leuchteten.

Jenny zog einen Stuhl heran, gab zwei Becher Crème Double in eine Rührschüssel und steckte die Rührbesen in das elektrische Handrührgerät.

»Wir wollen eine cremige Konsistenz haben wie bei dickem Joghurt, nicht wie bei Hüttenkäse«, erklärte sie etwas lauter als sonst, während sie das Rührgerät auf der niedrigsten Stufe laufen ließ. Sie führte Poppys Hand mit ihrer, und ihre beiden Arme begannen, vom Vibrieren des Motors zu zittern. »Achte darauf, dass die Rührbesen immer in der Crème sind. Sonst spritzt es überallhin, wenn du sie rausziehst.«

Poppy nickte, und Jenny ließ ihre Hand los. Poppy benutzte beide Hände, um das Rührgerät unter Kontrolle zu halten, als wäre es ein Presslufthammer.

Jenny holte inzwischen die Pavlova aus dem Ofen, löste vorsichtig das Backpapier ab und ließ sie auf den größten Teller gleiten, den sie finden konnte. Das gigantische, glänzend weiße Vogelnest, das Jenny vorhin in den Ofen geschoben hatte, hatte die matte Farbe von Bimsstein angenommen. Gemeinsam bestrichen sie die Pavlova mit einer dicken Schicht geschlagener Crème Double, verteilten die Beeren darauf, bestäubten alles mit Puderzucker und beträufelten es mit ein wenig Johannisbeersoße.

»Jeder einen?«, fragte Poppy und streckte Jenny einen Rührbesen entgegen. Alles Wichtige hatte sie ihrer Großnichte also offensichtlich beigebracht.

»Unbedingt.«

Zuerst ging es leicht, doch dann mussten sie die Köpfe neigen und am Metall saugen, um auch in die kniffligeren Winkel zu gelangen. Beide waren hoch konzentriert, und es zählte nur noch, auch den letzten Klecks Crème zu erwischen, als wäre dies die einzige wahre Freude im Leben. Tatsächlich schmeckte die Köstlichkeit auf diese Art sogar noch besser.

»Was treibt ihr beiden denn da?«, fragte Bernard.

»Wir machen Pavlova«, erwiderte Poppy und ließ nur kurz von ihrem Rührbesen ab.

»Das sehe ich – und riechen kann man es bis in den Garten.« Er warf einen Blick in die leere Schüssel. »Habt ihr mir denn gar nichts übrig gelassen?«

Poppy kicherte, weil er sich so über alle Maßen enttäuscht gab. Das eben noch entfernte Geplauder bewegte sich in Richtung Küche, bis diese nicht länger ein ruhiger Rückzugsort war, sondern das Zentrum der Party.

»Noch zehn Minuten, wir sollten uns setzen«, erklärte Ann streng und scheuchte die aufgeregte Schar ins Wohnzimmer.

»Das Werk einer verdienten Finalistin«, meinte Rose mit Blick auf die Pavlova, wurde allerdings vom Knallen eines Sektkorkens unterbrochen, der durch die Luft zischte, Fred knapp verfehlte und auf einem Sofakissen landete, woraufhin sich Bernard mehrmals aufrichtig entschuldigte.

Sie versammelten sich vor dem Bildschirm und senkten die Stimmen, wie vor einer Regierungsankündigung oder der königlichen Weihnachtsansprache, während Bernard die Sektflöten füllte und herumreichte.

»Ich möchte vorher noch einen Toast ausbringen«, verkündete er schließlich. »Auf meine geliebte Frau. Sie hat mich zwar mit ihrer Teilnahme am *Backduell* überrascht, weniger überraschend war allerdings, dass sie es bis ins Finale geschafft hat. Sie ist mit Leib und Seele bei der Sache – nicht nur, was das Backen betrifft, sondern auch in ihrer Hingabe an unsere Freunde und unsere Familie, und ich wüsste nicht, wo ich ohne sie wäre.« Er hielt inne, und seine Lippen zitterten. »Auf Jenny.«

»Auf Jenny!«, stimmten die anderen ein und hoben die Gläser.

Jenny sah zu, wie die Bläschen sich am Rand ihres Sektglases sammelten. Bernards Worte wurden von dem Geheimnis getrübt, das sie bereits so lange Zeit vor ihm verbarg.

Als Bernard schließlich den Fernseher anmachte, packte Jenny die Nervosität und schloss sich wie eine eiskalte Hand um ihr Herz.

Sie stach mit dem Tortenmesser in die Pavlova und teilte sie mit einem leisen Knuspern in acht Dreiecke, wobei die äußere Schicht zu süßem Staub zerfiel. Das Innere war schneeweiß und sämig, durchsetzt von dem einen oder anderen Tropfen aus geschmolzenem Zucker.

»Machen Sie sich bereit für die süßeste Versuchung, seit es Fernsehshows gibt, wenn gleich acht der besten Hobby-Bäcker und Hobby-Bäckerinnen in einem Kopf-an-Kopf-Rennen gegeneinander antreten und es wieder heißt: *Das Backduell – Backen auf der Insel!*«

Alle richteten sich auf, Gespräche verstummten, und sie tauschten wissende Blicke, abgesehen von Fred, der hin und weg von dem großzügigen Stück Pavlova war, das gerade bei ihm gelandet war.

Die vertraute Musik setzte ein, Mo und Katie begrüßten die Zuschauerinnen und Zuschauer, und Jenny schien es wie ein surrealer Traum, aus dem sie jeden Moment erwachen würde. Die umgebauten Stallungen sahen im Fernsehen noch eleganter und professioneller aus, die Vorgänge im Inneren blieben wohlverborgen. Es gab keine Wartezeiten im Green Room und kein Team, das den Abwasch erledigte, sondern lediglich nahtlose Übergänge zwischen den herrlich grünen Feldern der Umgebung und den umgebauten Stallungen, während die Kandidatinnen und Kandidaten zu ihren Arbeitsplätzen schritten.

»Tante Jenny!«, rief Poppy, als Jenny auf dem Bildschirm erschien, sich die Schürze über den Kopf zog und Azeez einen schnellen Blick zuwarf, wobei sie genauso nervös wirkte, wie sie sich damals gefühlt hatte.

Alle Augen waren auf sie gerichtet, und ihre Gäste klatschten freudig in die Hände, während Jenny noch tiefer in die Kissen sank und an ihrem Glas nippte, als könnte sie sich dahinter verstecken. Sie dachte an den Zeitungsartikel über den Sohn und die Mutter, und ihre Gedanken trugen sie zurück in das Heim für ledige Mütter und zu der lieben Mary. Hatte sie ihre Sarah jemals wiedergefunden? Hatte sie andere Kinder bekommen, oder trug sie noch immer schwer an ihrem Verlust? Hatte Mary ihr Geheimnis ebenfalls all die Jahre für sich behalten?

»Das ist ja verrückt«, murmelte Max und wischte eifrig mit dem Finger über sein Handy, während er sich die Haare aus dem Gesicht schüttelte.

Jenny kehrte wieder in die Realität zurück.

»Es ist schon überall auf Twitter, dabei läuft die Show gerade mal zehn Minuten.«

Da Jenny nicht richtig wusste, was er meinte, verfolgte sie, wie die anderen Kandidaten den Juroren ihre Ideen für die erste Challenge näherbrachten. Es war interessant zu beobachten, was in anderen Teilen des Studios vor sich gegangen war, und die kleinen Ausschnitte aus dem Leben ihrer Freunde zu sehen, die immer wieder eingespielt wurden. Azeez auf dem Boden seines Schlafzimmers beim Anfertigen einer architektonischen Skizze. Paul, der Feuerwehrmann, der eine Stange in der Feuerwache hinunterrutschte, um seinen Kollegen eine Lunchbox mit selbst gemachten Brownies zu präsentieren.

»Du albernes Ding hast doch tatsächlich deine alte Waage mitgeschleppt!«, meinte Ann, als die Waage ins Bild kam, und Jenny wünschte, sie hätte sie vor der Aufzeichnung noch einmal poliert.

»Jenny wird heute zwölf Vanilleküchlein zubereiten, die sie als kleine Abwandlung des traditionellen Lemon-Drizzle-Rezeptes ihrer Nichte mit einem säuerlichen Rhabarber-Drizzle verfeinert«, erklärte die Stimme aus dem Off, und Jenny erschien auf dem Bildschirm.

Jenny nahm eine Gabel Pavlova, um nicht hinsehen zu müssen.

»Mein Rezept!?«, rief Rose.

Jenny nickte.

»Was für eine Ehre.« Rose lachte.

»Du bist so redegewandt«, bemerkte Jeremy, war allerdings nur schwer zu verstehen, weil er den Mund voller Baiser hatte.

»Das wurde zusammengeschnitten. Man sieht nur die guten Stellen.«

»Da ist Onkel Bernard!«, verkündete Poppy und hüpfte aufgeregt auf und ab. »Waren die Kameras hier in eurem Haus?«

Jenny sah zu, wie sie beide auf demselben Sofa saßen wie jetzt gerade, sich eine Kanne Tee teilten und ein Kreuzworträtsel lösten.

»Du meine Güte«, sagte Bernard. »Für die dreißig Sekunden haben wir drei Stunden gebraucht! Und wann bin ich bloß so alt geworden?!«

»Ach, hör schon auf!« Jenny streichelte seinen in flaschengrünen Cord gehüllten Oberschenkel.

Die Sendung schritt voran, und sie schnappten nach Luft, wenn Bleche aus dem Ofen geholt wurden, verfolgten entsetzt, wie Amanda erklärte, dass Rhabarber ihrer Meinung nach nicht für einen Drizzle geeignet sei, und jubelten, als Angus Jennys Küchlein lobte. Bernard strahlte die ganze Zeit über entzückt und verkündete in regelmäßigen Abständen, dass Jenny »bei Weitem die Beste« sei, wobei seine Parteilichkeit natürlich jede Objektivität zunichtemachte.

Die zweite Challenge begann, und alle rückten näher an den Bildschirm heran.

»Das sieht kompliziert aus«, meinte Rose, als die Kamera in Nahaufnahme zeigte, wie Jennys Hände die verschiedenfarbigen Teigstreifen zu einem Schachbrettmuster zusammenbaute.

»Die Regenbogentorte ist schön«, verkündete Poppy und staunte, wie Angela ihre grellen Teigstreifen wie Legosteine aufeinandersetzte.

Schließlich kam der Moment der Wahrheit, und die Kandidaten trugen nacheinander ihre Battenbergkuchen nach vorn, um sich dem Urteil der Juroren zu stellen.

»Twitter liebt Jenny und Azeez«, meinte Max und streckte den anderen das Handy entgegen. »Es gibt sogar einen eigenen Hashtag *Jazeez*.«

»Einen was?«, fragte Ann und verzog verwirrt das Gesicht.

»Das ist ein Zeichen, das …« Er hielt inne. »Das ist schwer zu erklären.«

»Wer darf eigentlich die übrig gebliebenen Kuchen aufessen?«, fragte Fred. »Die Juroren nehmen ja immer nur eine Gabel voll. Das ist doch eine schreckliche Verschwendung.«

»Willst du dich denn freiwillig melden?«, fragte Ann spitz.

»Der geht meistens an das Team«, antwortete Jenny. »Am Ende der Dreharbeiten können sie wahrscheinlich keinen Kuchen mehr sehen.«

»Können wir so einen bitte beim nächsten Mal backen?«,

flüsterte Poppy, tätschelte Jennys Knie und drückte es fest, als Jenny auf dem Bildschirm mit ihrem mit kandierten Orangen garnierten Battenbergkuchen vor die Juroren trat.

Sie warteten schweigend auf Amandas und Angus' Urteil.

»Ich mag den Geschmack nicht …«, begann Amanda. »Ich *liebe* ihn.«

Applaus brandete durchs Wohnzimmer, und als Rose aufsprang, folgten ihr die anderen jubelnd, als wollten sie eine Zugabe einfordern.

»Das war aber eine gemeine Art, jemandem zu sagen, dass es einem schmeckt«, bemerkte Poppy, und Bernard stimmte ihr eifrig zu.

»Der Hammer!«, rief Max, als Jenny und Paul für das Rennen um den goldenen Kochlöffel ausgewählt wurden. Alle jubelten, beruhigten sich aber sofort wieder, als es weiterging.

»Ich kann nicht hinsehen.« Rose hielt sich ein Kissen vor das Gesicht, als die Ananaskuchen gestürzt wurden.

»Mum, es ist nur ein Kuchen«, murrte Max, der wegen seiner Zahnspange leicht lispelte. »Und wir wissen doch, dass Tante Jenny nicht in der ersten Woche nach Hause musste.«

»Ja, schon, aber es ist so …«

Alle schnappten nach Luft, als Jenny erkannte, dass sie die Form nicht ausgelegt hatte.

»Ich wette, dafür schmeckt dein Kuchen am besten«, bemerkte Bernard, der nicht zugeben konnte, dass seine Jenny womöglich einen Fehler gemacht hatte.

»Wie viel erfährt man vorher eigentlich wirklich? Bei der Überraschungschallenge, meine ich?«, fragte Jeremy und brach das Schweigen, das sich über das Zimmer gesenkt hatte.

»Gar nichts«, antwortete Jenny leise. »Man hat nur die Zutaten und das Beispiel unter der Tortenglocke.«

»Oh, Mann.« Jeremy rieb sich nachdenklich das Kinn. »Das heißt, man darf nicht einmal ein kleines …«

»Dad, leise!«, zischte Max und rettete damit den entscheidenden Moment, in dem die Juroren den goldenen Kochlöffel verliehen.

»Nein!«, rief Bernard und warf die Hände hoch, als Pauls Name fiel. »Was soll das?!«

»Oh, Bernie.« Jenny schüttelte den Kopf. Er sah sie tatsächlich durch eine rosarote Brille. »Es ist ein Wunder, dass ich nicht Letzte wurde.«

»Ich mochte die Show schon immer.« Rose hob die Stimme, um das Geklatsche zu übertönen. »Aber es ist zehn Mal spannender, wenn jemand dabei ist, den man kennt.«

»Das stimmt«, meinte Ann, die mit ihrem breiten Grinsen kaum wiederzuerkennen war. »Ich kann es immer noch nicht ganz glauben.«

»Tante Jenny«, meldete sich Max zu Wort, das Gesicht vom Display seines Handys erhellt. »Die Leute stellen haufenweise Fragen in den Kommentaren auf deiner Facebook-Seite.«

»Was denn für Fragen?«, wollte Jenny wissen und zog unwillkürlich die Schultern hoch.

Max setzte sich zu ihr aufs Sofa, und der Geruch seines Aftershaves traf sie mit voller Wucht, was seltsam war, da sein Bartwuchs noch zu wünschen übrig ließ.

»Übers Backen«, antwortete er hörbar beeindruckt. »Sieh mal.«

Sie betrachtete verwirrt die Worte und Bilder auf dem kleinen Bildschirm.

»Lies es mir doch bitte vor, ja?«

»Hier zum Beispiel. *Was kann ich mit übrig gebliebenem Eiweiß machen? Ich möchte nichts verschwenden. Ihre Miriam Birtwistle.*«

»Gut. Also …« Jenny griff nach ihrer Lesebrille. »Man könnte Mandelmacarons daraus machen. Die sind einfach und lange haltbar. Man braucht lediglich Eiweiß, gemahlene Mandeln, Streuzucker und Mandeln oder Kirschen zur Verzierung.«

Max' lange Finger flogen über das Display.

»Wenn ich selbst auf diese Fragen antworten will …«, meinte Jenny. »Wie funktioniert das?«

»Ich logge dich auf eurem Computer ein, wenn du möchtest. Dann musst du nur noch die Facebook-Seite öffnen und siehst das alles vor dir.«

Vielleicht war es der Sekt, der laue Spätsommerabend oder der Zeitungsartikel, aber als Jenny an diesem Abend im Bett lag, hatte sie das Gefühl, mit einem Boot auf rauer See unterwegs zu sein. Gefangen zwischen Schlafen und Wachen, schwirrten ihr wirre Gedanken durch den Kopf.

Sie schlüpfte in ihre Hausschuhe und tappte nach unten, um sich ein Glas Wasser zu holen. Die Küche glich einem schlaftrunkenen Schatten des vergangenen Tages. Auf dem Abtropfgitter standen Sektflöten, und der Artikel über *Das Backduell* prangte stolz auf dem Kühlschrank. Jenny lehnte sich an die Arbeitsplatte und ließ sich von dem Summen der Küchengeräte einfangen, bis sie es nicht mehr länger aushielt. Sie ging nach oben und lauschte an der Schlafzimmertür, ob Bernard nach wie vor schlief. Ein leises, schnaubendes Schnarchen vibrierte in der Stille und gab ihr die Gewissheit, die sie brauchte, um an der Tür vorbei zum Büro zu gehen.

Sie legte die Hand auf die sanft gerundete Oberfläche der Maus und bewegte sie, sodass der Bildschirm zum Leben erwachte und sein Licht die Dunkelheit erhellte. Während sie darauf wartete, dass sich die Startseite aufbaute, dachte sie daran, wie sie das Bewerbungsformular zum ersten Mal aufgerufen hatte. Es war seltsam, was seitdem alles passiert war und wie sie sich verändert hatte. Sie spürte dasselbe Verlangen wie damals. Ein Samenkorn, das unbeirrt keimte und ihr den Schlaf raubte, sodass sie es langsam nicht mehr ignorieren konnte.

Sie tippte *Facebook* in die Suchmaschine und sah sich kurz darauf einer Seite gegenüber, die auffallend unpersönlich wirkte, wenn man bedachte, dass es hier um Freundschaften ging. Es war ein einziges Durcheinander aus Blau und Weiß, mit dem einen oder anderen roten Punkt am oberen Rand des Bildschirms. Sie führte den Pfeil in die Suchleiste und gab James' Namen ein. Die Buchstaben durchschlugen den Panzer, den die Zeit um Jenny errichtet hatte, und eine tief sitzende Sehnsucht brach sich Bahn. Sie stellte sich vor, wie er gelernt hatte, seinen Namen zu schreiben, und sah die kleine Hand, die den Bleistift umklammerte und in die richtige Richtung führte, um die korrekten Formen aufs Papier zu bringen. Sie sah den Namen auf seinen Schulbüchern und auf den wertvollen Zeichnungen, die er der Frau geschenkt hatte, die er *Mutter* nannte.

Bernards Schritte tappten durch den Flur, und die Dielen knarrten unter seinen Füßen, als er näher kam. Jenny hielt den Atem an und versuchte, am Klang zu erkennen, wohin er unterwegs war. Die Badezimmertür schloss sich. Sie stieß die Luft aus und drückte auf *Enter*.

Innerhalb von Sekunden erschien eine Liste mit Fotos, und Jenny scrollte durch unzählige Männer, die alle James Eaton hießen, auf der verzweifelten Suche nach etwas Vertrautem. Es war, als müsste sie blind den Weg nach Hause finden und würde im Dunkeln umhertappen, in der Hoffnung, etwas Bekanntes – irgendetwas – zu ertasten. Doch mit jedem fremden Gesicht wich die Hoffnung. Sie hatte keine Ahnung, wo er lebte, wie er aussah und ob er nicht vielleicht einen anderen Namen angenommen hatte. *James Eaton* war nun mal der einzige Name, den sie hatte. Für sie war er immer noch derselbe James mit dem sanften Flaum auf dem Kopf, den sie vor all den Jahren tief und fest schlafend der jungen Frau übergeben musste. Enttäuschung packte sie, und das Gewicht all dessen, was sie versäumt hatte, stürzte auf sie ein, machte ihr Herz schwer und raubte ihr den Atem. Sein erstes Wort. Das erste Mal auf dem Fahrrad. Sie hatte nicht nur ein Baby verloren, sondern auch ein Kleinkind, ein Schulkind, einen jungen Mann. Er hatte sein Leben gelebt, und sie war nicht dabei gewesen.

Jenny saß im Dunkeln und verschmolz damit, während sie dem Rauschen der Toilettenspülung und dem Quietschen des Wasserhahnes lauschte. Sie hatte nichts mehr zu verlieren, und so beschloss sie, einen letzten, hoffnungslosen Versuch zu wagen. Sie rief sich den Zeitungsartikel in Erinnerung, gab die Worte *Wiedervereinigung nach Adoption*, *Suche nach adoptierten Verwandten* und *Adoptionssuche* in die Suchleiste ein und klickte sich planlos von Gruppe zu Gruppe, bis sie sich auf einer Art Schwarzem Brett voller Nachrichten wiederfand. Geschwister, Adoptivkinder, Tanten und Cousinen – sie alle suchten hier nach Angehörigen, die ihnen aufgrund widriger Umstände entrissen worden waren. Sie klickte in ein leeres Feld und betrachtete eine Weile den erwartungsvoll blinkenden Cursor.

Guten Tag, mein geliebter Sohn wurde am 11. Januar 1962 geboren, als ich im Grant House, *einem Heim für ledige Mütter, lebte. Ich habe ihm den Namen James Eaton gegeben, und ich habe ihn sehr geliebt, aber als alleinstehende Mutter wurde mir keine andere Wahl gelassen, als ihn zur*

Adoption freizugeben. Mir wurde gesagt, ich hätte kein Recht, mit seinen Adoptiveltern Kontakt aufzunehmen, und ich weiß nicht, wer ihn zu sich genommen hat und woher seine neue Familie stammte. Ich weiß nur, dass ich ihm zum Abschied ein Rezeptbüchlein mit einigen Familienrezepten geschenkt habe. Ich habe dieses Geheimnis mein ganzes Leben lang für mich behalten, weshalb ich bitte, diese Anfrage anonym zu behandeln. Falls es Ratschläge gibt, wie ich ihn finden kann (falls das nach so langer Zeit überhaupt noch möglich ist), wäre ich Ihnen aus tiefstem Herzen dankbar. Seit damals ist kein Tag vergangen, an dem ich nicht an ihn gedacht habe, und auch wenn ich sechzig Jahre lang versucht habe, meine Gefühle zu unterdrücken, ist der Schmerz in letzter Zeit immer unerträglicher geworden.

»Darling?«, rief Bernard aus dem Flur. »Ist alles in Ordnung?«

Jenny erstarrte, und ihr Herz pochte. »Ja. Ich konnte nicht schlafen … ich … beantworte nur noch schnell eine E-Mail von Azeez. Ich bin gleich bei dir.«

Seine Schritte kamen näher.

Ihr Finger schwebte einen Moment lang über der Maus, dann klickte sie auf *Senden*.

29
Flapjacks

Vielleicht war es, weil es eine Live-Sendung sein würde, weil Jenny so etwas noch nie gemacht hatte oder weil sie normalerweise lieber zuhörte und nun plötzlich die Befragte sein würde, jedenfalls erschien ihr das für diesen Tag anstehende Radiointerview als gewaltige Herausforderung, obwohl sie einige Wochen lang im Fernsehen gebacken hatte. Sie blickte auf ihren taubenblauen Hosenanzug hinab, den sie sich eigens für diesen Anlass gegönnt hatte, und fragte sich, ob sie sich falsch entschieden hatte. War er zu übertrieben? Zumindest sah er im Vergleich zu den abgenutzten, grauenhaft orangefarbenen Zugsitzen so aus. Und selbst Bernard hatte ihr um fünf Uhr morgens, während sie sich die Haare geföhnt hatte, erklärt, dass sie im Radio doch ohnehin niemand sehen würde. Sie ließ die Hand über den Ärmel gleiten, und ihre raue Haut verhakte sich immer wieder an der feinen Seide. Die Tatsache, dass es um ein Radiointerview ging, war allerdings nicht von Belang. Immerhin legte sie manchmal sogar frischen Lippenstift auf, bevor sie ans Telefon ging.

»Erfrischungen gefällig?« Die Bahnbedienstete schob den klobigen Imbisswagen mit beachtenswerter Kraft durch den Mittelgang, und kaum eine Handtasche blieb davon verschont. »Heißgetränke, Sandwiches, Kuchen?«

»Ich hätte gern einen Earl Grey«, bat Jenny und hob verhalten die Hand. »Mit Milch, ohne Zucker, bitte.«

Die Frau verschwand hinter einer Dampfwolke, während sie den Tee zubereitete. »Sonst noch was?«

Jenny ließ den Blick über die Snacks wandern, und die Frau trommelte ungeduldig und einigermaßen gereizt mit den Fingern auf die Arbeitsfläche.

»Ist das ein Flapjack?«

Das Trommeln verstummte. »Ein Haferkeks, ja. Ein Stück?«

»Ja, bitte.« Jenny suchte in ihrer Geldbörse nach dem passenden Kleingeld.

»Das macht vier Pfund neunundneunzig.«

Jenny zählte die Münzen und fing dabei den Blick der Frau auf. Der Gesichtsausdruck der Bediensteten veränderte sich, und in ihrem Gehirn schien es beinahe hörbar klick zu machen.

»Danke«, erwiderte die Frau und legte das Geld in ihre Kasse, wobei sie Jenny weiter anstarrte. Erst nach einigen Sekunden zog sie zum nächsten Kunden weiter. Vielleicht war sie es nicht gewöhnt, dass Fahrgäste am frühen Morgen derart herausgeputzt mit dem Zug fuhren.

Jenny zog ihr Lippenstifttäschchen hervor und überprüfte ihr Gesicht in dem kleinen Spiegel. Nachdem sie erleichtert festgestellt hatte, dass es nichts Aufsehenerregendes zu entdecken gab, wickelte sie ihren Flapjack aus und biss in die zusammengepappten Haferflocken, die in ihrem Mund zerbröselten und eine süße Masse bildeten. Wenn sie selbst Flapjacks machte, mochte sie die etwas zu dunklen Randstücke am liebsten, auch wenn die meisten Leute sie eher mieden. Der bittere Geschmack bildete einen angenehmen Gegensatz zu dem süßen Zuckersirup, und vor allem waren die Randstücke so herrlich zäh, dass beim Kauen der Kiefer schmerzte. Zwischen zwei Bissen entdeckte Jenny ein kleines Mädchen, nicht älter als sechs oder sieben, das durch den

Spalt zwischen den Sitzen zu ihr nach hinten schaute. Sie lächelte dem Kind zu, doch die Kleine versteckte sich.

Jenny nippte an ihrem heißen Tee und blickte zum Fenster hinaus, wo sich das Grün langsam in Grau verwandelte, je näher sie der Stadt kamen. Die Gärten hinter den Häusern wichen Hochhäusern und Fußballstadien. Es war über eine Woche her, seit sie die Nachricht auf Facebook abgeschickt hatte, und ihre Gedanken kehrten in jeder ruhigen Minute zu ihr zurück. Das Verlangen nachzusehen, ob jemand geantwortet hatte, war beinahe zwanghaft, aber bis jetzt hatte sich noch niemand gemeldet. Jenny versuchte, sich vorzustellen, wie sie Bernard davon erzählte. In Gedanken legte sie sich Sätze zurecht, die sie jedoch sofort wieder verwarf, um sogleich von Neuem zu beginnen. Es gab keine Worte für die Monstrosität dessen, was sie vor ihm geheim gehalten hatte.

Einige Minuten später hatte sie plötzlich das Gefühl, beobachtet zu werden, und als sie aufsah, entdeckte sie das kleine Mädchen, das erneut zu ihr nach hinten blickte. Einen Moment befürchtete Jenny, die Kleine hätte ihre Gedanken gelesen.

Der Zug fuhr in den Bahnhof King's Cross ein, und die Nervosität ergriff Besitz von ihr. Sie strich die Haare glatt, zog sich die Lippen nach, klemmte sich die Handtasche unter den Arm, stieg aus dem Zug und trat auf den geschäftigen Bahnsteig, wo es stark nach Ruß roch.

»Entschuldigen Sie bitte …«

Jenny fuhr herum und klopfte instinktiv ihre Taschen ab, ob sie etwas im Zug vergessen hatte, doch es war die Mutter des kleinen Mädchens, das Jenny immer noch anstarrte, dieses Mal allerdings hinter den Beinen der Frau hervor.

»Tut mir leid, wenn ich Sie belästige, aber darf ich fragen … Sind Sie Jenny Quinn, richtig?«

Jenny überlegte, woher sie die beiden kannte, und trat ein wenig zur Seite, um die anderen Fahrgäste vorbeizulassen.

»Aus *Das Backduell?*«

»Ja«, antwortete Jenny erstaunt, als wäre die Mutter eine Wahrsagerin, die gerade eine richtige Voraussage gemacht hatte. »Das bin ich.«

Die Augen der Frau leuchteten auf, und sie sah sich einigermaßen betreten um und senkte die Stimme.

»Meine Tochter hat Sie im Zug erkannt. Sie ist ein großer Fan. Wir sehen Sie unheimlich gern im Fernsehen … Dürfte ich vielleicht ein Foto von ihnen beiden machen?«

»Natürlich, das wäre mir eine große Freude«, erwiderte Jenny und wandte sich an das kleine Mädchen. »Wie ist denn dein Name?«

»Tilly«, flüsterte das Mädchen und wagte nicht, Jenny in die Augen zu schauen.

»Schön, dich kennenzulernen, Tilly. Backst du gern?«

»Ich mag Brausebonbonplätzchen«, erzählte Tilly dem Boden.

»Brausebonbonplätzchen? Die habe ich noch nie gemacht.«

»Sie explodieren im Mund wie ein Feuerwerk«, schwärmte das Mädchen, während Jenny für das Foto neben ihr in die Hocke ging und sich geschmeichelt und albern zugleich fühlte.

»Wie schön«, sagte die Mutter. »Das wird Großmama gefallen.«

Sie steckte das Handy zurück in ihre Handtasche.

»Tillys Großmutter ist ebenfalls ein großer Fan. Sie hat auch einen Sekretärinnenlehrgang besucht, wie Sie damals.«

»Tatsächlich?«, fragte Jenny einigermaßen verblüfft. »Nun, ich habe meine Ausbildung nie abgeschlossen. Und woher wissen Sie davon, wenn ich fragen darf?«

»Das habe ich irgendwo auf Social Media gelesen«, antwortete die Frau, dann hob sie die Augenbrauen: »Tilly, wie sagt man?«

»Danke«, murmelte Tilly. »Ich hoffe, du gewinnst.«

Jenny lächelte und winkte ihnen zum Abschied hinterher, dann mischte sie sich unter die Pendler, die durch die Fahrkartensperren strömten, sich teilten und wieder zusammenfanden wie ein Fluss, der von Felsen durchschnitten wurde. Die Unterhaltungen der unzähligen Menschen vermischten sich zu einem unverständlichen Gemurmel, das wie eine Wolke über allem schwebte. Ab und an bemerkte Jenny Leute, die sie länger als nötig anstarrten, ihre Begleitung mit dem Ellbogen anstießen und mit dem Kopf in ihre Richtung deuteten. Es erinnerte sie daran, wie sie mit James unter ihrem Dufflecoat unterwegs gewesen war. Die verurteilenden Blicke der Passanten hatten sie verfolgt wie Geier, als sie ihren ungeborenen Sohn noch sicher unter dem Herzen getragen hatte. Jetzt stand sie wieder im Zentrum der Aufmerksamkeit, wenn auch aus einem vollkommen anderen Grund. Obwohl sie immer noch dieselbe Frau war.

»Jenny!«, rief eine vertraute Stimme.

Sie sah sich suchend um, bis sie ein paar Hände entdeckte, die ihr eifrig über die Köpfe der Fahrgäste hinweg zuwinkten, und sie schlängelte sich auf dem schnellsten Weg zwischen all den Menschen zu ihm durch, bis er sie schließlich in die Arme schloss.

»Ach, Azeez.« Jenny trat einen Schritt zurück, um ihn zu betrachten. Sein Gesicht war genauso fröhlich wie sein in Weiß und Bonbonrosa gestreiftes Hemd. »Du hast mir gefehlt.«

»Du mir auch«, sagte er und strich das Revers ihres Hosenanzuges glatt. »Das Teil gefällt mir.«

»Wirklich? Ich habe ihn eigens gekauft. Findest du ihn nicht übertrieben?«

»Auf keinen Fall. Immerhin bist du der Liebling der Nation.«

»Entschuldigen Sie«, sagte ein Mann, der Turnschuhe zu einem Anzug trug und dessen Haar trotz des jungen Alters grau meliert war. »Jenny und Azeez aus *Das Backduell*, oder?«

Sie sahen einander an, als wären sie sich nicht ganz sicher, dann nickten sie.

»Das ist ja toll! Ich habe im Büro auf Jenny gewettet.«

»Wie nett«, meinte Jenny bemüht begeistert, damit er sie nicht durchschaute.

»Ich habe Sie heute Morgen in der Zeitung gesehen.« Er steckte die Hände tief in die Hosentaschen und zuckte die Schultern.

»Ja, dieses Mal gibt es jede Menge Berichte in der Presse«, bestätigte Azeez und warf einen Blick auf die Uhr. »Aber wir müssen jetzt leider weiter. War nett, Sie kennenzulernen.«

Er hakte sich bei Jenny ein und bugsierte sie in Richtung Taxistand.

»Du meine Güte«, murmelte Jenny. »Ich kenne diesen Mann nicht einmal, aber jetzt habe ich ein schlechtes Gewissen, weil er auf mich gewettet hat.«

»Tja, hätte er mal lieber mich genommen«, witzelte Azeez, und sie zwickte ihn tadelnd in den Arm. »Findest du das nicht auch irgendwie … verrückt?«

»Ja, ein kleines Mädchen hat mich vorhin um ein gemeinsames Foto gebeten, ich konnte es kaum glauben.«

»Wenigstens hat sie gefragt. Mir fällt immer wieder auf, dass Leute heimlich mit ihren Telefonen Fotos von mir machen. Hast du letzte Woche die Sache mit deiner Waage mitbekommen?«

»Was ist mit meiner Waage?«

»Es stand in einer der Wochenendbeilagen. Alte Metallwaagen entwickeln sich zum Verkaufsschlager, seit du im Fernsehen zu sehen bist. Man bekommt sie kaum noch irgendwo, und gebraucht sind sie mittlerweile ein Vermögen wert.«

»Du nimmst mich auf den Arm!«, meinte Jenny, während Azeez nach einem Taxi winkte.

»Nein, tu ich nicht. Ich hätte die Zeitung kaufen sollen, um sie dir zu zeigen.«

»Aber es gibt diese Waagen doch schon seit einer Ewigkeit?!« Jenny schüttelte ungläubig den Kopf, öffnete die Taxitür und stieg ein. »Das muss ich nachher unbedingt Bernard erzählen.«

Präsenz und Ausstrahlung waren normalerweise Eigenschaften, die man Menschen zugestand und nicht Gebäuden, aber das *Broadcasting House* in London hatte definitiv beides. Azeez half Jenny aus dem Taxi, und sie streckte ihre schmerzenden Glieder und blickte demütig nach oben. Vor ihr stand ein hoch aufragender Glaspalast, in dessen Mitte stolz die Buchstaben *BBC* prangten und der einen stetigen Strom wichtig aussehender Personen ausspuckte und wieder in sich aufnahm, sodass er beinahe wirkte wie ein lebendiger Organismus.

»Bereit?«, fragte Azeez mit hochgezogenen Augenbrauen.

Jenny holte tief Luft, und ihre Haut prickelte, während sie versuchte, alles in sich aufzunehmen.

»Wie bin ich bloß hier gelandet?«, fragte sie, und ihre Augen glänzten.

»Jetzt bring mich bloß nicht zum Heulen.« Azeez fuhr sich verlegen durch die Haare. »Komm, gehen wir.«

Sie traten durch eine Drehtür ins Atrium und stellten sich

ans Ende einer langen Schlange aus geschäftigen Menschen in schicken Schuhen, die mit ihren Telefonen verwachsen schienen. Es war kühl und roch nach Kaffee, und überall, wo Jenny hinsah, hingen große Bildschirme, auf denen die Nachrichten liefen. Es war wie ein Blick in die Zukunft. Hinter den riesigen Glasscheiben befanden sich weitläufige Büroräume mit unzähligen Reihen identischer Tische, an denen Journalisten auf ihre Tastaturen einhämmerten.

»Hallo! Ich bin Dom, einer der Producer«, sagte ein drahtiger junger Mann und schob sich durch die anderen Besucher auf sie zu. Er war auf liebenswerte Weise unrasiert, und eine Seite seines Hemdes war ihm aus der Hose gerutscht.

»Das Studio befindet sich auf der anderen Straßenseite«, fuhr er fort, schüttelte Jenny und Azeez die Hand und reichte ihnen zwei Besucherausweise.

Sie folgten ihm durch die Drehtür nach draußen, wo die Hitze und der Lärm Londons Jenny mit voller Wucht trafen, als sie die Straße überquerten.

»Wie war die Anreise?«, fragte Dom und drückte die Tür zu einem traditioneller wirkenden, gemauerten Gebäude auf.

»Gut, danke«, antwortete Jenny, hielt ihren Besucherausweis gegen das Display der Eingangssperre und erwartete beinahe, dass er nicht funktionierte und man sie jeden Moment als Betrügerin entlarven würde. Doch die Sperre öffnete sich, und sie trat hindurch.

»Das ist ein bisschen anders als in den umgebauten Stallungen«, meinte Azeez, als sie mit dem Aufzug nach oben fuhren.

»Und sicher nicht annähernd so amüsant«, erwiderte Dom. »Es ist wirklich eine Freude, Ihnen allen zuzusehen. Sie scheinen gute Freunde geworden zu sein. Meine Eltern waren wohl noch nie so stolz auf mich wie neulich, als ich ihnen erzählt habe, dass Sie beide heute in die Show kommen.«

Jenny lächelte und zuckte bescheiden die Schultern, während sie aus dem Aufzug traten und Dom einem mit Teppichboden ausgelegten Flur entlang folgten.

»Ich liebe die Show seit Jahren, und ich muss sagen, ich wurde nicht enttäuscht. Sie bringt die Leute wirklich zusammen, weil man so viel gemeinsam erlebt«, meinte sie.

»Das stimmt«, bestätigte nun auch Azeez. »Trotzdem ist alles vollkommen surreal, sogar das hier.«

»Da wären wir«, verkündete Dom und führte seine beiden Gäste in ein Büro, in dem es nach kaltem Tee und Teppichboden roch. Die Tische waren übersät mit leeren Bechern und vollgekritzelten Notizzetteln. Das Fernsehen strahlte nach außen, dachte Jenny bei sich, während hinter den Kulissen hart gearbeitet wurde. Radio *war* die harte Arbeit im Hintergrund.

»Das Studio ist dort.« Dom zeigte auf ein Fenster. Jetzt erst entdeckte Jenny Jon Rodgers, den Moderator, der zwischen Knöpfen und Bildschirmen locker in ein Mikrofon plauderte. Er wirkte kleiner als auf den Fotos, und sie konnte den Blick nicht von ihm wenden, während sie versuchte, den Mann hinter der Scheibe mit der Stimme im Radio in Verbindung zu bringen.

»Tee oder Kaffee?«, fragte Dom und führte sie zu einem müde aussehenden Sofa, das man in die Ecke des Büros gequetscht hatte.

Jenny und Azeez lehnten dankend ab.

»Zunächst einmal: Danke fürs Kommen! Wir freuen uns sehr, Sie heute hier zu haben«, begann er und aktivierte den Kugelschreiber an seinem Oberschenkel. »Ich werde jetzt mit Ihnen den Ablauf der Sendung durchgehen. Wir werden Sie zu Ihren Erlebnissen bei *Das Backduell* befragen – natürlich, ohne auf die noch nicht ausgestrahlten Wochen einzugehen –, aber es wird auch darum gehen, welche Rolle das Backen in Ihrem Leben spielt und wie Sie auf die Idee kamen, sich zu bewerben. Außerdem wollen wir Ihren familiären Hintergrund beleuchten.«

»Cool. Klingt gut«, meinte Azeez.

»Und auch wenn ich Ihnen das sicher nicht sagen muss: Ihre Antworten sollten jugendfrei sein. Kein Fluchen, keine Schimpfwörter.«

»Ich werde mich bemühen«, versprach Azeez aufgekratzt und wandte sich an Jenny. »Aber auf die Dame hier müssen Sie achtgeben.«

»Ach, hör schon auf damit.« Jenny verdrehte die Augen und schmunzelte.

»Das ist witzig«, meinte Dom strahlend. »Sie beide sind ja genauso wie im Fernsehen.«

Er überflog seine Aufzeichnungen, befeuchtete den Finger mit der Zunge und blätterte weiter.

»Jenny, wir werden Sie natürlich zu dem heutigen Zeitungsartikel befragen. Es ist ein sehr emotionales und wichtiges Thema, und ich weiß, dass viele Hörerinnen und Hörer gern mehr über diese Geschichte erfahren würden.«

Jenny wandte sich mit fragendem Blick an Azeez, doch der schien ebenfalls keine Ahnung zu haben.

»Tut mir leid«, sagte sie. »Aber helfen Sie mir doch bitte kurz auf die Sprünge, ich hatte heute Morgen noch keine Gelegenheit, die Zeitung zu lesen.«

Dom wurde ernst, und sein Blick huschte zwischen Jenny und Azeez hin und her.

»Oh, okay! Da ist dieser Artikel über … die Adoption?«

Das Blut wich aus Jennys Wangen, und ihr Mund war wie ausgetrocknet. Sie versuchte, etwas zu sagen, wollte ihn fragen, woher er davon wusste, aber sie brachte kein Wort heraus.

Azeez sah sie an und verstand sofort. »Ich glaube, Jenny

weiß nichts davon. Sie hat den ganzen Morgen im Zug gesessen.«

»Oh, ja, natürlich. Tut mir leid«, meinte Dom. »Ich bin davon ausgegangen, dass Sie den Artikel kennen. Er ist gut geschrieben und recherchiert, das habe ich gecheckt. Würden Sie das Thema lieber außen vor lassen?«

Jenny nickte ausdruckslos, und das Adrenalin, das plötzlich durch ihre Adern schoss, gab ihr das Gefühl, über ihrem Körper zu schweben und die Kontrolle verloren zu haben.

»Gut, dann gebe ich nur schnell den anderen Bescheid«, sagte Dom, sprang auf und verschwand.

»Ist alles in Ordnung mit dir?«, fragte Azeez und betrachtete Jenny prüfend, während diese den Blick zu Boden gerichtet hatte. »Weißt du, wovon er geredet hat?«

»Ich …« Ihre Kehle war wie zugeschnürt. »Haben sie James gefunden?«

»Wer ist James?«, fragte Azeez und runzelte besorgt die Stirn, dann holte er sein Handy aus der Tasche und gab Jennys Namen in die Suchleiste ein. Er wippte mit dem Knie, während die Ergebnisse luden, und wählte schließlich den ersten Artikel aus. Die Schlagzeile lautete:

Eine hausgemachte Katastrophe – Mrs. Quinns herzzerreißender Appell an ihre Follower

Azeez scrollte nach unten, und seine Augen weiteten sich.

»James … ist dein Sohn?«

Jenny vergrub das Gesicht in den Händen und legte die Unterarme auf die Knie.

»In dem Artikel geht es um einen Post, den du auf … Facebook veröffentlicht hast.« Sein Blick huschte über die Zeilen. »James wurde aber noch nicht gefunden.«

»Ich … aber … ich habe meinen Namen nicht dazugeschrieben«, sagte sie, und der Schock presste die Luft aus ihrer Lunge, als hätte sich jemand auf ihre Brust gestellt.

»Auf Facebook ist man nie wirklich anonym. Sobald du dich eingeloggt hast, steht unter allem dein Name, und dann ist da noch dein Profilfoto …«

Panik und Schuldgefühle stiegen in ihr hoch. Sie war in einem Albtraum gefangen und konnte nicht aufwachen.

»Bernard«, keuchte sie.

»Was ist mit ihm?«

»Er weiß nicht … ich habe nicht …«

»Was weiß er nicht?«, fragte Azeez, und ein Schatten zog über sein Gesicht, als es ihm dämmerte. »Das Geheimnis …«

»Hi!« Dom kam einigermaßen verhalten auf sie zu. »Also, ich habe gerade mit dem Team gesprochen und sie …«

»Ich kann das nicht.« Jenny packte ihre Tasche. »Es tut mir leid, aber ich muss nach Hause.«

»Okay.« Dom sah zwischen Jenny und Azeez hin und her und wirkte wie ein Reh im Scheinwerferlicht eines herannahenden Autos. »Wir gehen in dreißig Minuten live auf Sendung, also …«

»Und ich werde mit ihr fahren«, beschloss Azeez. »Sie sollte jetzt nicht allein sein.«

»Nein«, sagte Jenny und griff nach seinem Arm. »Das darfst du nicht. Du musst das Interview geben.«

Dom sah Azeez an, der seinerseits Jenny ansah.

»Ich bin wirklich der Meinung, dass du nicht allein fahren solltest«, meinte Azeez kopfschüttelnd. »Ich komme mit.«

»Ich meine es ernst«, erwiderte Jenny. »Du *musst* dieses Interview geben.«

»Das alles tut mir schrecklich leid«, sagte Dom. »Ich wollte nicht …«

»Es ist nicht Ihre Schuld. Es war nur ein ziemlicher Schock«, versicherte ihm Azeez.

»Das verstehe ich natürlich. Soll ich Ihnen ein Taxi zum Bahnhof rufen, Jenny?«

»Ja, bitte.« Jennys Hände zitterten. Sie griff in ihre Tasche und schaltete ihr Handy ein. Es piepte einige Male hintereinander, als mehrere Nachrichten auf einmal eintrafen.

»Ich glaube, das waren die Presseleute von *Das Backduell*«, vermutete Azeez nach einem Blick über Jennys Schulter. »Sie haben offenbar versucht, dich zu erreichen.«

Sie öffnete die Nachrichten, und ihr Herz setzte aus, als sie eine Mail mit Bernards Namen entdeckte, die er frühmorgens geschickt hatte.

ALLES GUTE, ICH WERDE ZUHÖREN. ICH BIN SO STOLZ AUF DICH. IN LIEBE BERNARD X

Jenny steckte das Telefon zurück in die Tasche.

»Ich muss los«, sagte sie und sprang auf. »Es tut mir leid.«

30
Lakritzkonfekt

Es war Samstagabend, und Jenny kam in ihrem besten Kleid und Stöckelschuhen die Treppe herunter, die Haare zu glänzenden Locken gedreht. Das Kleid war wunderschön mit einem Tellerrock, der sich wie ein Kreisel drehte, wenn sie tanzte. Vor nicht allzu langer Zeit hätte sie der bevorstehende Abend mit Aufregung erfüllt, und sie hätte die ganze Woche lang auf dem Heimweg vom Lehrgang mit Sandra darüber gesprochen, aber jetzt war es das Letzte auf dieser Welt, wonach ihr der Sinn stand. Ihr altes Leben war voller Farbe gewesen, doch mittlerweile war es nur noch schwarz-weiß.

»Du siehst sehr hübsch aus«, meinte ihr Vater, als sie sich im Flur an ihm vorbeischob.

»Danke.« Ihre Stimme klang ausdruckslos wie immer, und sie konnte nichts dagegen tun.

»Ich bin froh, dass du hingehst«, erklärte er betont fröhlich, als hoffte er, sie damit anzustecken. »Es wird dir guttun.«

Sie fuhr sich mit den Fingern durch die Haare und war sich sicher, dass es das nicht tun würde.

»Ich will da nicht hin«, sagte sie und senkte den Blick. »Absolut nicht.«

Er sah aus, als hätten ihn ihre Worte verletzt.

»Wenn du erst einmal dort bist, wird es dir gefallen.« Er presste die Lippen aufeinander und lächelte bekümmert.

»Und Sandra wird dich aufheitern. Ihr habt euch schon so lange nicht mehr gesehen.«

Jenny nickte. Es hatte keinen Sinn, es ihm zu erklären. Er würde es nie verstehen. Niemand würde das. Es war, als hätte man ihr das Herz aus der Brust gerissen, und nun ging sie mit einer Wunde durchs Leben, die außer ihr niemand sehen konnte.

Es klopfte an der Tür.

»Das muss sie sein«, sagte er. »Amüsier dich.«

Jenny hielt den Atem an und machte sich bereit, in ihre Rolle zu schlüpfen.

»Hallo«, sagte Sandra, und die Zeit, die sie getrennt voneinander verbracht hatten, war sofort spürbar, als sie lächelte, wo sie einander früher umarmt hätten. Da war eine noch nie da gewesene Befangenheit zwischen ihnen.

»Wie fühlst du dich?«

»Viel besser, danke«, erwiderte Jenny, doch ihre leeren Augen und das gezwungene Lächeln verrieten sie.

Sie standen in einer dunklen Ecke am Rand der Tanzfläche, über die sich überhitzte Paare zu lauter Musik bewegten. Jenny war, als würde sie alles von außen beobachten, während ihre Freunde in Gruppen zusammenstanden, lachten und sich unterhielten. Sie beneidete sie um ihre gute Laune, um ihre Unschuld.

Sandra zog an ihrer Zigarette, und Rauch kräuselte sich zwischen ihren Lippen hervor.

»Wie geht es dir im Lehrgang?«, fragte Jenny und versuchte, sich wie das Mädchen zu geben, das sie einst gewesen war.

»Ganz gut.« Sandra steckte sich die Haare hinters Ohr, während ihr Blick in die Ferne gerichtet blieb. »Ich habe die Stenografieprüfung bestanden.«

»Gut gemacht«, lobte Jenny, und die Eifersucht versetzte ihr einen Stich.

Die beiden jungen Frauen schwiegen einen Moment.

»Ich habe dich vermisst, Jen«, sagte Sandra schließlich und sah Jenny in die Augen. »In den ersten Wochen habe ich ständig vergessen, dass du nicht mehr da bist, und auf der Mauer darauf gewartet, dass du mich abholst.«

Jenny senkte den Blick, und ihre Haut prickelte vor Schuldgefühlen. Sie hätte Sandra so gern von dem schrecklichen Fehler erzählt, den sie gemacht hatte, und von dem makellosen Wunder, das daraus entstanden war. Sie wollte ihr die unendliche Liebe erklären, die sie empfunden hatte, und die Trauer, die sie seither verfolgte. Sandra sollte wissen, dass Jenny nicht mehr das Mädchen war, das sie gekannt hatte.

Doch sie konnte nichts sagen, denn am Ende blieben keine Worte für all das. Ihre Freundschaft und ihr Geheimnis schienen wie Öl und Wasser.

»Bist du sicher, dass alles in Ordnung ist?«, fragte Sandra und legte besorgt den Kopf schief.

»Mir geht es gut.« Jenny richtete sich etwas auf. »Tut mir leid, ich bin heute Abend nicht gerade die beste Gesellschaft. Ich glaube, es ist die Müdigkeit.«

»Du musst dich nicht entschuldigen«, erwiderte Sandra. »Das ist verständlich. Du warst monatelang ans Bett gefesselt, das ist sicher nicht einfach für dich.«

Jenny rang sich ein unbehagliches Lächeln ab.

»Hast du vor, wieder in den Lehrgang zurückzukommen?«

»Vielleicht, wenn ich es schaffe …«

»Er sieht dich an«, sagte Sandra, plötzlich abgelenkt.

»Wer?«

»Der Große, mit den Ohren.«

Jenny folgte Sandras Blick zu einer Gruppe junger Männer auf der anderen Seite des Saales, die allesamt ihre besten Anzüge ausführten.

»Der mit den dunklen Haaren?«

»Ja. Er sieht andauernd herüber.«

»Sicher nicht zu mir«, wehrte Jenny ab. Sie wandte sich wieder Sandra zu, während sie sich die nächste Frage überlegte. »Wie geht es deiner Familie?«

Sandra schnappte nach Luft.

»Was?«

»Er …« Sie senkte die Stimme. »Ich glaube, er kommt rüber.«

»Er hat vermutlich nur jemanden entdeckt, den er kennt«, erwiderte Jenny, und ihre Wangen begannen zu glühen.

»Hast du vor, wieder bei Lady Jane's *anzufangen?«, fragte Sandra, die den Blick nicht von dem jungen Mann ließ. »Wenn du dich vollständig erholt hast?«*

Jenny schüttelte ein wenig zu energisch den Kopf.

»Aber was ist mit Ray? Hast du von ihm gehört?«

»Nein.« Sein Name hinterließ einen bitteren Geschmack in Jennys Mund. »Gott bewahre. Kann ich bitte eine Zigarette haben?«

»Das sind ja ganz neue Töne.«

Jenny beobachtete, wie Sandra in ihrer Tasche kramte, als plötzlich jemand nach ihrer Hand griff.

»Entschuldigen Sie, bitte.« Es war der große Mann mit den markanten Ohren, und er versuchte, die Musik zu übertönen. »Darf ich um diesen Tanz bitten?«

Jenny spürte Sandras Blicke auf sich.

»Natürlich nur, wenn es Ihrer Freundin nichts ausmacht«, fügte er hinzu und schenkte ihr ein warmherziges Lächeln.

»Auf keinen Fall macht es mir etwas aus«, erklärte Sandra und biss sich auf die Lippe, um ein Grinsen zu unterdrücken.

Die Band begann zu spielen, und eine Welle der Energie brandete durch den Saal, als die Leute aufsprangen. Jenny wäre gern bei Sandra geblieben und hätte sich versteckt, aber da war etwas an diesem jungen Mann, das ihr Sicherheit gab, etwas Vertrautes, also ließ sie sich auf die Tanzfläche führen, wo er sie herumwirbelte und sie in einer Mischung aus Jive und Twist von einer Ecke in die andere drehte. Es war eine Erleichterung, mit diesem Fremden zusammen zu sein, mit jemandem, der nicht wusste, wie sie früher gewesen war. Mit jemandem, bei dem sie sich nicht verstellen musste. Zum ersten Mal seit Monaten war sie gezwungen, im Augenblick zu leben und sich nur auf die Bewegungen ihres Körpers und die Musik zu konzentrieren.

Nachdem das Lied zu Ende war, stimmte die Band eine langsamere Nummer an, sodass die Paare auf der Tanzfläche näher zusammenrückten. Er zog sie an sich und legte sanft eine Hand auf ihren unteren Rücken.

Sie hatte sich vorhin so fest an ihn geklammert, dass ihre Handflächen nun feucht waren, und sie hoffte, dass er es nicht bemerkte.

»Ich heiße übrigens Bernard«, sagte er. »Oder Bernie, wenn Sie möchten.«

Als sie den Blick hob, sah sie nur seine beneidenswert langen Wimpern und seine Augen, die in der Dunkelheit funkelten.

»Schön, Sie kennenzulernen, Bernard.« Sie atmete den Duft seines Aftershaves ein. Old Spice. *»Ich bin Jenny.«*

Er wirkte angestrengt, und ihr wurde klar, dass er sie nicht gehört hatte. Er beugte sich nach unten, um sie besser zu verstehen, und trat einen Schritt näher, wobei er ihr auf die Zehen stieg. Sie machte einen Satz nach hinten.

»Das tut mir leid!«, rief er und verzog entsetzt das Gesicht. »Ich bin zu groß zum Tanzen.«

Etwas an seinem Gesichtsausdruck traf sie mitten ins Herz, und ihre Schultern bebten. Ein tonnenschweres Gewicht fiel von ihr ab, als sie zu kichern begann.

»Und ich höre schlecht – trotz der Ohren«, fuhr er fort, offensichtlich erleichtert, dass er sie zum Lachen gebracht hatte. »Wie war noch mal Ihr Name?«

»Jenny«, antwortete sie ein wenig lauter, und ihr Blick fiel auf Sandra. Sie unterhielt sich mit einem Mann, der sich an einen Stuhl gelehnt hatte und dessen Zigarette nur Zentimeter von ihrem Kleid entfernt war.

»Jenny, ich weiß, wir haben uns gerade erst kennengelernt«, sagte Bernard und bildete mit der Hand einen Trichter über Jennys Ohr. »Aber hätten Sie morgen Abend Zeit? Ich würde Sie gern einladen … ins Kino, vielleicht?«

»Ja, ich habe Zeit«, antwortete sie zu ihrer eigenen Überraschung. Die Worte waren gesagt, ehe sie die Möglichkeit gehabt hatte, sich zurückzuhalten. »Ich würde mich freuen.«

»Ich hole Sie ab. Wo wohnen Sie?«

Sandra verdrehte mittlerweile die Augen und schob ihrem Gegenüber ein Glas Wasser entgegen. Der Mann schien die Kontrolle über seine Beine verloren zu haben.

»Chestnut Road neunundzwanzig … aber jetzt gehe ich besser zu meiner Freundin. Ich glaube, der Mann dort tritt ihr etwas zu nahe.«

Bernard griff nach ihrer Hand.

»Ich kenne ihn. Das ist Larry, mein Nachbar. Er war vorher noch im Pub …«

Er führte sie durch die Menge in Richtung Sandra, und Larry und hielt dabei die ganze Zeit ihre Hand.

»Ist das Ihr Freund?«, fragte Sandra mit verschränkten Armen und starrte Bernard wutentbrannt an. »Ich glaube, er sollte langsam mal nach Hause.«

Bernard legte sich Larrys Arm über die Schulter und stemmte ihn hoch.

»Ich muss mich für ihn entschuldigen. Ich bringe ihn nach Hause, bevor er noch mehr Schwierigkeiten macht«, verkündete er. »Jenny, wir sehen uns morgen. Chestnut Road neunundzwanzig. Sechs Uhr?«

»Sechs Uhr.« Sie nickte, und ein leises Lächeln umspielte ihre Lippen.

»Gute Nacht«, wünschte Bernard, und seine braunen Augen verweilten noch einen letzten Moment auf Jenny, ehe er sich abwandte und in der Menge verschwand.

»Du hast eine Verabredung?«, fragte Sandra und drückte ihren Arm.

Jenny nickte, und ein zarter Lichtstrahl drang durch die Dunkelheit. »Ja, ich schätze, das habe ich.«

Jenny saß im Bus vom Bahnhof Kittlesham nach Hause, und die Erkenntnis, dass sie erneut kurz davor stand, den einen Menschen zu verlieren, den sie auf dieser Welt am meisten liebte, traf sie wie ein Schlag. Sie saß ganz vorn im oberen Stockwerk und lehnte den Kopf an die kühle Scheibe, damit niemand die Tränen sah, die über ihre Wangen liefen. Nur noch eine Haltestelle nach dieser, dann war sie zu Hause.

Der Bus kam quietschend zum Stehen, und Schritte polterten die schmale Treppe nach oben.

»Robbo, du Idiot«, schrie jemand und trat eine Dose durch den Mittelgang bis vor Jennys Füße, die sich daraufhin umdrehte. Es waren mehrere Jungs aus der örtlichen Mittelschule mit gelockerten Krawatten, pickeliger Haut und einem ersten Flaum auf der Oberlippe.

»Das ist doch die Alte aus der Backshow!«, rief ein zweiter Junge, dessen Stimme seltsam hoch und gleichzeitig tief klang, und die Aufmerksamkeit der anderen galt nicht mehr der Dose, sondern Jenny. Sie stürzten sich wie ein Rudel Wölfe auf sie.

»Hallo, Oma!«

Jennys Herz klopfte, ihr Körper spannte sich, und sie atmete flach. *Nicht jetzt,* dachte sie und rührte sich nicht. Vielleicht verloren die Jungen das Interesse, wenn sie nicht reagierte.

»Hey, Back-Oma, warum ignorierst du uns?«

»Es ist unhöflich, nicht zu antworten!«, rief ein Junge.

»Wo ist denn dein Baby?«, säuselte ein anderer.

Alle lachten, während heiße Wut und Angst in ihr hochstiegen, gepaart mit einem Gefühl der Machtlosigkeit. Sie wischte sich mit dem Jackenärmel die Tränen ab, die lautlos über ihre Wangen liefen und sich kitzelnd den Weg unter ihr Kinn und in den Halsausschnitt ihrer Bluse bahnten.

Der Bus wurde langsamer, und die Dose rollte weiter nach vorn. Zu Jennys Erleichterung war es ihre Haltestelle. Sie packte ihre Handtasche und zählte bis drei, dann eilte sie mit gesenktem Blick auf die Treppe zu. Der Bus schwankte, und sie umklammerte das Geländer so fest, dass ihre Fingergelenke weiß hervortraten, während sie sich die Treppe nach unten tastete und nicht auf die Geräusche hinter und über sich achtete. Die Türen öffneten sich, und Jenny trat eilig auf den Bürgersteig und machte sich auf den Weg durch die Gassen.

Die Verzweiflung wuchs und wuchs, bis sie kaum noch atmen konnte. Ihr Herz drängte zu dem einen Menschen, an dessen Seite alles wieder gut werden konnte. Die Achse, um die sich ihre Welt drehte.

Am Gartentor angekommen, erkannte Jenny die Haustür durch den Tränenschleier nur noch als verschwommenen Umriss. Sie drehte den Schlüssel, drückte die Tür auf und schlug sie hinter sich zu, als hätte sie jemand verfolgt. Das Haus war vollkommen still.

»Bernard?« Ihre Frage verhallte.

Sie warf einen Blick in die Küche, hinaus in den Garten und ins Wohnzimmer, wo sie zu seinem geliebten Lehnstuhl trat und über den abgewetzten Samt der Armlehne strich. Auf dem Beistelltisch lagen seine Lesebrille und eine Packung Lakritzkonfekt, aber es war die gefaltete Zeitung, an der ihr Blick hängen blieb. Auf der aufgeschlagenen Seite prangte ein Bild von Jenny, das offenbar während eines stressigen Moments im Studio aufgenommen worden war. Sie wirkte müde und gequält. Jenny griff nach der Zeitung und überflog den Artikel, der ihr größtes Geheimnis in die ganze Welt hinausposaunte. *Eine hausgemachte Katastrophe* – fürwahr. Wie konnte sie so dumm sein? In ihren egoistischen Bestrebungen hatte sie alles aufs Spiel gesetzt, das ihr lieb und teuer war. Im tiefsten Inneren war ihr immer klar gewesen, dass das Unglück in ihrem Leben sich lediglich abwartend zurückgezogen hatte, um sie irgendwann daran zu erinnern, wer sie war und was sie verdiente.

»Bernard!«, rief sie, lief polternd die Treppe nach oben und riss nacheinander die Schlafzimmertür, die Badezimmertür und die Bürotür auf. Nichts. Zurück im Erdgeschoss, fuhrwerkte sie mit dem Schlüssel im Schloss der Hintertür herum, trat sie mit dem Fuß auf und ließ den Blick hektisch über Bernards gepflegte Beete schweifen, doch er war nirgendwo zu sehen.

Jenny ging langsam auf den Schuppen zu, voller Angst, dass er nicht da sein würde und es keine Hoffnung mehr gab. Sie öffnete die Tür mit einem leisen Quietschen. In dem kleinen Raum war es kühl und feucht, und es roch nach Sägespänen, Wachs und Politur. Ihr Herz klopfte noch schneller, und ihr Kopf dröhnte. Der Schuppen war leer. Nun blieben nur noch Rose und Jeremy, doch das Auto stand vor dem Haus, was diese Möglichkeit praktisch ausschloss.

Jenny kehrte ins Haus zurück, griff nach dem Telefon und wählte Bernards Nummer. Mit jedem Klingeln schwand ihre Hoffnung, und als sie in den Flur sah, bemerkte sie, dass der Garderobenständer anders aussah als sonst. Leerer. Da war ein freier Haken, an dem sein Mantel gehangen hatte. Er war fort.

Jenny wanderte durch die Gassen von Kittlesham und suchte unter den fremden Gesichtern nach Bernards braunen Augen, nach seinen abstehenden weißen Haaren, nach der Cordhose, die er selbst an warmen Tagen trug. Sie ging bis zur Kirche, am Zeitungsladen vorbei und in den Park. Vertraute Wege, die ohne ihn an ihrer Seite plötzlich abweisend und fremd wirkten. Kinder spielten Ball und kreischten vor Freude, während ihre Eltern auf einer Bank ein Picknick genossen, doch ihr Glück vervielfältigte lediglich Jennys Qualen. Sie legte die Hand auf die raue Rinde eines Baumstammes und rang nach Luft. Vor ihren Augen tanzten Punkte.

Sie glitt am Stamm nach unten, bis sie auf den mächtigen Wurzeln saß, und die letzten sechzig Jahre zogen an ihr vorbei. Sie sah Bernards warmherziges Lächeln, hörte sein Pfeifen und spürte das Klopfen seines Herzens, wenn sie das Ohr auf seine Brust legte und die Arme um seine Mitte schlang.

»Bernie«, hauchte sie und erstickte ihr Schluchzen mit dem Ärmel ihrer Jacke. Sein Fortgehen brach ihr das Herz. Alles, was sie getan hatte, war nur aus Angst heraus geschehen, ihn zu verletzen und ihn zu verlieren, dabei hatte sie genau das getan, indem sie ihr Geheimnis so lange vor ihm verborgen hatte. Es war mehr, als sie ertragen konnte.

31
Treacle Pudding

Jenny sah die Ständer mit den winzigen Kleidern durch, fasziniert von den wunderschön gestrickten Westen, den gemusterten Strampelanzügen, den gesmokten Kleidern. Es war jetzt fünfzehn Jahre her, doch in ihren Gedanken war er immer noch sechs Wochen alt mit winzigen Fingern und Ohren und den weichen Röllchen um seine Handgelenke. Sie griff nach einer hellblauen Latzhose mit Knöpfen aus fröhlich gelben Enten. Alter: Zwei. *So groß war er also mit zwei Jahren gewesen. Hatte er seine dicken, schwarzen Haare behalten, oder waren sie blond geworden? Waren seine Augen blau wie ihre geblieben, oder hatte sich die Farbe verändert? Sie hängte die Latzhose zurück an den Ständer, da fiel ihr Blick auf einen flaschengrünen Dufflecoat. Er war für Vierjährige gedacht, ein Alter, in dem er vermutlich in den Kindergarten gegangen war. Sie schob die Knebelknöpfe aus glänzendem Holz durch die Ösen, als würde er den Mantel tragen, und die Naht, die ihr Herz zusammenhielt, riss langsam auf. Sie streichelte den Kragen des leeren Mantels. Er war bloß eine Requisite, um ihr zu helfen, sich die Dinge vorzustellen, die sie nie über ihn erfahren würde.*

»Kann ich Ihnen helfen, Madam?«

Sie zuckte zusammen, als hätte man sie beim Stöbern in einem fremden Kleiderschrank erwischt.

Die Verkäuferin war eine ältere Frau mit warmherzigen

Augen, die hinter ihren großen Brillengläsern hervorfunkelten.

»Ich suche etwas für meine Schwägerin. Sie hat gerade ein Baby bekommen«, sagte Jenny und schluckte die Traurigkeit hinunter. »Ein Mädchen.«

»Gratulation«, sagte die Verkäuferin lächelnd. »Hat die Kleine schon einen Namen?«

Jenny nickte. »Rose.«

Die Verkäuferin strahlte. »Wie schön, da weiß ich genau das Richtige.«

Sie ging zielstrebig auf die gegenüberliegende Ecke des Ladens zu, wobei ihr die Arthritis in den Gelenken offensichtlich zu schaffen machte.

»Das hier hat nur auf Sie gewartet«, erklärte sie und nahm ein weißes, gesmoktes Kleid vom Ständer, dessen Kragen mit Rosenknospen bestickt war.

»Ja, das ist perfekt.« Jenny ließ den Finger über die komplizierte Stickerei gleiten, als handelte es sich um Blindenschrift.

Die Verkäuferin lächelte, dann machten sie sich auf den Weg zur Kasse, wo sie das Kleid sorgfältig faltete und in eine Papiertüte packte.

»Ist das alles, meine Liebe?«, fragte sie. »Ich habe bemerkt, dass Sie sich den grünen Duffelcoat angesehen haben.«

»Nein, nein«, sagte Jenny. »Ich habe ihn bloß bewundert.«

»Da bist du ja«, rief Bernard aufgeregt, als sie mit den Einkaufstaschen durch die Haustür trat und einen Schwall frische Luft in den Flur ließ.

Seine dicken, dunklen Haare waren ein wenig feucht, wo er mit dem nassen Kamm hindurchgefahren war, um sie zu bändigen, und er trug dem Anlass entsprechend sein bestes Hemd.

»Tut mir leid, ich habe noch in dem Kindermodengeschäft

in der Innenstadt haltgemacht«, sagte sie, öffnete die Papiertüte und hielt das winzige Kleid an den Schultern hoch. »Das ist für Rose. Es hat sogar kleine Rosenknospen.«

»Gute Wahl«, sagte er und trat näher, um es sich genauer anzusehen. »Margot wird sich sehr darüber freuen.«

»Wie geht es den beiden?«, fragte Jenny und ging weiter in die Küche.

»Gut.« Er warf einen Blick auf die Uhr. »Sie sind jetzt zu Hause und freuen sich, uns zu sehen. Ich kann es kaum erwarten.«

»Das sind tolle Neuigkeiten«, meinte Jenny und öffnete den Küchenschrank mit den Backzutaten. Ihr Blick wanderte über die Regale. »Ich backe nur noch schnell einen leckeren Treacle Pudding, damit sie etwas zu essen haben. Und etwas frische Schlagsahne dazu?«

Er lehnte sich an die Arbeitsplatte und strich über seinen erst vor Kurzem gewachsenen Schnurrbart. Er war noch so neu, dass sich Jenny und auch Bernard selbst erst daran gewöhnen mussten.

»Fragst du dich manchmal …« Er brach ab und überlegte. »Ich meine, jetzt, wo Rose da ist und sich alle so freuen …«

Jenny öffnete das Kochbuch und holte die Zutaten aus dem Schrank, während sie wartete, wie der Satz weiterging.

»Fragst du dich manchmal, wie es wäre, ein eigenes Kind zu haben?«

Sie rieb das Salz, das Mehl und die Margarine zwischen den Fingern und gab einen Teelöffel gemahlenen Ingwer hinzu.

»Ich bin zweiunddreißig, Bernard«, sagte sie und schlug ein Ei auf. »Ich glaube, dafür ist es schon ein wenig zu spät.«

»Ich weiß nicht«, erwiderte er. »Ich bin mit einem Jungen aufgewachsen, dessen Mutter vierunddreißig war, als sie ihn bekommen hat.«

»Dann hatte sie wahrscheinlich schon mindestens ein Kind vor ihm.« Sie öffnete die Dose mit dem Zuckersirup. »Er war sicher nicht ihr erstes.«

Er schwieg einen Moment, und die Arbeitsplatte knarzte, als er das Gewicht verlagerte.

»Ich weiß, du hast immer gesagt, dass du unsere Zweisamkeit genießt, dass es nicht der richtige Zeitpunkt wäre und dass der frühe Tod deiner Mutter die Angst in dir geschürt hat, dein Kind eines Tages alleine zurückzulassen.« Er trat zu ihr und legte einen Arm um ihre Schulter. »Ich meine ja nur, dass du es mir jederzeit sagen kannst, falls du deine Meinung einmal ändern solltest.«

Sie leerte den Zucker auf die Waage, um nicht an das Gefühl der Leere in ihr denken zu müssen. Es war, als hätte jemand eine Falltür in ihrem Herzen geöffnet. Es gab nur ein Baby, nachdem sie sich sehnte, und das war James. Wie hätte sie jemals ein anderes zur Welt bringen können, ohne ständig daran zu denken, was sie verloren hatte? Sie hätte diesen Schmerz nicht überlebt.

»Ich werde einfach Rose genießen«, sagte sie, während sie den Zucker in die Rührschüssel kippte. »Ich bin von Herzen gerne Tante Jenny, und am Abend können wir sie wieder bei Margot und John abgeben und müssen uns keine weiteren Gedanken machen.«

Aus den Augenwinkeln sah sie, dass er erneut über seinen Schnurrbart strich.

»Das stimmt«, sagte er, doch seine Stimme klang ausdruckslos, und Schuldgefühle stiegen in ihr hoch.

Sie verrührte die Masse mit einem Holzlöffel, als er den Arm von ihren Schultern nahm. Kurz darauf hörte sie, wie er sich entfernte.

»Bernie«, sagte sie und hielt mit dem Rühren inne. »Willst du denn … eine Familie?«

Er hielt mit der Hand auf dem Türknauf inne.

»Ich werde von Herzen gerne Onkel Bernie sein«, erklärte er.

Jenny saß in Bernards Lehnstuhl. Im Haus wurde es langsam dunkel, da hörte sie einen Schlüssel in der Tür. Sie sprang auf und eilte in den Flur. Im nächsten Moment stand Bernard vor ihr, doch er sah anders aus. Tatsächlich erkannte sie ihn kaum wieder.

»Oh, Bernard«, hauchte Jenny und schlang instinktiv die Arme um ihn, während seine Arme teilnahmslos nach unten baumelten. Sie trat einen Schritt zurück und sah in Bernards glasige, leere Augen. Die Falten, die normalerweise an sein fröhliches Lächeln erinnerten, ließen ihn heute zerbrechlich und erschöpft wirken, und er wich ihrem Blick aus, indem er ruckartig den Kopf abwandte, als sei es zu schmerzhaft, sie anzusehen.

»Es tut mir leid, dass ich dir nie davon erzählt habe«, sagte sie, und die Trauer erfasste sie wie ein heftiger Sturm. »Ich war siebzehn … es geschah mit einem verheirateten Mann, von dem ich damals dachte, ich würde ihn lieben, aber das habe ich gar nicht … er wollte nichts damit zu tun haben … mein Vater und meine Tante waren die Einzigen, die davon wussten … ich habe mich geschämt, ich hatte versagt. Ich hatte keine andere Wahl, als ihn abzugeben.«

Sie holte Luft, doch sie konnte nicht innehalten. Sie stand vor dem Abgrund und musste springen. Musste alles offenbaren.

»Ich ging in ein Heim für ledige Mütter, um ihn zur Welt zu bringen … ich war mehrere Monate fort …«

Sie schluckte und presste sich die Hand auf die Brust. »Das Problem war, dass mich niemand davor gewarnt hatte, dass ich ihn von ganzem Herzen lieben würde. Dass er untrennbar zu mir gehören würde. Dass ich für ihn gestorben wäre.«

Sie presste die Lippen aufeinander und schluchzte lautlos, als würde ihr jemand das Herz zusammendrücken.

»Sie sagten mir, ich hätte mein ganzes Leben noch vor mir und niemand müsste je davon erfahren.« Sie atmete keuchend ein. »Dass es eines Tages einen Sinn ergeben würde, dass ich darüber hinwegkommen würde … aber Bernie, das bin ich nie …«

Er senkte den Blick.

»Ich brachte es nicht über mich, dir davon zu erzählen … Ich wusste schon bei unserem ersten Treffen, dass ich dich nicht verlieren wollte. Ich dachte, du würdest mich nicht heiraten wollen, wenn du davon erfährst … und mit jedem Jahr, das verging, begrub ich es tiefer und tiefer in mir, bis es zu spät war … denn mir war klar, dass mein Verrat alles zerstört hätte.«

Jenny betrachtete Bernard durch einen Schleier aus Tränen. Die hängenden Schultern, die schneeweißen Haare. Er schien wie erstarrt und hielt den Kopf gesenkt. Ein Bild der Zerstörung, die sie angerichtet hatte.

Im nächsten Moment hielt sie es nicht mehr länger aus und rannte nach oben in ihr Schlafzimmer, wo sie den Sessel unter dem Schminktisch hervorzog und hinaufkletterte, um an das oberste Fach des Kleiderschrankes zu gelangen. Sie zog die Hutschachteln und die Schuhkartons hervor und warf sie aufs Bett, als wollte sie die letzten sechzig Jahre vor aller Welt ausbreiten. Darin befanden sich verstaubte alte Schätze, Hüte und Schuhe, die sie bei Taufen, zu Geburtstagen, Beerdigungen und Hochzeiten getragen hatte, jede Schachtel eine Erinnerung an das Paar, das Bernard und sie gewesen waren. Sie fragte sich, wie die Leute das schafften. Wie eine Generation nach der anderen sich dazu entschließen konnte, ein gemeinsames Leben aufzubauen, in dem unausweichlichen Wissen, dass man einander am Ende verlieren würde.

Erst, als alle Erinnerungen auf dem Bett ausgebreitet waren, gelangte sie zu einer kleinen Holzkiste, die ganz hinten im Schrank stand. Sie zog sie heraus, stieg vom Stuhl, setzte sich und zeichnete mit dem Finger ein Muster in den Staub, der aufstob und in ihrer Kehle brannte. Schließlich hob sie den Deckel und nahm den Inhalt heraus. Die blaue Karte, die einst an seinem Bett gehangen hatte, war über die Jahre verblasst. Die Aufschrift

James Eaton,
geboren am 11. Januar,
Geburtsgewicht: 3710 Gramm

war kaum noch zu lesen. Darunter befand sich das wertvolle Foto, das Mary ihr geschenkt hatte und das James in seinem Bettchen zeigte. Jenny strich über seinen Kopf, die winzigen, muschelförmigen Ohren, die dunklen Haare. Sie wollte ihn nie vergessen.

Sie sank aufs Bett, umgeben von ihrem in Kisten verstauten Leben, vergrub das Gesicht im Kissen und weinte. Seine Abwesenheit brach ihr das Herz.

Die Tür öffnete sich langsam, und Bernard setzte sich neben sie. Sie sah mit tränennassem Gesicht zu ihm auf.

Er griff nach der Karte und dem Foto und betrachtete beides eingehend.

»Ist er das?«, fragte er leise.

Sie nickte.

»Er ist wundervoll.« Bernards Stimme brach. Er presste die Augen zusammen, und Tränen liefen über seine Wangen. Jenny schloss ihn in die Arme und drückte das Gesicht an seinen Wollpullover, während sie weinten, die Finger ineinander verschränkt, als wären sie der einzige Halt, der sie vor dem endgültigen Auseinanderbrechen bewahrte.

»Du hast mich an dem Abend auf der Tanzveranstaltung gerettet, Bernard. Du hast mich gerettet, ohne es zu ahnen. Aber es hatte einen schrecklichen Preis. Ich wollte keine eigene Familie, weil ich es nicht über mich brachte, nach James noch ein weiteres Kind zur Welt zu bringen. Wie auch? Es wäre zu schmerzhaft gewesen, seinem kleinen Bruder oder seiner kleinen Schwester beim Aufwachsen zuzusehen, in dem Wissen, dass ich ihn aufgegeben habe …« Ihre Schultern bebten, und sie klammerte sich an ihn.

»Ich weiß jetzt, dass ich etwas Schreckliches getan habe. Indem ich mein Recht auf eine eigene Entscheidung verloren habe, habe ich dich dieses Rechtes ebenfalls beraubt, und das werde ich mir nie verzeihen, Bernard. Du wärst ein wundervoller Vater gewesen.«

Sie saßen eine ganze Weile eng umschlungen da, bis sich Bernard mit dem Ärmel seines Pullovers die Tränen abwischte. Jenny hatte noch nie etwas so Trauriges gesehen wie seine tränennassen Wangen.

»Wäre mein Leben anders verlaufen, wäre ich nicht mit dir zusammen gewesen, Jenny«, sagte er und zog ein Taschentuch aus der Hosentasche. Seine geschwollenen Finger zitterten. »Und das hätte ich nicht ertragen.«

Er schnäuzte sich mehrere Male, dann steckte er das Taschentuch in den Ärmel.

»Ich habe mein Leben geliebt«, sagte er. »Und ich mache mir selten Gedanken darüber, was ich *nicht* hatte, weil ich weiß, wie viel Wunderbares mir geschenkt wurde.« Bernard hielt kurz inne. »Was wehtut, ist die Tatsache, dass ich zwar weiß, dass du deinen Tee je nach Tageszeit am liebsten in einer bestimmten Tasse trinkst, dass du die Vorhänge abends gern offen lässt, damit du am Morgen als Erstes den Himmel siehst, und dass du dir, wenn du dir Sorgen machst, mit der Bettdecke über die Oberlippe streichst … nur diese eine Sache habe ich nicht gewusst.«

Bernards Worte ergossen sich wie ein Schwall Eiswasser über Jenny, und einen Moment bekam sie keine Luft mehr.

»Es tut mir unendlich leid, dass du das Schrecklichste, das dir im Leben passiert ist, so lange mit dir herumgeschleppt hast und es nicht mit mir teilen konntest.«

»Ich wollte dir niemals wehtun.« Jennys Magen zog sich zusammen, und in ihrem Inneren baute sich ein Druck auf, den sie nicht zurückdrängen konnte. »Als ich es nicht mehr länger vor meinem Vater verbergen konnte und ihm gestehen musste, was ich getan hatte, hat sich etwas zwischen uns verändert … es war, als hätte eine Traurigkeit auf unserer Liebe gelastet, und ich … ich wollte nicht, dass uns dasselbe passiert.«

Bernard streichelte Jenny sanft über das Haar, und trotz ihrer Verzweiflung fühlte sie sich mit einem Mal unglaublich lebendig und genoss seine Berührung, als wäre es das letzte Mal.

»Ich habe James verloren, und der Schmerz darüber ist niemals weniger geworden. Ich habe solche Angst, dich auch zu verlieren.«

»Wir werden immer ein Teil voneinander sein, Jenny«, sagte er und drückte ihr einen Kuss auf den Scheitel. »Ich liebe dich, und selbst der Tod wird daran nichts ändern.«

32
Warmer Toffeekuchen

Am heilsamsten waren die alltäglichen Momente – das Aufhängen frisch gewaschener Wäsche, das Schrubben der Spüle, das Backen eines Toffeekuchens –, und in den folgenden Tagen und Wochen erlaubten diese Dinge Jenny eine Auszeit von der Angst und den Schuldgefühlen, die sie plagten. Es waren die unscheinbaren Routinen, die stillen, aber immer wiederkehrenden Rituale, über die Bernard und sie langsam wieder zusammenfanden.

Jenny öffnete die Dose mit dem braunen Zuckersirup mit dem Griff eines Teelöffels und beobachtete, wie sich einige widerspenstige Zuckerfäden an den Deckel klammerten wie Spinnweben, bis sie schließlich so dünn wurden, dass sie zerrissen. Sie konnte der Versuchung nicht widerstehen, den Finger in die glänzende, dunkle Masse zu tauchen, die sofort daran haften blieb. Obwohl sie wusste, dass es eine Enttäuschung sein würde, hegte sie jedes Mal die winzige Hoffnung, dass der braune Sirup genauso schmecken würde wie sein goldenes Gegenstück. Aber natürlich war er auch dieses Mal beinahe überwältigend bitter. Manche Dinge lernte man eben nie. Sie fuhr mit einem Teelöffel in die Dose und drehte ihn in der Luft, sodass sich der Sirup darum wickelte, bevor sie ihn in die Pfanne fließen ließ.

Anschließend rührte sie Butter und Vollrohrzucker unter und zeichnete mit dem Kochlöffel Muster in die Pfanne, die nur einen Sekundenbruchteil den Pfannenboden aufblitzen ließen, bevor die Masse wieder zerrann und die Muster verschwanden. Sie gab noch einen Löffel Crème Double aus dem Kühlschrank hinzu, rührte weiter und brachte alles zum Kochen, sodass es aussah, als würde die Masse zum Leben erwachen.

»Noch fünf Minuten bis zum Finale, Darling!«, rief Bernard aus dem Wohnzimmer.

Sie stach mit einem Cocktailspieß Löcher in den Teig, goss die Toffee-Soße darüber und schnitt den dampfenden Kuchen in zwei Stücke, wobei Bernards besonders großzügig ausfiel und aus der rundum verteilten Schlagsahne wie ein Turm emporragte. *Gerade rechtzeitig*, dachte sie, als sie von der vertrauten Titelmelodie ins Wohnzimmer gerufen wurde.

»Oooh.« Bernard richtete sich auf, als Jenny die warme Schale auf seinem Schoß absetzte, und der Fernsehbildschirm spiegelte sich in seiner Brille. »Toffeekuchen?«

Sie nickte und lächelte kaum merklich.

»Den mag ich am liebsten«, sagte er und steckte sich eine Serviette in den Hemdkragen. »Danke.«

Jenny stach mit dem Löffel in den weichen, dampfend heißen Teig, und der süße Duft von karamellisiertem Zucker stieg ihr in die Nase, als sie ihn in die Schlagsahne tauchte.

»Weißt du, was?«, fragte sie und genoss jeden einzelnen Bissen. Der Teig zerging auf ihrer Zunge, und es war eine herrliche Ablenkung davon, sich selbst auf dem Bildschirm zu sehen. »Von all den Dingen, die ich in der Show gebacken habe, war nichts so köstlich wie das hier …«

»Da ist Ann!«, rief Bernard und ließ den Löffel klappernd in seine Schale sinken, als Ausschnitte des Interviews über den Bildschirm flimmerten.

»*Wir stehen voll und ganz hinter ihr*«, erklärte Ann gerade, die mit einem Funkeln in den Augen direkt vor Bernards Hortensien stand.

Jenny verfolgte staunend, wie der Sender die Realität, die sie erlebt hatte, poliert und zurechtgeschnitten hatte, sodass die Zuschauer eine verdichtete Abfolge der Ereignisse serviert bekamen, wobei bedeutende Momente noch bedeutender schienen und jedes leise Murmeln zu hören war. Es spielte keine Rolle, dass sie den Ausgang kannte, es war faszinierend, zuzusehen, wie Azeez die Windbeutel mit Lachs und Meerrettich füllte und Sorcha die leuchtend roten und grünen Macarons auf das Backpapier spritzte. Als schließlich das Ende nahte, spannten sich Jennys Schultern. Nun kam bald der gefürchtete Moment, in dem ihr Picknickkorb zusammengefallen war.

»Ich frage mich wirklich, wie die Juroren die verschiedenen Kreationen bewerten wollen. Ihr bewegt euch doch alle auf höchstem Niveau«, meinte Bernard und beugte sich nach vorn, um seine beeindruckend saubere Schale auf dem Couchtisch abzustellen, wobei sein Blick nicht vom Fernseher wich. »Ich finde es toll, dass Azeez derart mit Aromen und was weiß ich was experimentiert hat, aber ich bin mir nicht sicher, ob ich tatsächlich Lust auf eine Quiche mit Gewürzäpfeln und Sultaninen hätte.«

Jenny lächelte amüsiert, als sie sein todernstes Gesicht sah.

»Erinnerst du dich noch an die Zeit, als du die Show hinter der Zeitung hervor mitverfolgt hast?«, fragte sie.

»Oh, nein …!« Bernard lehnte sich noch weiter nach vorn, und sein Blick folgte der Jenny auf dem Bildschirm, die gerade ihr Werk zu den Juroren brachte, gefolgt von einer Nahaufnahme von Azeez, der die Hände vor den Mund schlug, als der Korb in sich zusammenfiel.

Jenny drehte eine Haarsträhne um den Finger und zog sie fest. Es war auch beim zweiten Mal noch beinahe genauso traumatisch wie beim ersten.

»Dafür hast du eine Sache mehr gemacht als alle anderen. Der Korb war eine Dreingabe!«, verkündete Bernard und schüttelte missmutig den Kopf. »Das war einfach Pech.«

Sie saßen schweigend vor dem Fernseher, während die Juroren Jennys Werke unerträglich langsam verkosteten, lauschten dem Knacken des Lebkuchens und dem dumpfen Geräusch beim Anschneiden des Tiffins und beobachteten Amanda und Tony, deren Gesichter nichts preisgaben.

»Mit dem Geschmack Ihrer Kreationen haben Sie ins Schwarze getroffen«, verkündete Amanda, und Bernard stieß die Faust in die Höhe, als hätte er einen Elfmeter verfolgt und nicht jemandem dabei zugesehen, wie er ein Eclair verspeiste.

»Weiter so!«, schrie er, und Jenny musste lachen.

Ehe sie sichs versah, stand sie genau dort, wo sie vor einigen Monaten gestanden hatte, auf dem gepflegten Rasen vor dem Herrenhaus, Hand in Hand mit Sorcha und Azeez, umgeben von Freunden und der Familie. Es war der Moment, auf den die Nation gewartet hatte.

»Der Gewinner der diesjährigen Staffel von *Das Backduell – Backen auf der Insel* ist …«, begann Mo, und die Kamera schwenkte über ihre gespannten Gesichter, während sich quälendes Schweigen ausbreitete. »Azeez!«

Die Zuschauer jubelten und liefen auf Azeez, Jenny und Sorcha zu, Tränen flossen, und es wurde gelacht und einander umarmt, bevor plötzlich Jennys Gesicht mit tränennassen, geröteten Augen den Bildschirm füllte.

»Ich dachte, ich wäre zu alt dafür und es wäre eine alberne Idee, mich überhaupt zu bewerben. Aber hier bin ich nun. Ich habe es geschafft. Das kann mir niemand mehr nehmen«, sagte sie in die Kamera, und Bernard sah sie von seinem Lehnstuhl aus an. In seinen Augen standen Tränen.

»Ach, Darling.« Er stemmte sich hoch und kam auf Jenny zu, die mit einem Mal das Bedürfnis hatte, sich ebenfalls zu erheben und ihm auf halbem Weg zu begegnen. Sie fielen einander in die Arme und hielten sich fest.

»Du hast es geschafft«, erklärte er, schob sie ein Stück von sich und betrachtete sie kopfschüttelnd mit verklärtem Blick. »Stell dir nur mal vor, du hättest letztes Jahr um diese Zeit gewusst, dass du in der nächsten Staffel im Finale stehen wirst.«

»Ich hätte es nicht geglaubt«, sagte sie, presste die Lippen aufeinander und zuckte die Schultern. »Man weiß wirklich nie, was das Leben für einen bereithält.«

Bernard zögerte einen Moment, während der Abspann schon lief, und senkte den Blick, als wollte er etwas sagen, brächte es aber nicht über sich.

»Ist alles in Ordnung?«, fragte Jenny verwirrt, während Bernard sich suchend umsah.

»Ich habe nachgedacht«, begann er, ging zu dem Beistelltisch neben seinem Lehnstuhl und blätterte in der Zeitung, bis etwas herausfiel.

»Da ist es ja«, murmelte er und griff nach ein paar Seiten, die er offenbar selbst geschrieben hatte.

»Ich musste in letzter Zeit immer wieder an James denken.« Er drehte die Seiten zwischen den Fingern. »Hast du jemals versucht, ihn aufzuspüren? Oder würdest du das überhaupt wollen?«

Jenny senkte den Blick. Sie musste sich erst daran gewöhnen, den Namen aus Bernards Mund zu hören.

»Mir wurde gesagt, dass das nicht möglich wäre.« Sie ließ sich wieder auf das Sofa sinken. »Bis zu der Anfrage auf Facebook dachte ich, so etwas ginge in meiner Situation nicht.«

Er setzte sich zu ihr, richtete die Fernbedienung auf den Fernseher und machte ihn aus.

»Ich verstehe.« Er faltete die Seiten auseinander, und sie zitterten in seinen Händen. »Nun, ich glaube, es geht durchaus.«

Jenny schob die Brille nach unten und versuchte, die mit Bleistift geschriebenen Buchstaben zu entziffern. Es schienen verschiedene Websites und Telefonnummern zu sein.

»Ich habe ein wenig recherchiert«, fuhr Bernard fort und legte ihr eine Hand aufs Knie. »Es gibt Organisationen, die vielleicht dabei helfen könnten. Wenn du das willst.«

»Willst du es denn?«, fragte sie und fühlte sich einen Moment wie im freien Fall.

»Ich will, dass du weißt, dass ich dich in jeglicher Hinsicht bei der Suche unterstützen werde, wenn *du* das willst.«

Jenny betrachtete die Webart des Teppichs, die Tassenringe auf dem Couchtisch und das Muster ihrer leer gegessenen Dessertschalen.

»Es ist so …«, erklärte Bernard, »wenn wir uns dazu entschließen, müssen wir mit verschiedenen Ausgängen rechnen. Vielleicht finden wir ihn gar nicht, aber falls doch, muss uns klar sein, dass er mittlerweile sechzig Jahre alt ist und ein Wiedersehen kompliziert werden könnte. Möglicherweise will er keinen Kontakt. Vielleicht weiß er gar nicht, dass er adoptiert wurde.« Er hielt inne und musterte Jenny über den Rand seiner Brille hinweg, ehe er weitersprach. »Wir wissen nicht, welches Leben hinter ihm liegt, und ob er überhaupt noch …«

Er brach ab, aber sie wusste, was er hatte sagen wollen.

»Ich weiß.« Sie nahm seine Hand und legte sie in ihren Schoß.

»Andererseits kann es natürlich auch gut ausgehen«, fuhr er fort und drückte ihre Hand. »Ich will nur, dass wir das Ganze realistisch angehen.«

Dieses *wir* klang lauter als alles andere, und zum ersten Mal in ihrem Leben hatte Jenny das Gefühl, es nicht allein durchstehen zu müssen.

»Danke«, sagte sie und lehnte den Kopf an Bernards Arm. »Also, welche Möglichkeiten gibt es?«

Bernard faltete ein weiteres Blatt auseinander und zeigte ihr eine E-Mail-Adresse, die er ausgedruckt hatte. »Ich habe mit einer gemeinnützigen Organisation Kontakt aufgenommen, die Hilfe bei derartigen Fällen anbietet, und obwohl sie mich ebenfalls darauf hingewiesen haben, dass man als leiblicher Elternteil kaum Möglichkeiten hat, gibt es doch zwei Dinge, die wir tun können …«

Sie nickte und betrachtete die Adresse.

»Zunächst kannst du deinen Namen ins Adoptionsregister eintragen lassen. Falls James dasselbe getan hat und kontaktiert werden möchte, kann dich dieses Register zu ihm führen.«

»Das heißt, es funktioniert nur, wenn wir beide uns registrieren?«, fragte sie und biss sich auf die Wange.

»Genau.«

»Und die zweite Möglichkeit?«

»Die zweite Möglichkeit wäre, sich an eine Vermittlungsagentur zu wenden. Soweit ich es verstanden habe, zahlt man diesen Leuten eine gewisse Summe, und sie machen sich für dich auf die Suche nach James. Sobald sie ihn gefunden haben, nehmen sie in deinem Namen mit ihm Kontakt auf und finden heraus, ob er an einem Treffen interessiert und bereit ist, dir seinen neuen Namen mitzuteilen.«

Das Herz wurde ihr schwer bei dem Gedanken, dass James mittlerweile ein Simon, ein David oder vielleicht sogar ein Paul sein konnte.

»Und wenn er bereit dazu ist?«, fragte sie und musterte Bernard.

»Dann unterstützt die Agentur uns – und James – bei der Kontaktaufnahme und beim Aufbau einer Beziehung zueinander.«

Jenny holte tief Luft, ihr Körper zitterte.

»Wie lange dauert so etwas?«, fragte sie.

Bernard legte den Arm um ihre schmalen Schultern und zog sie an sich.

»Das ist schwer zu sagen. Vielleicht lebt er im Ausland, was es noch langwieriger machen würde.« Er faltete seine Aufzeichnungen zu einem sorgfältigen Rechteck. »Ich will einfach, dass du alle Möglichkeiten in Betracht ziehst. Du musst das Beste hoffen, aber auf das Schlimmste vorbereitet sein.«

Jenny betrachtete die Altersflecken auf Bernards Handrücken und ließ sich seine Worte durch den Kopf gehen.

»Es wäre also durchaus möglich, dass wir das alles tun und am Ende trotzdem keine Ahnung haben, was mit ihm passiert ist?«, sagte sie, als könnte sie es leichter akzeptieren, wenn sie es laut aussprach.

»Ja, Darling«, erwiderte Bernard. »Aber du hättest zumindest die Gewissheit, dass du alles versucht hast.«

Sie dachte einen Augenblick nach.

»Dann finde ich, dass wir es machen sollten«, sagte sie.

In dieser Nacht lag Jenny in ihrem Bett und dachte über die unendlichen Möglichkeiten nach, wie sich James' Leben entwickelt haben könnte. Es war etwas, das sie seit ihrer Trennung jeden Geburtstag, jeden Muttertag und jedes Mal getan hatte, wenn sie einem kleinen Jungen begegnet war. Hatte er das Glück gehabt, eigene Kinder zu haben? Hatte er seine große Liebe gefunden und Freude an seinem Beruf? War er glücklich? Ihr Herz schlug schneller, als sie an die anderen Möglichkeiten dachte. Daran, dass das Leben hart zu ihm gewesen war und sie die alleinige Schuld daran trug. Sie griff nach ihrem Wasserglas und rief sich in Erinnerung, was Bernard gesagt hatte. Zumindest würde sie am Ende alles versucht haben, um ihn zu finden. Sie suchte Trost in Bernards Stärke und in der Gewissheit, dass sie ihn an ihrer Seite hatte, was auch immer noch passierte. Doch dann dachte sie an Bernard als jungen Mann, der immer ihre Wünsche über seine eigenen gestellt hatte. Jedes Mal, wenn er über eine gemeinsame Familie sprechen wollte, hatte sie eine Entschuldigung gefunden und das Thema abgetan, bis es eines Tages zu spät gewesen war.

»Bernard …«, fragte sie in die Dunkelheit hinein. »Würdest du alles noch einmal genauso machen? Wenn du wüsstest, was du jetzt weißt? Würdest du dein Leben trotzdem mit mir verbringen wollen?«

Ihre Worte verhallten in der Stille, vermutlich schlief er bereits. Sie strich sich mit der Bettdecke über die Oberlippe und spürte die Freude, die Trauer und die Liebe der letzten neunundfünfzig Jahre tief in sich.

»Ja«, sagte er, streckte einen Fuß aus und drückte ihn an ihr warmes Bein. »Das würde ich. Ohne jeden Zweifel.«

33
Eine Torte zur Diamantenen Hochzeit

Die wiegt ja eine Tonne«, murmelte die Kellnerin, die mit Jenny in der Küche des Pubs stand und ihr dabei half, die drei Stockwerke der Hochzeitstorte auf die Arbeitsplatte aus gebürstetem Stahl zu hieven, wobei beide versuchten, das Gewicht so zwischen sich auszubalancieren, dass die Torte nicht kippte.

Sie bestand aus einem klassischen Rührkuchenteig mit Früchten, den Jenny mit elfenbeinfarbenem Fondant überzogen hatte, sodass jedes Stockwerk wie mit einem perfekt gespannten, faltenlosen Laken bezogen aussah. Die Seiten waren mit essbaren Blüten in Violett, Gelb, Magenta und Grün verziert, deren Blütenblätter so fein wie Schmetterlingsflügel waren, sodass Jenny sogar die zarten Fasern erkennen konnte, die sie zusammenhielten. Es war ihre bisher schönste Arbeit und so herrlich detailverliebt, dass man die Torte nicht als Ganzes betrachten, sondern lediglich kleine Segmente im Einzelnen bewundern konnte. Diese Torte verband Jennys Leidenschaft fürs Backen und Bernards Leidenschaft für seinen Garten, und Jenny war völlig begeistert, auch wenn sie es nie laut ausgesprochen hätte. Die Torte war ein wahrer Blickfang, und mittlerweile hatte sich die gesamte Belegschaft des örtlichen Pubs staunend darum versammelt.

»Könnten Sie die Torte bitte hereinbringen, bevor wir die Nachspeise bestellen?«, bat Jenny, die bei der Industrieküche des Pubs an ihr Casting denken musste.

»Natürlich«, erwiderte die Pub-Managerin, während sie zugleich ihre Angestellten mit einem einzigen strengen Blick wieder zurück an die Arbeit schickte. »Was für ein Kunstwerk. Sie haben sicher eine Ewigkeit dafür gebraucht, nicht wahr?«

»Ja, es hat eine Weile gedauert«, erwiderte Jenny, die an diesem besonderen Tag natürlich bestens gelaunt war. »Aber es ist immerhin meine Diamantene Hochzeitstorte, da musste ich mir doch Mühe geben.«

Sie kehrte an den Tisch zurück und genoss den herrlichen Geruch der Bratensoße, der in warmen Schwaden aus der Küche waberte, während sie sich durch die Familien, Paare und Freunde schlängelte, die ihr gemeinsames sonntägliches Mittagessen genossen. Jennys Blick fiel auf ihre Familie, und sie hielt einen Moment lang inne, um aus dem Verborgenen zu beobachten, wie Jeremy die Wassergläser füllte und Max Azeez und dessen Freund Ashley etwas auf dem Handy zeigte, das sie alle zum Lachen brachte. Fred griff gerade nach dem Brotkorb, und Rose und Ann unterhielten sich über die Speisenfolge und gingen sie in jeder Einzelheit durch, als wäre es das letzte Abendmahl. Am Kopfende des Tisches saß Poppy auf Bernards linkem Knie. Ihre Puppe hatte auf dem rechten Knie Platz gefunden, und Bernard fütterte sie pflichtbewusst mit einem Teelöffel, was Poppy begeistert beobachtete. Jenny betrachtete das herrliche Durcheinander und schätzte es umso mehr, als sie es von außen verfolgen konnte. Familien gab es in vielen verschiedenen Formen und Größen, und sie war stolz, dass sie diese hier als ihre eigene bezeichnen durfte. Die vergangenen sechzig Jahre hatten sie hierhergeführt. Genau an diesen Punkt und zu diesem Leben, das sie sich gemeinsam aufgebaut hatten. Sie hatte im Schmerz der Vergangenheit und in Sorge vor der Zukunft gelebt, und die Gegenwart hatte den Preis dafür gezahlt.

»Ist alles in Ordnung, Mrs. Quinn?«, fragte die Kellnerin und schob die Speisekarten auf der Bar zu einem ordentlichen Stapel zusammen. »Ich würde dann den Champagner servieren, wenn Sie so weit sind?«

»Ja, bitte«, erwiderte Jenny, trat an den Tisch und nahm zwischen Bernard und Rose Platz.

Die Kellnerin brachte die Champagnerflöten und reichte Bernard die Flasche. Er öffnete sie mit einem lauten Knall, und Poppy presste derart melodramatisch die Hände auf die Ohren, dass alle lachten. Jenny beobachtete, wie der Schaum bis zum Rand der Gläser stieg und sich dort einen Moment hielt, bevor er in sich zusammenfiel.

»Auf Jenny und Bernard!«, rief Rose und hob das Glas. »Auf unglaubliche sechzig Jahre Ehe, und darauf, dass noch viele weitere folgen.«

»Auf Jenny und Bernard!«, wiederholten die anderen, und die Freude in ihren Stimmen veranlasste Jenny, sich zu Bernard zu drehen und ihm einen Kuss auf die Lippen zu drücken. Seine liebenswerten, klugen Augen funkelten auch mit zweiundachtzig noch genauso wie damals, als ihr Blick zum ersten Mal auf ihn gefallen war.

»Danke, dass ihr heute hier seid«, begann Bernard und erhob sich. »Auf unsere wundervolle Familie, auf alte Freunde und auf neue. Als ich Jenny damals geheiratet habe, hatte ich keine Ahnung, was für eine mutige Frau sie ist, und ich denke, ich spreche im Namen aller, wenn ich sage: Jenny, du bist uns allen eine Inspiration.« Die Gäste murmelten zustimmend, und alle Blicke waren auf Jenny gerichtet. »Deine Gabe, das Leben bei den Hörnern zu packen und alle Schwierigkeiten zu meistern, die sich dir in den Weg stellen, hat die ganze Nation beflügelt, und ich werde für immer dankbar sein, dass du dich entschieden hast, dein Leben mit mir zu teilen.«

Jenny sah mit Tränen in den Augen zu ihm auf und erkannte zum ersten Mal, dass sie zwar sechzig Jahre glücklich an Bernards Seite verbracht hatte, dass sie aber erst jetzt behaupten konnte, auch glücklich mit sich selbst zu sein.

»Jetzt hast du uns alle zum Weinen gebracht«, murrte Rose und fächelte sich mit der Serviette Luft zu.

»Los, sagt schon«, meinte Azeez. »Was ist euer Geheimnis?«

Jenny sah Bernard an, und das Wort *Geheimnis* ließ sie innerlich zusammenzucken. Nach allem, was passiert war, stand es ihr nicht zu, Azeez zu antworten.

»Das ist eine sehr gute Frage«, erwiderte Bernard und presste die Lippen aufeinander, als müsste er scharf nachdenken. Neun Augenpaare waren gespannt auf ihn gerichtet. »Im Laufe der Jahre verändern sich beide Partner unweigerlich, aber eines haben sie immer gemeinsam: Sie sind einfach Menschen, und deshalb sollte man stets versuchen, Güte walten zu lassen.«

Er nahm Jennys Hand und drückte sie auf die so vertraute beruhigende Weise. Jedes seiner Worte legte sich wie frisch gefallener Schnee über Jennys Herz, und sie wusste, dass er recht hatte.

Es folgte kurzes Schweigen, in dem ihr Herz zu pochen begann. Vielleicht war es, gerade nach allem, was passiert war, doch ihre Aufgabe, Azeez' Frage zu beantworten.

Sie schob den Stuhl zurück und erhob sich.

»Niemand bringt einem bei, wie man ein ganzes Leben mit einem anderen Menschen verbringt«, sagte sie und räusperte sich. »Es gibt kein Handbuch, kein Rezept – und glaubt mir, es gab Zeiten, da hätte ich mir nichts sehnlicher gewünscht.«

Das Lachen der anderen ermutigte sie weiterzusprechen.

»Ich habe in meiner Ehe mehr als nur ein paar Fehler gemacht, aber ich habe gelernt, dass es manchmal gerade die Fehler sind, die einer Beziehung Tiefe geben. Sie sind eine Möglichkeit, einander besser kennenzulernen und das Wort *Liebe* tatsächlich zu leben. Jedes Mal, wenn man sieht, wie alles in tausend Stücke zerbricht, und es am Ende wieder gemeinsam kittet.«

Sie sah Bernard in die tränennassen Augen.

»Ich bin mir nicht sicher, was das Geheimnis hinter sechzig gemeinsamen Jahren ist … aber eines weiß ich bestimmt: Jemanden wahrhaft zu kennen und ihn trotzdem zu lieben, das ist wahre Liebe.«

34
Das Rezeptbuch

Jenny legte die Hand auf die Tischplatte, spreizte die Finger und spürte einen dumpfen Schmerz an der Stelle, wo sie den Stift umklammert gehalten hatte.

Nur noch ein letztes Mal vor der Weihnachtspause, sagte sie sich und nahm einen Schluck Wasser.

»Noch fünf Minuten!«, rief die Pressesprecherin, drehte sich die Haare nach oben und befestigte sie mit einem Clip am Hinterkopf. Ein enttäuschtes Raunen ging durch die Menge. »Ein Buch pro Person, dann sehen wir, wie weit wir kommen. Aber das bedeutet, keine Fotos mehr.«

Das gefühlt hundertste Exemplar von *Das Backduell – 100 Rezepte zum Nachkochen* landete vor Jenny auf dem Tisch, und sie schlug es auf und atmete den vielversprechenden Duft druckfrischer Seiten ein.

»Hallo«, sagte sie und sah auf. Vor ihr standen ein kleiner Junge mit dicken Brillengläsern und ein Mädchen in einer langen Daunenjacke. Das Mädchen strich dem Jungen über die strubbeligen Haare.

»Wie ist dein Name?«, fragte Jenny.

»Er heißt Edward«, antwortete das Mädchen, während der Junge Jenny immer noch ansah, als wäre sie direkt aus dem Fernsehbildschirm gestiegen. »Aber das Buch ist für unsere Grandma. Also könnten Sie bitte *Für Grandma Green* schreiben? Sie ist ein großer Fan von Ihnen, und das Buch ist unser Weihnachtsgeschenk für sie.«

»Natürlich.« Jenny nickte und schrieb: *Liebe Grandma Green, hören Sie nie auf zu backen! Frohe Weihnachten, Jenny X*

»Die Nächsten!«, rief die Pressesprecherin, und das Mädchen bedankte sich eilig und steckte das Buch in ihre Umhängetasche, bevor sie zur Seite geschoben wurde.

»Dir auch frohe Weihnachten, Edward!«, rief Jenny und winkte dem Jungen nach, der sie den ganzen Weg bis zur Tür mit durch die Brillengläser stark vergrößerten Augen anstarrte.

»Hallo.« Jenny sah zu einem jungen Mann in einem Strickpullover hoch. Seine Haare waren leuchtend rot, und er legte ein Buch mit einem Post-it auf dem Cover vor sie auf den Tisch.

Jenny zog die Notiz ab und bemühte sich, die Buchstaben zu entziffern. »Patrick. Stimmt das?«

»Ja, oder Pat«, antwortete er und lachte nervös. »Ich habe gerade meine Bewerbung für die Show abgeschickt … ich brauche das Buch zum Üben, falls ich … Sie wissen schon … falls ich zum Casting eingeladen werde.«

Sie nickte und rang sich ein müdes Lächeln ab.

»Ich wollte mich zuerst nicht bewerben, aber dann habe ich gehört, was Sie in der Show gesagt haben, und da dachte ich: Warum nicht?«

»Es freut mich sehr, das zu hören«, sagte sie und drückte das Buch auf. »Alles Gute!«

Patrick, schrieb sie und hielt kurz inne, um zu überlegen. *Die Welt liegt Ihnen zu Füßen, und beim Backen geht es bloß um Eier, Zucker, Butter und Mehl (zumindest meistens), also warum sollten Sie es nicht auch schaffen? Aber vor allem: Genießen Sie es und hören Sie nie auf zu backen! Jenny X*

Der junge Mann nahm das Buch, las die Widmung und strahlte wie ein Kind unter dem Weihnachtsbaum.

»Gut, wir kommen jetzt zum Schluss, sonst sitzen wir noch die ganze Nacht hier«, rief die Pressesprecherin den Wartenden zu, und ihre manikürten Fingernägel trommelten auf das Display ihres Handys. »Wir haben vorsignierte Exemplare hier, falls Sie eines mitnehmen möchten.«

Jenny betrachtete die wenigen verbliebenen Leute, die mit vor Kälte geröteten Wangen unzufrieden vor sich hin murmelten.

»Francesca, das ist doch kein Problem«, sagte sie. »Ich mache gern auch noch den Rest. Ich will nicht, dass jemand enttäuscht nach Hause geht.«

Francesca zog die Augenbrauen hoch und warf einen Blick auf ihre Uhr.

»Na gut, aber machen Sie schnell. Und jeder nur *ein* Buch!«

Ein Mann trat auf Jenny zu. Sie sah lediglich seine dunkelgrüne Fleecejacke und die Hand in der Jackentasche, die etwas zu umklammern schien.

»Haben Sie Ihr Buch?«, fragte sie und blickte an ihm vorbei zu den nächsten Wartenden, die hoffentlich auch noch eine Chance bekommen würden.

Er zögerte, dann holte er etwas aus der Tasche und legte es vor Jenny auf den Tisch. Es war ein Buch, aber es sah anders aus als die säuberlich gedruckten Exemplare mit den bunten Fotos, die sie den ganzen Tag signiert hatte.

Der verblasste Einband war blau und mit Fett- und Schokoladenflecken übersät, die Ecken abgegriffen. Sie betrachtete es, und langsam löste sich die Zeit auf, und sie erkannte es wieder. Es war wie bei einem Freund, den man nach sehr langer Zeit wiedersah und der einem unglaublich vertraut und gleichzeitig seltsam fremd erschien.

Sie öffnete das Buch, das sich widerstandslos aufklappen ließ, so, wie es mit Sicherheit schon hunderte Male zuvor geöffnet worden war. Die Seiten waren alt und brüchig, die Zeilen so blass, dass sie kaum noch zu erkennen waren, doch die Handschrift war ihre eigene. Sie las die Worte: *Jennys Schwarzwälder Kirschtorte*, *Grandma Audreys Schoko-Cornflakes-Küchlein* und *Vaters Tiffin*.

Epilog
Kaffeetorte

Zwei Monate später

Es war der kälteste Februar seit Beginn der Aufzeichnungen, doch Jenny und Bernard hatten sich entgegen allen Wetterwarnungen entschieden, die Reise anzutreten.

Die Autobahn war von grauem Schneematsch bedeckt, ganz im Gegensatz zu den Feldern auf beiden Seiten der Straße, die unter einer weißen Decke verborgen lagen. Jenny war hinter der dreistöckigen Kaffeetorte (garniert mit in Goldstaub gewälzten Walnüssen) und einem Teller Eiercremetörtchen kaum zu sehen. Die Heizung im Auto lief auf Hochtouren und verbreitete den Duft von Kaffee und Muskat im ganzen Wagen, während sie heiße Luft ausblies, als hinge ihr Leben davon ab.

Das Auto scherte kaum merklich nach links aus, bevor sie ruckartig nach rechts fuhren.

»Verdammt noch mal«, fluchte Bernard, der näher am Lenkrad saß als je zuvor. »Die Straßen sind viel zu glatt. Es wäre ein Wunder, wenn wir es in einem Stück schaffen.«

»Du machst das wunderbar, Darling«, sagte Jenny und umklammerte den Teller, sodass ihre Fingerknöchel weiß hervortraten. Sie hatten keine andere Wahl, sie mussten weiterfahren.

»Wie viel werden wir uns verspäten?« Langsam krochen sie weiter, während sich Jennys Magen in einem fort drehte.

»Etwa fünfundvierzig Minuten, befürchte ich«, antwortete Bernard, der die Schultern bis zu den Ohren hochgezogen hatte. »Langsam glaube ich, wir hätten den Besuch verschieben sollen. Keine Ahnung, wie wir jemals im Dunklen wieder zurück nach Hause kommen sollen.«

»Es tut mir leid«, sagte sie, angetrieben von einer Dringlichkeit, die den vielen Jahren entsprang, die sie verpasst hatte. »Ich habe mehr als sechzig Jahre auf diesen Moment gewartet. Ich halte es keine Sekunde länger aus.«

»Ich weiß.« Er hielt den Blick auf die Straße gerichtet. »Sehen wir zu, dass wir irgendwie heil dort ankommen.«

Vielleicht war es die Tatsache, dass sie zu spät kommen würden, vielleicht war es die Hitze im Auto, vielleicht war es aber auch der süßliche Geruch der Kaffeeglasur, jedenfalls spürte Jenny Übelkeit in sich aufsteigen. Sie wünschte sich so verzweifelt, dass alles gut ging. Dass er auch nur einen Bruchteil der Verbindung spürte, die für sie von Anbeginn existiert hatte. Aber was, wenn nicht? Es war wie ein Vorsprechen für eine Rolle, die bereits besetzt war. Sie war nicht die Frau, die er als seine Mutter kannte.

»Nicht zu fassen, dass ich keine Ahnung hatte, dass Eiercremetörtchen sein Lieblingsnachtisch waren, als er noch ein kleiner Junge war«, sagte sie, während sie an einem liegen gebliebenen Auto vorbeifuhren und im Stillen dankbar waren, dass nicht sie am Fahrbandrand standen.

»Ja …«

Sie wusste, dass Bernard ebenso nervös war. Er gab solche abgehakten Antworten nur, wenn er gar nicht richtig zuhörte.

»Gehen wir es doch noch einmal durch«, bat er und spähte über die Motorhaube wie über Nachbars Gartenzaun. »Seine Frau heißt Claire und sein Sohn Andrew, ist das richtig?«

»Ja.« Ihr Herz klopfte wie verrückt.

»Und Andrew hat zwei kleine Kinder, ein Mädchen und einen Jungen …« Seine Augen wurden schmal, während er angestrengt nachdachte. »Abigail und … Monty?«

»Monty ist der Spaniel.«

»Ach ja. Gut, dass ich noch mal nachgefragt habe.«

»Sein Enkelsohn heißt William, seine Enkeltochter Abigail.«

»William«, wiederholte Bernard, als müsste er den Text eines Theaterstückes auswendig lernen. »Frau Claire, Sohn Andrew, Enkelkinder William und Abigail … Monty, der Spaniel.«

»Es ist seltsam, sich ihn als Großvater vorzustellen«, sagte sie und beobachtete den feinen Schnee, der schwerelos vom Himmel tanzte, um schließlich in dem von Reifen zusammengeschobenen Matsch zu verschwinden. »Ich war nicht dabei, als er Vater wurde. Und auch nicht, als er Großvater wurde.«

Sie sah zu Bernard, der immer noch lautlos die Namen wiederholte, dann fuhren sie schweigend weiter, jeder in seiner eigenen Nervosität und Entschlossenheit versunken. Es war unbegreiflich, dass er nach all den Jahren nur etwas mehr als eine Autostunde entfernt wohnte. Eine Stunde! Und sie hatte keine Ahnung gehabt. Sie überlegte, wie oft sich ihre Wege vielleicht gekreuzt hatten. Vielleicht hatte sie neben ihm an der Supermarktkasse gestanden oder war mit dem Auto an ihm vorbeigefahren.

Bernard blinkte. »Halte die Torte und den Teller fest«, warnte er und kroch mit zehn Stundenkilometern von der Autobahn.

»Gut, das wäre geschafft«, sagte er erleichtert und gönnte sich einen Schluck Tee aus der Thermoskanne zwischen ihnen. »Alles gut gegangen. Wir sollten in fünfzehn Minuten da sein.«

Jenny richtete sich auf, ihr Magen drehte sich.

»Hilf mir noch mal schnell. Es war sein Sohn – Andrew –, der deine Rezepte bei *Das Backduell* wiedererkannt hat, nicht wahr?«, sagte Bernard und legte die Hände wieder fest um das Lenkrad.

»Ja. Er hat es sich offenbar mit den Kindern angesehen und den Tiffin wiedererkannt. Andrew wusste, dass sein Dad adoptiert worden ist, und er hat das Rezeptbuch als Kind auch verwendet. Er kannte also meinen Namen und hat seinen Vater sofort angerufen.«

»Genau.« Bernard bremste immer wieder sanft. »Der hat die Sendung zwar auch gesehen und hatte denselben Gedanken, legte ihn aber als albern zu den Akten und behielt alles für sich.«

»Erst, als die Geschichte in den Medien aufkam, wurde ihm klar, dass er die ganze Zeit über richtiggelegen hatte.«

Bernard legte Jenny liebevoll eine Hand aufs Knie, ehe er schnell wieder das Lenkrad umfasste.

»Gerade, als du dachtest, das siebenundsiebzigste Jahr war das aufregendste deines Lebens, kommt das achtundsiebzigste um die Ecke«, sagte er.

Er bog nach rechts, sodass die Kaffeetorte an den Rand der Abdeckung rutschte.

»Hoffentlich ist sie heil geblieben.« Vorsichtig warf Jenny einen Blick unter den Deckel, um nachzusehen, ob die goldenen Walnüsse noch an Ort und Stelle waren. »Es ist seine Lieblingstorte.«

»Ich glaube, es ist gleich da vorne.«

Jennys Blick sprang zwischen den schneebedeckten Häusern hin und her und suchte nach einem Hinweis. Ihre Knie zitterten.

»Es ist Hausnummer elf«, sagte sie und musterte die Eingangstore. »Aber die Schilder sind voller Schnee.«

Sie stellte sich ihren Sohn in jedem der Häuser vor, an denen sie vorbeikamen. Hatte er eine Schaukel für seine Enkelkinder aufgestellt? War das sein Auto? Waren das seine Stiefel neben der Tür?

»Da!« Bernard stieg auf die Bremse. »Jemand hat die Nummer elf eigens vom Schnee befreit, und das Tor steht offen.«

Es war nur eine Kleinigkeit, die ihr die Welt bedeutete.

Sie bogen in die Einfahrt, und Jenny hatte das Gefühl, alles nur zu träumen. Ihr Körper war taub vom Adrenalin. Das Erste, was ihr auffiel, war ein Schneemann. Er hatte eine krumme Karottennase und trug sehr große Handschuhe an den astigen Armen. Dann sah sie, wie sich der Wohnzimmervorhang bewegte.

»Sieh nur«, flüsterte sie. Zwei kleine Gesichter reckten sich über die Fensterbank. Sie erhaschte gerade noch einen Blick auf die beiden, bevor sie wieder verschwanden. Das Mädchen trug eine Papierkrone, der kleine Junge hatte dunkle, buschige Haare und vertraute blaue Augen.

Bernard zog die Handbremse und machte den Motor aus, dann lehnte er sich zurück. »Was für eine Fahrt.« Er nahm einen weiteren Schluck Tee, um sich zu sammeln.

Jenny klappte den Spiegel nach unten und legte etwas Lippenstift auf. »Bereit?«

»Ich glaube schon«, erwiderte er und öffnete den Sicherheitsgurt. »Ich kann mich nicht erinnern, wann ich das letzte Mal so nervös war.«

Jenny stieg aus dem Auto, hob die Tortenform und den Teller heraus, warf die Tür zu und griff nach Bernards Arm. Der Schnee knirschte unter ihren Füßen, und sie zeichneten ihren gemeinsamen Weg zur Haustür mit Fußabdrücken in den Schnee.

»William und Abigail … und Monty, der Spaniel«, murmelte Bernard leise, sodass weiße Atemwölkchen in die Kälte stiegen.

Jenny blickte durch das Fenster in die Diele, und ihr Blick fiel auf zwei Paar Gummistiefel, eine Pudelmütze und die grüne Fleecejacke, die er zur Signierstunde getragen hatte.

»Ich kenne diese Jacke.« Ihr Herz machte einen Satz. »Ich würde sie überall wiedererkennen. Wir sind hier definitiv richtig.«

»Dann los.« Bernard drückte ihren Arm.

Eins … zwei … sie drückte die Klingel.

Ein Hund bellte, Kindergetrappel erklang.

Eine Gestalt erschien hinter dem Glas der Eingangstür, die sich im nächsten Moment klickend öffnete.

»Da seid ihr ja«, sagte er. »Genau richtig zu Tee und Kuchen.«

MRS. QUINNS KÖSTLICHE REZEPTE

Jennys wunderbare Schokoladenblätter

Zutaten:

- 180 g dunkle Schokolade

Zubereitung:

- Einige frische Rosenblätter (z. B. gepflückt aus dem Garten) mit Wasser abspülen und trocken tupfen (Jennys Tipp: Je ausgeprägter die Adern auf der Blattunterseite sind, desto besser klappt es).
- 50 g Schokolade schmelzen (Jennys Tipp: Eine Tafel dunkle Schokolade in eine mikrowellengeeignete Schüssel geben und alle 20 Sekunden in die Mikrowelle stellen und zwischendurch umrühren, bis die Schokolade vollständig geschmolzen ist).
- Die Unterseite der Blätter an der Schokolade entlangziehen, bis sie vollständig bedeckt ist.
- Die Blätter mit der beschichteten Seite nach oben trocknen und in den Kühlschrank stellen, bis sie trocken sind.
- Die Rosenblätter nun vorsichtig abziehen, beginnend am Stiel, sodass nur noch die Schokoladenblätter übrig sind. Sie eignen sich als Topping für jede Backkreation, können aber natürlich auch pur gegessen.

Mrs. Quinns knusprige Reiswaffeln
(für ca. 25 Stück)

Zutaten:

- 100 g ungesalzene Butter (plus etwas Butter für das Einfetten der Form)
- 200 g Toffee
- 200 g Marshmallows
- 200 g knusprige Cornflakes

Zubereitung:

- Zuerst eine Backform (ca. 25 cm x 25 cm, aber es funktionieren auch ähnliche Formen und Größen) einfetten.
- Die Butter zusammen mit den Marshmallows und den Toffees in einem großen Topf bei schwacher Hitze erwärmen und dabei solange rühren, bis sie geschmolzen sind. Die Masse darf nicht kochen.
- Sobald eine glatte Masse entstanden ist, den Topf vom Herd nehmen und die knusprigen Flakes hineinrühren, bis sie vollständig bedeckt sind.
- Die Mischung mit der Unterseite eines Löffels in die gefettete Form drücken und dabei darauf achten, dass die Oberfläche gleichmäßig und eben ist.
- Bei Zimmertemperatur auskühlen lassen.
- Wenn alles abgekühlt und fest ist, mit einem scharfen Messer jeweils in 5 cm große Quadrate ausschneiden und genießen!

Mutters Mince-Pie-Törtchen
(für ca. 24 Stück)

Zutaten:

- 350 g Mehl
- 75 g Butterschmalz
- 75 g Butter (plus eine kleine Portion zum Einfetten der Förmchen)
- 560 g Mincemeat für die Füllung (z. B. Trockenobst wie Rosinen, gehackte Nüsse)
- 1 Päckchen Marzipan oder Mandelpaste (ca. 500 g)
- 1 Prise Salz
- Etwas kaltes Wasser zum Mischen

Als Topping:

- Etwas Milch
- Puderzucker

Benötigte Backutensilien:

- Ø 6 cm große Muffinförmchen (entweder gleich für alle 24 Mince Pies auf einmal, natürlich können die Pies aber auch nacheinander zubereitet werden)
- Einen runden Ausstecher (ca. Ø 7,5 cm)
- Einen sternförmigen Ausstecher (ca. Ø 6 cm)

Zubereitung:

Für den Teig

- Das Mehl und das Salz in eine große Rührschüssel sieben und den Butterschmalz mit den Händen verreiben, bis er krümelig ist.

- Einen Spritzer kaltes Wasser hinzufügen und den Teig zu einer sauberen Kugel formen.
- Die Teigkugel in einen Plastikbeutel geben und für ca. 30 Minuten im Kühlschrank ruhen lassen.

Den Ofen auf ca. 170 °C vorheizen

- Die Hälfte des Teigs auf einer bemehlten Arbeitsfläche mit einem Nudelholz möglichst dünn ausrollen.
- Mit dem runden Ausstecher 24 Kreise ausstechen.
- Mit der anderen Teighälfte dasselbe wie oben, dann 24 kleine Sterne ausstechen. Das sind die Deckel.
- Das Marzipan dünn ausrollen und 24 Scheiben ausschneiden, die ungefähr die Größe einer Zwei-Pence-Münze haben (der Einfachheit halber können auch kleine Kugeln gerollt und dann flachgedrückt werden).
- Die Muffinformen einfetten und die großen Teigkreise so hineinlegen, dass sie die komplette Form bedecken. Mit einem Teelöffel die Füllung bis zum Teigrand hineingeben und jeweils eine Marzipanscheibe auflegen.
- Die Ränder der Sternchen mit Wasser befeuchten und als Deckel auf die Törtchen legen, die Ränder dann festdrücken.
- Jeden Mince Pie mit etwas Milch bestreichen.
- Mit einer Schere ein kleines »V« in die Mitte jedes Törtchens schneiden, damit die Hitze entweichen kann.
- Bei 170 °C goldbraun backen.
- Die Törtchen anschließend auf dem Blech abkühlen lassen und dann mit Puderzucker bestäuben.
- Nach dem Abkühlen in einem luftdichten Behälter aufbewahren oder sofort genießen (die Törtchen sind auch zum Einfrieren geeignet).

Brandy-Butter:

Die Mince-Pie-Törtchen schmecken besonders gut, wenn sie mit Brandy-Butter serviert werden.

Zutaten:

- 200 g gesalzene Butter
- 175 g Puderzucker
- 1 Tropfen Vanille-Extrakt
- 7 Esslöffel Brandy
- 2 Esslöffel gemahlene Mandeln
- 1 Orangenschale zum Servieren (optional)

Zubereitung:

- Butter, Puderzucker und das Vanille-Extrakt in einer Rührschüssel glatt rühren.
- Den Brandy und die gemahlenen Mandeln hinzufügen und solange verrühren, bis alles gut vermischt ist.
- Zum Servieren die Orangenschale darüber reiben.

Hinweis: Die Brandy-Butter kann bis zu zwei Wochen im Kühlschrank aufbewahrt werden.

Grandma Audreys Schoko-Cornflakes-Küchlein (für ca. 12 Stück)

Zutaten:

- 100 g ungesalzene Butter
- 3 Esslöffel Puderzucker
- 3 Esslöffel goldener Sirup
- 2 Esslöffel Kakaopulver
- 75 g Cornflakes
- 1 Paket Schokoladeneier (optional) zur Dekoration (z. B. an Ostern für kleine Schokoladennester)

Zubereitung:

- Die Butter in einem großen Topf bei schwacher Hitzen schmelzen.
- Sobald die Butter geschmolzen ist, den Puderzucker, den Sirup und das Kakaopulver hinzufügen und solange verrühren, bis alles gut vermischt ist.
- Die Mischung etwa eine Minute lang köcheln lassen und dabei umrühren, damit sie nicht anbrennt. Den Topf vom Herd nehmen.
- Die Cornflakes hinzufügen und solange rühren, bis sie vollständig mit Schokolade überzogen sind.
- Optional mit Schokoladeneiern dekorieren (z. B. an Ostern).
- Bei Zimmertemperatur abkühlen lassen, bis sich alles fest anfühlt.
- Genießen!

In Erinnerung an Audrey Ford.

Haselnuss-Shortbread-Sterne

Zutaten:

- 70 g Haselnüsse (mit oder ohne Schale)
- 200 g gesalzene, weiche Butter
- 80 g Kristallzucker (plus etwas Zucker als Topping)
- 1 Teelöffel Vanille-Extrakt
- 235 g Mehl
- Optional: 180 g Schokolade nach Wahl und bunte Streusel als Dekoration

Zubereitung:

- Den Backofen auf 180 °C vorheizen.
- Die Haselnüsse in einer trockenen Bratpfanne bei schwacher Hitze etwa 5 Minuten lang rösten (damit sie nicht verbrennen, bitte niemals unbeaufsichtigt lassen).
- Nach dem Rösten die Haselnüsse fein hacken oder in einer Küchenmaschine pürieren.
- Die Butter mit dem Zucker und dem Vanille-Extrakt verrühren, dann das Mehl und die gemahlenen Haselnüsse hinzufügen und alles vermischen.
- Den Teig mit den Händen zu einer Kugel formen (wenn er zu klebrig ist, für 10 Minuten in den Kühlschrank stellen).
- Die Arbeitsfläche leicht mit Mehl bestäuben und den Teig ca. 5 mm dick ausrollen.
- Mit einer Sternform – oder einer anderen beliebigen Plätzchenform – den Teig ausstechen und solange neu ausrollen, bis er vollständig aufgebraucht ist.
- Die ausgestochenen Sterne auf ein mit Backpapier aus-

gelegtes Backblech legen und für ca. 20 Minuten in den Kühlschrank stellen, bis sie fest sind.

- Die Sterne 15 Minuten im Ofen backen, bis sie goldbraun sind.
- Anschließend entweder mit Puderzucker bestäuben oder für einen besonders köstlichen Genuss in Schokolade tauchen.

Für die Schokoladenversion eine Tafel Schokolade Ihrer Wahl schmelzen und jeweils die Oberseite der Sterne in die geschmolzene Schokolade tauchen. Anschließend können Sie die Sterne auch noch mit bunten Streuseln verzieren.

MEINE EIGENEN FAMILIENREZEPTE

Zutaten:

Zubereitung:

Das verbinde ich mit diesem Rezept:

Zutaten:

Zubereitung:

Das verbinde ich mit diesem Rezept:

Zutaten:

Zubereitung:

Das verbinde ich mit diesem Rezept: